LA CITÉ DES PIRATES

Tome 1

David Pouilloux

Illustration de couverture : Frédéric Pillot
Mise en couleur : Alexandre Roane

« Rome, maîtresse du monde, n'était rien d'autre, au début, qu'un repaire de brigands et de hors-la-loi ; et si la carrière de nos pirates avait été à la hauteur de leurs débuts, s'ils s'étaient unis puis établis sur une de ces îles qui leur servaient à l'ordinaire de simples refuges, nul doute que leur société pourrait être aujourd'hui honorée du nom de république : il n'y aurait aucune puissance en ce monde capable de leur tenir tête. »

Capitaine Charles Johnson, alias Daniel Defoe
Histoire générale des plus fameux pyrates (1726)
Les chemins de fortune

Ce livre a inspiré tous les amoureux de la piraterie, qu'ils le disent ou qu'ils le taisent... La Cité des pirates *plonge ses racines dans ces grandes lignes du passé.*

*Je dédie ce livre à ma femme,
Pascale, la plus belle histoire de ma vie...*

Chapitre 1
Un homme mystérieux et inquiétant

En jetant un rapide coup d'œil au château des Boucaniers, on aurait pu croire que cette extraordinaire bâtisse abritait un milliardaire vraiment très soucieux de sa tranquillité. Mais la majorité de ceux qui profitaient du confort de cette splendide demeure auraient sans doute accepté de se couper une main pour ne pas être invités à y séjourner.

Construit au sommet d'une colline couverte de forêt, ce château n'était plus qu'une ruine envahie par la végétation lorsque le gouvernement français le racheta voilà dix ans. L'État avait investi des millions dans la rénovation et la transformation de cet édifice hors du commun. C'était désormais une forteresse impressionnante.

À des kilomètres à la ronde, chacun pouvait admirer aujourd'hui ses six énormes tours carrées, ses remparts d'une hauteur stupéfiante et ses douves plus larges qu'un fleuve. Personne n'était, hélas, autorisé à regarder de trop près les beautés de ce château pas tout à fait comme les autres.

Le château des Boucaniers était en réalité une prison, et pas n'importe laquelle.

Dans le plus grand secret, ce bâtiment était un centre de détention expérimental de haute sécurité. Les délinquants les plus endurcis de France y étaient conduits, la nuit, à l'abri des regards indiscrets, pour y purger leur peine.

Il était inutile de penser s'évader de cet endroit.

De hauts miradors permettaient de surveiller les allers et venues dans le parc. Une armada de détecteurs de mouvements analysait chaque déplacement. Des dizaines de projecteurs haute puissance pouvaient illuminer l'ensemble du parc comme en plein jour. Une nuée de filets anti-hélicoptère empêchait toute fuite par les airs. Enfin, un triple mur d'enceinte assurait l'étanchéité absolue du lieu, jour et nuit, et par tous les temps.

Le directeur du château, un certain Oscar Krane, était un homme mystérieux et inquiétant. Il avait un visage long et étroit, des cheveux bruns très courts et des yeux gris terribles qui vous transperçaient. Ceux qui avaient eu le malheur d'avoir à faire à lui affirmaient que le directeur ne craignait rien, ni personne, pas même la mort.

En cette fin d'été particulièrement chaud, Oscar Krane savourait un verre de thé glacé, assis dans un vaste fauteuil de cuir noir. À travers l'immense fenêtre de son bureau, installé dans la plus haute tour du château, le directeur distinguait sans peine la totalité du parc. La nuit qui venait était seule à pouvoir cacher quelque chose à son redoutable regard.

Le directeur avala une gorgée de sa boisson froide, puis il examina la pendule électronique accrochée au mur en face de lui. Il était vingt-deux heures vingt-deux. Oscar Krane se sentait bien. Il avait tout pour être un directeur de prison heureux. Jusqu'ici, aucun prisonnier ne s'était évadé de son château. Et c'était tout ce qui comptait pour lui.

Rien ne pouvait lui laisser penser qu'il vivait là ses derniers instants de tranquillité.

On frappa à la porte.

« Entrez ! » lança Oscar Krane d'une voix grinçante en posant son verre.

Un homme de petite taille, le front trempé de sueur, en uniforme noir et cravate rouge, ouvrit la porte et pénétra dans le bureau du directeur.

C'était Robert Nau, son bras droit, son homme de confiance. Il était visiblement essoufflé.

En voyant l'homme entrer dans le bureau, un petit caniche noir leva la tête de son panier et aboya de sa voix aiguë.

« Tais-toi, Titou ! ordonna Oscar Krane à son chien. Tu ne vois donc pas que c'est notre cher et fidèle Nau ? »

Le caniche cessa immédiatement d'aboyer.

« Et puis, ce soir, au moins, il est à l'heure ! » ajouta le directeur sur un ton de reproche.

Monsieur Krane n'était pas un homme patient. Il exigeait que son adjoint fasse son rapport sur la sécurité du centre de détention à vingt-deux heures vingt-deux exactement. Il ne tolérait aucune minute de retard !

Ce soir, justement, Robert Nau s'était fait un point d'honneur d'arriver à l'heure. Il avait une mauvaise nouvelle à annoncer à son directeur et il redoutait plus que tout sa colère.

« Bonsoir, Monsieur, dit Robert Nau d'une voix haletante.

— Bonsoir, Nau, répondit le directeur sans même tourner son regard vers son adjoint.

— Ils sont tous là, Monsieur, et ils dorment profondément, assura Nau qui reprenait son souffle difficilement.

— Bonne nouvelle, commenta Oscar Krane. Rien d'autre ?

— Si, Monsieur. Des orages !

— Des orages ? s'agaça le directeur en reprenant son verre.

— La météo annonce des orages violents, Monsieur, précisa Nau.

« — Et alors ? Vous pensez que l'on risque quoi que ce soit ici ? demanda Oscar Krane sur un ton méprisant.

— Certes, non, Monsieur. Mais je pense que les orages pourraient perturber nos systèmes électroniques. Il serait prudent de débrancher les circuits d'alerte pour éviter que le système de sécurité ne disjoncte. Les météorologues conseillent de débrancher tous les appareils électriques.

— Vous avez perdu la tête, mon pauvre vieux ! coupa le Directeur, énervé, en reposant son verre. Nos systèmes sont programmés pour résister à la foudre !

— En théorie oui, Monsieur. Mais il semble que ces orages soient hors norme. J'ai bien écouté, Monsieur. Les météorologues affirment qu'ils n'ont pas vu semblables phénomènes magnétiques depuis au moins trente ans...

— Des phénomènes magnétiques ! s'énerva Oscar Krane. Des sornettes magnétiques, oui ! Après des mois de canicule, vous trouvez ça étonnant que l'on annonce des orages ?

— Non, Monsieur, dit Nau. Mais j'insiste, les météorologues assurent qu'il ne s'agit pas d'un phénomène météorologique habituel...

— Ça va comme ça, Nau ! Vous m'agacez avec vos météorologues ! Allez vous coucher ! ordonna le directeur comme s'il parlait à son chien.

— Comme vous voudrez, Monsieur, répondit son adjoint avant de quitter la pièce. Je vous souhaite une bonne nuit, Monsieur. »

Nau referma doucement la porte derrière lui. Oscar Krane se leva de son fauteuil et alla ouvrir la fenêtre. Il voulait voir ces fameux « phénomènes magnétiques » dont venait de lui parler son adjoint. Une bouffée d'air brûlant lui coula sur le visage. Il fit une moue dégoûtée, plissa les yeux et scruta le ciel du haut de sa tour.

Un tapis d'étoiles et une pleine Lune s'offraient à sa vue. Et pas le moindre nuage.

« Maudits météorologues ! pesta le directeur en avalant d'une traite le reste de son verre. Rien que des incapables ! »

Le caniche quitta alors son panier et alla se coller contre la jambe de son maître. Le directeur l'attrapa dans ses bras. La petite bête posa à son tour ses yeux noirs sur le ciel. L'animal émit soudain un bref gémissement d'inquiétude. Puis il aboya, aboya, aboya, sans que les ordres de son maître ne parviennent à le faire taire...

Vers vingt-trois heures, les premiers grondements de tonnerre réveillèrent le directeur. Il se leva aussitôt et ouvrit violemment les rideaux de sa chambre.

Il n'en crut pas ses yeux. Un énorme front nuageux, plus noir que la nuit, grognant comme une bête sauvage, crachant des éclairs gigantesques, fonçait droit sur le château.

« Mais bon Dieu, que se passe-t-il ? » lança-t-il, les yeux emplis de terreur.

L'énorme nuage noir prenait de l'ampleur à chaque seconde. Cet orage semblait venir d'un autre monde.

Quelques minutes plus tard, de violentes bourrasques secouèrent la cime des arbres du parc et des éclairs géants illuminèrent le ciel. Rien ne résista alors à la puissance phénoménale de cet orage. Des grêlons énormes dégringolèrent des nuages, brisant tout sur leur passage : branches, vitres, voitures, antennes, radars, câbles, tuiles. Tous les systèmes électroniques de la prison tombèrent en panne les uns après les autres.

À l'intérieur de la prison, du fond de sa cellule, noyé dans l'obscurité, l'un des pensionnaires du centre de détention comprit que c'était le moment d'agir. Il se nommait William Santrac, il avait douze ans et plus rien ne pouvait l'empêcher de s'évader.

Une demi-heure passa. Une pluie torrentielle s'abattait sur le château des Boucaniers. Devant les grands escaliers dégoulinant d'eau, chaussé de bottes d'équitation, un homme au visage en lame de couteau bouillait intérieurement en attendant son adjoint.

Immobile sous la pluie, vêtu d'un ciré noir, Oscar Krane se moquait éperdument du mauvais temps. Robert Nau l'avait appelé un quart d'heure plus tôt pour lui signaler qu'un détecteur de mouvements encore en état de marche s'était affolé. Un jeune du centre s'était échappé et avait réussi à gagner la forêt. C'était donc arrivé !

« Mais tout n'était pas joué », songeait en cet instant Oscar Krane. La vingtaine de gardiens lancés aux trousses du fuyard étaient équipés de jumelles à vision nocturne. Et ils avaient des chiens dressés pour la traque. De quoi localiser n'importe qui, même par un temps pareil.

Un bruit de sabots sur les graviers détourna Oscar Krane de ses pensées. Sur sa droite, un homme portant des vêtements de pluie jaunes courait dans sa direction. D'une main, il tirait par la bride un grand cheval blanc et, de l'autre, il tenait une lampe-torche. Robert Nau et le cheval arrivèrent à la hauteur du directeur au moment où un violent éclair déchirait le ciel.

Le patron du centre de détention ne bougea pas d'un centimètre. Monsieur Krane était un homme de grande taille, athlétique et difficilement impressionnable. Il planta ses yeux dans ceux du cheval, secoua la bride et, sans jeter un regard à Nau, lui lança :

« Où est-il ?

— Les gardes m'ont averti par radio. Ils ont aperçu Santrac au niveau de la piste forestière 41, il y a cinq minutes. Les chiens vont le rattraper. Mais je me demande comment il a pu aller jusque-là. Ce garçon est une force de la nature !

— C'est ce que nous allons voir, fit le directeur. Dites aux gardes d'encercler Santrac, mais qu'ils ne le capturent pas. Je m'en charge.

— Très bien, Monsieur, dit Nau. Cela sera fait.

— Vous m'avez trouvé ce que je vous ai demandé ?

— La corde est dans la sacoche de votre selle, répondit son adjoint.

— Parfait, conclut le Directeur. Santrac est à moi. Quant à vous, occupez-vous de Titou. Il est dans ma chambre.

— Vous pouvez compter sur moi, Monsieur le directeur », dit Nau, les yeux noyés d'eau.

Oscar Krane glissa son pied gauche dans l'étrier, passa sa jambe droite au-dessus du postérieur de son cheval et se posa lourdement sur la selle. Puis il arracha à Nau sa lampe torche, serra les jambes et talonna violemment sa monture, qui partit au galop.

Nau regarda partir son chef en craignant le pire. Il se demandait ce que le directeur allait faire avec cette corde. Il savait depuis longtemps que son patron haïssait ses pensionnaires et qu'il haïssait en particulier le plus jeune d'entre eux, le dénommé William Santrac. Un garçon qui n'avait cessé de leur poser des problèmes et qui venait, selon Nau, de faire l'erreur de sa vie.

« Pauvre gamin ! » dit Nau pour lui-même.

À ce moment-là, au-dessus du château, un éclair monumental barra le ciel tout entier.

Chapitre 2
La course de William

IL ÉTAIT PRÈS DE MINUIT. L'orage donnait sa pleine puissance. Dans les bois qui bordaient le château des Boucaniers, William Santrac slalomait entre les chênes géants. Les yeux pleins d'eau, dans la nuit zébrée de feu, il bondissait au-dessus des buissons, sautait par-dessus les racines et cavalait sur les rochers, comme porté par la puissance de l'orage.

L'évadé savait qu'on était sur ses traces. Ses quarante kilos ne pesaient pas lourd face à ses poursuivants, mais le garçon avait pour lui ses jambes, des jambes qui semblaient remplies de feu. Depuis une demi-heure, les mains et les pieds ensanglantés, William n'avait pas cessé de courir sans paraître se fatiguer.

Il sauta au-dessus d'un rocher, puis il accéléra encore.

Plus loin, entre deux coups de tonnerre assourdissant, le garçon perçut les aboiements des chiens lancés à sa poursuite. Il s'arrêta aussitôt à l'abri d'un grand arbre. Il était temps de penser à les neutraliser.

D'un geste rapide, il ôta son sac à dos. Il en retira plusieurs poignées de boulettes de viande hachée qu'il avait pris soin de préparer avant son évasion. Il avait glissé à l'intérieur tous les somnifères qu'on lui donnait au centre et qu'il aurait dû avaler chaque soir pour s'endormir profondément comme l'espéraient le directeur et son adjoint. William jeta les boulettes autour de lui, espérant que les chiens passeraient par là et les croqueraient.

Puis le coureur repartit de plus belle sous la pluie battante et dans le fracas du tonnerre. Il n'était pas question d'attendre. William connaissait le sort réservé aux fugitifs, même aux plus jeunes comme lui. Il imaginait les crocs des chiens, les coups de pied des gardes et tout le reste...

Sa seule chance d'échapper aux chiens au cas où ils n'avaleraient pas les boulettes de viande consistait à traverser une rivière. Une fois qu'il aurait franchi cette langue d'eau, les chiens ne pourraient plus suivre son odeur. C'était un vieux truc d'évadé : William l'avait vu dans l'un des rares films qu'on leur projetait au centre de détention, un film dans lequel – Oscar Krane s'en était assuré – l'évadé mourait à la fin, bien sûr.

Enfin, à la sortie du bois, le fugitif arriva à un chemin, le souffle coupé.

« Ça, c'est le chemin des Quatre-Pendus », dit-il pour se rassurer lui-même.

Les mains sur les genoux, il scruta l'horizon rayé de pluie et veiné de lumière.

Devant lui, les grandes herbes des marécages ondulaient comme les cheveux d'un géant dans la tempête. Au loin, des saules pleureurs secoués en tous sens semblaient lui faire signe de ne pas s'approcher. Dans la lumière des éclairs, le garçon apercevait des silhouettes fantomatiques, des vaches et des chevaux qui encaissaient la fureur du temps.

En traversant ce champ, William savait parfaitement qu'il allait se mettre à découvert. Mais s'il restait dans le bois, il savait ce qui l'attendait...

La rivière qu'il cherchait n'était plus très loin, alors il fonça.

Il passa sous une clôture, marcha à travers une prairie gorgée d'eau et gagna les marécages. La pluie incessante avait transformé cet endroit en une immense surface gluante.

Le garçon s'empara d'un bâton qui traînait là et le planta devant lui pour s'assurer de la solidité du sol. Puis il avança, pas à pas. D'abord le bâton, puis une jambe, puis l'autre. Encore le bâton, puis une jambe, puis l'autre... Au bout d'une centaine de mètres dans la boue, l'épuisement le gagna. Les muscles tétanisés, William s'effondra et jeta un regard angoissé autour de lui.

Il n'y avait plus rien d'autre que cette étendue molle et collante, et cette pluie qui diluait tout. Épuisé, William se demanda s'il n'était pas temps de trouver un coin où dormir, tout de suite. Il ferma les yeux. Oui, il fallait qu'il dorme, maintenant. Dormir. Se reposer. Reprendre des forces. Dormir. Et tant pis pour la pluie. Et tant pis pour tout.

William rampa vers une bosse qu'il distingua le temps d'un éclair. Il s'affala dans l'herbe mouillée. Il se cogna la tête contre quelque chose de dur.

C'était une grosse pierre carrée entourée d'herbes hautes. Que faisait-elle ici ? « Saleté de caillou ! » pensa William en tâtant la bosse qui naissait sur le côté de son crâne. Puis ses mains parcoururent la pierre et ses environs pour vérifier qu'il n'y avait pas un tesson de verre ou quoi que ce soit qui puisse le blesser...

« Arrrrgghhh ! » hurla William, en retirant sa main, les yeux révulsés d'horreur.

Un crapaud d'une taille prodigieuse se trouvait là. L'animal le regarda, puis coassa trois fois, ferma les yeux et, d'un bond, disparut dans la nuit.

William soupira. Rassuré, il continua de tâter le terrain autour de la pierre. Soudain, il sentit que sous la boue le sol se durcissait dans une direction. Il amorça un effort terrible pour se relever et tâta le sol un peu plus loin. Un chemin ! Oui, là, il y avait une piste, d'un mètre de large environ, couverte de pavés. Ses doigts qui glissaient sous la boue ne pouvaient le tromper. Et cette piste, pensa-t-il, allait le mener rapidement vers la rivière, et sans beaucoup d'efforts. Une énergie nouvelle l'envahit alors. Il prit la piste et fila droit dans le noir sans se retourner.

Au bout du sentier, William remarqua une autre pierre carrée. Mais celle-ci était ornée d'un dôme de métal brillant. En touchant la partie métallique, il sentit une petite décharge électrique.

William tressaillit puis, les mains en visière, il fouilla l'obscurité du regard. La rivière était à une vingtaine de mètres. Une haute rangée d'arbres la longeait et laissait deviner sa forme de serpent. Il entendait le grondement des eaux. Pour atteindre la rivière, il fallait franchir un large fossé rempli d'eau, puis monter sur un petit talus et enfin traverser un terrain plat.

Plus déterminé que jamais, William jeta son bâton de l'autre côté du fossé, prit son élan et sauta en poussant un cri rauque. Il s'étala brutalement sur le talus.

Le garçon se releva, récupéra son bâton et reprit sa marche. Mais le sol sur lequel il marchait se révéla bientôt être impraticable. Partout où il plantait son bâton, la tige de bois s'enfonçait en entier. Le garçon recula de quelques pas. Fallait-il faire demi-tour ? Non. Mais comment...

Un puissant éclair fendit tout à coup l'obscurité et frappa un saule pleureur sur le bord de la rivière, juste en face de lui. L'arbre prit feu instantanément. Un grondement sauvage accompagna la foudre et fit trembler le fugitif de tous ses membres.

« Alors, Santrac, toujours aussi trouillard ! » lança une voix qui semblait sortir des ténèbres.

William se retourna. C'était Oscar Krane !

Chapitre 3
Une disparition imprévue

Ruisselant d'eau, un sourire de triomphe sur le visage, le directeur dirigeait la lumière de sa lampe-torche sur le visage du garçon.

« Santrac ! dit l'homme du haut de son cheval. Il est temps de rentrer !

— Jamais de la vie ! cria William en se protégeant les yeux de la lumière avec un bras.

— Je me suis mal fait comprendre, Santrac ! » hurla Oscar Krane.

D'un geste, le directeur posa le faisceau lumineux de sa torche au niveau de sa ceinture. Le manche d'un couteau de chasse apparut sous la lumière.

« Est-ce plus clair, maintenant ? lança le directeur.

— Si vous croyez que ça me fait peur ! cria William d'une voix de défi.

— Pour la dernière fois, Santrac, faites demi-tour ! ordonna Oscar Krane en sortant le couteau de son étui.

— Jamais !

— Eh bien, vous l'aurez voulu ! »

Le directeur n'était pas homme à renoncer. L'image de son centre de détention en dépendait.

Oscar Krane rangea son couteau, puis donna des petits coups de bride en arrière pour faire reculer son cheval. Puis il lui donna un violent coup de talon dans les flancs. L'animal partit au galop en direction du talus...

William comprenait qu'il devait fuir, coûte que coûte. Il prit son bâton, courut à toutes jambes et sauta le plus loin possible de la zone molle devant lui.

Le garçon s'enfonça jusqu'au bas-ventre. Il avança de quelques centimètres, puis... il s'enfonça davantage.

Au même moment, le cheval d'Oscar Krane, lancé au grand galop, s'arrêta net devant le fossé. Oscar Krane décolla, passa au-dessus des oreilles de son cheval, vola quelques mètres et tomba dans l'herbe boueuse. Le cheval s'ébroua, souffla et hennit.

Le cavalier se releva, furieux, frotta ses vêtements pour en enlever la boue et récupéra sa torche.

« Santrac, vous allez me le payer ! »

Pas de réponse.

« Où êtes-vous, nom d'un chien ? Montrez-vous ! »

Pas de réponse.

Muet de terreur, William s'enfonçait. La boue qui l'entourait n'était pas de la boue. C'était du sable, ou plutôt des sables mouvants !

« Ah ! vous êtes là, Santrac ! cria Oscar Krane en projetant le faisceau de sa torche sur la nuque de William qui s'agitait pour sortir de ce piège. Il me semble que vous êtes dans de sales draps, mon cher Santrac ? Sortez d'ici, maintenant ! Cela suffit !

— Je ne peux pas bouger ! hurla William. Je m'enfonce !

— C'est encore une de vos plaisanteries, je suppose ?

— Non ! Passez-moi quelque chose pour sortir de là ! »

Une disparition imprévue

Le sable au niveau de sa poitrine, William tenta de se retourner, mais il s'enfonça davantage.

« Dépêchez-vous ! Aidez-moi ! hurla William. Je m'enfonce ! Vous ne le voyez pas ?

— Le spectacle de votre disparition est des plus agréable ! dit d'un ton ironique le directeur. Pourquoi devrais-je vous aider ?

— Aidez-moi ! Je vous en supplie !

— Regardez-vous, Santrac. Vous êtes lamentable. Vous n'êtes qu'un inutile, un nuisible, un cafard. Incapable de vous en sortir tout seul !

— Dépêchez-vous ! » gémit William, indifférent aux insultes du directeur.

Oscar Krane finit par se dire que, pour la réputation de son centre, il valait mieux ramener le fugitif. Une disparition ou un décès était une publicité dont il désirait plus que tout se passer. Il partit vers son cheval, sauta le fossé, attrapa la bride de son animal, le regarda avec fureur, ouvrit la sacoche attachée à la selle et en sortit une corde.

William s'enfonça encore, jusqu'aux aisselles. Un sentiment d'horreur l'envahissait. Il avait l'impression qu'il était dans la bouche d'un monstre, prêt à glisser dans son ventre pour disparaître à tout jamais.

Mais le directeur revint.

« J'aurais préféré qu'elle serve à vous pendre, Santrac, je ne vous le cache pas », dit Oscar Krane en lançant sa corde à William.

Le garçon puisa tout au fond de lui les dernières forces qu'il lui restait, attrapa la corde et la glissa sous ses bras. Il fit un premier nœud, puis un second, puis un autre.

Oscar Krane tira de toutes ses forces, mais la corde boueuse lui glissait entre les mains. Il l'enroula alors plusieurs fois autour de sa taille et effectua deux nœuds l'un sur l'autre. Puis il tira.

Cette fois, William remonta vers la surface de quelques centimètres. Mais, au-dessus d'eux, quelque chose d'anormal se passait...

Le ciel ne grondait plus. Depuis quelques minutes, la pluie avait cessé.

Oscar Krane jeta un coup d'œil au ciel silencieux. « Étrange », se dit-il, puis il recula pour tirer William. Centimètre après centimètre, le garçon sortait du piège. La corde lui étranglait le torse, mais il s'y cramponnait malgré la douleur qui embrasait sa poitrine. Oscar Krane faisait tout son possible. Il maudissait William tout en tirant de toutes ses forces sur le lien :

« Maudit vaurien ! Maudit voyou ! Maudit sauvage ! »

Au bout d'une minute d'efforts intenses, William était pratiquement sorti d'affaire, quand...

D'un coup, le ciel devint d'une noirceur surnaturelle. Un vaste nuage solitaire couleur d'encre s'arrêta au-dessus d'eux.

« Il a la forme d'un bateau à voiles », songea William, le visage tourné vers le ciel.

Du coin de l'œil, le directeur distingua cette étrange arrivée. Plié en deux, il se figea et observa le sombre nuage.

Tout se passa alors très vite.

Un éclair gigantesque dessina une tornade lumineuse qui s'abattit près d'eux. La pointe de l'éclair frappa la pierre carrée couverte de métal située à quelques mètres de William. Une gerbe d'étincelles haute de vingt mètres se forma au-dessus du dôme. Projeté en arrière par le souffle, Oscar Krane fit un bond terrible dans les airs avant de s'effondrer sur le sol. Il se releva en titubant et essaya de reculer.

Impossible ! La corde nouée autour de son corps l'empêchait de fuir. Il regarda dans la direction de William, qui était presque entièrement libéré des sables mouvants. Allongé, le garçon n'avait même plus la force de hurler.

Paniqué, Oscar Krane saisit son couteau de chasse d'une main tremblante et trancha la corde d'un coup sec.

« Désolé, Santrac, mais je ne reste pas ici une minute de plus, hurla-t-il. Pour le reste, vous y arriverez sans moi ! »

Au moment où le directeur prononçait ces mots, une lumière jaune, brillante, parcourue de milliers de petits éclairs bleus et violets, sortit du sommet de la pierre foudroyée. Cette étrange lueur coula le long de la pierre, glissa sur le sol et s'étira dans la direction de William.

Tout en reculant, Oscar Krane observait ce spectacle avec effroi.

« Aidez-moi, murmura William dans un dernier effort en tirant à lui le bout de corde coupée. Je vous en suppl... »

Le directeur était incapable de faire le moindre geste.

Le voile luminescent atteignit William, l'entoura, lui couvrit les jambes, le buste, les épaules, les bras, le cou, le visage, les oreilles puis la tête entière. Il sentait ses dernières forces l'abandonner. Puis il perdit connaissance.

Oscar Krane était paralysé de terreur.

Sous l'étrange nappe de lumière qui crépitait d'étincelles multicolores, la boue autour de William frissonna. Des centaines de bulles éclatèrent à la surface du mystérieux liquide qui se mit à remonter sur le corps de William et l'enveloppa totalement. Les sables mouvants l'engloutirent lentement. La corde s'enfonça dans le sol comme une anguille. La lumière insolite crépita un instant, puis disparut à son tour, d'un coup.

Oscar Krane s'évanouit.

Le nuage mystérieux se dissipa. L'orage cessa. Les nuages laissèrent la place aux étoiles et à la Lune. William ne sentait plus rien. Sous la nuit, il s'enfonçait dans les sables mouvants comme dans un rêve.

Chapitre 4
Le cavalier d'un autre monde

WILLIAM ÉTAIT ALLONGÉ SUR LE SOL, seul, blessé. Une corde boueuse partait de son ventre et formait un long cordon sur le sol. Sale et couvert de sang, il gisait à l'ombre d'un arbre géant, les genoux recroquevillés sous le menton. Une main sur la poitrine, William dormait, tranquille.

Les rayons du soleil traversaient le feuillage et éclairaient son visage. Dans l'air déjà chaud du matin, flottait une odeur douce de fleur d'acacia mêlée à une odeur âcre de fauve.

Les arbres alentour étaient couverts de griffures larges comme le doigt d'un homme et longues comme des sabres. Un animal énorme était venu là marquer son territoire.

Soudain, les pas d'une bête résonnèrent. Puis on entendit son souffle. Au-dessus des buissons, un petit nuage de poussière monta. Les pas se rapprochaient.

Un oiseau siffla et s'envola d'un buisson épineux. Un gros varan, qui venait de capturer une libellule bleue de la taille d'une banane, arrêta son repas quelques secondes. Le reptile fila se cacher sous un rocher.

Une ombre apparut, celle d'un homme à cheval...

Une main sur la hanche, un chapeau à trois pointes sur la

tête, l'homme arrêta son animal à quelques mètres de William, sans le voir. Le cavalier portait une veste verte, un pantalon de toile beige et des bottes de cuir marron. Il avait environ trente ans, il était grand, mal rasé et ses cheveux blonds ruisselaient de sueur. Il portait une longue-vue en bandoulière.

Le cheval était une bête superbe, un appaloosa : hormis son postérieur blanc tacheté de marron, sa robe était d'un noir de charbon. Sous le soleil piquant, l'animal transpirait abondamment. Il mâchait son mors en secouant la tête pour se débarrasser des insectes qui vrombissaient autour de ses naseaux.

Sans mettre pied à terre, l'homme prit sa longue-vue, la déplia et scruta l'horizon. Rien. Il tendit l'oreille. Il perçut un couinement.

L'homme rangea sa longue-vue et sortit d'une poche intérieure de sa veste un appareil de couleur noire et de forme ovale qui avait la taille d'une longue boîte de sardines. Il l'alluma. Un petit faisceau de lumière verte balaya l'écran de l'appareil, de haut en bas.

« Foi de Lucas Dooh, pas de bestiole, dit l'homme à voix basse. C'est toujours ça. »

Il éteignit l'appareil. La situation était sans danger, pour l'instant. Il sauta de son cheval et donna des claques amicales sur son encolure noire. Puis il s'essuya la bouche du revers de la main.

« Et si on allait se rafraîchir le gosier, tous les deux, à la rivière ? fit Lucas Dooh en regardant son cheval. Qu'est-ce que tu en penses, Ouragan ? »

Le cheval secoua la tête pour se débarrasser des mouches autour de ses yeux. Prenant cela pour un oui, Lucas Dooh fit un petit bruit avec sa bouche et Ouragan le suivit aussitôt.

Le cavalier et la bête avancèrent jusqu'à la rivière. Elle n'était plus là.

« Fichue sécheresse ! tonna Lucas Dooh. Faudra se contenter de notre gourde, mon vieil Ouragan. »

Le cheval se frotta la tête contre son dos. Les mouches le démangeaient. Il souffla puis racla le sol avec son sabot.

Lucas Dooh prit une gourde attachée à la selle, jeta un regard autour de lui, secoua la gourde. Il restait une ou deux gorgées d'eau. Il déboucha la gourde, mit l'eau dans sa main, fit mine de la porter à sa bouche, mais la donna à son cheval.

L'homme entendit alors un petit gémissement. Il tourna la tête en direction du bruit. Ouragan dressa les oreilles. Lucas posa sa main sur la crosse de son pistolet.

William gémit à nouveau.

« Mille canons ! » jura l'homme.

Le garçon poussa un cri. Les douleurs se réveillaient.

« Mille canons de mille canons ! pesta l'homme quand il aperçut une masse étendue sous le grand arbre. Qu'est-ce que c'est que ça ? »

Lucas Dooh attacha son cheval à une branche à la vitesse de l'éclair et courut, arme au poing, dans la direction de William. En découvrant le garçon, il remit son arme dans son étui. Puis il s'agenouilla et prit William par les épaules. Il le souleva légèrement du sol.

« Hé ! Bonhomme ? demanda-t-il en secouant William. Mon bonhomme, ça va ? »

Lucas administra quelques petites claques au garçon pour le faire revenir à lui.

« Pppp... paaa... pap... papa, c'est... c'est toi ?

— Non, je ne crois pas, mais je suis quand même content de t'entendre parler, moussaillon ! dit l'homme avant de lâcher un sourire. Toi, je ne sais pas comment tu t'appelles, mais je crois savoir d'où tu viens. »

Lucas Dooh n'était pas plus étonné que ça. Il savait que ce

genre de découverte pouvait lui tomber dessus un jour ou l'autre. Encore un de ces petits intrus de la Terre qui s'était fait avaler !

L'homme souleva délicatement William et longea la rivière à sec un bon moment. Plus haut, il trouva une flaque, entre deux rochers. L'eau était sale. Il remplit la gourde, fouilla dans ses poches et en sortit une plaquette de cachets.

Sur la plaquette était écrit : *Aquassasser. Cachet pour eau naturelle non purifiée. Contient du Foultupax, antimicrobien à large efficacité. Deux cachets par litre.*

L'homme prit quatre cachets et les jeta dans la gourde. Il attendit une minute que les cachets se dissolvent et tuent les microbes. Puis, il porta la gourde aux lèvres de William. Le garçon but, toussa, cracha puis balbutia.

« C'est toi... pap... paaapa ?

— Décidément, tu ne sais dire que ça », dit Lucas en souriant.

William délirait. Il cracha à nouveau. Un mélange de boue et de sang sortit de sa bouche.

L'homme lui rinça le visage.

« Nom d'une bouteille de rhum, constata Lucas Dooh, ce n'est pas la grande forme ! »

William but, puis recracha l'eau.

« Mmm... mam... maammm... maman... c'est toi ?

— C'est ça, maman, maintenant ! reprit l'homme en secouant la tête. Ton papa et ta maman, crois-moi, ils sont loin ! »

Lucas détacha la corde attachée autour de la taille de William, enleva quelques brindilles et des croûtes de boue de ses vêtements en guenilles et le souleva.

Il entendit son cheval souffler et hennir. Il savait que les animaux sentent le danger mieux que les hommes et surtout avant eux. Il revint vers son cheval, posa William contre un tronc couché et consulta à nouveau son petit appareil.

Le faisceau vert balaya l'écran de haut en bas. Le détecteur de présence n'indiquait rien. Aucune bête d'une masse supérieure à cinquante kilos ne se déplaçait dans un rayon de moins de cinquante mètres.

« Toujours pas de bestiole, marmonna Lucas. On a de la chance, aujourd'hui. »

Lucas ouvrit ensuite une sacoche qui pendait sur le côté de la selle. Il sortit une petite bouteille et une bande de gaze blanche. Il désinfecta du mieux qu'il put les plaies que William avait aux mains et aux pieds et lui fit plusieurs pansements bien serrés.

Une branche craqua. Un grognement provenant des broussailles parvint aux oreilles de l'homme et du cheval.

« Il ne faut pas traîner », dit l'homme en jetant un œil au détecteur de présence posé à côté de lui.

Le faisceau de lumière balaya l'écran de l'appareil. Un bip retentit. Un petit point rouge clignota dans la partie basse de l'écran.

« On a de la visite, dit Lucas Dooh. Allez, on déménage ! »

Il acheva rapidement de bander le deuxième pied de William.

Une seconde branche craqua. Des oiseaux s'envolèrent en claquant bruyamment des ailes. L'énorme varan retourna sous son rocher en abandonnant son repas. Ouragan redressa la tête, souffla, hennit et se mit à frapper le sol du sabot, les oreilles couchées en arrière.

Les buissons commencèrent à bouger derrière eux. Un nouveau grognement fit se cabrer le cheval.

« Une bestiole, Ouragan ! » lança Lucas à son cheval.

Lucas se leva rapidement, avec William dans les bras. Il posa le garçon en travers de l'encolure de son cheval et grimpa sur la selle.

La bête souffla à nouveau, plus fort cette fois.

Quelque chose de gros, de velu et de sûrement affamé s'approchait. Puis les buissons tremblèrent, s'écartèrent et craquèrent. La bestiole montra enfin sa tête et son corps puissant. Elle grogna.

« Groooaaaaarhhhh !

— Mille canons de mille canons de mille canons ! hurla Lucas en scrutant l'énorme animal qui surgissait à quelques mètres d'eux.

— Groooaaaaarhhhh ! Groooaaaaarhhhh ! »

L'animal, au pelage fauve, ressemblait à un ours gigantesque. Gueule béante, debout sur ses pattes arrière, la bête montrait ses dents pointues couvertes de bave. C'était un adulte pesant une bonne tonne et toisant trois mètres de haut. Ses pattes étaient armées de griffes longues comme des sabres ! De quoi éventrer un cheval en moins de deux ou faire sauter la tête d'un homme comme le bouchon d'une bouteille de rhum !

Pour Lucas, la bête qui s'avançait vers eux n'était rien d'autre qu'un longues-griffes, une bestiole qu'il fallait fuir, et au galop !

« Fini de traîner, dit Lucas en talonnant Ouragan qui ne demandait que ça. Direction la cité ! »

Ouragan partit au triple galop. L'animal à l'allure préhistorique tenta de les rattraper. Mais c'était un gros lourdaud, féroce et teigneux, mais incapable de rivaliser avec Ouragan même si celui-ci avait deux cavaliers sur l'échine.

William, le cavalier et le cheval furent hors de danger en quelques secondes. Le garçon se remit à parler...

« Pppp... pap... paaapa... papa... bredouilla-t-il à nouveau, toujours en plein délire.

— C'est ça... C'est ça... Si tu veux, papa, dit l'homme en caressant le front de William. Enfin, si les capitaines le veulent bien ! »

Le cheval gagna une piste plus large et parvint au sommet d'une colline caillouteuse.

Dans le lointain, un mur immense se dressait sur l'horizon. Au milieu du mur, deux énormes créatures métalliques installées sur des colonnes de pierres brillaient sous le soleil. L'espace d'un instant, avant de perdre à nouveau connaissance, William entrouvrit les paupières et eut l'impression d'apercevoir deux gigantesques éléphants d'or.

Chapitre 5
Un réveil difficile

WILLIAM TENTA D'OUVRIR LES YEUX. Impossible. Soudain, une impression de fraîcheur lui inonda le front. Très agréable. Puis la même sensation humide et fraîche lui parcourut la bouche.

Le garçon tenta à nouveau d'ouvrir les paupières. Son œil gauche trembla, s'ouvrit enfin, mais pas le droit. William distingua alors une forme floue dans le brouillard qui l'entourait. Puis son œil droit fonctionna à son tour. La forme se dessina plus nettement.

Une femme le regardait en souriant.

« Chéri, cap sur la chambre ! s'écria soudain la femme. Il se réveille !

– J'arrive ! » hurla une voix d'homme depuis une salle de bains.

Émergeant de son long sommeil, William s'intéressa d'abord à la jeune femme qui l'observait. Elle était assise au bord du lit. Ses cheveux bruns et abondants tombaient sur ses épaules bronzées. Puis les yeux de William glissèrent sur les deux gros anneaux d'or qui pendaient à ses oreilles. Elle portait une superbe robe bleue qui allait à merveille avec ses yeux bleus. Le garçon la trouva instantanément très belle.

« Où... Où suis-je ? marmonna William d'une voix faible.

— Bonjour, jeune homme, dit la femme sans répondre à sa question.

— Bon... Bonjour, dit William d'une voix pâteuse.

— Comment te sens-tu ? s'inquiéta-t-elle en posant sa main sur la sienne.

— Pas trop mal. Je... Je peux avoir... »

Le garçon s'interrompit en voyant débouler dans la chambre un homme, torse nu, au visage couvert de savon. Lucas Dooh, ses yeux verts luisant de bonheur, s'exclama :

« Bonjour, jeune homme !

— Bon... Bonjouuur, dit péniblement William en tentant de se relever. Je peux... savoir qui... qui vous êtes ?

— Moi, c'est Lou, Lou Dooh pour être précise. Lui, le grand nigaud tout savonneux derrière moi, dit la femme en le montrant du pouce, c'est Lucas Dooh, mon mari. Et toi ?

— William, dit le garçon.

— Et William comment ? demanda Lou.

— William Santrac, précisa le garçon, qui n'avait pas encore pensé qu'il aurait peut-être mieux fait de mentir en donnant un faux nom.

— C'est un magnifique nom de famille, ça ! Santrac !

— Oui, si on veut, souffla William en grimaçant.

— Et tu nous viens d'où ? demanda Lou.

— De nulle part, répondit brusquement William, qui ne voulait pas trop en dire sur lui et, surtout, ne rien évoquer de son passé.

— Tu ne veux pas en dire plus ? demanda-t-elle.

— Si, j'ai soif... »

Au fur et à mesure que son esprit revenait à la vie, le naturel méfiant de William refaisait surface.

Certes, ce couple avait l'air sympathique, mais le garçon avait appris à se méfier de tout le monde, et des adultes en particulier. Et l'homme qui souriait devant lui ne lui inspirait pas totalement confiance : son torse et ses bras étaient couverts de dizaines de cicatrices. William se demandait bien comment il avait pu se faire tout ça...

« Je peux savoir où je suis ? ajouta-t-il en tentant de jeter un œil à travers la fenêtre de la chambre.

— Dans un lit, dit Lou en gloussant.

— Amusant, nota William. Mais ce lit, il est dans quelle ville ? »

La femme et l'homme se regardèrent d'un air hésitant, comme s'ils ne désiraient pas répondre à cette question. William, lui, voulait simplement savoir où il avait mis les pieds.

« Dans une ville en bord de mer, précisa la femme en tendant un verre d'eau à William. Tu n'as rien à craindre.

— Dans une ville en bord de mer », répéta William d'un air sceptique avant d'avaler d'une seule traite l'eau du verre.

Il scruta les visages qui lui faisaient face, certain de ne pas être le seul à cacher quelque chose. Ce couple était bizarre, mais il chassa de sa tête l'idée qu'ils puissent être de la police. Il tourna néanmoins le regard vers la porte de la chambre, au cas où il devrait fuir...

« Je suppose que c'est l'un de vous deux qui m'a trouvé, lança William.

— Oui, oui, confirma Lou. C'est Lucas.

— Et vous avez prévenu la police ? » s'inquiéta William.

Le couple échangea un regard incrédule. La police ? Quelle police ? La femme se frappa soudain la cuisse du plat de la main : elle se souvenait de ce qu'était la police !

« Quelle gourde ! dit-elle. Mais si, Lucas, tu sais, c'est comme la brigade de la Paix, chez nous !

— Ah ! d'accord ! s'écria l'homme. Eh bien non, nous n'avons pas prévenu la police...

— Je préfère ça, dit William, soulagé. Et ça fait longtemps que je suis ici ?

— Trois jours, dit Lucas. On a cru que tu ne te réveillerais jamais !

— Moi aussi ! » dit le blessé d'un air songeur en constatant que ses mains étaient bandées.

En tâtant sa tête douloureuse, il sentit du bout des doigts qu'il avait une bande de tissu autour du crâne.

« Et ça me sert à quoi, ce turban ? demanda-t-il.

— Ta tête était un peu bouffie quand Lucas t'a trouvé, expliqua Lou. La bande est imbibée d'un anti-inflammatoire. C'est pour t'aider à retrouver un aspect normal plus rapidement.

— Un aspect normal plus rapidement ! » reprit William.

Mais quelle tête avait-il donc ? Il repoussa les draps de son lit jusqu'à sa taille, bascula les jambes sur le côté et posa les pieds sur le parquet en gémissant. Il avait l'impression de marcher sur un tapis d'oursins.

« Tu ne devrais pas te lever, conseilla Lou. Tu es encore faible.

— Je peux avoir un miroir, s'il vous plaît ? dit-il sans prêter attention au propos de la femme. J'aimerais voir la tête que j'ai.

— Prends-le dans tes bras », fit Lou à son mari en indiquant du doigt un miroir au fond de la chambre.

Lucas souleva William et le posa devant le miroir.

Le garçon se regarda, dépité.

Il portait un grand pyjama blanc orné de mammouths roses. Ses mains étaient bandées, ses pieds aussi, il avait des pansements un peu partout sur le visage et une bande lui ceinturait le front. Ses cheveux bruns étaient dressés au-dessus de la tête comme une couronne d'épines. Mais quelque chose n'allait pas du tout. Son visage était anormalement rond, bouffi, boursouflé. Lui qui était si mince d'ordinaire, il avait le visage d'un gros !

« J'ai une tête énorme ! » lança-t-il, effaré.

Lou et Lucas éclatèrent de rire.

« Et vous m'avez transformé en momie, ma parole ! dit-il les bras ballants.

— Pourtant tu n'es pas en Égypte, répondit la femme avec humour.

— À ce propos, j'aimerais bien savoir où je suis, justement ? » insista William.

L'homme et la femme échangèrent un regard mi-inquiet mi-résigné. Il fallait lui dire la vérité.

« Tu as le cœur bien accroché ? demanda Lou en fixant William du regard.

— Pourquoi cette question ? répliqua William, qui regagnait tout seul le lit en faisant glisser ses pieds sur le sol comme un skieur de fond. Aïe... Aïe... Aïe !

— Tu te sens prêt à encaisser la surprise de ta vie ? dit Lucas en scrutant William.

— Avec ce que j'ai vécu jusque-là, je crois que je peux encaisser la surprise de ma vie... »

Lucas raconta d'abord à William où il l'avait trouvé et comment il l'avait ramené. Jusqu'ici, William croyait ce qu'on lui racontait. Dans son esprit, Lucas devait être un de ces paysans qui habitaient non loin du château des Boucaniers. En se baladant à cheval, il avait dû le découvrir au bord de l'eau, dans un fossé.

Lucas lui relata ensuite comment un certain Salomon, un chirurgien, lui avait recousu la peau : cent quatre-vingt-dix-neuf points de suture, un kilo de pansements et cinquante-quatre mètres de bande ! William acquiesça d'un signe de tête. Pas de problème là non plus. Cette explication tenait la route. Un paysan pouvait très bien avoir un ami chirurgien.

Puis Lucas lui expliqua dans quel endroit, dans quelle ville, dans quel monde exactement, il venait de faire son entrée... Et là, William pensa que l'on se fichait de lui, comme jamais on ne l'avait fait. Il éclata de rire.

« Ha ! Ha ! Ha ! La bonne blague ! J'aurais glissé, moi, dans un passage secret pour un autre monde ! Désolé, mais je n'y crois pas une seconde. Où sont les caméras ? C'est l'émission "Piégez votre pire ennemi" ou quoi ?

— Je ne sais pas de quoi tu parles, dit Lou. Je ne connais pas ce programme. Mais je te promets que tout ce que Lucas dit est vrai... On ne plaisante pas du tout !

— Ah ! Ah ! Ah ! ricana William. Et je suppose que la suite est tout aussi vraie. Je serais, moi, arrivé dans une cité de pirates construite quelque part sur une autre planète dans le fin fond de l'Univers ! Je ne suis pas très intelligent, on me l'a assez dit, mais j'ai les pieds sur terre. Vous me faites marcher !

— Je sais, c'est dur à avaler, William, confirma Lucas. Mais Lou et moi, nous sommes des pirates, des descendants de pirates qui sont venus de chez toi et qui ont découvert un autre monde en passant à travers une faille de l'espace-temps. C'est comme ça que les scientifiques disent. Il paraît que l'Univers est pareil à une montagne infinie et que des failles dans cette montagne nous permettent de passer d'un monde à un autre. Cette faille de l'espace-temps serait une sorte de grand tunnel entre nos deux planètes. »

William n'avait jamais entendu de pareilles sornettes. Une faille de l'espace-temps ! On se moquait du monde !

« Et tous les habitants de la cité sont des pirates, ajouta Lou en caressant la main de William, qui commençait à rire jaune. À part, bien sûr, ceux que l'on nomme les "intrus", comme toi et quelques autres.

— Des intrus ? s'inquiéta William. Je suis un intrus ?

— Oui, un intrus, le rassura Lucas. C'est comme ça que l'on appelle les personnes qui font une intrusion dans notre monde en découvrant par hasard l'un de nos passages secrets. Ceux qui ne sont pas nés ici...

— Ça doit te paraître absolument fou, toute cette histoire, confirma Lou en prenant William par l'épaule. Mais c'est la vérité, rien que la vérité, toute la vérité, parole de pirate ! Tu viens d'entrer dans un autre monde, un monde parallèle à celui d'où tu viens, un monde inconnu, mais tout ce qu'il y a de plus réel. Regarde dehors et tu verras. »

William se leva et se dirigea vers la fenêtre en gémissant. Sur sa route, il aperçut un perroquet empaillé, une longue-vue pendue à un mur entre deux tableaux représentant des abordages. « Pas mal la décoration ! » songea William.

Le garçon écarta le rideau de la fenêtre, se pencha et écarquilla les yeux comme s'il venait de voir un crocodile en maillot de bain portant une bouée autour du ventre.

Les gens, dans la rue, étaient habillés avec de ces accoutrements ! L'un avait un pantalon bouffant rouge, un foulard jaune sur les cheveux et une veste verte à boutons d'argent ! Un autre portait un sabre à la taille ! Un autre encore avait un chapeau à trois pointes !

« Qu'est-ce que c'est que ce chapeau ? » demanda William en désignant du doigt l'homme qui portait cet étrange couvre-chef.

Lucas s'avança à la fenêtre.

« Un tricorne. Le chapeau pirate par excellence. Il existe aussi des bicornes, mais, à titre personnel, je préfère le tricorne... »

Lucas s'interrompit, constatant que William était totalement absorbé par le spectacle de la rue.

Dehors, une femme en robe rouge, un foulard blanc sur la tête, marchait en tenant la main d'une fillette qui portait une robe couverte de plumes. Un bambin d'à peine deux ans, affublé d'un crochet et d'un bandeau sur l'œil, piquait les fesses d'une vieille femme qui marchait avec une canne.

« Un carnaval ! pensa William. Pire ! Un parc d'attractions ! Voilà où je suis ! »

William venait d'avoir un éclair de génie. Il se souvenait qu'un parc de ce type avait été construit non loin du château des Boucaniers, à quelques dizaines de kilomètres de Paris. La rivière avait dû l'emporter jusque-là.

« Ha ! Ha ! Ha ! » ricana William en regardant Lou et Lucas, et pensant avoir déjoué le piège.

Il était indiscutable que les costumes des gens, dehors, étaient super bien imités. Et cette chambre, avec sa décoration style cabine de bateau, tout en bois, les lanternes, le perroquet empaillé, l'ancre de marine en bronze, le coffre clouté, les tableaux et tout le bazar, ça faisait bien pirate. Mais William n'était pas né de la dernière pluie.

« C'est bon, dit alors William d'un air triomphant. J'ai compris votre manège, à tous les deux. Vous êtes comédiens et vous travaillez dans un parc d'attractions ! Et je suis à l'infirmerie !

— Je constate que Monsieur résiste, répliqua Lucas. Je sais ce que l'on va faire. Je vais te mettre dans le fauteuil roulant que nous a prêté Salomon, le docteur qui t'a soigné, et on va faire une petite promenade, d'accord ?

— Tu sais ce qu'a dit Salomon, mon chéri, dit Lou. Du repos, du repos et encore du repos. Et après, la taverne...

— Je sais tout ça, mon ange des mers du Sud, rétorqua Lucas. Juste une petite promenade. Tous les trois. Il faut qu'il sorte de cette chambre pour sortir de son rêve, c'est la seule méthode vraiment efficace dans ces cas-là. »

William se disait aussi que c'était la meilleure chose à faire. Le regard piteux, il s'adressa à Lou :

« Juste cinq minutes, supplia-t-il. Juste le temps de voir les guichets d'entrée du parc d'attractions ! »

Chapitre 6
La cité des pirates

Assis dans un fauteuil roulant poussé par Lucas, William plissa les yeux pour supporter la violence de la lumière extérieure lorsqu'ils sortirent dans la rue. C'était une belle matinée ensoleillée, idéale pour découvrir le nouveau monde qui se présentait à lui. Même si, tout au fond de lui, il considérait encore cette cité comme la parfaite reconstitution d'une ville ancienne.

« Et comment s'appelle cette "cité" ? lança William d'un air moqueur.

— Piratopolis, pardi ! dit Lucas, comme si c'était évident.

— Tu vas voir, ajouta Lou. Notre cité est une petite merveille ! »

Dès les premiers mètres, secoué dans son fauteuil qui roulait sur des pavés, William se sentit submergé par la beauté des rues et des maisons de la cité des pirates. Les demeures, construites en pierres ou en briques, étaient principalement des maisons à colombages. Elles avaient un, deux ou trois étages, des toits en ardoises noires et certaines possédaient une tour. Des grappes de fleurs de toutes les couleurs pendaient des balcons en fer forgé. Les rues étaient bordées d'arches de pierres blanches, superbes, qui faisaient penser à des ponts.

« Pas de doute, songea le garçon, les constructeurs du parc d'attractions avaient parfaitement reconstitué cette ville. »

Ne perdant pas une miette de ce qu'il prenait pour un décor, William était simplement étonné de ne pas voir de gens avec des casquettes, des baskets ou des pots remplis de pop-corn. Il était aussi surpris de ne pas voir de gens déguisés en souris, en chiens ou en ours.

Toutes les personnes qu'il croisait étaient habillées à la mode pirate, avec foulard, veste de marine à gros boutons dorés ou argentés, pantalons courts, chemises à jabot, grosses ceintures de cuir, robes décolletées, etc. William parvint finalement à cette conclusion : ce jour devait être un jour spécial, un jour consacré uniquement aux pirates.

Mais la suite de la promenade allait fortement l'ébranler. Des cris de mouettes lui arrivèrent aux oreilles, une odeur d'algues se glissa dans ses narines, puis ses yeux aperçurent deux énormes tours qui marquaient l'entrée d'un port. Et, au large, il y avait l'océan, un véritable océan, avec de vraies vagues jusqu'à l'infini.

Là, les convictions de William commencèrent à flancher. Tout cela ne pouvait être un décor. Il ne pouvait être en pleine campagne, à quelques kilomètres de Paris. C'était impossible !

Depuis un bon moment, Lou et Lucas ne disaient plus rien. Ils laissaient William à sa contemplation et à ses doutes. Ils savaient que ce moment était un moment fort pour lui. Il était en train d'accepter cette nouvelle réalité : il était ailleurs.

En ce dimanche, jour de marché sur les quais du port, des centaines de commerçants donnaient de la voix pour vendre leurs marchandises. Le bruit qu'ils faisaient sortit William de ses pensées.

« Alors, ton verdict ? demanda Lucas en arrêtant le fauteuil roulant devant une taverne.

— C'est difficile à admettre, mais je crois bien que cette ville n'est pas un parc pour les touristes, avoua William. Mais j'ai une dernière question à vous poser avant d'y croire vraiment. Promettez-moi de me dire la vérité et de ne pas rire. »

Il parlait d'une voix presque triste. Il avait l'air extrêmement sérieux. Lou et Lucas se demandaient ce qui pouvait bien lui trotter dans la tête.

« C'est promis, dit simplement Lou. On te dira la vérité et on ne rira pas.

— Promis, dit à son tour Lucas.

— Bon. Voilà, commença William en les scrutant. Je voudrais savoir si, sous votre peau d'humain, vous ne seriez pas des extraterrestres cracheurs de morve empoisonnée ? »

Les yeux écarquillés, Lou et Lucas eurent énormément de mal à contenir un fou rire. Mais ils tenaient à ne pas décevoir William au moment où celui-ci exigeait de leur part la plus haute considération pour ses interrogations. Lucas s'agenouilla devant lui et le fixa du regard.

« Le déguisement est sûrement l'une des plus grandes passions des pirates. C'est même un art qui a une grande place dans notre culture. Mais je te promets, sur la tête de tous les plus fameux pirates de notre histoire, que nous ne sommes pas des extraterrestres cracheurs de morve empoisonnée. Ni moi, ni Lou, ni tous les pirates qui vivent dans notre belle cité. »

William semblait presque satisfait par la réponse de Lucas.

« Est-ce que je peux vérifier un dernier truc ? » demanda-t-il d'un air soupçonneux.

Le visage de Lucas était à trente centimètres du sien.

« Je t'en prie. Ne te gêne pas. »

Les sourcils froncés, William approcha sa main du visage de Lucas et pinça très fort la joue gauche de l'homme. Il tira du mieux qu'il put la peau de Lucas, qui grimaçait de douleur.

« Elle m'a l'air humaine, cette peau, concéda William, rassuré. Bien humaine...

— Oui, malheureusement », répliqua Lucas en frottant sa joue douloureuse.

William recula contre le dossier de son fauteuil, profondément rassuré. La cité qui s'offrait à son regard était habitée par des êtres humains comme lui.

Comme lui ? Pas tout à fait...

Une jeune fille blonde de l'âge de William, portant une hallucinante robe blanche couverte de plumes, arrivait dans sa direction. Lucas avait tort : le déguisement n'était pas toujours un art, mais parfois une catastrophe ! William se souvenait maintenant qu'il avait aperçu cette demoiselle à plumes lorsqu'il avait regardé par la fenêtre. Ce que cette robe était ridicule ! La fille était accrochée au bras d'une belle femme blonde en robe rouge.

« Bonjour, Éléonore, dit Lou à la femme en robe rouge. Bonjour, ma petite Célia. »

La femme et la jeune fille saluèrent Lou et Lucas en les embrassant.

« C'est toujours si agréable de voir deux des plus belles filles du quartier par une si belle journée, dit Lucas en regardant les superbes épaules d'Éléonore.

— C'est toujours agréable d'entendre de si jolies choses, même dites par le plus vilain flatteur du quartier », répondit Éléonore.

Lucas était d'un naturel charmeur. Lou était d'un naturel jaloux. Elle jeta donc un regard agacé à Lucas et frappa du poing l'épaule gauche de son mari.

« C'est fini, oui ? menaça-t-elle. Toujours le compliment de trop, celui-là !

— Aïe ! Si on ne peut plus rien dire à sa voisine ! lâcha Lucas d'un ton amusé, satisfait d'avoir provoqué la jalousie de Lou. C'est tout de même incroy...

— Ben ! Lucas ! s'étonna Éléonore sans lui permettre de terminer sa phrase. Qu'est-ce qui t'est arrivé ? Ta joue ? Elle est toute rouge !

— Ce n'est rien, répondit Lou dans un sourire, c'est juste que quelqu'un a voulu vérifier que Lucas était bien un être humain et pas un extraterrestre cracheur de morve empoisonnée ! continua Lou en montrant du doigt le crâne de William qui regardait ailleurs.

— Et qui est ce quelqu'un ? » demanda Éléonore en portant les yeux sur le blessé.

William portait toute son attention sur la taverne d'à côté. L'enseigne de cet établissement l'intriguait au plus haut point. Elle représentait une silhouette de félin noir avec de longues canines sur un fond de couleur jaune citron.

« C'est un smilodon, ou tigre à dents de sabre », précisa Lucas pour attirer son attention.

Instantanément, William décrocha son regard de celui du félin et le posa sur le visage d'Éléonore.

« Je m'appelle William, dit-il d'un air assoupi. Bonjour.

— Bonjour, dit Éléonore.

— Bonjour », dit Célia à William.

Mais il avait déjà tourné la tête et regardait à nouveau l'étrange enseigne. Les filles de son âge n'avaient pas d'intérêt pour lui. Il préférait les tigres à dents de sabre !

« Et qui est ce William ? demanda Éléonore.

— C'est un secret, Éléonore, dit Lou. Mais compte tenu de ton rôle dans la cité et ton statut de vieille amie, je pense que l'on peut te le dire. William est un intrus. Lucas l'a trouvé dans la Zone myst...

— Chérie ! coupa Lucas. Tu sais que l'on ne doit rien dire de l'endroit où l'on trouve les intrus ! Hormis à qui tu sais...

— Désolée, ça m'a échappé », répondit Lou d'un ton grognon.

Lou avait l'habitude de gaffer. Elle ne savait pas tenir sa langue.

« Chaque lieu de découverte d'un intrus doit rester secret et connu uniquement du capitaine de la Carte des passages secrets, seul pirate habilité à connaître les voies secrètes vers la Terre, récita Célia avec un soupçon de fierté dans la voix.

— Merci, ma petite puce de mer, dit Éléonore. On connaît tous la loi 19 par cœur, mais ça reste tout de même si agréable d'entendre celle-ci en particulier. »

Dans la cité des pirates, chaque habitant devait connaître les deux cent cinquante-trois lois qui régissaient la vie de tous. Quand l'évolution de la société pirate l'exigeait, les douze capitaines gouvernant la cité se chargeaient d'inventer une nouvelle loi. Tous ces capitaines étaient des sortes de ministres ayant chacun une spécialité : capitaine de la Carte des passages secrets, du Trésor commun, de la Paix, de la Nature, des Lois, de la Culture, du Commerce, de l'Enseignement et du Savoir, des Jeux et des Sports, du Hasard, de la Médecine, etc.

Éléonore Bilkis, plus que toute autre personne, connaissait les lois, puisqu'elle était capitaine des Lois.

« Et qui est ce capitaine de la Carte de je-ne-sais-pas-quoi et qui sait où j'ai atterri ? demanda William, soudain très curieux.

— Tu ne connais pas encore Roger Rayson ? demanda Éléonore.

— Ben, non, admit William qui avait l'impression d'être l'idiot du quartier.

— Tu ne tarderas pas à le connaître, assura Éléonore. Il est toujours parmi nous, en fin d'année. C'est une vedette, tu sais. Le professeur Roger Rayson est notre capitaine de la Carte des passages secrets depuis plus de trente ans. Et il est aussi le capitaine du Trésor commun.

— On le reconnaît facilement, Roger, c'est un capitaine avec deux tricornes sur la tête », dit Célia, ce qui fit rire les adultes qui l'entouraient mais pas William.

Célia, dans sa robe de plumes, lorgnait le garçon d'un air mauvais. Depuis un bon moment, elle était singulièrement agacée par ce mal-élevé qui n'avait pas répondu à son bonjour et qui, maintenant, ne riait pas à ce trait d'humour. Et William en rajouta dans la goujaterie quand il se rendit compte qu'elle le regardait avec des éclairs dans les yeux.

« Tu veux ma photo pour la mettre dans ta chambre ? demanda-t-il d'une voix glaciale.

— Non merci ! J'ai déjà celle d'un orang-outang, répliqua Célia. Et toi, tu veux une banane ? »

William devint rouge pivoine.

« J'ignorais que les poules à perruque blonde pouvaient parler », rétorqua William d'un ton sec.

Célia devint à son tour de la couleur de la robe de sa mère.

« Bon, dit Lucas d'un air gêné en saisissant les poignées du fauteuil. Je crois qu'il est temps de partir. Le temps se gâte, on dirait...

— Tout à fait d'accord, dit Lou. Tout pirate qui sent le vent tourner se doit de faire des efforts pour éviter les disputes inutiles, loi 27. »

Les adultes se saluèrent. William nargua Célia en lui lançant un « Au revoir cocotte ! » et en poussant des petits cris de poule. Célia dit à William que la place d'une momie était dans un musée des horreurs et surtout pas dans les rues de cette belle ville.

Au moment de partir, Lucas proposa à sa femme une halte :

« Lou, ma perle des lagons, si on passait à côté ? proposa

Lucas d'une voix charmeuse en indiquant d'un mouvement de la tête la taverne voisine. J'ai une petite soif et une grosse faim. Je vous invite !

— À la *Taverne du tigre à dents de sabre* ? Dans ce repaire de fripouilles ? Jamais ! clama Lou.

— Mais, enfin, chérie, ce n'est pas un repaire de fripou... »

Mais, comme pour donner raison à Lou, deux hommes sortirent à toutes jambes de bois de la *Taverne du tigre à dents de sabre*. Ils se disputaient.

« Mouton jaune, je fais ce que je veux, t'entends ? T'es pas le maître ! grogna l'un des deux hommes, un gros à la tête brûlée par le soleil et qui portait un collier de cailloux autour du cou.

— Tête cuite ! Continue à raconter tes salades à cette vieille sorcière et le patron, il te coupera la chique, t'entends ? Couic ! menaça l'autre, un blond qui portait une veste sans manches en peau de mouton.

— Marchand de mort ! dit l'homme au collier de cailloux en levant le poing en l'air.

— Sac à rhum ! gronda l'autre en courant après le premier. Reviens, bon à rien !

— Qu'est-ce que je disais ? demanda Lou. Cette taverne est un repaire de fripouilles. J'ai autre chose à vous proposer. Bien plus calme.

— Oh, non ! Pas ça ! dit Lucas en secouant la tête. Pas *Le Canon fleuri* !

— Eh si ! » rétorqua Lou qui confirmait les craintes de son mari.

Chapitre 7
La Turbine du démon

Le Canon fleuri était une taverne, mais une taverne vraiment spéciale. L'endroit n'était pas laid, mais, pour un pirate comme Lucas, être aperçu là-bas par un de ses amis ou collègues masculins était une véritable honte. La clientèle était pour l'essentiel féminine, buvait du thé et avait une moyenne d'âge d'environ soixante-dix ans !

Une fois à l'intérieur, Lucas souleva prestement William de son fauteuil roulant et le déposa dans un grand siège en rotin blanc. Aussitôt, il jeta son tricorne sur un siège libre et lança un furtif coup d'œil autour de lui. Il ne reconnut personne. Ouf ! Il s'assit et recula son fauteuil de façon à être dissimulé par les plantes vertes.

« Ils ne servent pas autre chose que du thé ? demanda William, qui n'aimait guère cette boisson et qui consultait la carte des consommations.

— Si, si, bien sûr ! » répondit Lou en lui montrant le bas de la carte. Au *Canon fleuri*, ils ont mille sortes de thé, mais ils ont aussi un excellent jus de yaya.

« Du jus de yaya ?

— Parfaitement, dit Lucas. C'est un mélange à base de sang de tortue, de salive de longues-griffes, de cervelle de chat sauvage broyée, avec une pointe de jus concentré de crotte de mammouth et, enfin, une ou deux belles cuillerées de beurre moisi. Un régal de pirates ! »

William, la main devant sa bouche, était à deux doigts de vomir.

« N'écoute pas ce flibustier mal informé, William. Le jus de yaya est un mélange de jus de fruits frais : goyave, papaye, noix de coco, fraise, orange, kiwi, mangue et citron vert.

— Avec une bonne rasade de rhum de la Vieille-Tortue, c'est une merveille », ajouta Lucas, l'œil pétillant.

Lou regarda Lucas d'un air furieux. Encourager un jeune garçon à boire de l'alcool, mille canons, quel maraud !

« Et pourquoi on appelle ça du jus de yaya ? demanda William, cette fois en salivant d'impatience à l'idée de déguster ce cocktail. C'est une boisson allemande ?

— Ah ! Ya, ya ! Oui, oui ! Non, répondit Lou. La légende prétend que l'ancien propriétaire du *Canon fleuri*, l'inventeur du jus de yaya, bégayait. Quand les clients lui demandaient ce qu'il mettait dans son jus de fruit pour le rendre si bon, il disait : "Y'a... y'a... y'a... de... de... y'a... y'a... de... de... la... gogo... de la goyaya... y'a... y'a de tout de... dedans !" À force, le jus de yaya serait né... »

William s'esclaffa, Lucas aussi.

« Ben, puisque l'on parle de yaya, dit William, yaya une question que j'aimerais vous poser. Qu'est-ce que vous allez faire de moi quand je serai à nouveau en état de marche ? Vous allez m'obliger à retourner d'où je viens ?

— Sûrement pas ! s'exclamèrent de concert Lou et Lucas...

— Vous ne renvoyez pas les intrus d'où ils viennent ?

— Pas du tout ! dit Lou. Au contraire. On... »

L'arrivée d'une serveuse coupa la discussion. Lou commanda un thé au citron vert, une part de tarte à la goyave et à la papaye. Lucas prit un jus de yaya de papa (avec du rhum) et une part de cake coco. William demanda un jus de yaya nature et une part de tarte aux pommes.

« Donc, reprit Lou, je disais que non, tu ne seras pas renvoyé d'où tu viens. Sauf si tu le désires.

— Ne te fais pas de bile, ajouta Lucas, qui voyait que William était mal à l'aise. Je suis certain que tu feras un excellent petit pirate si tu veux rester ici, avec nous. Tout ce qui compte, pour l'instant, c'est que tu saches que nous avons déjà beaucoup d'affection pour toi. »

William eut un pincement au cœur. Cela faisait un siècle qu'il n'avait pas entendu une aussi douce parole. Lou, voyant monter son émotion, l'embrassa. Lucas lui tapa dans le dos comme s'il s'agissait de l'encolure d'Ouragan.

« C'est drôle, dit William, ému. Ça fait juste quelques heures que je suis avec vous et je me sens bien, comme si on se connaissait depuis toujours. »

Cette fois, Lou et Lucas furent troublés à leur tour. Les mots du garçon venaient de les toucher en plein cœur. Deux petites larmes coulèrent sur les joues de la jeune femme. Et Lucas dut serrer les mâchoires pour réprimer un sanglot.

« Et si tu nous en disais un peu plus sur toi, jeune homme ? enchaîna Lucas pour masquer son émotion. D'où vient notre cher petit intrus ?

— J'arrive de France, j'habitais à la campagne », dit William.

Il était évidemment hors de question de parler de son passé, de la prison. Il ne voulait pas effrayer Lou et Lucas.

« Et tu n'as pas de parents, là-bas ? s'inquiéta Lucas.

— Non, non, je vivais dans un orphelinat, mentit William. Je m'ennuyais à mourir, alors, un soir, je me suis enfui et j'ai atterri chez vous. Je n'arrive pas encore à comprendre ce qui s'est passé.

— C'est simple, dit Lucas, tu es passé par la Turbine du démon.

— La turbine du quoi ? demanda William.

— La Turbine du démon, répéta Lucas. Pour comprendre, il faut que tu imagines qu'il existe des tunnels d'énergie entre la Terre, ta planète d'origine, et sa sœur jumelle, la nôtre. Rappelle-toi : les failles de l'espace-temps dont je t'ai déjà parlé.

— Oui, se souvint William. Des failles pour aller de planète en planète.

— Voilà, c'est ça. Pour qu'un intrus puisse passer dans notre monde, reprit Lucas, il faut de l'énergie, énormément d'énergie. Eh bien, certains orages surpuissants peuvent libérer cette énergie indispensable par l'intermédiaire d'un gros éclair de transfert spatial. À l'endroit où frappe ce gros éclair, ton monde s'ouvre comme une bouche. Un tunnel énergétique relie alors nos deux mondes.

— Et la turbine ? demanda William.

— J'y viens, dit Lucas. Nous appelons justement ce tunnel énergétique "la Turbine du démon", tant ça secoue ceux qui passent dedans. Le transfert d'un monde à l'autre dure une fraction de seconde. Nos ingénieurs ont mis au point un appareil qui permet de faire le chemin inverse, mais cet engin est top secret.

— Je parie que c'est en passant par cette turbine que des pirates ont découvert votre planète ! supposa William.

— Exactement, confirma Lou. Voilà plus de deux mille ans, un équipage de pirates découvrit le premier lieu de passage secret vers notre planète, un endroit au large de la Floride, dans la mer des Caraïbes, pas loin des îles Bermudes, à ce qu'il paraît.

— Les pirates ont passé leur temps à sillonner toutes les mers et tous les océans de la Terre, poursuivit Lucas. Bien plus qu'on ne le croit. Il n'y a pas un bout de mer sur ta planète où un bateau au drapeau noir à tête de mort de nos ancêtres n'ait laissé un sillage dans l'eau. C'est pour cette raison qu'ils ont été les premiers à trouver les passages secrets pour notre monde.

— De génération en génération, continua Lou en avalant une gorgée de thé, les pirates se sont transmis le secret des lieux de passage en les notant sur une carte marine. Le capitaine de la Carte, Roger Rayson, est le gardien de cette carte qui contient tant de secrets. Ce document est sûrement le plus grand et le plus précieux des trésors pour les pirates.

— Je ne comprends pas, dit William, la bouche pleine de tarte aux pommes. Vous parlez d'un passage dans l'océan pas loin des îles Bermudes. Moi, j'arrive de la campagne française. Et j'ai été avalé par des sables mouvants, pas par l'océan...

— C'est vrai, reconnut Lucas. Et j'ai trouvé Monsieur bien loin de la mer. En fait, il existe des passages secrets ailleurs, sur la terre ferme ou en mer, des endroits que nous avons aménagés pour passer nous-mêmes dans ton monde, discrètement... On appelle ça des bornes de transfert spatial. Tu n'as rien aperçu, à l'endroit par où tu es passé ?

— Si, dit William. Un petit chemin pavé et une pierre carrée avec un dessus en métal !

— Rien d'autre ? Une bâtisse ? Un monument ? demanda Lucas.

— Un château, dit le garçon.

— Et comment s'appelait ce château ? continua Lucas.

— Le château des Boucaniers, je crois, dit William, blanc comme un linge.

— Et tu sais ce que c'est qu'un boucanier ? s'enquit Lucas.

— Non. »

Lou lui expliqua que, dans les îles des Caraïbes, aux alentours des XVIe et XVIIe siècles, des pirates vivaient de la chasse et faisaient fumer de la viande sur des boucans, des lattes de bois, pour la conserver. On appelait ainsi ces hommes des boucaniers.

« Le château des Boucaniers dont tu parles ne s'appelle pas comme ça par hasard, assura Lucas. À mon avis, un de nos riches ancêtres a dû faire construire ce château. Et je parie ma collection de jambes de bois que nos ingénieurs sont allés lui demander un jour s'ils ne pouvaient pas installer une borne de transfert sur ses terres. »

À sa plus grande surprise, William était maintenant convaincu que Lucas et Lou disaient la vérité. Tout sonnait juste. Cet homme et cette femme venaient de réussir une chose incroyable : ils avaient réussi à gagner sa confiance.

« J'ai une dernière question, dit alors William d'un air conquérant qui rappelait celui d'un explorateur avant un départ vers une contrée mystérieuse. Comment s'appelle cette fichue planète où j'ai atterri ?

— Terra incognita, dit Lou. C'est du latin. Ça signifie terre inconnue.

— Terra incognita, reprit William. Une terre inconnue. Je sens que je vais aimer cet endroit. »

Chapitre 8
Le capitaine de la Nature

LE LENDEMAIN DE LA VISITE au *Canon fleuri*, le miraculé de la Turbine du démon explorait le vaste jardin situé derrière la maison de Lou et Lucas. Entouré d'une haute muraille de verdure, le terrain était planté de palmiers, de bananiers et de splendides massifs de fleurs. Depuis plus de deux heures, une béquille sous chaque aisselle, William s'élançait sur la pelouse en progressant par bonds successifs.

Avant de rentrer, le garçon se lança un dernier défi : bondir au-dessus du superbe massif de marguerites géantes situé au milieu du jardin.

Trois, deux, un... William prit son élan, bondit quatre fois au-dessus de l'herbe, parvint au bord du massif et...

Il s'étala de tout son long au milieu des marguerites.

« Je constate avec plaisir que tu t'intéresses à mes plantations, dit Lou d'une voix amusée en apercevant William avachi dans ses fleurs.

— Désolé, miaula William en retirant les marguerites de sa chemise pleine de terre.

— Aucune importance. Avec ce qui les attend ce soir, pas de soucis !

— Ah bon ? dit William, concluant que les marguerites allaient finir en bouquet.

— Allez ! Debout, jeune homme ! fit Lou en attrapant William sous les épaules. J'ai quelque chose pour toi.

— Qu'est-ce que c'est ?

— Un autre genre d'exercice. Nettement moins dangereux. »

Il était midi. Lou revenait de son travail pour déjeuner avec William. Elle était sage-femme à l'hôpital El-Kenz et s'était arrêtée en route pour acheter une surprise à William.

« C'est pour moi ? demanda William en voyant le gros paquet qu'elle lui tendait.

— Pour qui veux-tu que ce soit ? C'est pour mon petit trésor.

— Mais ce n'est pas mon anniversaire...

— Aucune importance !

— Ah bon. Ben, merci beaucoup, dit William tout ému en saisissant le paquet. Je ne sais pas quoi dire, à part mille mercis, mille canons !

— Je t'en prie, c'est un plaisir de te faire plaisir, dit la femme en recevant un bisou de William. Et ne fais pas cette tête, il n'y a rien d'extravagant... »

William déchira le papier qui enveloppait le paquet. Un livre ! Un énorme livre avec une magnifique illustration en couverture. Elle représentait un jeune homme aux cheveux bruns ondulés et au visage ombrageux qui scrutait l'horizon, debout sur la proue d'un grand voilier voguant sur une mer en furie. Un foulard rouge lui ceinturait le front et un bandeau noir lui cachait un œil. Le pommeau doré d'un sabre et la crosse d'un pistolet émergeait de sa ceinture. Que ce pirate avait fière allure ! pensa William. Il avait l'air si bon et si terrible à la fois. Pour William, un vrai aventurier, c'était ça !

Il lut le titre : *Histoire et Géographie du monde pirate pour les nuls et les intrus*, par Apollonius Mollo, instituteur et directeur de l'école Joshua-Slocum, professeur à l'université d'Histoire et de Littérature pirates William-Kidd et capitaine de l'Enseignement et du Savoir depuis vingt-cinq ans.

Content du cadeau, mais furieux pour ce qu'il venait de lire, William soupira. Lorsque l'on était un intrus, on était donc d'office considéré comme un nul !

« C'est un cadeau merveilleux, dit William, heureux malgré tout.

— Jette-toi dans la lecture, dit Lou, avant de te jeter sur le repas. »

Puis elle partit préparer le déjeuner.

William relut le titre provocateur... *Pour les nuls et les intrus*... N'importe quoi, cet... cet... Apollonios Mollusque, vraiment n'importe quoi ! Mais il se rendit vite compte que le titre de cet ouvrage était bien la seule chose qu'il n'aimait pas dans ce livre...

Après le repas, le blessé ne détacha pas son regard du livre de tout l'après-midi.

Il apprit d'abord que Terra incognita était bien la sœur jumelle de la Terre, mais une fausse jumelle. Le visage de Terra incognita était, sur un point, très différent de celui de la Terre. Les terres émergées formaient un unique continent, posé au milieu d'un unique océan. Et les pirates n'habitaient qu'une minuscule partie de ces terres : un pays qui occupait la pointe sud de cet énorme continent, une région ressemblant à s'y méprendre à l'Afrique du Sud.

Installée au bord de l'océan, Piratopolis avait été fondée deux mille ans plus tôt par une bande de pirates dont le navire avait été foudroyé par un éclair de transfert spatial. Un petit texte expliquait que, par la suite, d'autres pirates avaient trouvé des passages vers cet autre monde. Ces vagues de pirates bâtirent peu à peu la cité. Flibustiers, corsaires, gueux de mer, boucaniers, frères de la côte, forbans, écumeurs des mers, gentilshommes de fortune, renégats et scélérats de toutes sortes et de toutes origines vinrent ainsi gonfler les rangs des habitants de Piratopolis.

Mais William découvrit en lisant que le monde pirate ne se limitait pas à cette belle cité. Alentour, des villages s'étaient constitués et, surtout, un mur avait été élevé ! La plus grande construction du monde pirate n'était ni un château, ni une cathédrale, ni une pyramide, mais un mur gigantesque. Il séparait Piratopolis et tous les villages de l'essentiel des terres du continent. Ce mur était une frontière. En fait, le monde pirate habité était coupé du monde sauvage par une enceinte qui mesurait 3 141 kilomètres de long.

L'immense barrière de troncs d'arbres, qui ondulait le long de la frontière entre ces deux mondes, s'élevait en moyenne à vingt mètres de hauteur ! Elle s'arrêtait à ses deux extrémités au bord de l'océan, à l'ouest près du village de Mille Troncs et à l'est à quelques kilomètres de celui de Tonton Wine.

Le nom de cette construction titanesque était pour le moins surprenant : le mur de la Sauvagerie.

En lisant la légende de la photo, William comprit mieux le choix de ce nom. L'auteur du livre, Apollonius Mollo, y avait écrit : « Ne l'oublions jamais, le mur de la Sauvagerie existe non pas pour protéger les pirates du monde sauvage, mais pour protéger le monde sauvage des pirates. »

Le pays pirate était appelé République de Libertalia. Il avait la forme d'un triangle dont le côté orienté au nord était le mur colossal. Les deux autres côtés étaient la côte est et la côte ouest, qui se rejoignaient au cap des Tempêtes.

Le livre racontait que des pirates avaient tenté de fonder une telle république sur Terre, sur l'île de Madagascar, mais que cette première tentative avait échoué. Seul le nom de République de Libertalia avait été conservé en leur honneur.

Le monde sauvage s'appelait la Zone mystérieuse. Cette Zone mystérieuse occupait plus de quatre-vingt-sept pour cent des terres émergées du super continent de Terra incognita. Et plus des deux tiers de cette Zone mystérieuse étaient encore inexplorés.

« Des terres inexplorées... murmura William. Ce monde est fait pour moi ! »

Ensuite, William lut un article sur la faune qui peuplait cette Zone mystérieuse. C'est peu dire qu'il fut subjugué par ses découvertes.

On y trouvait des espèces d'animaux que William ne connaissait pas ou croyait disparues : mammouth, cerf géant, lama à gros nez, tigre à dents de sabre, tatou géant, tamanoir à tête chauve, six-cornes, double-gorille, phacochère à grosses cuisses, dayo, hyène hirsute, longues-griffes, grosse-échine, buffle canon, langue-pourrie, albatros corsaire, oiseau tête de mort, crocodile géant et autres double-boa !

Évidemment, William n'avait maintenant qu'une envie : les voir !

Après cinq heures de lecture, William referma le livre. Il n'avait jamais autant lu de toute sa vie. Le soleil déclinait. Ses paupières épuisées s'abaissèrent, et il se mit à rêver d'aventures.

Le cri d'une mouette le réveilla au milieu d'un rêve où il chevauchait un énorme gorille...

Il ouvrit les yeux et leva la tête vers le ciel.

« Oiseau de malheur ! » ronchonna William, le poing levé.

Lou, rentrée de son travail, lisait un journal à côté de William, assise dans une chaise longue. Elle lui proposa un verre de jus de yaya qu'il accepta volontiers. Elle retrouva sa chaise longue, se remit à lire son journal, *Le pirate libéré*, et se mit à rire.

« Lou, qu'est-ce qui te fait rire ? demanda William, une paille dans la bouche dans laquelle remontait du jus de yaya.

— Un article sur Lucas. D'une drôlerie ! Je te le donne, je vais préparer le repas... »

William attrapa le journal de ses mains bandées. En dernière page, il y avait un portrait de Lucas tout bronzé, sale, la poche de chemise déchirée. Le titre de l'article était plutôt accrocheur : *L'homme qui murmurait à l'oreille des mammouths* !

William dévora l'article.

Lucas Dooh n'est pas doux. Il est ferme, il est rude, il est dur. Normal quand on fait le boulot de ce grand gaillard de trente-quatre ans. Mieux vaut avoir de la poigne et de la voix ! « Les mammouths sont des pachydermes intelligents et d'une force inouïe, explique Lucas Dooh, capitaine de la Nature. Quand ils réussissent une percée sur les terres habitées, en forçant le mur de la Sauvagerie, il faut parvenir à les apaiser avant la capture. Sinon, les vétérinaires sont obligés d'utiliser de fortes doses de calmants qui peuvent les tuer. »

Comment calmer ces monstres ? Rien de plus simple. On murmure. « Un jour, nos scientifiques se sont aperçus qu'en leur parlant doucement à distance, à l'aide de haut-parleurs à ultrasons — des sons que seuls les animaux perçoivent —, le niveau de stress de ces animaux diminuait fortement. Les mammouths avaient moins peur de nous et nous moins peur d'eux ! »

Une fois endormis, les pachydermes sont transférés par camion dans la Zone mystérieuse. Mais, avant cela, il faut vérifier qu'aucun de ces géants ne manque à l'appel. Solution idéale : prendre les airs. Pas de souci : Lucas Dooh est pilote. À bord de son mouchocoptère biplace, un engin volant aux yeux globuleux et transparents, un engin rapide, souple et silencieux, l'homme qui murmure aux oreilles des mammouths scrute chaque recoin de la campagne à la recherche des...

William relut l'article quatre fois. Il était estomaqué et vexé. Lucas ne lui avait jamais avoué qu'il parlait aux mammouths, qu'il pilotait un mouchocoptère et qu'il était capitaine de la Nature, autrement dit l'une des douze personnes les plus importantes de la cité ! Il lui avait seulement dit qu'il travaillait avec « des animaux sauvages » dans une sorte de « parc naturel ».

De colère, William lança le journal au sol. Il s'ouvrit par hasard en page quatorze. Un article avait pour sujet une mystérieuse et dangereuse « poudre aux esclaves » : *Le fléau de la poudre aux esclaves*.

Nos jeunes pirates sont en danger de mort. Des criminels se faisant appeler « marchands de sable magique » vendent une nouvelle drogue aux enfants de la cité. La sinistre et fameuse « poudre aux esclaves » serait dissimulée à l'intérieur de confiseries appelées « bonbons bizarres ».

Aujourd'hui, on peut le dire, « la poudre aux esclaves » n'a plus rien d'une poudre aux yeux. Plus de cent quarante jeunes pirates mineurs ainsi que soixante-treize pirates majeurs en ayant consommé sont actuellement en cure de désintoxication dans le seul hôpital El-Kenz. Produite à partir d'une fleur, le Cacaverus mortiferus, plus souvent appelé « caca vert semeur de mort », la poudre est vendue sous forme de petites gélules multicolores au goût de bonbon. Sans que l'on puisse encore expliquer comment, le vendeur surgit de l'obscurité à l'approche de sa future proie. Il lui propose alors des « bonbons bizarres » à prix d'or. « Le marchand de sable magique est passé », lâche alors le macabre vendeur avant de disparaître dans les profondeurs de la nuit.

Le jeune Victor, douze ans, a connu l'horreur de cette rencontre nocturne, mais il a réussi à s'en sortir de justesse. Grâce à son énorme masse corporelle, il a...

Stupéfié par la teneur de l'article, William fonça voir Lou dans la cuisine pour vérifier ces informations. Elle travaillait à l'hôpital El-Kenz, elle devait savoir.

« Tout ce qui est écrit est exact, confirma Lou. Méfie-toi bien de ces marchands de sable et de leurs bonbons bizarres. Ils s'en prennent toujours aux personnes les plus faibles. Ils disent à leurs victimes que leurs bonbons auront des effets miraculeux sur eux, que tous leurs problèmes disparaîtront comme par magie. Certains cèdent et se retrouvent esclaves de cette poudre. Ils vont jusqu'à voler leurs parents et leurs amis pour s'en procurer. Parfois, jusqu'à tuer...

— Je ferai attention, assura William. Surtout qu'avec mes béquilles et mes bandages, j'ai la tête de la parfaite victime.

— Ne plaisante pas trop avec ça, William, dit Lou d'une voix inquiète. Ces gars ne sont pas des rigolos, ils n'hésiteront pas à... »

Un bruit de porte retentit et stoppa leur conversation.

Lucas rentrait du travail. Il avait un petit sourire aux lèvres, un bouquet de fleurs sauvages à la main. Il portait une vieille chemise à carreaux jaunes et verts, un pantalon troué et ses bottes étaient toutes crottées.

William, ses béquilles sous les bras, fonça sur Lucas qui retirait son tricorne. L'homme frappa son chapeau contre sa cuisse pour chasser la poussière et l'accrocha dans l'entrée. Lorsqu'il vit William, il posa son index sur sa bouche pour lui faire comprendre de ne rien dire pour les fleurs.

« Bonjour, dit William. Bonjour, monsieur le capitaine des Secrets !

— Capitaine des Secrets ? s'étonna Lucas.

— Oui, insista William, capitaine des Secrets !

— Mais je n'ai de secret pour personne ici, moi ! tonna Lucas d'un ton enjoué.

— Non, aucun, à part que monsieur Dooh est capitaine, qu'il pilote un mouchocoptère et qu'il pose dans les journaux parce qu'il murmure aux mammouths. À part ça, pas de secrets !

— Mais, mon cher petit intrus, dit Lucas en frottant le nez de William avec ses mains calleuses et nauséabondes. Je ne veux pas que l'on s'intéresse à moi pour mon titre de capitaine ou pour mon mouchocoptère, ou pour ma capacité à murmurer aux mammouths ! Je veux que l'on s'intéresse à moi parce que je ne suis qu'un homme.

— Un homme puant ! Pouah, quelle odeur ! s'écria William en reculant avec ses béquilles. Tout ce que je vois, c'est que je vis avec un capitaine et personne ne m'en a informé !

— Et ce n'est pas fini ! dit Lou qui rejoignait les deux compères dans l'entrée après avoir préparé une grosse salade de tomates et de laitue...

— Comment ça ? Tu es aussi capitaine ? demanda William.

— Non, non, ça ne risque pas. Mais attends de voir qui vient manger ce soir.

— Ce n'est quand même pas Éléonore et sa fille à plumes ?

— Tu verras », dit Lou, d'un air espiègle.

Lou s'élança pour enlacer son mari. En arrivant à quelques centimètres de Lucas, elle recula brusquement. Elle montra du doigt la salle de bains en fronçant les sourcils. Riposte immédiate de Lucas : il tendit les fleurs qu'il avait cachées dans son dos. Lou attrapa les fleurs et sourit.

« C'est très gentil, mais cela ne change rien à l'affaire, dit-elle en pointant à nouveau du doigt la salle de bains.

— Tu as fait quoi pour empester comme ça ? s'inquiéta William. Et tu saignes, en plus !

— J'ai travaillé, répondit fièrement Lucas. Travaillé. »

Lucas avait passé sa journée avec des mammouths. Il raconta qu'un groupe d'une trentaine de bêtes effrayées avaient défoncé le mur de la Sauvagerie. Les animaux s'étaient ensuite précipités sur les champs de maïs du Nord. Lors du transport vers la Zone mystérieuse, un gros mammouth mâle enrhumé lui avait éternué dessus. La morve de mammouth n'avait rien d'un concentré de parfums printaniers. Voilà pourquoi il puait. Un autre pachyderme lui avait donné un coup de défense dans le bras, au moment du déchargement. Voilà pourquoi il saignait.

Sous le regard de Lou et de William, Lucas retira sa chemise et la tendit à son épouse. William remarqua avec fascination les cicatrices qui couvraient le corps de Lucas. Avec toutes ces bestioles féroces qu'il devait capturer tous les jours, ce n'était pas surprenant qu'il en ait tant. Lucas soulagea l'atmosphère de son odeur infecte en partant vers la salle de bains.

Cinq secondes plus tard, l'eau coulait et l'homme sifflait. Il était vingt heures, tout le monde pouvait enfin respirer normalement.

On frappa à la porte.

Chapitre 9
L'immense docteur Diouf

« CE SONT NOS INVITÉS, WILLIAM ! lança Lou depuis la cuisine. Tu vas leur ouvrir, s'il te plaît ? »

Assis dans l'un des fauteuils rouges du salon, relisant pour la troisième fois l'article sur Lucas, William bougonna en se levant. Car, en entendant frapper à la porte, il craignait le pire : la venue d'Éléonore ne le dérangeait pas, au contraire, mais celle de sa fille, cette chipie blonde à plumes, cette mademoiselle Je-connais-les-lois-par-cœur qui l'avait traité d'orang-outang, cette Célia de malheur ! C'était la barbe !

William alla ouvrir la porte. Oui, c'était la barbe, mais pas celle qu'il avait imaginée !

Un homme immense, mesurant au moins deux mètres, avec une petite barbe bien taillée, lui souriait, d'un sourire étincelant.

« Bon... bonj... bonjour, Mon... Monsieur, balbutia William, impressionné par la stature de l'homme noir qui lui faisait face. Qui... qui êtes-vous ?

— Mon nom est Diouf. Salomon Diouf. Certaines personnes affirment que je suis médecin. D'autres prétendent que je suis agent secret, mais elles blaguent. Bonjour, William.

— Vous me connaissez ? s'inquiéta le garçon.

— Oui, confirma le géant qui entra en baissant la tête. Je t'ai soigné à ton arrivée ici. Et, ce matin, Lou m'a informé de tes progrès. Alors, comment vont tes pieds. Pas trop douloureux ? »

William ne répondit pas tout de suite. Il était subjugué par l'élégance et la prestance de Salomon. Le docteur Diouf était vêtu d'une veste de soie noire, d'une chemise blanche en lin et d'un pantalon de fine toile noire. Un superbe tricorne de feutre noir couvrait ses cheveux bruns lustrés. Dans sa main gauche, il tenait une grosse mallette de cuir rouge foncé. Dans sa main droite, il tenait une laisse. Et, au bout de cette laisse, s'agitait un animal que William classa aussitôt dans la catégorie « petite, laide et dégoûtante ».

La jeune créature avait la taille d'un cocker et ressemblait à un mini-mammouth. Sa trompe était plissée comme le dessus d'une vieille chaussure et sa peau, couverte de poils roux disgracieux, tombait de son ventre en faisant un bourrelet graisseux.

Salomon détacha la petite chose laide qui détala sur le parquet, traversa la maison en poussant des barrissements qui semblaient sortir d'un klaxon rouillé. La créature se rua dans le jardin et se mit à attaquer les marguerites sans vergogne en les arrachant avec sa petite trompe musclée.

Voilà pourquoi Lou n'a pas rouspété quand je suis tombé dedans, songea William. Une tornade allait les anéantir.

« Elle s'appelle Gog, dit l'homme à la mallette.

— C'est quoi ? demanda William.

— C'est un mammouth nain, mon cher William, répondit Salomon en glissant la laisse dans sa poche. Alors, ces blessures ?

— Ça va », marmonna William en posant ses béquilles à côté du canapé rouge du salon, un regard sur le désastre qui était en train de se jouer dans le jardin.

Le blessé s'assit alors sur un des fauteuils en gémissant.
« Pas trop de douleurs ?
— Quand je marche, c'est assez horrible.
— Ça devrait disparaître prochainement, assura Salomon.
— Et mon tatouage, lui, il va rester, j'espère ? s'exclama précipitamment William.
— Ton tatouage... marmonna Salomon. Ah oui, cette sorte de petit anneau bleu que tu as sous le pied, le gauche, n'est-ce pas ?
— Oui, le gauche. Alors, mon tatouage ? »

Du plus loin qu'il se souvenait, William n'avait jamais considéré qu'il était un garçon à part, un garçon pas comme les autres. Il considérait même qu'il avait un physique quelconque. Son nez n'était pas spécialement gros, ses yeux pas plus marrons que d'autres, sa bouche, ses dents, son front, ses cheveux bruns n'avaient rien de remarquable. Le seul détail qui pouvait attirer l'attention, et qui faisait sa fierté, c'était un petit cercle bleu tatoué sous son pied gauche. Ce cercle devait faire un centimètre de diamètre et William avait toujours pensé que cette étrangeté faisait de lui quelqu'un de différent. Et c'était pour lui un bien précieux qu'il devait préserver à tout prix.

« Ton anneau va très bien, dit Salomon. Il est intact.
— Ça me fait plaisir que vous disiez un anneau, Salomon.
— Pourquoi ça ?
— Parce que, quand j'étais petit, les gens me disaient toujours que c'était un zéro. Je préfère un anneau, même si c'est un "O" majuscule, en réalité.
— Un "O" ? dit Salomon, étonné. Tu en es sûr ?
— Certain, dit William. C'est une lettre, un "O" comme... comme...
— Ah ! je vois ! s'exclama soudain Salomon. Un "O" comme "Os" ou "Or", c'est ça ?

— C'est exactement ça, confirma fièrement William. Un "O" comme "Os" ou "Or".

— Je crois que ce monde pirate est décidément taillé pour toi ! lança Salomon en riant. Eh bien, tu peux être rassuré, ton "O" est intact. Une coupure l'a frôlé, mais il est intact. Je suppose que tu ne souhaites pas me dire comment tu t'es fait ce petit tatouage ?

— Je n'en sais rien du tout, confia William d'une voix sincère. Je l'ai depuis que je suis bébé. Promis, mon capitaine !

— Mon capitaine ? Tu es au courant ? fit semblant de s'étonner Salomon.

— C'est Lou qui m'a dit qu'un capitaine viendrait manger chez nous ce soir. Et vous êtes capitaine de quoi, au juste ?

— De la médecine ! coupa Lucas. Bonjour, mon très cher ami ! Comment se porte le plus grand, le plus beau et le meilleur chirurgien de Piratopolis ? »

Le capitaine de la Nature sortait de la salle de bains, une serviette à la main, et se frottait les cheveux.

« Bien, dit Salomon. Et comment va le plus grand flatteur de Piratopolis ?

— Bien, bien », dit Lucas qui se coiffait en se passant les doigts dans ses cheveux blonds.

À ce moment-là, Lou arriva dans le salon.

« Maintenant qu'il a une odeur convenable, je pense que notre flatteur pourrait mettre la table pendant que nous nous occupons de notre rescapé. Qu'est-ce que vous en dites ?

— Votre flatteur dit que ce n'est pas un travail pour un capitaine qui parle aux mammouths ! C'est indigne de ses fonctions ! » lança-t-il en gagnant la cuisine.

L'équipe médicale, au complet, pouvait s'occuper de son patient. Lou alluma une grosse lanterne en cuivre, la posa sur la petite table et entreprit de retirer les bandages de William. Tandis que, dehors, Gog s'acharnait sur le massif de marguerites, Salomon ôta sa veste, remonta ses manches et ausculta les blessures avec une loupe dorée à l'or fin.

Il prit ensuite un objet étrange dans sa belle mallette de cuir. C'était une sorte de pistolet avec un long canon d'où s'échappait une lumière jaune et violette quand on appuyait sur la détente. Le médecin visa un point dans la pièce comme s'il allait tirer sur un pot de fleur.

« C'est quoi, cet engin ? demanda William d'un ton anxieux. Vous voulez m'achever ?

— Un double laser synchronisé à flux concentré, dit Salomon d'une voix experte. Un tout nouveau modèle. Je le teste pour la seconde fois...

— Ah, je vois ! dit William. Je suis le deuxième cobaye.

— On peut dire ça, concéda Salomon.

— Et le premier cobaye, c'était qui ?

— Un vieux patient... Il est mort.

— Quoi ! hurla William en retirant sa main. Arrêtez tout de suite !

— Détends-toi, dit Salomon en reprenant la main du garçon. Il avait cent douze ans et s'était coupé le visage avec son poignard en se rasant à l'ancienne. Le pauvre vieux est mort d'une crise cardiaque deux jours plus tard. Pas à cause de mon laser !

— Et comment ça marche, votre engin ? demanda le blessé.

— Cet appareil provoque une régression des dermites et des dermatites, stimule les mitoses et abrase les reliefs cutanés surnuméraires, expliqua Salomon en examinant les plaies de William. En outre, ce traitement a un effet antiseptique et antalgique.

— Je n'ai rien compris, dit le garçon d'une voix désespérée.

— Pardon pour le jargon médical, c'est la déformation professionnelle. Ça veut dire que tes cicatrices et tes douleurs vont disparaître. »

Salomon tourna un bouton puis passa l'étrange lumière sur les cicatrices de William. Le garçon regardait le double rayon avec stupéfaction. Il ressentait de la chaleur et des chatouillis aux endroits où passait le faisceau lumineux. Les points de suture disparaissaient. Ses cicatrices passaient du rouge au rose et du rose au blanc. La douleur disparaissait comme par enchantement. La seule chose qui restait, c'était un petit cercle bleu.

« C'est super génial ! s'extasia William. C'est magique !

— La médecine et la chirurgie ont fait des progrès énormes, ces dernières années. Aujourd'hui, on pourrait réparer, et même changer, un homme presque de fond en comble.

— Ne me le change pas de fond en comble, supplia Lou. Je le trouve très bien comme il est. »

William regarda Lou et sourit.

« Et comment ça se fait que Lucas a toutes ses cicatrices alors que des engins pareils existent ? s'étonna-t-il.

— Je lui ai déjà proposé cent fois, répondit Salomon. Mais Monsieur Dooh aime ses cicatrices. Il les considère comme des trophées, comme les témoins des plus beaux moments de sa vie.

— Et dans combien de temps les témoins des pires moments de ma vie auront disparu ? demanda William en scrutant ses cicatrices.

— Avec ce traitement au laser, dans trois jours tu seras remis sur pied et sur main, si j'ose dire, répondit Salomon. Tu récupères à une vitesse vertigineuse. Tu as des qualités physiques vraiment exceptionnelles. C'est stupéfiant.

— Des qualités physiques exceptionnelles ? » répéta le garçon.

C'était bien la première fois qu'on lui disait qu'il était exceptionnel en quoi que ce soit.

« — Ce que je veux dire par "qualités physiques exceptionnelles", c'est que ton organisme est solide, résistant. Ton corps s'est vite remis de ton passage ici. En trois jours, tu as dégonflé et tu gambades déjà dans la maison !

— Et tu gambaderas bientôt à l'école ! ajouta Lou en riant. On va se battre pour t'avoir ! Un intrus dans une classe, c'est toujours si excitant...

— Excitant ? s'étonna William. Je ne vois pas ce qu'il y a d'excitant.

— Tu oublies que tu arrives de la Terre, dit Lou. Pour tes futurs camarades de classe, tu es une mine d'informations extraordinaires. Tu as vu des choses qu'ils n'ont jamais vues.

— C'est peut-être mieux pour eux qu'ils ne les voient pas, lança William d'un air énigmatique. Et l'école, c'est pas vraiment mon truc !

— Ne t'inquiète pas, dit Salomon, l'école, ce n'est pas pour tout de suite. Pas vrai, Lou ? »

Lou resta silencieuse, gênée. Elle comprenait l'allusion de Salomon. Mais pourquoi parler de ça maintenant ?

« Ne me dis pas, Lou, que vous ne lui en avez pas encore parlé ? dit Salomon, moitié inquiet, moitié irrité.

— Non, avoua tristement Lou. La grande nouvelle était prévue pour plus tard... »

Chapitre 10
Une affreuse nouvelle

WILLIAM SENTAIT QUE QUELQUE CHOSE DE GRAVE allait se passer. La venue de Salomon était un indice. Le départ en trombe de Lou vers la cuisine où se trouvait Lucas en était un autre. Et le fracas du saladier contre le carrelage en fut un troisième. Lucas n'aurait pas jeté par terre le saladier de belle-maman sans raison valable.

« Vous lui avez déjà parlé de son départ ! s'indigna Lucas. Mais c'est pas possible de faire des choses pareilles ! »

Furieux, Lucas donna un coup de pied dans les débris. Lou sur les talons, il rejoignit le médecin et le blessé dans le salon.

« Salomon, tu es devenu fou ou quoi ? demanda Lucas à son ami. Tu ne pouvais pas attendre, mille tonnerres !

— J'ai ausculté William sous toutes les coutures. Il est presque guéri, répliqua Salomon. Je dois faire mon rapport médical au Conseil. Je ne pourrai pas cacher qu'il est en parfait état de partir !

— Partir ? s'écria William. Vous voulez que je parte ?

— Non, pas du tout, dit Lucas d'un ton rassurant. C'est la dernière chose que nous souhaitons. Mais...

— Mais c'est la loi 24 qui les oblige à te laisser partir, expliqua Salomon.

— Comment ça, la loi 24 ? » demanda le garçon.

Lucas se dirigea vers la bibliothèque et prit un épais classeur à la couverture noire. En lettres d'or, on pouvait y lire : *Les lois de la cité des Pirates*. Mais les lettres avaient une forme tellement élaborée que William ne put les déchiffrer.

« C'est quoi, ce classeur ? demanda-t-il.

— Le recueil des lois pirates, expliqua Lou. Toutes les familles pirates en ont un chez elles. »

Lucas tourna quelques pages et déposa le livre sur les genoux du garçon. William lut le texte à voix haute.

Loi 24 de la cité des Pirates : Tout pirate découvrant un intrus blessé ou malade doit lui offrir l'hospitalité de son toit, le plaisir de son couvert et la chaleur d'un lit jusqu'à ce que l'intrus recouvre la santé. Pendant sa période de convalescence, un médecin viendra gratuitement veiller au bon rétablissement de l'intrus. Il établira un rapport médical qu'il remettra au Conseil des douze capitaines.

Si l'intrus ne meurt pas des suites de sa maladie ou de ses blessures, il doit, une fois rétabli, quitter le domicile de son pirate découvreur. Le Conseil fournira un logement temporaire et gratuit à tout intrus et lui choisira une future famille d'adoption dans les plus brefs délais. Tout pirate découvreur d'un intrus qui souhaiterait le garder pour lui encourt cinq ans de bannissement de la cité.

« Si je comprends bien, je suis obligé de faire mes valises, dit William, des larmes dans la voix. Alors que je me sens bien ici !

— C'est la loi ! Elle est la même pour tous, mon petit intrus adoré, dit Lucas à l'oreille du garçon.

— Nous sommes obligés de la respecter, dit Lou.

— Je n'aime pas les lois, moi ! Je veux rester ici, dit William, la voix pleine de sanglots. Comme un hors-la-loi. »

Une affreuse nouvelle

Les trois adultes restèrent silencieux.

« Et qu'est-ce que je vais devenir, en attendant que les capitaines prennent leur décision ? demanda William d'un air triste. Ils vont me mettre en prison ? C'est ça ?

— Non, pas du tout, répondit aussitôt Salomon. Tu dois juste effectuer ce que les pirates appellent un stage d'essai de séparation, un SES. Tu devras passer quelques jours sans famille.

— Et où est-ce que je vais effectuer ce stage à la noix ? Je ne sais pas où aller et je n'ai pas d'argent !

— Pas de souci, assura Salomon, en rangeant ses instruments médicaux dans sa mallette. Rue du Coupe-Gorge, la *Taverne du tigre à dents de sabre*. Elle accueille tous les jeunes intrus en stage d'essai de séparation. »

William se souvenait de cette taverne avec une enseigne bizarre, un tigre noir avec deux longues dents sur un fond jaune. Il en avait vu sortir deux hommes terribles, la veille !

« Je ne comprends pas ça, tempêta Lou. Comment le Conseil peut-il envoyer des enfants dans un endroit pareil ? Un endroit où les pires fripouilles de la cité aiment prendre leurs aises.

— N'exagérons rien, ma chérie, dit Lucas. C'est un endroit très correct. Viril, puant, effrayant, mais correct.

— Viril, puant, effrayant, mais correct ? Et les bagarres ? rétorqua Lou.

— C'est vrai, dit Salomon, il y a de la bagarre. Mais Jackie et Niôle veillent au grain. Ils sont toujours sur leurs gardes. C'est un couple de braves pirates, accueillants comme pas deux, ne refusant leur maison à personne, ni aux riches, ni aux pauvres, ni aux intrus, ni aux animaux.

— Même à Gog ? demanda William qui s'essuyait les yeux contre son épaule.

— Oui, même à Gog ! répondit Salomon d'un ton fâché. Merci, moussaillon. »

Encore une gaffe ! William rougit de honte. Salomon appréciait peu que l'on se moque de sa petite créature très laide et très fâchée contre les marguerites.

« Tu verras, William, Niôle est un fameux bon cuistot, continua Lucas. Et Jackie sera aux petits soins pour toi.

— D'accord, admit Lou. Jackie et Niôle sont adorables, même avec Gog. Mais ne me dites pas que notre cher trésor ne pourrait pas faire de mauvaises rencontres, dans ce repère de flibustiers mal embouchés !

— La vie est faite de bonnes et de mauvaises rencontres, dit Salomon d'une voix de philosophe. William...

— ... a déjà donné, question mauvaises rencontres, le coupa William. Si je pouvais éviter d'en faire d'autres ! »

Le garçon songeait bien sûr à la prison d'où il s'était évadé et à son ignoble directeur.

« Je pensais à une chose, reprit-il soudain d'une voix anxieuse. Vos capitaines, ils ne peuvent quand même pas me renvoyer d'où je viens s'ils ne me trouvent pas de famille ! »

Contrairement à ce qu'il avait dit à Lou et Lucas, William n'avait pratiquement jamais vécu dans un orphelinat. Dès ses premiers jours, il avait été confié à une famille d'accueil, puis à une autre, puis à une troisième. En tout, il en avait connu plus de quinze en douze ans ! Il se souvenait en particulier de la dernière : les propriétaires d'un cirque qui avaient été enchantés de le livrer aux gendarmes après qu'il eut fait « des trucs pas bien » comme ils disaient.

« Tu ne veux pas retourner en France ? demanda Lou. Les capitaines vont te le proposer... Tous les premiers juillet, il y a un retour prévu pour les intrus qui veulent rentrer chez eux.

— Ça ne me dit rien du tout. Ma famille, je veux dire, ma vraie famille, je ne sais pas où elle est, ni qui elle est, raconta William, la voix troublée. Elle m'a abandonné quand j'étais tout petit. Je suis... un orphelin. Le directeur... Euh... On m'a expliqué que j'avais quelques semaines quand on m'a trouvé... La seule chose que je sais, aujourd'hui, c'est que j'ai trouvé la famille que je voulais. C'est vous que je veux, Lou et Lucas, comme famille. »

Lou et Lucas lui jetèrent un regard qui en disait long sur leurs sentiments à son égard.

« Cette décision, malheureusement, ne dépend pas de nous, expliqua Lou, émue aux larmes. Les douze capitaines doivent étudier les situations de toutes les familles qui ont déposé un dossier d'adoption. Et tu sais, chez nous, les enfants sont si rares... De plus en plus rares... Alors, quand un intrus est découvert, il y a toujours une foule de familles qui sont prêtes à l'adopter...

— Mais Lucas est capitaine, Éléonore et Salomon aussi. Ils vont voter pour vous !

— Hélas, ce n'est pas si simple, dit Salomon, embarrassé. Lucas est capitaine mais, en tant que demandeur d'enfant, il n'aura pas le droit de vote pour la décision finale car il est personnellement impliqué, tu comprends ? Et Éléonore et moi, nous devons, pour prendre la meilleure décision te concernant, mettre de côté notre amitié pour Lou et Lucas.

— Comment ça, mettre de côté votre amitié ?

— Il leur faut considérer tous les autres couples qui veulent adopter un enfant, dit Lucas, résigné. Ils ont autant le droit que nous de t'avoir pour enfant.

— Ce n'est pas facile pour Salomon et Éléonore, dit Lou. Mais j'ai confiance, ils choisiront la meilleure famille pour toi. »

William avait du mal à comprendre la situation. Il se disait que le monde des adultes était franchement compliqué. Et puis quelque chose clochait.

« Mais comment ça se fait que vous n'ayez pas d'enfant, toi et Lucas ? » demanda-t-il soudain à Lou.

Lou et Lucas échangèrent des regards lourds de sous-entendus. Ils restèrent muets pendant quelques secondes.

« Ce n'est pas facile à raconter, surtout à un garçon de ton âge, dit Lou. Mais je vais essayer de le faire. Disons que Lucas et moi essayons depuis plusieurs années de faire un bébé. Mais la nature ne semble pas être de notre côté. On a peut-être un peu trop attendu avant de se décider à le mettre en route. Et nous ne sommes pas seuls dans ce cas-là. Pas mal de couples de pirates ayant passé la trentaine n'ont toujours pas d'enfants. Nous sommes nombreux à penser à l'adoption.

— Mais vous êtes très bien pour moi ! s'écria William. Ils vont me confier à vous.

— C'est possible, dit Lou d'une voix triste. Nous le souhaitons du fond du cœur. Mais des choses importantes sont dans la balance. Des choses qui ne dépendent pas de nous.

— Quelles choses ? demanda sèchement le garçon en se tournant vers Salomon.

— Lucas va tout t'expliquer, dit le capitaine de la Médecine d'un air mystérieux.

— Tu es sûr que ce soit nécessaire ? s'inquiéta Lucas.

— Oui, dit le docteur. N'oublie pas que William va devoir remplir son test de la famille idéale. Il doit connaître les menaces qui pèsent sur vous.

— Quelles menaces ? » demanda William en écarquillant les yeux.

Chapitre 11
Les menaces du banni

Dans le salon, chacun attendait la suite. William, Lou et Salomon étaient suspendus aux lèvres de Lucas. Quantité d'images terrifiantes revenaient dans la tête du capitaine de la Nature. Fallait-il raconter toutes ces horreurs à William ? Hélas ! oui. Leur intrus adoré allait devoir effectuer son stage d'essai de séparation à la *Taverne du tigre à dents de sabre* et remplir son test de la famille idéale. Il devait tout savoir, même le pire.

Lucas croisa ses bras musculeux sur sa poitrine, poussa un puissant soupir et se lança dans un récit terrifiant.

« Un pirate nommé Worral Warrec a été banni de la cité des pirates, voilà dix ans. Les onze capitaines l'avaient condamné à dix ans de bannissement pour tentative de meurtre, crime contre la nature, braconnage et tentative de trafic d'animaux avec les Terriens.

— Avec les Terriens, "mes" Terriens ? s'inquiéta William.

— Oui, acquiesça Lou. Il voulait vendre des animaux dans ton monde. Il trouvait que c'était une marchandise qui pouvait rapporter beaucoup d'or au peuple pirate.

— Tu parles de onze capitaines, je croyais qu'ils étaient douze ? dit William.

— Exact, moussaillon, confirma Lucas. Conclusion ?

— Worral Warrec était capitaine ! suggéra William.

— Dans le mille, moussaillon, le félicita Lucas. Et Worral Warrec n'était pas n'importe quel capitaine. Il était capitaine de la Nature, autrement dit mon chef, à l'époque. À Piratopolis, les gens l'aimaient, il avait beaucoup de charisme...

— Du charisme ? dit William.

— Disons que Worral était un séducteur, si tu veux, expliqua Lou.

— Un séducteur ? demanda William.

— Il est incontestable que Worral plaisait aux femmes, dit Salomon. Il avait une sorte de magnétisme animal. Il plaisait...

— Sa femme Wendy était d'ailleurs toujours sur le qui-vive, précisa Lou, amie de longue date de Wendy. Elle savait que ses yeux bleus faisaient des ravages...

— Ses mains, surtout, faisaient des ravages, intervint Lucas d'un air grave.

— Comment ça, ses mains faisaient des ravages ? demanda le garçon.

— Elles ont beaucoup tué », dit froidement Lucas.

Un long silence s'installa.

« Beaucoup tué ? reprit timidement William, la gorge sèche.

— Worral n'a pas été banni pour rien ! ça non ! lança Lucas.

— Mais qu'est-ce qu'il a fait ? s'enquit le garçon, terrifié.

— Je ne suis pas sûr que ce soit une histoire à raconter à un enfant de douze ans, dit Lucas. Ça pourrait te choquer. Je ne voudrais pas que...

— Lucas ne voudrait pas que tu saches que c'est en grande partie grâce à lui que Worral a été arrêté et banni, lança Lou. Lucas, dans cette affaire, est une sorte de héros.

— C'est gentil, mon amour, souffla Lucas. Mais ne dis pas n'importe quoi...

— Elle ne dit pas n'importe quoi, Lucas, tonna Salomon. Tout le monde sait combien tu as été courageux. Sans toi, qui sait ce que l'on vivrait aujourd'hui ? Je pense que toute cette histoire lui sera utile pour la suite. Tu sais, les menaces ?

— Je suis d'accord avec Salomon, dit la femme. Retire simplement les anecdotes trop saignantes. Il faut que William puisse s'endormir, ce soir... »

Le visage du garçon se décomposa.

« Accroche-toi bien, alors, ça va tanguer, dit Lucas d'un ton inquiétant. C'était un soir très chaud de mai, il y a une dizaine d'années. Worral avait décidé d'installer un camp avancé dans la Zone mystérieuse, près de la rivière des Belles-Sources. C'est dans la plaine du Gros-Bloc, en pleine brousse, une région où les fauves ne manquent pas. La brigade de la Nature effectuait une campagne de marquage de plusieurs espèces : mammouths, phacochères à grosses cuisses, tigres à dents de sabre, hyènes hirsutes... On leur posait des balises autour du cou. Ces appareils permettent aux scientifiques d'étudier leurs déplacements. C'était ma première mission de ce type.

— Tu avais quel âge ? demanda William.

— J'avais vingt-quatre ans. Je venais de rejoindre la brigade de la Nature un an auparavant. Ce soir-là, à minuit, j'ai pris mon tour de garde. Pendant deux heures, avec un collègue, Toshiro Zakimiya, on devait surveiller les environs, voir si des fauves ne rôdaient pas et, surtout, ne pas oublier d'alimenter les cinq grands feux autour du camp qui servaient à les effrayer. »

Un frisson parcourut le dos de William.

« Toshiro et moi, on faisait donc notre ronde, continua Lucas. On buvait une petite bière en marchant de feu en feu. Pendant ce temps-là, les autres ronflaient comme des longues-griffes sous leurs toiles de tente. Nous avions marché toute la journée, sous un soleil d'enfer, l'équipe était épuisée. J'avais hâte de filer dans mon sac de couchage et de m'endormir en regardant les étoiles ! »

William songeait qu'il adorerait faire ce type d'expédition un jour.

« Tout était calme, dit Lucas. Mais, vers une heure du matin, Worral est sorti de sa tente, tout bizarre, comme drogué... Il est venu vers nous, il riait étrangement. Ses yeux étaient ceux d'un fou... »

— Alors, les jeunes, on surveille le feu ? Content de votre première mission ? C'est beau la nature, pas vrai ?

On s'est regardés avec Toshiro. On se demandait ce qui lui arrivait.

— Ça va, Capitaine, vous vous sentez bien ? lui ai-je demandé.

— Je ne me suis jamais senti aussi bien, pirate Dooh ! Alors, contents de votre petite vie pépère, contents de votre petit salaire de misère ?

— Vous êtes sûr que ça va, lui demanda Toshiro, vous voulez vous asseoir, prendre une bière pour discuter ?

Lucas rapporta alors que la discussion avait tourné autour de la vie de la cité. Worral avait de grands projets pour que la cité soit plus heureuse, plus prospère, plus riche. Il dit en particulier qu'il pensait que « les beautés de la Zone mystérieuse » devraient être mieux exploitées. Pour Worral, il était temps d'agir « pour le bonheur de tous », en commerçant avec nos cousins de la Terre.

« Et puis, poursuivit Lucas, Worral nous a dit qu'il allait nous montrer comment les choses allaient changer. Il est entré sous sa tente, il a pris un sac et il est parti dans la nuit. On l'a entendu démarrer le mouchocoptère, garé à l'écart du camp, sur une dalle de pierre. J'étais persuadé qu'il était parti faire un tour pour retrouver ses esprits et qu'il reviendrait apaisé après un bon bol d'air. En fait, pas du tout ! »

Une heure plus tard, le mouchocoptère était de retour. Son

ombre de grosse mouche était passée devant la Lune. Worral avait piqué vers le camp et s'était posé. Il était descendu de l'appareil et s'était avancé dans l'obscurité, en riant d'une façon étrange. Une fois Worral près du feu, Lucas et Toshiro avaient distingué un grand sac de toile qu'il avait jeté au sol. Le sac s'agitait comme un ver. Des petits grognements sortaient du sac.

« Worral était dans un état atroce, reprit Lucas. Il avait l'air d'un mort-vivant. Ses vêtements étaient en lambeaux. Il était balafré de partout. Des morceaux de chair pendaient de son visage, de son torse, de ses bras, de ses jambes. Du sang mêlé à du sable et de la poussière suintait de ses plaies. Ses yeux lui sortaient de la tête. Il haletait comme une bête sauvage après un combat.

Toshiro lui demanda :

— Qu'est-ce qui vous est arrivé, Capitaine ?

— Regardez ce qu'il y a là-dedans et je vous expliquerai la suite des événements ! lui répondit Worral.

« J'ai ouvert le sac et là j'ai compris ce qu'il voulait dire par « mieux exploiter les beautés de la Zone mystérieuse », continua Lucas. Il avait capturé cinq jeunes tigres à dents de sabre. Les jeunes félins étaient couverts de sang, mais ce n'était pas leur sang...

— Le sang de Worral ? demanda William, tétanisé par le récit.

— Oui, sûrement. Mais c'était surtout le sang des adultes qu'il venait de tuer, sans quoi il n'aurait jamais pu leur arracher les petits. Vu son état, j'ai compris que Worral avait dû se battre au corps à corps avec le mâle et les femelles. Les adultes ne s'étaient pas laissé massacrer sans réagir. Worral avait de ces plaies, nom d'une barrique de poudre !

— Vous êtes ignoble, Capitaine, et indigne de votre poste, lui ai-je dit. Qu'avez-vous donc dans la tête ?

Worral avait alors exposé aux deux hommes sa grande théorie :

— Ces jeunes animaux sont un trésor pour les pirates, et vous n'imaginez pas à quel point. Nos cousins de la Terre paieraient une fortune pour en avoir dans leurs parcs ou dans leurs zoos. Chez eux, ils n'ont plus rien. Tout est pollué, pourri, massacré. Et je ne vous parle même pas du prix que certains seraient prêts à payer pour avoir le plaisir d'abattre un adulte. Une fortune nous attend, là, sous nos yeux. Il faut constituer une cargaison de jeunes animaux, leur faire traverser le grand passage secret des îles Bermudes avec le bateau de transfert spatial et vendre notre marchandise. Chaque pirate de la cité va devenir riche ! Riche ! Riche ! Des pièces d'or par millions !

— Des animaux, un bateau... C'est une drôle d'arche de Noé que vous nous proposez là, Worral. L'arche de Noé la plus macabre qui soit, lui ai-je répondu, reprit Lucas. Une arche de Noé qui navigue sur une mer de sang. Roger Rayson ne vous laissera jamais emprunter le grand passage secret des îles Bermudes pour accomplir vos horreurs. Vous prenez des décisions sans consulter personne. Vous vous moquez des lois de la piraterie. C'en est trop, Capitaine. Vos crimes ne resteront pas impunis, car je me vois dans l'obligation de prendre à mon tour une décision au nom de nous tous pour vous mettre hors d'état de nuire.

Lucas avait regardé Toshiro. Les deux jeunes hommes s'étaient fait un signe de tête. Ils étaient d'accord sur la marche à suivre.

— Worral, je suis au regret de devoir appliquer la loi 12. Vous avez dépassé le cap de la raison. Considérez-vous comme dégradé de votre titre de capitaine. J'appelle au vote de tous les pirates ici présents pour confirmer ma décision. Toshiro, va réveiller les autres.

— Tu ne réveilleras personne, Zakimiya, ni toi, Dooh, avait grogné Worral en saisissant les deux pistolets qu'il avait dissimulés dans son dos. C'est moi qui vais vous endormir tous les deux à tout jamais. Votre loi 12 ne vous servira à rien quand vous serez morts !

William se pencha alors pour lire le texte de la loi 12 que lui tendait Salomon :

Tout pirate constatant que son capitaine agit contre la raison et contre le bien commun de la cité doit reprendre la situation en main. Avec l'accord du ou des pirates présents, il doit faire appel devant témoins à la loi 12. Le capitaine perd immédiatement son titre et son autorité de chef. Par un vote dit « vote sur-le-champ », les pirates présents lors du conflit doivent confirmer cette décision. S'il est voté que le capitaine est privé de son titre, il doit alors être confié à la brigade de la Paix.

« Et après, relança impatient William. Après ?

— Après, reprit Lucas, Worral pointa un pistolet sur Toshiro, un autre sur moi. Il appuya sur la détente de celui qu'il destinait à Toshiro, qui courait vers les tentes. La balle resta dans le canon. Worral recula, remit le chien du pistolet en place et fit une nouvelle tentative de tir qui échoua. Il jeta le pistolet défectueux au sol et s'apprêtait à tirer avec le second sur Toshiro, quand... »

Lucas avait du mal à dire la suite. Et pour cause...

« Quand Lucas a sauté au-dessus des flammes pour détourner le tir du second pistolet de Worral, le relaya Salomon. Et Monsieur Dooh le bondissant s'est fait tirer dessus en tentant de sauver la vie de son compagnon...

— Tout le monde aurait...

— Non, Lucas. Tout le monde ne l'aurait pas fait, coupa Salomon, d'autant que tout le monde ne bondit pas comme toi. Et presque tout le monde aurait fermé les yeux sur les manigances de son supérieur. Surtout, la plupart d'entre nous aurait attendu des renforts avant de parler de la loi 12. Maudit baril de poudre que tu es ! Toujours à réagir au quart de tour ! »

Lucas avait pris dans le ventre la balle destinée à Toshiro. Au moment où il s'était relevé, il avait reçu une deuxième balle dans le coude, puis une troisième dans la cuisse. Worral avait encore appuyé sur la détente... Plus de balles. Alors il avait sorti son sabre, l'avait brandi au-dessus de sa tête et... Worral s'était affalé à côté de Lucas. En tombant, il était néanmoins parvenu à entailler l'épaule droite de Lucas avec son sabre.

« Worral s'est écroulé parce qu'il était blessé ? demanda William.

— Non, dit Lucas. En fait, quand Toshiro avait entendu la première détonation, il avait aussitôt fait demi-tour. Il a saisi un gros tison et cogné comme un sourd sur le crâne de Worral. Ça a fait de ces étincelles quand la braise a explosé sur sa tête ! Un seul coup, au bon endroit, et Worral s'est affaissé comme une grange pourrie.

— Une frappe chirurgicale ! s'exclama Salomon d'un air amusé.

— Excellent, Docteur ! dit Lucas, qui appréciait l'humour de son ami chirurgien. Vraiment très drôle !

— Et moi qui croyais que tu t'étais battu avec un longues-griffes pour avoir autant de cicatrices, remarqua William. En fait, tu t'es fait tirer dessus comme un cow-boy !

— Oh ! mais il s'est déjà battu avec un longues-griffes, tu peux en être sûr, glissa Lou en posant sa main sur le bras de William. Monsieur ne rate jamais une occasion de se frotter à une bestiole pour nous faire sentir son délicat parfum !

— Oh ! oui, je me suis déjà battu avec un longues-griffes, admit Lucas en regardant son épouse. Et il est même assis à côté de toi, William !

— Pendard ! Forban ! Coquin ! cria Lou en donnant des coups de poing vigoureux dans l'épaule de son mari, qui riposta en lui pinçant la cuisse.

— Et si on passait au dîner, proposa Salomon, qui sentait le vent tourner. Avant que je sois obligé de distribuer des pansements à tout le monde ! »

À table, Lucas raconta que Worral Warrec fut condamné quelques semaines plus tard à dix ans de bannissement de la cité. Un banni devait trouver une place quelque part dans le monde inconnu des régions inexplorées du monde pirate, au-delà du mur de la Sauvagerie, dans la Zone mystérieuse ou sur une île déserte. C'était l'une des pires peines que l'on pouvait infliger à un pirate. Car le bannir, c'était l'obliger à quitter le monde civilisé, à quitter ses amis et sa famille.

Au début, l'exécution de la sentence s'était déroulée comme prévu. *Justice*, le plus grand galion pirate, avait emporté le banni et un équipage de la brigade de la Paix pendant sept jours et sept nuits, droit vers l'océan, situé à l'ouest de la cité. Les onze capitaines étaient à bord du vaisseau pour assister au largage du banni. Pendant toute la traversée, le capitaine Warrec était resté seul dans une barque accrochée au navire par une longue corde. Une fois le périple de sept jours et sept nuits accompli, la barque du banni avait été décrochée et était partie avec le courant et le vent.

Le banni emportait avec lui sept jours de vivres, une boussole, une voile, un aviron, un fusil, des balles et de la poudre. Pour survivre, il devait se rationner, la soif et la faim faisant partie de la punition. Une fois largué, il devait trouver un moyen de rejoindre la Zone mystérieuse.

Si le banni revenait dans la cité avant l'expiration de son bannissement, il se condamnait à être enfermé à vie dans la prison de l'île de la Solitude. Cette île se situait à trente-trois jours de mer de la cité, une île déserte, brûlante, au milieu de l'océan à l'est de la cité.

« J'étais à bord au moment où le capitaine des Lois a largué la barque de Worral, raconta Lucas. L'ambiance n'était pas franchement à la rigolade ! C'était en fin d'après-midi, l'océan était calme. Lorsque le capitaine des Lois avait lâché la corde qui retenait la barque, le lien avait glissé tout doucement sur l'eau. Le *Justice* avait tiré dix coups de canons, un pour chaque année de bannissement. Sans bouger un cil, debout dans sa barque, Worral observait l'équipage avec des yeux de défi. Le visage traversé d'énormes cicatrices, il souriait, enveloppé dans son grand manteau rouge. Sans nous quitter du regard, Worral se baissa, souleva sa bonbonne d'eau, fit sauter le gros bouchon de liège et vida l'eau douce dans la mer. L'air goguenard, il prit ensuite le sac de toile qui contenait les vivres et le jeta par-dessus bord. Il arracha la voile du mât et la lança à l'eau. Il saisit ensuite l'aviron et le propulsa de toutes ses forces vers le pont du *Justice*. Un capitaine sauta de côté pour éviter de le prendre dans la figure. Et Worral prit le fusil, la poudre et les balles et les jeta à l'eau.

— Vous donnez un fusil et des balles aux bannis ? s'étonna William.

— Oui, pour qu'ils survivent en chassant dans la Zone mystérieuse, expliqua Lucas.

— Mais je croyais que la Zone mystérieuse était une sorte de parc naturel, où les animaux étaient tous protégés, s'insurgea William.

— Il est absolument interdit de tuer les espèces protégées de la Zone mystérieuse, précisa Lucas, mais il en existe une vingtaine que les bannis ont le droit de chasser pour survivre. »

Le capitaine avala une gorgée de rhum et reprit son récit.

« Une fois le ménage fait dans son bateau, dit Lucas sur le ton de la plaisanterie, Worral se mit à hurler : "Messieurs les capitaines, vous ne m'avez pas écouté et vous m'avez jugé. Vous pensez me bannir, mais c'est moi qui me bannis. Je ne veux rien de vous, ni vos vivres, ni vos armes, ni votre justice. L'océan sera mon seul juge. L'homme qui vous parle va mourir, mais un nouvel homme naîtra. Et quand je reviendrai, car je reviendrai, je me vengerai de chacun de vous. Je vous prendrai ce que vous avez de plus cher. Prenez garde à vos enfants, pirates ! Prenez garde, capitaines, prenez tous garde ! Quant à toi Lucas Dooh, pour m'avoir trahi, tu seras le premier à souffrir de ma vengeance. Surveille bien tes enfants ! Et maintenant, que le diable m'emporte et que le diable vous emporte tous ! Ha ! Ha ! Ha !" »

L'équipage du *Justice* avait été pétrifié par la rage et la haine contenues dans les menaces de Worral Warrec. Son rire macabre leur avait transpercé le corps. Un instant plus tard, le vent s'était mis à forcir et les flots à grossir. Sous un ciel soudain voilé et sur une mer grise, la barque avait lentement filé sur l'eau, comme un cercueil.

« Son grand tricorne noir à tête de mort fut la dernière chose à disparaître de l'horizon », conclut Lucas d'une voix émue.

William était cloué à son canapé. Un frisson d'effroi le fit trembler. Salomon baissa la tête. Lou s'enfonça dans son fauteuil. Lucas but une dernière gorgée de sa boisson.

« Tu comprends maintenant pourquoi il était important que Lucas te parle de ces menaces, intervint Salomon. Dans quelques jours, tu devras remplir le fameux test de la famille idéale. Ce sera en partie à toi de voir si une famille sur laquelle pèsent de pareilles menaces est une bonne famille pour toi.

— Si ma famille idéale ressemble beaucoup à Lou et Lucas, dit William, il y des chances que je leur sois confié, c'est ça ?

— Il y a davantage de chances que tu leur sois confié, rectifia Salomon. Ton avis compte en effet pour beaucoup dans la décision que prendront les capitaines. Mais choisir de placer un enfant chez Lucas, un homme que maudit Worral tous les jours s'il est encore en vie, n'est sûrement pas la première idée qui leur viendra à l'esprit... Entre nous, murmura le capitaine de la Médecine en s'approchant de l'oreille de William, je te conseille de mettre le paquet pour obtenir ce que tu veux.

— Comptez sur moi, dit le garçon. Et puis, les capitaines vont sûrement choisir ma famille en pensant que Worral est mort et qu'il ne peut plus mettre ses menaces à exécution, non ? ajouta-t-il d'un ton anxieux.

— Sans eau, sans nourriture, sans voile, sans aviron, sans arme, à sept jours et sept nuits des premières côtes, ses chances de survie étaient de l'ordre d'une sur un million, estima Lucas.

— À moins que Worral ne soit le diable en personne, je pense qu'il est mort, c'est sûr, confirma Salomon.

— C'est certain, conclut Lou pour finir de rassurer William. Et puis, crois-moi, si Worral était là, ce que je ne crois pas du tout, cet amoureux du pouvoir se pavanerait dans les rues, histoire de montrer qu'il est vivant et qu'il compte bien redevenir capitaine !

— Worral a été banni un 14 juillet, précisa Lucas. Nous sommes le 13 octobre. En théorie, son bannissement est donc terminé depuis près de trois mois. Il n'est toujours pas réapparu. Je t'assure, William, il n'y a pas de quoi scier sa jambe de bois pour faire du feu, poursuivit Lucas. Et puis nous serons là pour te protéger au cas où cet infâme forban reviendrait !

— Merci du soutien, glissa William, à moitié rassuré.

— Et puis, il ne faut pas te faire trop de soucis pour les menaces, continua Lucas. Worral a toujours été comme ça, il aimait impressionner les gens avec de belles phrases, des mots qui claquent au vent comme le pavillon noir des pirates. Il aimait avoir de l'influence, du pouvoir sur les autres, faire peur à tout ce qui vit. Il aurait tellement aimé être un peu plus qu'un homme. Mais il n'est qu'un homme ! Comme toi et moi !

— Facile à dire, se lamenta William. Moi, dans pas longtemps, je vais me retrouver tout seul dans un repère de fripouilles ! »

Les trois adultes éclatèrent de rire.

« Rassure-toi, dit Lou, tu sais que je n'aime pas la clientèle de la *Taverne du tigre à dents de sabre*. Cependant, je sais que si jamais Worral réapparaissait dans cette maudite gargote, tout le monde le reconnaîtrait au premier coup d'œil, avec ses balafres et ses yeux bleus. Et s'il t'attaquait, avec Niôle, le patron de la taverne, qui est fort comme trois ours, Worral serait en mauvaise posture, mille tonneaux de rhum !

— Pas autant que s'il allait au *Canon fleuri* ! plaisanta Lucas. Mille tonneaux de thé ! »

Malgré la bonne humeur qui régnait entre les adultes, William n'arrivait pas à se sentir complètement rassuré. Et un détail le chiffonnait encore.

« Et qu'est-il arrivé à la femme de Worral ? demanda-t-il.

— Wendy, son épouse, a mal vécu cette histoire, tu l'imagines, dit Lou. Elle était follement amoureuse de son mari. Après la condamnation de Worral, certains ont dit qu'elle était devenue folle. Durant plusieurs mois après le bannissement de son époux, elle allait sur le bord de la plage, les soirs de tempête, pour hurler le nom de Worral face aux flots déchaînés. Elle espérait que la mer lui rendrait son époux. Et, une nuit, une vague plus grosse que les autres l'a emportée. On n'a jamais retrouvé le corps de Wendy... »

William songea alors que l'océan était rempli de beaucoup trop de mystères.

Chapitre 12
Une famille vraiment idéale

Trois jours après la visite de Salomon, William reçut une bouteille postale contenant une lettre officielle qui annonçait son départ de chez Lou et Lucas.

Piratopolis, le 16 octobre
Très cher Monsieur William Santrac,
Nous avons d'abord le plaisir de vous souhaiter la bienvenue dans notre belle cité. Nous sommes ravis que vous ayez recouvré la santé. Le rapport médical du docteur Salomon Diouf fait état de vos « qualités physiques exceptionnelles » et il est clair que vous êtes en état d'effectuer votre stage d'essai de séparation (SES). À cet effet, une chambre vous a été réservée à la Taverne du tigre à dents de sabre *pour une période illimitée, à compter du 19 octobre. Nous savons que cette période de sevrage familial est délicate et angoissante. C'est pourquoi les membres du Conseil des douze capitaines feront tout leur possible pour vous choisir une famille d'adoption au plus vite. Si toutefois, bien sûr, vous désirez rester en notre compagnie. En tant qu'intrus, il vous est en effet possible de rejoindre votre monde lors du voyage annuel de retour sur Terre, tous les premiers juillet. Si vous pre-*

nez la décision de repartir, veuillez nous prévenir un minimum de deux semaines à l'avance. Cette période est le délai indispensable à la préparation de votre transfert spatial retour. D'ici là, vous êtes convié à un rendez-vous, ce matin même à 10 heures, au Service des affaires familiales, Bureau de placement des intrus, afin de déterminer le profil de votre famille idéale.
   Vous souhaitant bonne réception, à bientôt.
Patou Compry, chef du Bureau de placement des intrus.

Rendez-vous numéro 1 à 10 heures, ce jeudi 16 octobre.
Demandez Patou Compry
Affaires familiales
Bureau de placement des intrus
24, place du Naufrage
Piratopolis

Rendez-vous numéro 2 à 20 heures 30, dimanche 19 octobre.
Demandez Jackie ou Niôle Monbars
Taverne du Tigre à dents de sabre
11, rue du Coupe-Gorge
Piratopolis

   Ci-joint : votre carte d'identité d'intrus, valable comme carte d'identité de pirate provisoire.

   Une enveloppe violette était agrafée à la lettre. William eut un choc en l'ouvrant. Elle contenait un rectangle de carton plastifié où étaient gravés en lettres d'or son nom et son prénom. C'était sa carte d'identité d'intrus. Génial ! Il était pirate provisoire. Le hic, c'est que la photographie était celle d'un autre garçon...
   « Merci, les capitaines ! se lamenta William. Ils se sont trompés de bonhomme ! Ils ont mis un gros à ma place !

— Un gros ? Montre-moi, dit Lucas. Désolé, tu es un peu bouffi, mais c'est bien toi. Le photographe du Service de l'identité est venu le lendemain de ta découverte, et l'on est toujours un peu bouffi en sortant de la Turbine du démon. Les pansements te cachent en partie le visage, les croûtes aussi, mais c'est bien toi !

— Un peu bouffi ! dit William en reprenant sa carte d'identité. Carrément bouffi, oui ! On dirait un ballon dirigeable accidenté ! »

Une heure plus tard, William sortait du Bureau de placement des intrus. Comme le lui avait conseillé Salomon, il avait mis le paquet !

Patou Compry rédigea alors son compte-rendu :

Messieurs les membres du Conseil des douze Capitaines,

Je viens de rencontrer l'intrus dénommé William Santrac. Dans quelques jours, vous aurez à lui trouver une famille d'adoption. La partie ne sera pas facile. Voici quelques-unes des questions habituelles que nous posons à tout nouvel intrus pour le test de la famille idéale. Voici les réponses qu'il m'a données. Je vous laisse juges.

1. Quelles sont selon vous les trois qualités principales d'un bon père de famille ? Il doit être capitaine de la Nature, il doit savoir piloter des engins volants et parler aux mammouths.

2. Quelles sont selon vous les trois qualités principales d'une bonne mère de famille ? Elle doit faire naître des bébés, elle doit être belle et elle doit mener à la baguette ceux qui s'occupent des mammouths quand ils sont sales, puants et blessés à cause d'un mammouth enrhumé.

3. Si on vous donnait le choix entre être placé dans une famille très riche (mais un peu méchante) et une famille très pauvre (mais gentille), laquelle choisiriez-vous ? L'or n'a aucune impor-

tance. *C'est la gentillesse qui compte et la capacité à faire naître des bébés et à parler aux mammouths. Et si des menaces pèsent sur cette famille, eh bien, ce n'est pas grave, je n'ai pas peur.*

4. Aujourd'hui, êtes-vous plutôt décidé à rester parmi nous ou à repartir dans votre monde en juillet prochain ? Sûr de rester si je suis adopté par Lou et Lucas. Sûr de repartir si je suis confié à d'autres !

Avec mes respectueuses salutations.
Patou Compry, Bureau de placement des intrus.

Trois nouveaux jours passèrent. Il était vingt heures et il faisait noir. William devait partir pour son second rendez-vous. C'était le moment de se séparer. Le couple attendait dans la salle à manger, devant la porte d'entrée, un grand sac en cuir rempli de vêtements à leurs pieds.

« William ! hurla Lou. Qu'est-ce que tu fais ? »

Pas de réponse.

« William ! répéta Lou. Qu'est-ce que tu fais, mille jambes de bois ?

— Je suis aux toilettes, mince alors !

— Ha ? Désolé, dit la femme, en jetant un œil gêné à son mari qui souriait.

— J'arrive dans deux minutes. Je finis ma bande dessinée.

— Tu peux l'emporter, si tu veux, suggéra Lucas.

— Tu sais bien que l'on ne doit absolument rien lui donner en dehors des vêtements, ronchonna Lou. Je te rappelle le texte de la loi 31 : *Tout intrus doit se débrouiller seul durant son stage d'essai de séparation, première épreuve pour devenir un bon jeune pirate. Tout pirate découvreur cherchant à l'aider en lui offrant des cadeaux de départ (nourriture, livre, argent, poignard, tabac, longue-vue, etc.) encourt une amende de dix pièces d'or par cadeau.*

— Merci, mais je connais la loi. Pas la peine de me casser les oreilles avec tes leçons de droit pirate ! »

Enfin, William arriva, la bande dessinée dans la main. Lou la reprit en lui expliquant la loi 31. De bon gré, il accepta. De toute façon, il avait déjà lu dix-sept fois le tome un des *Aventures effrayantes mais hilarantes de Saucisse Man*, alors...

« Bon, il faut y aller, maintenant ! claironna Lucas d'une voix qui se voulait joyeuse mais qui ne trompait personne.

— Oui, oui », dit tristement Lou en serrant William de toutes ses forces dans ses bras.

Lou profita de ce moment pour parler tout doucement à l'oreille de William.

« N'oublie pas de mettre tes belles chaussettes vertes, celles qui ont deux sabres d'or qui se croisent, murmura-t-elle, des sanglots dans la voix. Elles te vont très bien, ces chaussettes-là ! Au revoir, mon chéri... Pense à tes chaussettes. »

« Ah ! les mamans ! » songea William qui pensait que le chagrin de la séparation faisait délirer Lou. Elle lui parlait de chaussettes au moment de se quitter !

Lucas souleva William et l'écrasa contre sa poitrine. Pendant l'étreinte, il lui chuchota quelques mots à l'oreille.

« Ta poche de veste... Glisse donc une main dedans en cas de besoin et tu auras une petite surprise, dit-il discrètement en sortant un objet de sa poche pour le déposer dans la veste de William. Ne dis rien à Lou, elle ne comprendrait pas. Au revoir, mon petit pirate. »

William se disait que, décidément, le chagrin perturbait sacrément Lou et Lucas.

« Et puis fais attention aux marchands de sable magique, hein ! dit Lucas d'une voix virile.

— Si j'en vois un, je le transforme en pâté de sable ! lança William.

— Sois prudent quand même, mon trésor, conseilla Lou. Surtout qu'il y a du brouillard, ce soir.

— Ne vous inquiétez pas, je reviendrai bientôt et en entier, dit-il en passant la porte. Et, je l'espère pour toujours...

— Nous l'espérons tant, William, dit Lucas, la larme à l'œil, en tendant une lanterne allumée à William. Prends ça, aucune loi ne l'interdit.

— Merci, dit William de sa petite voix. À très bientôt. Je... Je...

— Je quoi ? dit Lou.

— Je... rien... dit William, incapable encore de dire "je vous aime". Au revoir. »

Chapitre 13
La *Taverne du tigre à dents de sabre*

Son sac dans une main, la lanterne dans l'autre, William s'éloigna dans la nuit, en larmes. Il n'y avait pas un chat dans les rues. Pas de bruits, sauf ceux de ses souliers contre les pavés humides. Ce soir, les ruelles de la cité étaient particulièrement obscures et brumeuses.

Après avoir parcouru une cinquantaine de mètres, William s'arrêta. Il était perdu.

Il se concentra sur son itinéraire : descendre la rue des Martyrs-de-la-Flibuste, tourner à droite pour remonter l'avenue des Mal-Aimés-de-la-Mer jusqu'à la rue de la Jambe-de-Bois, tourner à gauche pour prendre la rue des Corsaires-Borgnes et enfin, oui, enfin prendre sur la droite la petite rue du Coupe-Gorge. Bon. Où était-il maintenant ?

William avança de quelques mètres et leva sa lanterne pour éclairer le coin de la rue. Il vit alors un petit panneau rectangulaire : Avenue des Mal-Aimés-de-la-Mer. Ouf !

Il reprit sa route, marcha une minute, puis il entendit un bruit bizarre. Comme le souffle d'un animal. Il leva les yeux vers les toits. Impossible de voir quoi que ce soit à travers cette purée de pois. William pensa aux marchands de sable magique et à Worral Warrec, le sanguinaire capitaine de la Nature.

Il accéléra.

Au bout d'un moment, un énorme bruit se fit entendre. William sursauta, s'arrêta et regarda derrière lui. Il avait le sentiment que quelque chose de gros venait de tomber. Puis, comme sorti de nulle part, un pirate traversa la rue en courant et le frôla. Le cœur de William explosa dans sa poitrine.

« Aaaaaahhhhh ! » hurla-t-il, terrifié.

L'homme rentra sous un porche. Ce n'était ni un marchand de sable magique ni le terrible Worral Warrec !

Un peu rassuré, William reprit sa marche. Mais, tandis qu'il prenait la rue de la Jambe-de-Bois, un terrible grincement métallique lui transperça les oreilles. Quelqu'un semblait s'amuser à arracher les gouttières en zinc des maisons. William se figea.

Il entendit à nouveau ce souffle animal.

William regarda autour de lui et posa son sac et sa lanterne par terre. Son cœur battait la chamade. Il renifla. Ça sentait une drôle d'odeur, âcre et acide, une odeur de fauve. Le garçon fourra ses mains dans les poches de sa veste. Il trouva un canif et une pomme, les cadeaux de Lucas. Il prit son sac sur le dos, comme un cartable, il rangea la pomme dans sa veste et ouvrit le couteau, qu'il garda en main. Puis, il saisit sa lanterne et trottina dans l'obscurité.

Quelques minutes plus tard, il s'apprêtait à remonter la rue des Corsaires-Borgnes lorsqu'un grognement rauque le pétrifia.

« C'est fini, oui ? hurla-t-il, effrayé et énervé en même temps. Si c'est une blague, elle n'est pas drôle ! »

Un autre grognement lui traversa le corps.

« Attention, j'ai un couteau ! menaça William. Si c'est vous, Worral, sachez que je suis très dangereux et très méchant ! »

Un nouveau grognement lui donna la chair de poule. Puis le souffle animal revint.

Le garçon vit alors devant lui, à trois mètres tout au plus, au milieu d'un gros buisson, deux yeux jaunes qui le fixaient. Le feuillage s'agita. La bête souffla bruyamment plusieurs fois. William tremblait de tous ses membres.

Il prit sa pomme et la jeta en direction de l'être aux yeux jaunes. Il jeta également son couteau en espérant le planter dans le monstre.

« Tiens, cria William de toutes ses cordes vocales. Amuse-toi avec ça ! »

En un éclair, William prit ses affaires et se mit à courir à toutes jambes. Dans le lointain, il vit soudain de la lumière.

En sueur, essoufflé, terrorisé, il arriva devant une énorme porte. Il leva sa lanterne en l'air et vit, sur l'enseigne orné d'un félin à longues canines : Rue du Coupe-Gorge ! Sauvé !

Avec un grand sourire, il frappa à la porte. Elle devait bien faire trois mètres de large !

« Ouvrez ! » hurla William

Rien. Sauf le souffle du monstre qui se rapprochait.

« Ouvrez s'il vous plaît ! »

Rien. Sauf un grognement de plus en plus proche.

William essaya de tourner le loquet. Impossible.

« Ouvrez cette porte, mille canons ! »

Affolé, William se précipita sur le côté. Il y avait une petite fenêtre à travers laquelle il distingua un grand feu dans une cheminée et quelques silhouettes de pirates accoudées au bar. Instantanément, le garçon posa son sac, sauta sur le rebord de la fenêtre et donna une série de coups de poing sur la vitre.

Dans la pièce, une femme blonde, bien en chair, entendit le bruit des poings et s'avança à la fenêtre. Elle tenait un plateau couvert de chopes de bière moussante qu'elle tendit à trois pirates aux trognes renfrognées qui jouaient aux dés. Elle sourit en voyant William qui s'agitait à la fenêtre en faisant des signes et des grimaces désespérées !

« Elle n'a pas l'air pressé ! Bon Dieu ! » se disait le garçon en la voyant servir ses clients comme s'il n'était pas là, lui, à deux doigts de la mort !

Enfin, la femme blonde ouvrit la grosse porte en chêne de la taverne.

« Entre, mon garçon, entre et sois le bienvenu, dit-elle tranquillement en souriant.

— Y'a... Y'a... Y'a...

— Nous ne servons pas de ça ici, pas de jus de yaya ! affirma la femme au garçon paniqué. No yaya !

— Mais non, je ne veux pas boire, je dis qu'il y a une grosse bête dehors, balbutia William. Fermez vite, Madame !

— Une grosse bête ? Oh ben, dites donc, dit la femme en agitant la main pour montrer qu'elle était étonnée. Alors, fermons vite, sinon, on va être mangé « tout crus » !

William l'aida à pousser la porte puis lâcha l'un des plus longs soupirs de sa vie.

« Attends ici, dit la femme. Je préviens Niôle de ton arrivée... »

Trempé de sueur, William se débarrassa de son sac et jeta un regard circulaire sur l'endroit. Il y avait de la fumée partout, une odeur de tabac plutôt désagréable. Dans le grand feu de la cheminée, une grosse marmite laissait échapper un fumet de poisson bouilli et sans doute un peu pourri. Au bar, des pirates aux têtes lugubres riaient grassement en jouant aux cartes. Un grand filet de pêche décoré de crabes, de langoustes et d'étoiles de mer était accroché à un mur. Sur un autre, William découvrit une grosse carapace de tortue marine. Une pieuvre empaillée posée sur une commode le fixa de ses gros yeux noirs.

Au fond de la salle enfumée, une vieille femme coiffée d'un chapeau noir avec une plume de faisan discutait avec un homme portant un collier de cailloux. William le reconnut instantanément. Il l'avait vu sortir en colère de la taverne, le matin où il avait rencontré Éléonore et sa peste de fille à plumes, Célia.

La vieille femme à la plume de faisan jeta un regard sournois à William.

Un gros moustachu portant un tablier blanc taché de graisse sortit d'une petite pièce située sur la droite. La moustache et le ventre s'approchèrent du garçon.

« Qu'est-ce que c'est ? dit l'homme d'une voix désagréable.

— Je m'appelle William Santrac et je...

— Connais pas ce nom-là ! affirma le tavernier.

— Je suis un intrus et je dois effectuer mon...

— Pas d'intrus chez nous ! tonna l'homme en mettant ses deux grosses mains sur ses hanches d'hippopotame. Du balai ! Et que ça saute !

— Mais le Conseil des douze capitaines doit vous avoir prévenu que...

— Personne ne m'a prévenu de quoi que ce soit, tonna le moustachu en fronçant les sourcils. Pas de vous ici, compris, l'ami ?

— Mais je suis bien à la *taverne du Tigre à*...

— Pour sûr, mille crochets, que tu y es, dit l'homme d'une voix sévère. Mais tu n'y es pas le bienvenu ! »

Le garçon était tétanisé. L'homme devait bien faire cent vingt ou cent trente kilos et, vu sa taille, sa moustache et son humeur, il avait forcément raison. En regardant le corpulent bonhomme, William pensait à un éléphant de mer !

« William Santrac ! insista-t-il. William, ça ne vous dit rien ?

— Rien de bon, répondit l'homme, menaçant. Intrus, passe ton chemin, ou sinon...

— Sinon, tu vas prendre un coup de fourchette dans l'œil, Niôle, si tu continues à terroriser ce pauvre garçon ! dit la femme blonde qui avait accueilli William. Demi-tour, scélérat !

— S'il est interdit maintenant de s'amuser un peu avec les intrus, alors là, je baisse le pavillon noir ! » dit l'homme au tablier gras d'un ton amusé.

Le gros homme tendit son énorme main à William.

« Bienvenue, dit-il en serrant la main tremblante de William. J'ai reçu hier une bouteille à la mer du Conseil des douze capitaines. Tu viens pour ton stage d'essai de séparation. Je m'appelle Niôle Monbars et voici ma femme, Jacqueline, mais tout le monde l'appelle Jackie, le chien de garde de la maison, défenseur des veuves, des orphelins, des intrus et des animaux ! J'espère que tu ne m'en veux pas de t'avoir fait marcher.

— Non... Pas du tout... dit piteusement William, soulagé comme rarement il l'avait été. J'apprécie beaucoup l'humour pirate !

— Et la cuisine pirate, tu l'apprécies ? demanda la femme dans un grand sourire.

— J'ai l'appétit d'un tigre ! s'écria William dont les jambes flageolaient encore.

— Va t'asseoir là-bas, dit Niôle en montrant du doigt la petite salle d'où il sortait tout juste. C'est la salle non-fumeurs, tu y seras mieux pour manger, sans tous ces farceurs de forbans pour t'embêter. »

Soulagé, William attrapa son sac.

La porte de la taverne se mit alors à vibrer bruyamment derrière lui, comme si un géant voulait arracher la poignée.

« C'est lui, le monstre ! La grosse bête dont je vous ai parlé, cria William en reculant vers le fond de la pièce.

— Ouvre-lui, vite Niôle, mille canons ! cria Jackie. Sinon, il va encore massacrer la porte !

— Ne faites pas ça, Monsieur ! supplia William. Sinon, le monstre va nous massacrer ! »

Le tavernier ventru s'approcha de la porte. Il souleva une tige d'acier, poussa de l'épaule la porte, la souleva et tira un grand coup. La porte s'ouvrit.

Dans un grand silence, tous les regards se tournèrent vers la bête gigantesque qui entra alors.

C'était un énorme gorille noir, au poil épais. Ses épaules devaient bien faire trois fois la largeur de celles d'un pirate adulte et ses pectoraux étaient aussi volumineux que deux grosses pastèques. Son crâne impressionnant avait la taille d'une énorme citrouille et ses yeux jaunes jetaient de terribles lueurs. Un petit oiseau aurait pu s'abriter de la pluie sous ses énormes arcades sourcilières. Le primate avança dans la pièce, sur les poings, en balayant la salle de son regard.

« C'est King Kong ! » songea William qui se rua sous une table.

L'énorme singe renifla l'air en levant son gros museau noir et luisant. Il baissa la tête, regarda dans la direction de William, s'avança, puis s'arrêta à trois mètres du garçon. Il gonfla ses joues et cracha quelque chose de rond et de baveux qui roula sur le paquet. Une pomme !

Couvert de salive, le fruit stoppa sous le nez de William. C'était la pomme qu'il avait lancée quelques minutes plus tôt à l'animal caché dans les fourrés.

« Pollux a envie de jouer, dit gentiment Niôle. Tu peux sortir, il ne te fera rien. Ce gros nigaud est doux comme un agneau ! »

« Un agneau ? Un agneau de quatre cents kilos ! » estima William.

« Qu'est-ce que c'est que cette chose ? cria William.

— C'est un double-gorille, assura Niôle. Il est inoffensif, sors de ta cachette.

— Un double danger, oui, cria William. Faites-le déguerpir d'ici, s'il vous plaît !

— Sors, je te dis, insista l'homme. Pollux est une crème. Allez, joue avec lui. Lance la pomme.

— Pas question ! »

William regarda l'animal. Une bête superbe ! Mais une bête dangereuse !

Pollux regarda le garçon, ouvrit la main et lui lança un second objet.

Le couteau de William lui arriva sous le nez. Incroyable, ce singe ! Il attrapa son couteau et le mit dans sa poche. Le garçon prenait petit à petit confiance, attendri par ce géant poilu.

Dans son coin, la vieille femme au chapeau à plume de faisan observait la scène avec une extrême attention.

« Prends la pomme, tu ne risques rien, dit-elle soudain d'une voix nasillarde. Gentil, Pollux ! Gentil ! »

Le singe regarda la vieille femme et s'assit sur son postérieur.

Après quelques secondes de réflexion, William lança la pomme au singe.

Le gorille fit un petit bond sur le côté et se roula sur le parquet pour saisir le fruit du bout de ses grosses lèvres noires. William aperçut les canines de l'animal, énormes. Il se rendit compte également que le singe n'était pas entièrement noir. Le bas de son dos était orné de poils dorés.

Le gorille recracha la pomme en direction de William, puis il poussa un grognement.

William relança la pomme.

« Bravo, mon garçon ! le félicita Niôle. D'ordinaire, les intrus qui rencontrent Pollux pour la première fois restent une bonne heure sous la table avant d'oser jouer avec lui. »

Mis en confiance, William cessa de fuir le regard de l'imposant primate. Il plongea le sien dans celui de Pollux. Le gorille eut alors une réaction surprenante. Il ouvrit grand les yeux, se frappa la poitrine, sauta sur place et donna d'énormes claques sur le parquet. Les planches grincèrent comme la coque d'un vieux navire et de la poussière tomba du plafond. Le gorille semblait fou de joie.

« On se détend, Pollux, on se détend, dit Jackie, un régime de bananes à la main. Qu'est-ce que tu as, ce soir ? »

Le gorille ne s'intéressait pas aux bananes. Sans leur accorder un regard, il sauta d'un bond au pied de William, le prit dans ses grandes mains et le jeta en l'air avant même que le garçon ait eu le temps d'avoir peur. William se retrouva sur le dos du grand gorille, qui se mit alors à sauter sur place. William s'accrocha au cou puissant de la bête en s'efforçant d'apprécier la partie de rodéo que lui proposait le double-gorille.

La vieille femme regardait ce spectacle avec étonnement. « Jamais il n'a fait ça, songea-t-elle, jamais... »

Sans aucune crainte, William tapa sur le gros crâne de l'animal. Le gorille ne comprenait pas que c'était un signe qui voulait dire : « Repose-moi, s'il te plaît, avant que je vomisse ! ». Jackie s'approcha de Pollux et lui gratta le bas du dos, là où ses poils étaient dorés.

« Lâche cet enfant, espèce de gros singe mal élevé ! cria la femme. Lâche-le, maintenant ! »

Pollux ne voulait rien savoir.

La vieille femme qui observait la scène prit alors la canne tordue posée à côté d'elle et cogna contre le plancher d'un petit coup sec. Elle fit ensuite un bruit avec sa bouche, une sorte de « pouiiit ! » qui ressemblait au coassement d'une grenouille. Le singe regarda furtivement la vieille femme, fit une drôle de tête, comme s'il avait fait une bêtise, puis reposa doucement le garçon.

William tapota l'échine du singe en guise de remerciement.

Pollux regarda William, grogna, et attrapa le régime de

bananes. Il alla vers la cheminée et mangea ses fruits sur une grosse couverture de laine blanche. La vieille femme sourit au singe puis reprit sa conversation avec l'homme au collier de cailloux.

Les côtes endolories, William reprit son souffle et se dirigea vers la pièce non-fumeurs.

« Je t'apporte à manger, dit Jackie. Dans deux minutes. Profites-en pour faire connaissance. »

En entrant dans la petite salle, William découvrit un garçon aux cheveux roux et blonds en pull marin bleu et blanc. Il était gros. Il était seul. Il semblait triste.

Chapitre 14
Victor, le bouffi

« SALUT, DIT WILLIAM EN TENDANT LA MAIN. Je m'appelle William. Je suis un intrus.

— Salut, répondit l'autre en avalant une cuillerée d'un mets marron. Victor. Intrus, moi aussi.

— Je peux m'asseoir à côté de toi ?

— Non merci.

— Non merci ?

— Je préfère rester seul, dit le garçon qui mangeait sans joie. Si ça ne t'ennuie pas... »

La main de Victor, telle une pelle mécanique, arrachait de son assiette des portions de ragoût, les portait à ses lèvres, mais cette nourriture ne lui procurait visiblement aucun plaisir. Sous ses cheveux en bataille, son visage et surtout ses yeux exprimaient une profonde tristesse qu'aucune nourriture, si bonne fût-elle, ne pouvait faire disparaître.

« Non, ça ne m'ennuie pas. Je comprends, dit William en observant le visage rondouillard de Victor. Je te laisse en paix. Je vois que tu es bouffi, tu dois être fatigué, tu ne veux pas...

— Comment ça, je suis bouffi ? s'agaça Victor.

— Oui, tu as le visage tout bouffi, insista lourdement William.

— Tu cherches la bagarre ? demanda l'autre en se levant brusquement de sa chaise.

— Ben non, je ne cherche pas la bagarre, dit William en reculant de quelques centimètres. Je te dis juste que tu es bouffi. Tous ceux qui viennent juste de sortir de la Turbine du démon sont bouffis, c'est ce que je voulais dire...

— Je ne sors pas juste de la Turbine du démon, précisa Victor en se rasseyant. Et je ne suis pas bouffi. Je suis comme ça naturellement, tu saisis ?

— Oui, je...

— Bon. Maintenant j'aimerais manger en paix, c'est possible ? grogna Victor.

— Aucun souci, assura William. Je te laisse. Mais juste une dernière question : c'est quoi, cette ignoble mixture que tu avales ? »

Victor ne supportait pas deux choses dans la vie : qu'on lui parle de son poids et qu'on critique sa nourriture. Après un moment de silence, il jeta sa cuillère sur la table, recula violemment sa chaise, se leva et sortit de la pièce. Il n'était vraiment pas d'humeur à supporter les moqueries, ce soir.

William resta bouchée bée.

Au moment où Victor sortait furieux de la pièce, Jackie arriva avec un plateau bien garni.

« Que se passe-t-il ? demanda-t-elle à William. Vous vous êtes disputés ?

— Je lui ai dit qu'il était bouffi, et puis il est parti...

— Bouffi ? Ce n'est pas très aimable de ta part, dit Jackie en déposant une cocotte de fonte devant William. Tu sais, Victor a des complexes par rapport à son poids...

— Je ne pensais pas lui faire de la peine en disant ça, expliqua William. Je croyais qu'il venait de sortir de la Turbine du démon, alors...

— Ah, je vois ! dit Jackie. Tu pensais qu'il était comme ça parce que... Eh non, Victor est loin d'être arrivé hier. Ça fait un mois qu'il est chez nous, à la taverne. Il en a assez d'attendre qu'on lui trouve une famille d'adoption. Il est à fleur de peau. En plus, ce matin, il a appris que son stage d'essai de séparation allait encore durer. Les capitaines n'arrivent pas à se mettre d'accord sur sa famille d'adoption. Et puis, avant d'arriver ici, il a vécu des choses difficiles, tu sais... Il a perdu son père et sa mère a été internée dans un asile. Il faut que tu le saches, mais ne lui en parle pas, hein ? S'il a envie un jour de te le dire, il le fera.

— Le pauvre ! s'exclama William, honteux. Et moi qui le traite de bouffi ! Quel idiot !

— Tu ne pouvais pas savoir », dit Jackie, avec un sourire compréhensif.

La femme prit ensuite le torchon qu'elle avait sur l'épaule pour ouvrir la grosse cocotte noire posée sur la table. Avec une louche, elle déposa trois grosses mottes à la consistance et à la couleur indéfinissable dans l'assiette de William. Une odeur forte s'échappait du mets.

Il regarda le plat d'un air soupçonneux.

« C'est quoi, cette chose ? demanda-t-il.

— Cette chose, c'est de la ragougnasse, répondit fièrement la femme. De la ragougnasse maison. Le plat le plus pirate qui soit. Notre spécialité !

— Votre spécialité pue ! s'écria William en retroussant les narines.

— Allez, on mange ! menaça Jackie. Pas d'histoires, hein ? »

Ce plat ne disait rien à William. Mais il était hors de question qu'il se fâche avec une seconde personne ce soir. Lentement, très lentement, il porta une belle cuillerée de ragougnasse à sa bouche, puis il ferma les yeux. De la sauce marron lui coula aux coins des lèvres. Il grimaça, mais il avala la ragougnasse.

« Alors ? demanda Jackie, sûre des talents de cuisinier de son mari.
— C'est un pur délice ! » marmonna William, pris d'une forte envie de vomir.

Une fois rassasié, William fila au bar demander à Niôle la clé de sa chambre.

Au coin du feu, Pollux, le double-gorille, mangeait sa vingt-huitième banane.

La vieille femme qui discutait plus tôt dans la soirée avec l'homme au collier de cailloux s'approcha de William, sa canne tordue à la main.

« Tu veux connaître ton avenir, ton passé, ton présent, jeune pirate ? demanda la vieille femme qui avait une énorme verrue rougeâtre au coin de l'œil. L'art de la voyance peut t'aider. Boule de cristal ? Tarot ? Lignes de la main ? Lignes des pieds ? Marc de café ?

— Pour tout vous dire, j'en ai assez que l'on s'intéresse à mes pieds et à mes mains. Je veux qu'on laisse mes lignes tranquilles. Et j'ai pas d'argent pour quoi que ce soit.

— Oh ! Je vois, s'exclama la vieille. Je vois... Tu viens d'arriver à la cité... Tu viens d'un de nos petits villages, n'est-ce pas ? Tu fais un stage de restauration...

— Vous ne voyez pas grand-chose, apparemment, pour une voyante. Je suis en SES, en stage d'essai de séparation, si vous préférez. Une autre vision ?

— Tu es un intrus, alors.

— Bien vu, se moqua William. Mais c'était assez facile, vu que seuls les intrus font un SES.

— Et comment s'appelle notre petit intrus si hostile avec les vieilles personnes ?

— Vous êtes voyante. Devinez donc ma réponse !

— Je vois... Je vois ce que tu veux dire, merle moqueur. Ton nom est... Ton nom est Will... William... »

La femme agitait ses doigts crochus en fermant les yeux. Une drôle de façon de faire de la voyance, songea William, persuadé que la femme tentait de l'impressionner en devinant son nom. Un nom qu'elle avait probablement entendu Niôle ou Jackie prononcer tout à l'heure.

« Mon nom est ? Mon nom est ? se moqua William.

— Ton nom est William Sssss...

— William Santrac ! coupa Niôle. Et tu le sais très bien, je te l'ai dit tout à l'heure. Et laisse-le tranquille, vieille chèvre, ajouta Niôle qui arrivait de la cuisine. Je t'ai déjà demandé d'oublier tes boniments de sorcière mal peignée quand tu viens chez moi. Tu ne sais pas lire ? »

Niôle montra du doigt un large panneau installé au-dessus d'un grand miroir derrière le bar : *Dans cet établissement honorable, on n'embête pas les enfants, sinon je cogne. Merci. Niôle Monbars, le patron.*

« Te fâche pas, mon bon Niôle, répondit la vieille femme, je discutais, c'est tout...

— Ouais, ouais, c'est ça, vieille chèvre ! Allez ouste, ordonna Niôle à la femme, en tendant une clé à William. Du balai ! Et que ça saute ! »

La femme à la verrue rougeâtre claudiqua avec sa canne tordue jusqu'à la porte.

« Vieille chèvre, ce n'est pas très gentil, murmura William à l'attention de Niôle...

— Ce n'est pas très gentil, mon cher intrus, c'est très affectueux. La vieille dame laide que tu vois est une ancienne éleveuse de chèvres du village de Haut-et-Court. C'est elle qui nous demande de l'appeler vieille chèvre ; elle adore ces animaux.

— Vous me faites encore marcher ? demanda William.

— Oui, dit Niôle en éclatant de rire.

— C'est malin. Et comment s'appelle-t-elle ?

— Gilda Dagyda.
— Et que fait cette Gilda Dagyda ?
— De la voyance, principalement, répondit Niôle. Elle vit dans les bois, dans le Parc central, tu sais, le grand parc du centre ville. Gilda a une vieille maison pas loin du lac de la Mort. Elle... Oh... Regarde... William... Regarde bien... »

Niôle donna un coup de coude à William pour qu'il tourne la tête dans la direction de la porte d'entrée.

Gilda tentait d'ouvrir la porte. Elle ne put soulever le loquet rouillé. Tout à coup, elle frappa le plancher avec sa canne. Vautré sur sa couverture, à côté de la cheminée, Pollux arrêta subitement de croquer dans sa trente et unième banane. Gilda fit un bruit de bouche, le fameux « pouiiit ! » de grenouille. Le singe se leva, posa ses deux gros poings par terre et arriva jusqu'à la vieille.

Gilda donna un coup de canne sur le loquet.

« Ouvre-moi cette saleté de porte, dit-elle. Pollux ! Au boulot ! »

Le double-gorille prit le loquet, le tourna sans peine, tira sur la porte qui trembla. La vieille se retourna et regarda William d'un œil énigmatique. Elle avait un sourire indéchiffrable. Elle sortit. Le grand primate noir la suivit. Avant de sortir, il lança un regard à William et poussa un grognement complice.

Le garçon lui fit un signe de la tête.

« Pollux n'obéit qu'à Gilda, dit Niôle. Je ne comprendrai décidément jamais ce gros singe.

— C'est étrange, dit William. Très mystérieux, même. Voire carrément...

— Chambre trente-trois, William, coupa Niôle en faisant tourner la clé sous le nez du garçon. Deuxième étage. File te coucher, il est tard ! »

William monta les marches en songeant à la scène étrange à laquelle il venait d'assister. Cette vieille Gilda parlait-elle aux animaux ?

En arrivant à la chambre trente-trois, William constata que la porte était déjà ouverte. De l'eau coulait dans la salle de bains. On entendait un bruit de brosse à dents et des bruits de crachat. Il regarda à nouveau le chiffre inscrit sur la porte : il était bien dans la chambre trente-trois.

« Il y a quelqu'un ? hurla William.

— Oui, répondit une bouche baveuse.

— C'est qui ? demanda William.

— C'est qui, qui demande c'est qui ? demanda la bouche baveuse.

— C'est William, je pensais...

— Et moi, je ne pensais pas te revoir de sitôt, dit Victor d'une voix mécontente en sortant de la salle de bain. Il était torse nu, une serviette de bain blanche autour de la taille.

— Je suis désolé, dit William. Je pense que Niôle a dû se tromper. Il m'a donné la chambre...

— Trente-trois ! coupa Victor en se peignant les cheveux. Tu es bien là. Niôle m'a prévenu hier. Un certain William Santrac devait dormir dans ma chambre ce soir. Il m'a demandé si ça me dérangeait, j'ai dit oui, mais comme il n'y avait pas d'autres chambres, alors j'ai été obligé d'accepter que l'on installe un deuxième lit. Si j'avais su que c'était toi qui viendrais, j'aurais insisté davantage pour être seul...

— Je ne veux pas t'imposer ma présence, dit William d'une voix piteuse après quelques secondes de silence. Je te comprends. Je t'ai traité de bouffi... Je suis vraiment... Je peux dormir dans le couloir, si tu veux... »

Victor scruta le visage dépité de William. Il vit qu'il était sincèrement désolé.

« N'en parlons plus, lança Victor en tendant la main à William. Si tu ne me dis plus que je suis bouffi, je t'accepte dans ma chambre, idiot !

— Promis, plus de bouffi dans ma bouche, dit William en se faisant écraser la main par Victor. Je dirai costaud !

— Costaud, c'est bien, dit Victor.

— Tu fais du sport ? » demanda William.

William était clairement impressionné par la carrure de Victor. D'autant qu'en sortant de la salle de bains, Victor avait fait tout son possible pour bomber son torse au maximum, gonfler ses biceps et ses pectoraux et rentrer son ventre. Pour un enfant de son âge, il était indiscutable que Victor était une petite armoire à glace. Certes, il avait un ventre dodu et des hanches bien fournies, mais ses épaules étaient dignes d'un petit gorille, et ses cuisses musclées n'avaient rien à envier à celles d'un phacochère adulte.

« Je suis le roi de la rame ! Six ans de canoë-kayak et de voile, et voilà le travail ! » dit fièrement Victor en contractant tous ses muscles.

Pas de doute là-dessus : William devait à peine peser la moitié du poids de Victor. Pour faire bonne figure, il retira rapidement sa chemise, bomba le torse à son tour et dit :

« Six ans de fugues et d'évasions, et voilà le travail !

— Six ans de fugues et d'évasions ? Des sports plutôt originaux, remarqua Victor.

— Ces sports, c'est toute ma vie, répondit William dans un soupir. Je t'en parlerai plus tard. Je prends quel lit ?

— Celui-là », proposa Victor, encore intrigué par les paroles de William.

Victor montra le lit du fond, près de la grande fenêtre.

« Très bien. Comme ça, dit William en regardant à travers la vitre, je verrai les tours du port depuis mon lit.

— De quel porc parles-tu ? demanda Victor en couinant comme un cochon, tout en s'approchant de William.

— Je vois que j'ai affaire à un as du jeu de mots. Je pense que l'on va se payer une bonne tranche de rire ce soir !

— Une bonne tranche de jambon ! dit Victor en couinant à nouveau.

— Du jambon à la ragougnasse ! s'écria William. Monsieur semble tellement aimer cette ignoble mixture ! »

Victor éclata de rire en donnant une bourrade amicale à William, qui voltigea sur le lit, gloussa et sauta comme un tigre sur le dos solide de Victor. En un instant, William fut plaqué et immobilisé sur le lit.

« Alors, monsieur Santrac qui n'aime pas la ragougnasse ? gronda Victor. On jette l'éponge ?

— Pas encore, monsieur... Comment tu t'appelles, au fait ? demanda William en gémissant de douleur.

— Monsieur Victor Monmouth, s'il vous plaît. Alors, on jette cette fichue éponge ?

— D'accord, j'abandonne ! souffla William. Tu as gagné. Victor Mammouth !

— Victor Mammouth, je connais la blague mais je l'apprécie, dit l'autre en relâchant le vaincu. Car j'aime les mammouths, continua-t-il en se mettant debout sur le lit et en écartant les bras. Ils sont beaux, calmes et puissants, comme moi ! »

William lâcha un éclat de rire.

« Ici, dit-il, tu es bien tombé. Question mammouths, c'est le paradis.

— En effet, dit Victor. Dans les grandes plaines, au-delà du mur de la Sauvagerie, il y a de beaux troupeaux. Mais je n'ai pas eu de chance, je ne suis pas arrivé par la Zone mystérieuse !

— Pas eu de chance ! s'écria William. Moi, je suis arrivé par la Zone mystérieuse. Eh bien, je peux te dire qu'à une ou deux minutes près, je me faisais dévorer par un longues-griffes si Lucas, le pirate qui m'a découvert, n'était pas passé par là !

— Un longues-griffes ? L'horreur ! s'exclama Victor avec des yeux envieux. Et tu l'as vu ?

— Non, j'étais dans les pommes et complètement bouffi. Pas toi ?

— Non, j'étais pas bouffi, t'entends ? grogna Victor en sautant du lit. J'étais quasiment indemne. Je me suis réveillé sur une plage, j'étais tout seul. Enfin, presque tout seul... J'avais la tête dans le sable, je dormais et puis... On m'a réveillé.

— Qui ça ?

— Un bouc !

— Un bouc ? Tu parles d'un réveil-matin !

— Un bouc sauvage. Il me léchait les pieds, et ça me chatouillait tellement que je me suis réveillé. L'odeur aussi m'a aidé à me lever ! Je hais les mauvaises odeurs. Dès que je sens un truc qui pue, je tourne de l'œil.

— Sauf la ragougnasse !

— Oui, sauf la ragougnasse...

— Et avant de te faire lécher les pieds par ce bouc, tu venais d'où, je veux dire, sur Terre ? Tu es passé par des sables mouvants, toi aussi ?

— Non, par l'océan. Je viens du Canada... Je... Je vivais avec mon père et puis... Et puis il est tard ! clama Victor, qui ne voulait pas se confier à un inconnu aussi vite. Je te raconterai tout ça un jour. Aujourd'hui, je peux juste te dire que ça fait un mois et sept jours que j'attends la bouteille postale du Conseil des douze capitaines qui m'annoncera la fin de mon stage d'essai de séparation ! Et ça commence à m'agacer !

— Pourquoi ça prend autant de temps ?

— Ils n'arrivent pas à se mettre d'accord : six capitaines veulent que je sois confié à la famille de Sergueï, le pirate bûcheron qui m'a découvert, un gars qui habite dans le village de Mille Troncs, dans le Nord-Ouest, et six autres veulent que je sois confié à une famille du centre-ville, des aubergistes, paraît-il.

— Si c'est comme ça pour moi aussi, déplora William, je ne suis pas sorti de la taverne. Et je ne suis pas près de revoir Lou et Lucas.

— Les gens qui t'ont accueilli à ton arrivée ici ?

— Oui, dit William. Des personnes exceptionnelles. Bien sûr, je pourrais essayer de les voir en cachette.

— Mais ton stage d'essai de séparation n'en serait pas un, dit Victor.

— Oui, et je n'ai pas envie de faire bannir Lou et Lucas ! »

William enchaîna sur le récit de sa découverte dans la Zone mystérieuse.

Puis, pour la première fois, il évoqua son passé. Il expliqua, que, en douze ans, il avait été confié à une quinzaine de familles d'accueil. Récemment, il s'était enfui de chez sa dernière famille, des forains propriétaires d'un petit cirque ridicule avec trois animaux seulement : un ours asthmatique, un chameau tout pelé et un éléphant sans trompe. William ne supportait plus de voir les animaux maltraités. Il avait fugué, comme il l'avait fait déjà un quinzaine de fois. Mais, lors de cette dernière fugue, il avait fait des « trucs pas bien », ce qui lui avait valu son séjour en prison pour jeunes délinquants...

« Je comprends mieux pourquoi tu as parlé de fugues et d'évasions, remarqua Victor. J'avais entendu parler de ces centres pour jeunes délinquants. Et c'est quoi, les « trucs pas bien » que tu as fait pour mériter ça ?

— Des trucs pas bien, c'est tout, dit William d'un ton presque sec. J'ai pas envie d'en parler aujourd'hui. Moi aussi, je te raconterai tout ça un jour. Mais je veux juste que tu saches que je n'ai jamais tué personne...

— Je suis content de te l'entendre dire ! s'écria Victor. Surtout avant de m'endormir. »

La lumière de l'ampoule se mit à clignoter et à grésiller. Il était dix heures. L'ampoule s'éteignit.

« Apparemment, pour l'ampoule aussi, c'est l'heure de s'endormir, dit William.

— Oui, certains soirs, vers dix heures, il n'y a plus d'électricité », confirma Victor.

Ce dernier alla fouiller dans un tiroir. Il en sortit une bougie et une boîte d'allumettes. Il alluma la bougie et la posa sur sa table de nuit. Il se réinstalla dans son lit pendant que William se mettait en pyjama. William alla se brosser les dents et se remit au lit en face de son nouvel ami.

« C'est ma dernière bougie, dit Victor, j'en allume une tous les soirs.

— Ah bon ? s'étonna William.

— Oui, dit Victor. C'est pour... C'est...

— C'est pour ne pas avoir peur dans le noir ! »

Victor bâilla longuement. Un ananas aurait pu être glissé dans sa bouche.

« C'est ça, si tu veux, dit Victor. Bon, allez, il est temps de dormir, dit-il. Demain, je commence mon premier SEM, il faut que je sois en forme.

— Ton quoi ? demanda William.

— Mon SEM, mon stage d'essai de métier. Ici, après trois semaines d'école, et avant la semaine de vacances, tu as une semaine pendant laquelle tu essaies un métier.

— Tu t'es déjà inscrit à l'école ?

— Oui, je m'ennuyais à la taverne, avec tous ces sales gros pirates qui puent et qui boivent. Je me sens mieux à l'école, avec des jeunes de mon âge. Et j'ai hâte de faire mon SEM.

— Et c'est quoi, ton SEM ?

— Je ne sais pas encore, dit Victor d'une voix pâteuse. Je dois aller demain matin au Bureau du boulot, le BB. Là-bas, on te propose une liste de stages. Si tu veux, tu pourras venir avec moi au BB...

— C'est un beau BB ?

— Très drôle. Mais moi, j'ai envie de roupiller. Bonne nuit, boîte à jeu de mots.

— D'accord, dit William en tirant la couverture sous son menton. Bonne nuit, mon ami bouffi...

— Demain, je t'assassine pour ce que tu viens de dire, menaça Victor, mais là... j'ai... vrai... ment... trop... sommmm... »

William ne s'endormit pas tout de suite. Il regarda la Lune et les étoiles à travers la vitre de leur chambre. Il imaginait que quelque part, là-bas, à l'autre bout de l'Univers, il y avait la Terre, un boule bleue plongée dans la nuit noire qui ne lui manquait pas vraiment. Car, en s'endormant, ses dernières pensées furent pour Lou et Lucas.

Chapitre 15
Le stage spécial crottin

Le lendemain matin, tandis que Victor cherchait en toute hâte ses vêtements dans son armoire en pensant au copieux petit-déjeuner qui les l'attendait en bas, William se savonnait gaiement sous la douche en sifflotant.

Une fois lavé, il changea les pansements de ses pieds, plus longs à guérir que ses mains. Victor, en bermuda, s'assit à côté de lui sur le lit pour enfiler ses chaussettes. Il regarda le pied gauche de William avec intérêt.

« Qu'est-ce que c'est ?

— Un pied, répondit William.

— Merci, je sais ce que c'est qu'un pied, mais ça, là ! dit Victor en montrant un petit trait bleu sous la plante du pied de William.

— Un tatouage que j'ai depuis la naissance.

— Tu sais qui t'a fait ça ?

— Non, mais quand je le saurai, je promets d'en informer la Terre entière », dit William d'un ton un peu sec.

Victor n'insista pas. Il songea qu'il n'était sûrement pas le premier à lui poser la question et que cela commençait à irriter son ami.

William colla son pansement sur ce mystérieux trait bleu de forme circulaire. Il se leva puis ouvrit son armoire et sortit son sac. Il jeta un œil dehors, le ciel était d'un bleu puissant. Génial !

Il fouina au fond de son sac, sortit un bermuda vert, un polo blanc et une paire de chaussettes blanches. Il se dit alors que quelque chose manquait. Il fouilla à nouveau dans son sac et vit ses chaussettes vertes.

Tilt !

Il se souvint de l'étrange conseil de Lou : « N'oublie pas tes chaussettes vertes, celles avec les sabres dorés qui se croisent. » William prit les chaussettes. Elles étaient lourdes. Il les déplia d'un coup sec. Deux pièces d'or étincelantes roulèrent sur le parquet.

« Je croyais que les cadeaux de ce genre étaient interdits, dit Victor d'une voix soupçonneuse. On m'a dit que les intrus devaient se débrouiller par eux-mêmes, pendant leur stage d'essai de séparation ?

— En principe, oui, c'est la loi, confirma William en mettant les deux pièces d'or dans la poche de son bermuda. Mais je n'y peux rien si les pirates ne les respectent pas !

— Oh ! mais ne t'énerve pas, William ! dit illico Victor. C'est mauvais pour la digestion. »

Il était grand temps de partir manger, car le Bureau du boulot, le fameux BB où Victor devait trouver un stage d'essai de métier, se situait à l'autre bout de la ville.

Ils déjeunèrent copieusement, en compagnie de Pollux. Le gros primate quémandait des bouts d'ananas frais aux deux garçons. C'était la première fois que le double-gorille venait ainsi le matin, remarqua Jackie.

En leur versant un grand verre de jus de yaya, la patronne de la taverne raconta qu'une femme anonyme, le visage voilé, était venue déposer deux bouteilles de jus de yaya très tôt ce matin devant la porte de la taverne avec un mot très court : « Pour William. Merci. » Et bizarrement, Pollux était là lui aussi, veillant sur les bouteilles. D'ordinaire, le grand singe noir venait le soir pour manger son régime de bananes, et toujours accompagné de sa maîtresse, Gilda Dagyda.

Le Bureau du boulot ouvrait à sept heures. Il était déjà huit heures et demie. Les deux garçons se levèrent brusquement et se dirigèrent vers la porte, suivis de près par Pollux. Mais, au moment où Victor s'apprêtait à ouvrir la porte, William lui demanda d'arrêter de secouer le loquet.

William regarda le gorille et donna un coup de poing sur le loquet. Pollux était perplexe.

« Ouvre la porte, Pollux, dit William. Ouvre ! »

Le singe ne bougea pas un orteil. Il regardait William sans comprendre ce qu'il voulait. Puis il lança un regard à Victor qui semblait dire : « Il ne serait pas un peu cinglé, ton ami, par hasard ? »

« Ouvre la porte, Pollux, répéta William. Ouvre, s'il te plaît ! »

Rien.

« Ouvre la porte, Pollux, insista William. Pouuuuiiit ! »

William venait d'accompagner sa demande d'un bruit de bouche semblable au coassement d'une grenouille, mais surtout semblable à celui que Gilda avait fait pour se faire obéir du singe.

Le gorille posa sa grosse main sur le loquet et ouvrit la porte.

« Bon singe, dit William. Bon gros singe ! »

C'était la première fois que Pollux obéissait à quelqu'un d'autre qu'à Gilda Dagyda... William eut un sourire victorieux.

« Quel crâneur, celui-là ! dit Victor. Allez, cap sur le BB et en vitesse, sinon on va...

— Hé ! les deux zigotos, vous allez où comme ça ? coupa Niôle de derrière son bar.

— Désolé, Niôle, répliqua Victor. On file au BB, on devrait déjà y être...

— D'accord, filez, vous prendrez votre courrier ce soir, dit Niôle...

— J'ai du courrier ? » demandèrent simultanément les deux garçons.

Un sourire mystérieux aux lèvres, Niôle plongea ses mains derrière le bar et en sortit une caisse en bois pleine de bouteilles à la mer. Il replongea une main et remonta une bouteille blanche, une bouteille postale en porcelaine. Cette dernière était destinée à Victor, mais le contenu entier de la caisse était pour William. Niôle sortit la tirebouchonnette, l'ouvre-bouteille électrique.

« Je crois que tu vas en avoir besoin, William, dit Niôle en lui tendant l'appareil. Je n'ai jamais vu ça de ma vie, il y en a douze et tu es arrivé hier soir ! »

William sortit ses bouteilles à la mer et les aligna sur le comptoir pendant que Victor regardait la sienne avec attention et appréhension. William lut une à une les étiquettes de ces bouteilles à la mer. Les douze expéditeurs avaient tous un point en commun : ils étaient tous directeurs.

Il y avait Carlos dos Passos, directeur de l'école Rio-Santos, Sandra Dada, directrice de l'école de la Digue, Apollonius Mollo, directeur de l'école Joshua-Slocum, Trévor Morgan, directeur de l'école de la Haute-Falaise, Thierry Teach, directeur de l'école des Canonniers, et ainsi de suite... Toutes les écoles de la cité semblaient s'être donné le mot pour écrire à William.

« On dirait que tout le monde s'inquiète pour ton éducation, dit Niôle. Et toi, Victor, qu'est-ce que l'on te veut ?

— Je ne sais pas, répondit Victor.

— Comment ça ? demanda Niôle. C'est bien la réponse que tu attendais, celle du Conseil ?

— Oui. Je crois.
— Alors, ouvre-la !
— J'hésite. Je...
— Je pense que tu peux l'ouvrir, dit Niôle. Vas-y, mon grand ! Du courage ! »

D'un coup violent, Victor fracassa la bouteille contre le sol. Puis il poussa les débris de porcelaine blanche et attrapa la lettre :

Très cher Monsieur Victor Monmouth,

Le Conseil des douze capitaines vient de rendre sa décision au sujet de votre adoption. Pour la première fois de son histoire, nous sommes arrivés à la conclusion suivante. Pour votre bien et celui de la cité, et il faut bien l'avouer, face à l'incapacité des capitaines à se mettre d'accord sur votre cas, il semble judicieux de vous proposer une adoption double, c'est-à-dire de vous confier à deux familles. Nous connaissons votre attachement à Sergueï Kouglof et à sa femme Fabiana et nous n'ignorons pas les liens qui vous unissent au couple d'aubergistes Niôle et Jackie Monbars. Aussi, voici notre proposition : vous passerez les périodes scolaires et les périodes de stage d'essai de métier au sein de la famille Monbars et toutes les vacances scolaires au sein de la famille Kouglof. Si néanmoins cette décision ne vous convenait pas, vous pouvez faire appel dans les huit jours par retour de bouteille postale auprès du capitaine des Lois, Éléonore Bilkis. Si jamais cette décision vous convient, vous n'avez plus qu'une chose à faire : essayer d'être heureux parmi nous avec vos deux nouvelles familles.

Nos sincères et chaleureuses salutations.

Patou Compry, chef du Bureau de placement des intrus.

PS : votre carte d'identité de pirate permanent vous sera envoyée en fin de semaine.

Victor avait les larmes aux yeux. Fou de joie, il sauta dans les bras de Niôle qui pleurait aussi. Jackie, qui regardait la scène depuis la cuisine, sortit en larmes pour embrasser son fils adoptif. Le matin même, le couple avait reçu une bouteille à la mer les informant de la décision du Conseil.

« Bon, dit Jackie en s'essuyant les yeux. Il est déjà presque neuf heures. Filez vite au BB, sinon vous allez vous retrouver avec un stage poubelle !

— Un stage poubelle ? demanda Victor en séchant ses joues avec la manche de sa chemise.

— Oui, un stage dont personne ne veut, expliqua Niôle. Un stage où l'on ramasse des choses pas très ragoûtantes...

— Comme de la ragougnasse pourrie, par exemple ? demanda William en retroussant les narines de dégoût.

— De la ragougnasse pourrie... De la ragougnasse pourrie, répéta Jackie d'un ton furieux. J'en connais un qui va se prendre un coup de fourchette dans l'œil s'il continue à parler ainsi de la tambouille de mon époux ! »

De honte et de peur, William recula de quelques pas.

« Quand je parlais de choses pas très ragoûtantes, reprit Niôle, je pensais plutôt à du crottin de mammouth, par exemple. Un client m'a dit que la Brigade des récolteurs de crottin recherche activement des stagiaires. Elle a du mal à en trouver, paraît-il.

— Je comprends ! s'exclama Victor. J'adore les mammouths, je les aime, je les idolâtre, je les vénère comme des dieux vivants. Mais qui voudrait récolter du crottin ?

— Mais moi ! répliqua Niôle fièrement. Je l'ai fait, oui, j'ai ramassé leur crottin et j'en suis fier. Et tu peux me dire avec quoi je ferais pousser mes petites tomates du jardin que tu aimes tant ?

— Avec du crottin de mammouth ? demanda Victor, stupéfait.

— Eh oui. Le crottin de mammouth est un excellent engrais, confirma Niôle, le meilleur ! On pourrait faire pousser n'importe quoi avec. Et je dois dire...

— Bon ! grogna Victor qui voulait abréger cette conversation sur les bienfaits du crottin. Moi, les odeurs fortes, ce n'est pas mon truc. Qu'est-ce que tu fais, William ? Tu continues à parler crottin, tu lis toute la journée ton courrier ou tu viens au BB voir comment ça se passe ? Moi, je mets les voiles ! »

Le duo fila comme le vent dans les rues de la ville, suivi par une énorme masse noire et velue, Pollux.

Au Bureau du boulot, une demi-heure plus tard, les garçons tombèrent de haut...

« Qu'est-ce que tu disais, tout à l'heure, à propos des odeurs fortes ?

— Ça va, ça va, dit Victor. C'est déjà assez dur comme ça. »

Les garçons étaient arrivés bons derniers. Une vieille femme à lunettes rondes et à la poitrine tombante consultait la liste des stages disponibles. Elle avait des cheveux gras en paquets qui formaient une grosse choucroute grisâtre sur sa vilaine tête au nez de cochon. Son stylo-feutre rouge parcourait la longue feuille de papier de haut en bas et de bas en haut. Victor s'imaginait déjà avec une pelle ou une fourche, chargeant les unes après les autres des brouettes de crottin de mammouth, suant sang et eau, dans une puanteur épouvantable, au milieu d'un nuage de grosses mouches à vers.

« Désolé, dit la femme d'une voix douce en regardant le visage déconfit de Victor par-dessus ses lunettes. Il ne me reste plus que des places de stagiaire pour la Brigade des récolteurs de crottin. »

William souriait bêtement en scrutant Victor, totalement dépité. Puis il remarqua le prénom et le nom de la femme inscrits sur une barrette métallique plantée dans son pull, un prénom et un nom qui lui rappelaient doublement son pays : Françoise François.

« Alors, une ou deux places ? demanda-t-elle. Je vous signale que le bus part dans un quart d'heure. Il faudrait vous décider !

— Une seule place, Madame, répondit William. Pour ce monsieur qui m'accompagne. Moi, je ne suis encore qu'un pauvre intrus. Je ne vais pas encore à l'école. Je n'ai pas la chance de pouvoir faire un SEM.

— Vous avez votre carte d'identité d'intrus ? demanda la femme.

— Oui », dit William, tout penaud.

Il glissa la main dans sa poche de bermuda et en retira sa carte pour la montrer à la femme.

« Aucun problème, alors, dit Françoise, c'est la seule chose dont j'ai besoin pour vous inscrire en stage. Alors, une ou deux places ? »

Le sourire de William s'effaça.

« Deux places, Madame, s'il vous plaît ! s'écria Victor en arrachant la carte d'identité de la main de William et en lui jetant un regard de défi. Tu ne vas pas laisser un ami seul dans le crottin jusqu'au cou. Hein ?

— Je te revaudrai ça, Victor », dit William d'un air mal aimable.

La femme saisit les deux cartes d'identité des mains de Victor.

« C'est vraiment vous, ça, l'espèce de melon avec des bandelettes ? demanda-t-elle à l'attention de William après avoir examiné en détail la photo de son visage bouffi.

— Oui, c'est moi. Pourquoi ?

— Vous êtes bouffi, sur cette photo, ma parole, répondit la femme. C'est impressionnant ! »

Victor éclata de rire.

« La photo a été prise juste après ma sortie de la Turbine du démon.

— Je vois. Refaites donc une photo dès que vous en aurez l'occasion, ce n'est pas humain d'avoir une tête pareille ! dit Françoise en leur tendant deux tickets ornés d'un énorme mammouth effectuant ses besoins naturels. Arrivés là-bas, adressez-vous à Karl. Et dépêchez-vous, le bus vous attend... Place Sylvie-Sylva. »

Trois cents mètres plus loin, le bus était là. Énorme et angoissant. Difficile de dire à quoi ressemblait cet engin. De son vrai nom « Bus archirapide » ou de son nom familier BAR, cet appareil pirate était une machine hybride, espèce de croisement entre un bateau, un avion et un camion. À l'avant, le BAR était pointu et s'ouvrait comme le pont-levis d'un château fort. L'aileron arrière et les deux réacteurs sur les côtés lui donnaient l'allure d'un avion à réaction. Mais les six énormes roues qui soutenaient sa silhouette de gros missile blanc pourvu de vitres blindées ne laissaient aucun doute : le BAR était taillé pour la route, non pour les airs ou la mer.

Cet engin de vingt mètres de long était l'un des appareils les plus puissants mis au point par les pirates ingénieurs du Centre de conception des engins hors norme. Ce centre avait également enfanté le mouchocoptère, célèbre mini-hélicoptère biplace à l'allure d'insecte bien connue que Lucas Dooh pilotait tous les jours à la recherche des mammouths égarés.

« Montez, cria le chauffeur en démarrant son engin. Bonjour. Montez vite, le BAR est ouvert !

— Quel humour ! cria Victor en montant la rampe d'accès. Bonjour !

— Bonjour ! Quel beau BAR ! lança William.

— Un beau BAR ! On me l'a déjà fait cent mille fois, ce calembour, mais je l'aime toujours autant, dit l'homme en souriant.

Bienvenue à bord. Henry Vatanen, pour vous servir, pirate pilote-mécanicien. Vous avez vos billets de stage ? »

Les stagiaires tendirent chacun leur bout de papier.

Dans le bus, il y avait déjà une dizaine de femmes et d'hommes habillés en combinaison vert kaki. « En kaki pour le caca », pensa William en regardant leur tenue. Installés dans leur siège renforcé, les passagers discutaient tranquillement. Ils portaient des casques sur la tête.

« Désolé, Pollux, dit William au grand primate qui voulait grimper dans le bus. Tu restes ici. C'est pas un joujou pour toi, le bus. »

Pollux recula gentiment, l'air triste. William et Victor lui dirent au revoir de la main. Le double-gorille s'éloigna en regardant du coin de son gros œil l'engin qui s'apprêtait à s'élancer.

« Attachez bien vos trois ceintures de sécurité, conseilla Henry aux deux garçons. Et enfilez vos casques. C'est plus prudent. On a juste une petite promenade à faire, mais ça secoue pas mal.

— Une petite promenade ? demanda William.

— Un peu plus d'une heure, répondit le pilote.

— Une heure ! Mais je croyais que...

— Eh oui, je sais, l'interrompit Henry. C'est long. Mais on a mille deux cent trente-quatre kilomètres de piste à parcourir. Et avec ce tas de ferraille qui file maximum à mille cent kilomètre à l'heure, on ne peut pas faire mieux. Désolé. On n'atteint même pas le mur du son ! »

Victor et William étaient livides. Même pas le mur du son ! Victor se souvenait de ses lectures scientifiques. Il savait que la vitesse du son était d'environ mille deux cents kilomètres à l'heure ! Même si le BAR ne franchissait pas cette vitesse, il s'en approchait, et c'était effrayant.

Les deux garçons sautèrent dans les deux places situées à la droite de Henry. Les mains tremblantes, ils attrapèrent le casque accroché devant eux, l'enfilèrent comme l'éclair et bouclèrent leurs trois ceintures de sécurité aussi vite qu'ils le purent. William comprenait mieux pourquoi les récolteurs ne trouvaient pas de stagiaires. Mille canons ! Ce n'était pas à cause de l'odeur, mais de la vitesse ! Plus de mille kilomètres à l'heure !

« Henry Vatanen pour le chef des pistes, vous m'entendez ? dit le pilote dans un petit micro qui sortait de son casque.

— Oui, Henry, je vous entends. Parlez, dit une voix qui sortait d'un haut-parleur du tableau de bord.

— Je demande l'autorisation de départ pour le BAR Piratopolis-Zone mystérieuse, porte une.

— Autorisation accordée, dit la voix. Piste du Guépard libre. Animaux traversiers évacués. Je répète : piste Guépard libre. Animaux traversiers évacués.

— Merci. Terminé.

— Bonne route, Henry. Et surtout, bonne chance ! »

Les visages de William et de Victor exprimaient une indicible angoisse.

Chapitre 16
L'affaire du crottin disparu

Sur la piste de roche parfaitement plate, le bus détalait dans un nuage de poussière rouge à près de mille kilomètres à l'heure. Depuis quelques minutes, les cent mille chevaux des moteurs grondaient tels des dragons enragés. Des gravillons venaient frapper comme de la grêle les vitres blindées du bolide. Les champs de maïs, de tabac, de blé, les arbres et les buissons défilaient à toute allure. Les corbeaux qui volaient non loin de l'engin semblaient comme arrêtés, tant le bus avalait les kilomètres. Le teint vert et le visage agité par de terribles tremblements, William et Victor plantaient leurs ongles de toutes leurs forces dans les accoudoirs de leur siège.

À mi-parcours, le bus stoppa net en pleine campagne. Les estomacs des deux garçons chavirèrent. Ils attrapèrent une poche en papier et vomirent généreusement tout leur petit déjeuner. D'autres qu'eux avaient vomi pour moins que ça.

Quatre hommes et deux femmes en tenue kaki montèrent à bord du BAR en saluant Henry. Ils venaient des villages alentour (La colline des Bourreaux, Trois-Sabres, La cascade des Borgnes, Haut-et-Court) et partaient travailler dans la Zone mystérieuse.

Le bus ronfla à nouveau. Les réacteurs crachèrent toute leur puissance. L'effet de surprise en moins, le choc de ce second départ fut moins violent que le premier pour les deux stagiaires, qui retrouvaient petit à petit des couleurs normales.

William et Victor reprirent confiance quand le bus arriva à la porte une. Le bus stoppa sa course effrénée et tout le monde fut ravi de retrouver la terre ferme...

« Est-ce que tu as déjà vu une chose pareille ? demanda William en sortant du bus.

— Jamais, dit Victor, les yeux exorbités. C'est monumental ! »

À une cinquantaine de mètres du bus, deux énormes mammouths en bronze étincelaient sous le soleil. Posées sur deux colonnes de granit noir hautes de trente mètres, les statues dorées semblaient sorties d'un rêve. Les défenses des deux mammouths devaient mesurer dix mètres ! Elles montaient dans les airs au-dessus de leur gros crâne bosselé et formaient une sorte de pont en se touchant presque.

Les deux mastodontes encadraient une immense porte. De part et d'autre de cette porte, un mur constitué d'énormes troncs d'arbres obstruait l'horizon.

C'était le mur de la Sauvagerie.

La Zone mystérieuse se trouvait de l'autre côté.

Les garçons s'approchèrent des mammouths pour s'assurer qu'ils ne rêvaient pas.

Sur leur droite, une machine rouge aussi bizarre que monstrueuse sortit soudain d'un hangar au toit vert. L'engin ressemblait à une gigantesque moissonneuse-batteuse. Il avait huit roues et était équipé à l'avant d'un énorme bras mécanique se terminant par un godet semblable à celui d'une pelleteuse. Au bout du nez de l'engin se trouvait une sorte de bouche ronde de deux mètres de diamètre. Un mât d'observation montait dans les airs au-dessus du poste de pilotage.

« Qu'est-ce que c'est que cette machine ? demanda tout haut William.

— Une récolteuse de crottin de mammouth », dit un grand homme aux cheveux blonds et courts qui arrivait à la hauteur des garçons.

Ils se retournèrent. L'homme avait une barbe de trois jours et sa chemise entrouverte laissait échapper une abondante toison blonde. Sur sa chemise verte, il portait une veste beige sans manches à fermeture éclair. Un long étui en cuir en forme de tube pendait sous son bras. Il tenait un tricorne orné d'un mammouth à la main.

« Bonjour, dit l'homme. Je suis Karl von Lavache, capitaine en second et responsable de la Brigade des récolteurs de crottin. À qui ai-je l'honneur ?

— À William Santrac. Bonjour, Capitaine, je suis intrus.

— Et à Victor Monmouth. Bonjour, Capitaine, je suis intrus également, mais bientôt pirate.

— Enchanté, dit Karl en leur serrant la main. Je suppose que vous êtes nos stagiaires récolteurs de crottin. Le Bureau du boulot m'a averti par radio.

— Oui, dirent tristement les deux garçons.

— C'est amusant, remarqua Karl. Pour les stages de récolteurs de crottin, c'est toujours des intrus que l'on m'envoie ! »

Les deux garçons ne trouvaient pas ça amusant du tout.

L'énorme récolteuse rouge s'approcha d'eux, tourna et se posta devant la grande porte en rondins. Un tracteur gigantesque et bruyant qui tirait une remorque en forme de « U » la suivait de près. Un pirate actionna une manette sur le côté de la porte et les deux battants s'ouvrirent en silence.

Stupéfaits, William et Victor découvrirent l'un des plus beaux endroits de Terra incognita. Un large chemin de pierres partait de la porte en zigzaguant en direction d'une grande vallée bordée par de hautes collines boisées. Quelques grands arbres au feuillage plat s'élevaient sur l'horizon. Un fleuve large et brillant ondulait dans le lointain. De grands oiseaux au bec crochu décrivaient des cercles dans le ciel sans nuage.

« C'est la vallée du Guitariste, dit Karl. Notre terrain de chasse au crottin. »

L'homme expliqua aux garçons que tout en appartenant à la Zone mystérieuse, la vallée du Guitariste formait une sorte de protubérance en forme de poire qui s'enfonçait dans la zone habitée. En fait, depuis des milliers d'années, de nombreux mammouths avaient choisi cette vallée herbeuse et tranquille pour mettre bas leurs petits. Entre les mois d'avril et novembre, ce paradis devenait une véritable nursery pour des centaines de petits mammouths. Pour cette raison, les pirates avaient décidé de ne pas coloniser ce sanctuaire naturel afin de le laisser aux pachydermes. Une décision que Karl, protecteur de l'environnement, avait soutenue de tout son poids. Et cette zone étant inondée de crottin pendant six mois de l'année, les pirates avaient le meilleur engrais du monde sous leur nez et à deux pas de chez eux, dans la vallée du Guitariste.

« Pourquoi on appelle cet endroit comme ça ? demanda William.

— Du temps où on édifiait le mur de la Sauvagerie, précisa Karl, un ouvrier qui jouait de la guitare s'est égaré un soir après une belle beuverie. Ivre mort, il s'est réfugié dans un arbre pour la nuit, pensant éviter de se faire dévorer. Le pauvre musicien s'est fait attaquer par des fourmis rouges, des fourmis carnivores. Le lendemain, l'équipe de recherche a retrouvé sa guitare, accrochée en bandoulière à son squelette. La vallée a été baptisée ainsi en son honneur.

— Visiblement, les fourmis n'aimaient pas sa musique ! » lança William en riant.

Sans prêter attention à l'humour macabre de son ami, Victor fouillait l'horizon de ses yeux avides. Il essayait de voir si, d'aventure, il n'y avait pas quelque chose, oui, là-bas, tout là-bas, quelque chose qui bougeait... Non, pas encore de mammouth à l'horizon. Zut !

« Je pense qu'avec cet appareil, tu y arriveras mieux, dit Karl en sortant une longue-vue de l'étui cylindrique qui pendait sous son bras.

— Merci, » dit Victor qui la déplia.

Le garçon colla la longue-vue à son œil. Toujours rien à l'horizon.

« Bon, alors, qu'est-ce que l'on va faire de vous ? demanda Karl. Moi, j'ai besoin d'un pilote dans la cabine et d'un dénicheur, là-haut, au poste de vigie. Qui veut faire quoi ?

— Un pilote ? demanda William.

— Un dénicheur ? demanda en même temps Victor.

— Oui, confirma Karl. Un pilote pour la récolteuse et un dénicheur de crottin pour le mât. »

Pour les convaincre, Karl leur donna quelques explications. La présence de deux stagiaires était une aubaine pour sa brigade. Les stagiaires pouvaient remplacer, au choix, soit le pilote au volant de l'engin – facile à conduire –, soit le dénicheur de tas de crottin, perché au sommet du mât au poste de vigie. Remplacés par les deux jeunes stagiaires, le pilote et la vigie pouvaient passer au ramassage au sol ou au chargement des boudins de crottin dans la remorque. Quatre bras de pirates adultes n'étaient pas de trop. Car la récolteuse qui engloutissait les excréments de mammouth produisait des boudins de crottin d'environ un mètre de long et de cinquante centimètres de diamètre. Ces beaux boudins de cinquante kilos sortaient emballés à l'arrière du véhicule, chacun dans un sac de toile blanche et rouge, ficelé comme un rôti. Une fois les boudins crachés par la récolteuse à la queue leu leu, il fallait les entasser dans la remorque en « U » tirée par le tracteur suiveur. Et on les portait à la main.

« Alors ? J'ai trouvé un pilote et un dénicheur ? » demanda Karl.

Victor émit une petite réserve. Il se demandait si tout ça était bien légal.

Karl répondit que la loi 74 disait qu'un pirate de plus de dix ans pouvait piloter n'importe quel engin si un pirate adulte, pilote confirmé, lui en accordait l'autorisation et l'assurait d'une formation minimum. D'une voix posée, Karl assura ensuite que la conduite de la récolteuse était un jeu d'enfant : un volant, un accélérateur, un frein, une boîte de vitesses automatique, un bouton d'urgence. Le plus dur était d'orienter les roues dans la direction indiquée par le dénicheur de tas de crottin.

Armé d'une super longue-vue, un appareil dix fois plus puissant qu'une longue-vue ordinaire, le dénicheur devait scruter l'horizon à la recherche des crottins. La chance voulait que les mammouths déposent leur crottin souvent au même endroit, sous forme de gros tas. Il était donc facile de repérer les « toilettes » des mammouths. Un adulte produisait une moyenne de cent cinquante kilos de crottin par jour.

« Alors, ça vous tente ? proposa finalement Karl.

— Pour moi, c'est bon, dit William. Vous avez un pilote.

— Et un dénicheur », enchaîna Victor, satisfait que la loi soit respectée.

Tout ce qui concernait le pilotage plaisait à William. En quelques secondes, il saisit le fonctionnement de l'engin, expliqué avec clarté par Karl. Quant à Victor, tout ce qui ressemblait à un mât de bateau l'attirait. Au poste de vigie, en haut du mât, un océan de crottin l'attendait.

« Si tu as un problème, tu hurles dans les oreilles de Leif, le manipulateur du bras mécanique assis devant toi en bas, expliqua Karl à William. S'il ne t'entend pas, pour telle ou telle raison, sa surdité par exemple, tu pousses le bouton d'urgence, ça coupe le moteur.

— D'accord ! » hurla William.

Une fois la marche avant passée, William devait appuyer plus ou moins sur le champignon et, surtout, faire attention aux trous et aux bosses afin d'éviter au dénicheur de vomir ! Habitué au mouvement de la houle du large à force de faire du bateau, Victor était le dénicheur idéal. Là-haut, il était équipé d'un haut-parleur lui permettant d'indiquer le chemin à suivre au pilote de la récolteuse.

Contrairement à ce qu'ils avaient imaginé le matin, le stage de récolteur de crottin se révélait une aventure parfaitement excitante.

William se retrouvait pilote d'une machine qui devait bien peser ses soixante-dix tonnes et Victor allait passer son temps à épier des troupeaux de mammouths !

Ils avaient hâte de partir !

Au moment où ils allaient monter à leurs postes de travail respectifs, Karl leur offrit un masque blanc à se mettre sur le nez.

« Pour l'odeur, dit-il simplement.

— Quelle odeur ? » demanda Victor.

L'odeur du crottin frais de mammouth. Pour les connaisseurs, le crottin de mammouth dégageait un fumet pestilentiel qui évoquait un cocktail mêlant urine de phacochère, crotte de varan et haleine de vieux chameau.

Enfin, Karl tendit à chacun une petite bombe aérosol.

« Du déodorant, je suppose, dit Victor. Merci, j'apprécie le geste.

— Pas du tout, c'est du RIRE. *RIRE ou repousse-insectes à*

rayonnement étendu. Produit actif contre les mouches des corsaires, triples moustiques, scarabées à pinces de crabe, guêpes des marais, frelons à tête de mort, libellules aïe-aïe, cafards flibustiers, fourmis carnivores, taons du tapir, punaises fesses de bouc. Aspergez peau et vêtement toutes les deux heures. Attention : ne pas donner aux enfants de moins de trente-six mois, lu Karl. Rien ne résiste au RIRE pirate. Mais allez-y de bon cœur ! Sans ça, on ne pourrait pas travailler ici. »

En fait, avant l'invention du RIRE, bien des pirates qui s'étaient aventurés dans cette belle mais impitoyable région infestée de bestioles, avaient perdu la vie, piqués, mordus, sucés, pincés, embrochés par une nuée de redoutables insectes... Comme ce pauvre guitariste !

Dorénavant, avec l'invention du repousse-insectes à rayonnement étendu, l'unique réel danger dans ce coin de la Zone mystérieuse consistait à se retrouver nez à trompe avec un mâle mammouth en rut. Par chance, en cette fin octobre, les amours mammouths n'étaient plus d'actualité, et la charge d'un pachyderme amoureux n'était pas à craindre. Et puis, Karl veillait.

« C'est quoi, cette espèce de tuyau d'aluminium dans votre dos ? demanda William à Karl.

— Ça ? dit Karl en passant la lanière d'une sorte de fusil à long canon par-dessus sa tête. C'est un fusil endormeur. Je ne m'en sépare jamais.

— Comment ça marche ? demanda Victor.

— C'est un fusil à air comprimé, dit Karl. Quand j'appuie sur la détente, ici, la pression chasse la fléchette à sommeil fulgurant située à l'intérieur. »

Karl ouvrit sa veste et montra trois fléchettes au ventre métallique. Le long projectile était doté d'une grosse aiguille à l'une de ses extrémités et d'une petite touffe de laine rouge à l'autre.

« Les fléchettes contiennent un tranquillisant à effet immédiat, acheva Karl. Un de nos anciens stagiaires les appelait "fléchettes Rapido Dodo". C'était rigolo, on a gardé le nom.

— Et on endort qui avec ? demanda William en bâillant.

— Un animal de la taille d'un mammouth n'y résiste pas. Même s'il est en rut. »

Victor, spécialiste de la question, expliqua à son ami ignorant que le rut était la période d'activité sexuelle des mammifères, une période durant laquelle les animaux cherchaient à se reproduire et où il était dangereux de trop s'approcher d'eux.

Informés des étonnants dangers de la savane, les deux garçons pouvaient maintenant partir avec le convoi des récolteurs de crottin.

Victor grimpa dans sa tour et William prit les commandes de l'engin. Ce dernier se mit alors à compter les sacs qui sortaient du ventre de la machine.

« Leif ! Leif ! hurla-t-il une heure plus tard. Leeiiffff ! Bon Dieu, il est sourd comme un pot !

— Un problème ? demanda le dur d'oreille chargé de manipuler le bras mécanique de la récolteuse.

— Non, je voulais juste savoir une chose : combien faut-il ramasser de tonnes de ce machin puant ? cria William.

— Aujourd'hui, gémit Leif, dix tonnes au pire, vingt tonnes au mieux !

— Et en tout, pour l'année ?

— S'il n'y avait pas eu ce vol dans nos entrepôts au début de l'année, il nous resterait encore mille tonnes à récolter, cria l'homme qui actionnait les manettes pour faire entrer une belle pelletée de crottin dans la bouche de la récolteuse. Mais avec ce vol, ça nous fait cent tonnes de plus à ramasser. Cinq à dix jours de boulot supplémentaires !

— On vous a volé cent tonnes de cette horreur puante ?

demanda William interloqué. Il y a des pirates qui volent du crottin ?

— Parfaitement, cent tonnes, envolées en une seule nuit, confirma l'homme. Personne ne sait comment ils ont pu s'y prendre pour déplacer une montagne d'excréments de cette taille ! D'habitude, c'est quelques centaines de kilos, souvent des trafiquants d'engrais qui revendent le crottin de mammouth à prix d'or aux agriculteurs ou aux petits vieux, en ville, pour leurs géraniums ou leurs rosiers. Mais là, c'est un record ! »

« Je me demande bien ce que ce tas de crétins a fait de ce tas de crottin », songea William.

La matinée passa vite et bien. Vers treize heures, les stagiaires mangèrent en compagnie de Karl et des autres membres de la brigade au bord d'une rivière à l'eau claire. Ils parlèrent de la mystérieuse disparition de crottin.

Karl ne pensait pas possible que des trafiquants puissent écouler un stock pareil d'excrément sur le territoire de la République de Libertalia. Aucun paysan, aucun jardinier, aucun maraîcher ne prendrait un tel risque. Il expliqua que tout sac qui sortait légalement de l'entrepôt était reconnaissable : il portait une bague d'acier avec un sceau de plomb gros comme une pièce d'or sur lequel étaient écrits la date de sortie et le numéro du sac. Sans bague et sans numéro, il était difficile de trimbaler une telle masse de crottin aux yeux et à la barbe de la Brigade de répression des trafics illicites.

L'après-midi fut du même tonneau : beaucoup de crottin.

Le bilan de la journée fut excellent : dix-huit tonnes de crottin de mammouth.

Victor n'avait pas vomi sur William du haut de sa vigie et il avait confondu une seule fois une termitière géante avec un tas de crottin. Un dénicheur confirmé n'aurait pas mieux fait.

De son côté, William avait piloté de main de maître le gros engin. Il avait navigué comme un chef entre les rochers, les arbres et les terriers de langues-pourries, une sorte d'énorme lapin à tête de cochon et à oreilles d'âne.

Seule déception pour les stagiaires : les mammouths s'étaient tenus à distance des hommes et des machines. Victor avait aperçu des animaux avec de longues défenses, mais tellement loin...

Le soir arriva. Les engins furent rangés dans le hangar, les boudins de crottin empilés dans l'entrepôt. Puants, épuisés mais heureux, les deux garçons avaient été efficaces et courageux. Karl les félicita longuement. William et Victor eurent tout juste le temps de profiter du spectacle du superbe coucher de soleil sur la vallée du Guitariste avant de sauter dans le bus du retour.

Les battants de la porte de la Zone mystérieuse se refermèrent.

Henry Vatanen alluma les moteurs de son monstre. Les quatre puissants phares du BAR flamboyèrent dans la nuit. Et le pilote enfonça la manette des gaz.

Dans l'obscurité humide, un gigantesque ver luisant traversa le pays du nord au sud en rugissant à plus de mille kilomètres à l'heure. La tête secouée par les soubresauts de l'engin, William et Victor regardaient le paysage défiler à vive allure sous la lumière de la Lune. Ils souriaient.

Ils étaient récolteurs de crottin et fiers de l'être.

Chapitre 17
Le groupe de Koï

LE LENDEMAIN DE LEUR PREMIER JOUR DE STAGE dans la vallée du Guitariste, William reçut sept nouvelles bouteilles à la mer. Sept autres directeurs d'école le voulaient ! Et la plupart des lettres disaient la même chose.

Dans presque toutes les lettres, on faisait référence aux « qualités physiques exceptionnelles » de William. Cette dernière formule lui rappelait les paroles de quelqu'un : Salomon Diouf, chirurgien de son état. Apparemment, le secret médical n'existait pas. Et, apparemment, le corps de William semblait au centre des préoccupations des directeurs d'école de la région.

Pourquoi ? Il ne le savait pas encore, mais cela l'intriguait.

Sur les dix-neuf premières bouteilles à la mer qu'il avait reçues jusque-là, une seule lettre lui avait paru honnête. C'était celle écrite de la main d'Apollonius Mollo, le directeur de l'école Joshua-Slocum, l'école la moins généreuse question bourse, mais la seule qui ne faisait pas mention de ses « qualités physiques exceptionnelles ».

Il était sept heures et William relisait pour la troisième fois cette lettre avant de foncer rejoindre le bus archirapide pour son deuxième jour de stage de récolteur de crottin dans la vallée du

Guitariste. À ses côtés, Victor finissait son petit déjeuner en relisant les lettres avec lui.

« C'est une belle lettre, dit Victor en mordant dans sa tartine beurrée. Et c'est un bon prof. Je l'aime bien, moi, Mollo.

— Quand notre stage sera terminé, j'irai voir ce Mollo que tu aimes tant », répondit William.

Une heure et quarante-quatre minutes plus tard, le duo était au rendez-vous du crottin. Ce mardi 21 octobre fut un jour faste, question excréments de mammouth. La brigade frôla le record historique. Un peu plus de vingt-deux ans auparavant, un jeudi 3 septembre, elle avait établi le fabuleux record de 548 boudins de crottin, un record inscrit à jamais dans la mémoire de tous les récolteurs. Avec 511 boudins, soit plus de vingt-cinq tonnes, ce mardi restait une sacrée belle journée. La deuxième de l'histoire en termes crottiniques.

Hélas pour Victor, les mammouths restèrent très discrets ce jour-là. Un bon point cependant : William et Victor observèrent une famille de langues-pourries au grand complet, le mâle, la femelle et quatre petits. William assura avoir vu un dayo sauvage débouler de derrière un buisson fleuri, mais personne ne vit de micro-pachyderme à part lui.

Le mercredi 22, la récolte fut excellente : 483 boudins. Et Victor put enfin admirer ce qu'il aimait le plus en ce monde avec la ragougnasse : des mammouths. Cela se passa vers midi. Il faisait très chaud. La brigade venait de parcourir une vingtaine de kilomètres vers l'est. Les machines furent garées à l'ombre d'arbres géants, le temps de faire une pause. Pour avoir un peu d'air, les pirates allèrent s'installer une centaine de mètres plus loin, sur un plateau rocheux en surplomb d'une forêt encaissée, traversée par une rivière. Il y faisait plus frais. Victor regarda machinalement l'horizon avec sa super longue-vue. Rien.

Il replia la longue-vue, s'accroupit sur le bord de la falaise et patienta.

Quelques instants plus tard, Victor perçut un craquement de branche et se retourna.

Sous le couvert des arbres, en contrebas, des formes énormes avançaient vers l'eau, dégageant un volumineux nuage de poussière. Victor était à deux doigts de pleurer de joie. Il tapota l'épaule de William et lui montra d'un signe de tête le cortège des grands animaux.

« Ça alors ! » s'extasia son ami.

Karl von Lavache estima le troupeau à une vingtaine d'individus. Il était difficile de les compter au milieu des arbres, mais Karl connaissait bien ce troupeau, c'était le groupe de Koï, un grand mammouth mâle connu pour avoir une échancrure dentelée sur une oreille, comme si quelqu'un la lui avait mordue. Avec sa super longue-vue qu'il avait du mal à prêter aux autres, même à William, Victor observa Koï et, surtout, trois jeunes mammouths de trois mois à peine.

« On peut les approcher de plus près ? demanda Victor à Karl.

— Si tu as envie de mourir, oui, dit Karl. Mais si tu tiens à la vie, je te conseille de rester là où tu es. Les mammouths sont paisibles en temps normal, et n'aiment guère la compagnie des hommes. Quand ils sont dérangés, ils préfèrent s'enfuir s'ils en ont la possibilité. Mais ici, dans cette gorge où ils viennent boire, ils n'ont qu'une sortie, c'est l'entrée ! Si tu barres l'entrée, ils passeront quand même. Crois-moi, c'est déjà formidable de les voir ainsi, tu les observeras rarement d'aussi près. Profites-en bien !

— C'est drôle, dit Victor, il n'y a que les petits qui ont du poil. Je m'attendais...

— Tu t'attendais à de gros rouquins aux cheveux longs, comme toi, continua Karl, un sourire aux lèvres. Eh bien, non.

Ce n'est pas cette espèce. *Mammuthus caloriphilus* est adapté à la chaleur, comme son nom l'indique. Il n'a presque pas de poil et il a de grandes oreilles.

— *Mammuthus* quoi ? demanda William.

— *Caloriphilus*, c'est du latin, dit Victor. Ça veut dire "qui aime la chaleur".

— Exact, confirma Karl. Cette espèce possède moins de poils et des oreilles plus grandes que *Mammuthus frigoriphilus*, une autre espèce de mammouth qui vit dans les régions de l'extrême nord de la Zone mystérieuse. »

En fait, cette seconde espèce, l'espèce du Nord, ressemblait au mammouth laineux qui vivait encore sur Terre dans les plaines de Sibérie, 10 000 ans plus tôt. C'est à cette espèce que Victor s'attendait. Mais, il y en avait plusieurs. Et les oreilles permettaient de les distinguer.

En as des mammouths, Karl précisa que plus les oreilles d'un mammouth étaient grandes, mieux l'animal évacuait la chaleur en les secouant comme des éventails. Les grandes oreilles jouaient le rôle des ailettes d'un radiateur en émettant vers l'extérieur la chaleur produite par l'animal et celle qu'il emmagasinait à cause du soleil.

Pour un animal des pays froids, comme le mammouth du Nord, c'était l'inverse. Il avait de toutes petites oreilles, car lui n'avait pas de chaleur à perdre ! Il devait la garder au maximum pour supporter le climat glacial.

— C'est passionnant ! » s'exclama Victor.

Le bilan du mercredi fut donc extraordinaire : 502 boudins de crottin. Côté animal, c'était la fête : environ vingt mammouths, trois langues-pourries, un tamanoir à tête chauve et une petite troupe de phacochères à grosses cuisses. Et, cerise sur le gâteau, William avait reçu ce matin-là quatre nouvelles bouteilles postales des directeurs d'école des villages de Mille Troncs, de La

Nouvelle-La Rochelle, de La Caravelle-des-Glaces et de La Cascade des Borgnes.

Le jeudi 23 octobre fut glorieux pour les récolteurs : 587 boudins de crottin, le vieux record était pulvérisé ! Pour l'occasion, dans la soirée, Karl déboucha trois bouteilles de champagnac, la boisson de luxe des pirates, mélange subtil de champagne et de cognac. Un pirate avait aussi inventé le champagnum, mais les pirates trouvèrent que le goût du champagne gâchait celui du rhum. Une bouteille de jus de yaya fut ouverte. Les jus de yayac ou de yayaum n'existaient pas.

Pour couronner le tout, dans la journée, l'équipe croisa sur sa route une horde d'une centaine de mammouths, un couple de grosses-échines (sorte d'hippopotame géant avec une touffe de poils noirs assez laide sur la tête), un tapir à queue d'ours, un troupeau d'antilopes corsaires et deux femelles de sanglier des rochers et leurs quinze petits marcassins tout rayés. Quel spectacle !

William et Victor respiraient le grand air et le bonheur.

Ça n'allait pas durer.

Le vendredi 24 octobre fut atroce, un vendredi noir, le pire vendredi qu'ait vécu un stagiaire récolteur de crottin.

Le matin, déjà, les choses ne s'annonçaient pas bien. Henry Vatanen, le pilote du BAR, freina en catastrophe pour éviter une collision avec un troupeau de vaches qui traversait la piste. La clôture du champ où ces dames à lait broutaient avait été défoncée.

Le BAR s'arrêta in extremis à quelques mètres du troupeau et en travers de la piste, grâce aux trois parachutes de freinage d'urgence.

Autre mauvaise nouvelle, dans la matinée : la récolte de crottin fut famélique : 81 boudins, soit tout juste quatre tonnes. Et les stagiaires se disputèrent. William reprocha à Victor de mal détecter le crottin avec sa super longue-vue et de vouloir sans cesse tout diriger, lui le Monsieur de là-haut ! Victor accusa William d'être un bien mauvais pilote, insulte suprême !

Mais le pire était ailleurs.

Pour apaiser les jeunes membres de sa brigade, Karl emmena son groupe de récolteurs sur le surplomb rocheux qui dominait la petite gorge où William et Victor avaient vu des mammouths. Il y faisait toujours bon, et les esprits échauffés pourraient s'y refroidir.

Arrivé sur le promontoire, Victor, le sourire aux lèvres, s'allongea sur le sol, rampa quelques mètres jusqu'au bord de la petite falaise. Il prit sa super longue-vue et regarda dans la direction des arbres, en contrebas, espérant y observer les mammouths qui étaient là deux jours auparavant.

Ils étaient bien là. Mais le garçon eut une vision d'horreur...

Il hurla de terreur.

Sous le feuillage des arbres, une vingtaine de mammouths gisaient, entassés contre les rochers, au fond de la gorge. Des flots de sang sortaient de leurs poitrails et de leurs entrailles. Le liquide rouge et luisant, emporté par le courant de la rivière, dessinait d'horribles arabesques dans l'eau.

Quelques mammouths gémissaient encore...

Karl attrapa la longue-vue des mains tremblantes de Victor qui pleurait.

« C'est un cataclysme, dit l'homme. Mille tonnerres ! »

Une petite piste de pierre sur le côté menait à la rivière. Karl descendit le long de la falaise. Le reste de la brigade lui emboîta le pas. William s'approcha de son ami Victor pour lui demander ce qu'il avait vu et pourquoi il pleurait. Ce n'était plus le moment de se disputer. Victor lui expliqua.

William fut horrifié.

Les deux amis descendirent vers la rivière où Karl prenait déjà les choses en main.

« Bon, commença-t-il d'une voix ferme en regardant son équipe sonnée par l'horrible découverte. La situation est grave et il n'est pas de notre seul ressort de la gérer. Première chose : Leif, s'il te plaît, appelle le capitaine par radio. Dis que nous sommes au niveau de la gorge des Eaux-Bleues et demande-lui surtout de venir le plus vite possible avec un vétérinaire. Informe-le que nous sommes en situation de danger niveau cinq, avec animaux abattus en masse au moyen de balles à fort coefficient de pénétration. Qu'ils amènent des seringues et tout ce qu'ils ont de liquide pour sommeil fulgurant. Deuxième chose : préviens également la Brigade de répression des trafics illicites ; ils vont avoir du pain sur la planche. »

Karl scruta tous les membres de son équipe.

« Enfin, dit-il, je demande à toutes celles et tous ceux qui se sentent capables de rester ici de nous donner un coup de main, mais je comprendrais que certains préfèrent partir. »

Pour William et Victor, il était hors de question de s'éclipser dans un moment pareil.

« On reste, dit William. On va vous aider. »

Karl apprécia le courage des deux garçons.

« Bien, dit le capitaine en second. En attendant le grand chef, on cherche un moyen de descendre le tracteur jusqu'ici. Il faudra tirer les cadavres de l'eau, tout à l'heure. Pas question qu'ils pourrissent et contaminent la rivière. Allez, tout le monde sur le pont ! »

En professionnel des situations dramatiques, Karl glissa une fléchette à sommeil fulgurant dans son fusil endormeur. Il épaula. Il tira. La fléchette Rapido Dodo se ficha dans le cuir d'un mammouth encore vivant qui gémissait de douleur. La bête s'endormit. Karl s'approcha des autres bêtes encore en vie et renouvela l'opération, jusqu'à l'épuisement presque total de ses fléchettes à sommeil fulgurant. Il en gardait toujours une, au cas où...

Une demi-heure plus tard, un insecte vert et jaune de la taille d'une mouche géante traversa le ciel. Un mouchocoptère de la brigade de la Nature arrivait du centre de commandement, situé à La Cascade des Borgnes.

L'appareil se posa dans une petite clairière au milieu des arbres. Son sifflement cessa.

Un homme que William connaissait bien descendit le premier de l'appareil du côté du poste de pilotage.

« Lucas ! hurla le garçon.

— William ! » cria le pilote.

Le garçon sauta dans les bras de Lucas en pleurant.

« Ça fait tellement plaisir de te revoir, sanglota William à l'oreille de Lucas.

— Moi aussi, je suis heureux de te revoir, mon bonhomme, dit Lucas en le serrant dans ses bras. Ça va ? »

Lucas posa William au sol en laissant sa main sur l'épaule du garçon.

« Pas trop, répondit-il. Des gens ont fait des choses horribles, ici...

— J'ai appris ça, dit Lucas. Et qui est ce brave garçon avec toi ? »

Lucas désignait Victor qui les rejoignait, les joues couvertes de larmes.

« C'est mon meilleur ami, dit William en s'essuyant les joues. Victor, je te présente Lucas, le pirate qui m'a découvert.

— Enchanté, Victor, dit le capitaine de la Nature en serrant la main du garçon.

— William m'a beaucoup parlé de vous, répondit Victor, la

voix hachée de sanglots et les yeux encore rouges d'avoir pleuré. Je suis content de vous rencontrer.

— Moi aussi, Victor, dit Lucas d'un ton amical. Allez, on va voir ce qui s'est passé ! »

La présence de Lucas rassura tout le monde. Son calme et son expérience faisaient merveille dans les moments difficiles. En compagnie de Jacques Kidd, le vétérinaire arrivé avec lui, il constata que pas un seul mammouth ne pouvait être sauvé. Lucas félicita Karl pour l'initiative qu'il avait prise en utilisant ses fléchettes pour soulager la souffrance des bêtes encore en vie. Mais il fallait maintenant aller plus loin.

Le vétérinaire injecta de fortes doses de somnifère aux cinq mammouths entre la vie et la mort. Les pachydermes s'endormirent à tout jamais, sans douleur.

Jacques Kidd confirma l'hypothèse de Karl : des projectiles à fort coefficient de pénétration avaient été utilisés pour abattre les mammouths. Les bêtes avaient été visées au niveau du crâne, en plein front, ou au niveau des flancs, en plein cœur. Tout le monde était d'accord sur un point : seuls des professionnels du tir avaient pu abattre ces animaux avec une telle précision.

« Qu'est-ce que tu en penses, Lucas ? demanda Karl. Des chasseurs ?

— Peut-être, dit Lucas. Mais pas seulement. Je pense aussi à des trafiquants.

— Des trafiquants ? Mais ils n'ont pas emporté d'animaux.

— Pas emporté d'animaux ? demanda Lucas. Tu as vu les petits ?

— Non. Tu veux dire que... Mais les petits sont...

— Ce groupe est celui de Koï, dit Lucas.

— Je ne sais pas encore. Nous n'avons pas encore trouvé...

— Je pense que c'est ce groupe. Et les femelles ont mis bas en juin, n'est-ce pas ?

— Oui, confirma Karl, trois jeunes.

— Et où sont-ils ? demanda Lucas.

— On ne les a pas encore trouvés, dit Karl. Ils sont sans doute sous les cadavres de leurs mères. En cas de danger, les petits se fourrent entre leurs pattes, tu sais que...

— Les petits ont été emportés, insista Lucas. Et je parie mon plus beau tricorne que ces bêtes sont mortes parce qu'elles défendaient leurs petits. Aucun trophée n'a été pris. Or les chasseurs prennent toujours la tête des animaux qu'ils abattent. »

Un deuxième mouchocoptère, rouge et noir, se posa non loin de celui de Lucas et son arrivée interrompit la conversation. Un homme très grand avec les cheveux en brosse, suivi d'une femme brune au visage sévère, descendit de l'appareil. Le duo appartenait à la Brigade de répression des trafics illicites. Ils rejoignirent le groupe.

Joseph Darnoc, l'homme aux cheveux en brosse, prit des photos des animaux et du site, tout en discutant avec l'équipe.

Maria Trigger, la femme brune, était une experte en armes.

Après une longue inspection des lieux, elle expliqua qu'un groupe de rabatteurs avaient poussé les mammouths vers le fond de la gorge. Les animaux affolés s'étaient entassés au pied des flancs rocheux de la gorge. Les tireurs étaient postés sur les hauteurs. Maria affirma que les chasseurs avaient utilisé des fusils équipés de lunettes à infrarouge pour voir les animaux la nuit. Car, selon elle, les choses s'étaient produites entre deux et trois heures du matin, la nuit précédente.

« Ils ont abattu les animaux d'une à deux balles par pachyderme. Des balles blindées à fort taux de pénétration. Ils ont récupéré les douilles pour laisser le moins d'indices possible. Des hommes qui connaissent la chasse et la région sur le bout des doigts, conclut Maria.

— Je crois qu'il n'y a plus grand-chose à faire désormais, dit le vétérinaire Jacques Kidd en se faisant aider pour retourner la tête d'un gigantesque mammouth mâle couché sur le flanc. Je suis affirmatif, Capitaine, ajouta le vétérinaire en regardant l'oreille échancrée du mammouth, c'est bien le groupe de Koï.

— C'était le groupe de Koï, rectifia Lucas.

— Je ne vois aucune trace des jeunes mammouths, poursuivit Joseph Darnoc après une inspection détaillée. On les a emportés. C'est effarant. Nous avons affaire à des trafiquants. »

Karl von Lavache avala sa salive avec difficulté. Il jalousait un peu Lucas, chacun le savait, mais il respectait son autorité. Lui était capitaine en second, Lucas le capitaine, un point, c'est tout. Et il ne s'était pas trompé : les petits mammouths avaient disparu.

« Qu'est-ce qu'on fait, maintenant ? demanda Karl.

— Je vois que tu as fait descendre le tracteur, dit Lucas. C'est très bien. Ton équipage a fait du bon travail. On va pouvoir s'occuper des carcasses. Fais reculer le tracteur, et en avant la musique. Le pire nous attend. »

À l'aide de câbles accrochés au tracteur, on tira les cadavres dans la plaine. Vautours, chacals, hyènes et autres prédateurs allaient pouvoir accomplir leur horrible mais nécessaire besogne : faire disparaître les corps de ces animaux afin qu'ils ne soient pas morts pour rien. Les charognards à plumes furent les premiers sur les lieux.

Le soleil était encore haut et hostile. Un instant, Lucas observa les vautours qui descendaient du ciel en décrivant des spirales, puis il baissa machinalement la tête.

Un bout de métal scintillait sur le sol. Lucas le ramassa. C'était une balle blindée.

Le projectile était quasiment intact. La balle avait juste les mini rayures occasionnées par son passage dans le canon du fusil qui l'avait tirée. Elle avait transpercé le mammouth, l'avait tué et était venue mourir à son tour dans le sable. Lucas la glissa dans sa poche.

« Je retrouverai le fusil qui l'a tirée, songea-t-il en serrant les mâchoires. Je retrouverai ce fichu fusil un jour. J'en fais le serment. »

Il regarda sa montre. Seize heures. Il était l'heure de partir.

La récolteuse ronfla. Le tracteur grogna.

Lucas embrassa William et Victor.

Les deux mouchocoptères sifflèrent et s'élevèrent dans les airs.

La récolteuse s'élança, le tracteur la suivit. Destination : les deux mammouths de bronze qui gardaient la porte une de la Zone mystérieuse. Ces deux animaux étaient les seuls à ne pas craindre les balles des hommes.

Chapitre 18
Le choix des capitaines

Une semaine passa, la plus longue que William ait jamais vécue. Il resta seul à la *Taverne du tigre à dents de sabre*. Le souvenir horrible du vendredi 24 octobre, le « vendredi noir », ne le quittait pas. Toujours en stage d'essai de séparation, William était séparé des gens qu'il aimait le plus, Lou et Lucas. Et son ami Victor n'était pas là. Il passait sa semaine de vacances au village de Mille Troncs, dans sa deuxième famille, Sergueï et Fabiana Kouglof.

Heureusement, le samedi apporta deux bonnes nouvelles : le retour de Victor et l'annonce d'une fête dans la soirée, officiellement pour célébrer la carte d'identité de pirate de Victor.

Dans l'attente de cette soirée très spéciale, les deux garçons partirent en ville en début d'après-midi. Le duo passa d'abord sur le port observer les chalutiers du haut des deux tours du port de Piratopolis, la tour des Gueux de Mer et la tour des Frères de la côte.

À fleur de peau après tous ces tristes événements, Victor se soulagea en confiant un secret à William. Il raconta que son père était marin pêcheur et qu'il avait un chalutier du même type que ceux qui accostaient sur les quais devant eux. Il lui révéla surtout que son père avait péri dans un naufrage quelques semaines avant son arrivée sur Terra incognita.

Ensuite, ils allèrent au zoo pour rire un peu en regardant les chèvres. Là, ils parlèrent d'Apollonius Mollo et de son école, qui avait très bonne réputation. Bien sûr, ils évoquèrent l'affaire du vol de crottin de mammouth et, surtout, la nouvelle affaire des jeunes mammouths disparus. Sans parvenir, hélas, à résoudre ces deux énigmes. De retour au port, en fin d'après-midi, ils discutèrent des marchands de sable magique. Victor s'était frotté à l'un d'entre eux, mais il s'en était apparemment très bien sorti :

« Je t'assure, fanfaronna-t-il, la main sur le cœur. J'en ai assommé un d'un seul coup de poing dans le nez ! J'ai raconté ça à un journaliste du *Pirate libéré*.

— Ah ! c'était toi le Victor dont il parlait ? J'ai lu l'article. Tu as assommé un pirate adulte d'un seul coup de poing ! s'étonna William. Et quand ça ?

— C'était il y a deux semaines. Je revenais de mon cours du soir de rattrapage accéléré de culture pirate. Ma lanterne à la main, je marchais sous les arches de la rue Mary-Read, tu vois laquelle ?

— Oui, confirma William, celle où il y a le magasin de perruques.

— Exactement. Eh bien, dans cette rue, un homme m'a abordé. Il m'a demandé si j'étais intéressé par des bonbons bizarres, des bonbons qui contiennent du sable magique. "Ça donne la force et le courage d'un tigre, même aux plus lâches !" qu'il m'a dit !

— Tu l'as envoyé sur les roses, j'espère !

— Tu parles ! Je lui ai dit que, dans mon pays, on appelait ça de la drogue et que je n'en voulais pas. Il m'a demandé de quel pays je venais. Je lui ai dit du Canada. Quand il a compris que j'étais un intrus, il est devenu encore plus mielleux et m'a proposé un marché : si je lui racontais où se trouvait mon lieu de passage secret, il me donnerait autant de bonbons bizarres que je voudrais !

— Tu sais que ton lieu de découverte est un secret, au moins ? » demanda William.

Bien sûr que Victor le savait.

« La seule personne qui doit être au courant des passages secrets, c'est le capitaine de la Carte des passages secrets, Roger Rayson. Alors je lui ai dit d'aller voir ailleurs si la Terra incognita était plate. Ça ne lui a pas plu, il m'a attrapé par le col, il a essayé de me soulever du sol, mais il n'a pas pu. Mon poids m'a sauvé ! Mais il m'a dit que, si je ne crachais pas le morceau, je ne reverrais plus jamais ma mère et mon père.

— Le truc qu'il ne fallait pas te dire ! s'écria William.

— Ah ça, non ! cria Victor. Ça m'a fait comme de la lave en fusion dans tout le corps, et je lui ai envoyé mon poing archi-rapide dans la figure ! Je crois que je lui ai cassé le nez ! Il est tombé comme une pomme de son arbre. Et moi, j'ai filé !

— À ce propos, dit William, il serait peut-être temps de rentrer à la taverne archi-rapidement, monsieur le boxeur ! On nous attend pour faire la fête ! »

Quelques instants plus tard, William et Victor pénétraient dans la *Taverne du tigre à dents de sabre*. Une surprise de taille les attendait ! Tout le monde était déguisé : Niôle, Jackie, Lucas, Lou, Sergueï, Fabiana, Salomon, Éléonore et même sa fille !

Célia, pour l'occasion, avait revêtu une hideuse tenue de cuisinière et non sa robe à plumes. Elle portait des lunettes épaisses et s'était fait deux couettes auxquelles pendaient des chauves-souris en plastique ! Laure, sa meilleure amie, s'était contentée d'enfiler une magnifique robe de bal rouge qui lui allait à ravir, aux dires de Victor.

« Laure, quelle belle tenue tu as mise pour fêter la carte d'identité de pirate de Victor ! dit William en se retournant vers son ami rouge pivoine.

— La carte d'identité de pirate de Victor, reprit Lou, les larmes aux yeux, qui arrivait derrière William. Je crois que tu devrais aller voir Niôle. Il a quelque chose pour toi. »

En dépit de son déguisement de poissonnière, le garçon reconnut immédiatement la femme de Lucas. Mais il ne comprenait pas ce qu'elle faisait là. En théorie, il n'avait pas le droit de voir Lou tant que son stage d'essai de séparation n'était pas achevé...

Niôle sortit une bouteille en porcelaine blanche de derrière le bar. William l'ouvrit.

Très cher monsieur William Santrac,
Pour votre bien et pour celui de la cité, les membres du Conseil des capitaines ont estimé à l'unanimité que le couple de pirates formé par Lou et Lucas Dooh était la famille la mieux à même de vous donner tout l'amour et la protection dont vous avez besoin. Si néanmoins cette décision ne vous convenait pas, vous pouvez faire appel dans les huit jours par retour de bouteille postale auprès du capitaine des Lois, Éléonore Bilkis. Si jamais cette décision vous convient, vous n'avez plus qu'une chose à faire : essayer d'être heureux parmi nous avec votre nouvelle famille.
Nos sincères et chaleureuses salutations.
Patou Compry, chef du Bureau de placement des intrus.
PS : ci-jointe votre carte d'identité de pirate permanent.

En larmes, William serra Lou et Lucas dans ses bras, plus fort que jamais. Il était leur fils. Oui, il était leur fils. Il avait des parents. Des parents comme il en rêvait depuis si longtemps.

« Ça va aller, fiston ? demanda Lucas.

— Oui, ça va aller, murmura William la voix pleine de sanglots. Je suis heureux, c'est tout... »

Victor arriva et comprit instantanément la situation.

« Nous voilà à égalité ! dit-il à son ami. Tu as une famille d'adoption. Et j'en connais un qui va manger de la ragougnasse, ce soir, pour fêter ça ! dit-il en essuyant ses larmes avec le dessus de ses gros poings.

— Oh non, pas de ragougnasse ce soir ! supplia William. C'est la fête, mille canons ! Pas de ragougnasse !

— Qu'est-ce que c'est ? demanda Jackie en s'approchant du duo. Encore des critiques sur la cuisine de mon époux ?

— Pas le moins du monde, répondit William. Au contraire, je disais justement à Victor que je serais ravi de manger la ragougnasse de Niôle pour finir la journée en beauté !

— Pas de chance, dit la femme, notre taverne est fermée ce soir. Mais tu peux être heureux, nous avons réservé une table au restaurant *Les Frères de la côte de bœuf*, sur le port, et l'an passé leur cuistot a été médaille d'or de la meilleure ragougnasse de Piratopolis.

— C'est pas vrai ? » demanda William, les yeux écarquillés.

Le restaurant *Les Frères de la côte de bœuf* était l'un de ces endroits incroyablement beaux où l'on se sent si bien. En face de la terrasse, les deux tours étaient éclairées par des lanternes suspendues aux façades et par de gros projecteurs placés à leur base. Un grand pavillon noir orné d'une énorme tête de mort et de deux tibias croisés flottait au-dessus de la tour carrée, où était situé le restaurant. Au sommet de la tour des *Frères de la côte*, la tour ronde, brûlait un grand feu qui signalait la présence du port aux bateaux arrivant du large. Le cliquetis des mâts des voiliers se mêlait au brouhaha des conversations des clients.

Arrivé là-bas, William reçut quantité de cadeaux, notamment

un *Manuel du parfait pilote de mouchocoptère pour les nuls et les intrus* et une bande dessinée, *Les aventures effrayantes mais hilarantes de Saucisse Man, tome 2*. Victor n'eut pas à se plaindre. Il reçut, entre autres, un sac de cinq cents bougies et une super longue-vue pour observer les mammouths.

Le repas fut royal : langoustes grillées à la fleur de sel de l'île des Raies, lamelles de bœuf boucané sauce citron vert, accompagnées de haricots verts façon caraïbe, trou pirate (un verre de rhum avec glace à la mangue), ragougnasse du chef au gingembre et aux trois poivres, plateau de fromages, gâteau aux cinq chocolats nappé d'un coulis aux cent fruits. Vin, rhum, champagnac et jus de yaya coulèrent à flots. Salomon but de l'eau minérale pendant tout le repas, un chirurgien ne devant jamais trembler du bistouri.

Pris au piège, William avala quelques bouchées de ragougnasse sous l'œil impitoyable de Jackie. Un serveur, voyant qu'il avait fini son assiette, eut le malheur de s'approcher de lui.

« Un peu de rabiot de ragougnasse ? proposa-t-il d'une voix enjouée.

— Non, merci, j'ai déjà donné ! » grogna William.

En fin de soirée, dans l'allégresse générale, William alla même discuter avec cette chipie blonde de Célia. Il s'avança, l'air un peu crispé, et s'assit à côté d'elle.

« Je voulais te remercier pour tout ce que tu as fait pour Victor et moi, dit William. On m'a dit que tu avais dessiné les costumes et les masques, c'était génial.

— Merci, William, mais je l'ai fait surtout pour Victor, répondit Célia d'une voix distante. C'est un bon camarade de classe et je tenais à lui faire plaisir.

— Ah, je vois, dit William en se relevant de sa chaise, vexé. Eh bien, merci quand même !

— Je plaisante William, dit Célia en attrapant le bras du garçon. Merci pour les compliments. Et désolée de t'avoir traité d'orang-outang, l'autre jour.

— Pas grave, répondit William. Et puis, je t'ai bien traitée de poule à perruque !

— Je dois avouer que c'était bien trouvé, dit Célia en riant. Cette robe à plumes m'a valu plus de moqueries que si j'avais mis un sac-poubelle. Apollonius Mollo m'a même demandé de ne pas la mettre à l'école, car elle perturbait la classe ! Quand je la mets, mes copains passent leur temps à m'arracher des plumes ! »

William éclata de rire.

« C'est à l'école Joshua-Slocum que tu te fais plumer, c'est ça ? demanda William.

— On peut dire ça, répondit Célia. Et toi, tu vas aller à quelle école ?

— Je n'ai pas encore choisi, j'ai reçu trente-trois bouteilles à la mer venant de différentes écoles !

— Trente-trois propositions ! » songea Célia.

Jamais elle n'avait entendu parler d'une telle avalanche de bouteilles à la mer pour un presque-inconnu.

« Je trouve ça louche de plaire à autant de monde sans rien avoir fait de spécial, continua William. À mon avis, il y a anguille sous roche.

— Tu as raison, dit Célia. Et je crois savoir ce qu'il se passe en coulisse...

— Comment ça ? demanda William.

— Lundi matin, il y a quinze jours, au Bureau du boulot, tout le monde parlait de toi. Des bruits circulent...

— Quels bruits ? s'inquiéta William, qui songeait à son passé.

— Il paraît que tu aurais des "qualités physiques exceptionnelles".

— Je ne vois pas l'intérêt de dire ça ! s'énerva William.
— Mais si, ça saute aux yeux. Toutes les écoles sont à la recherche de joueurs pour leur équipe de footby.
— Le footby ?
— Oui, le footby, un sport pirate qui ressemble au rugby et au football de ton monde, paraît-il.
— Alors, vous aussi, vous êtes fous de sport sur Terra incognita ?
— Pourquoi ?
— Eh bien, tu vois, je pense que si des extraterrestres venaient un jour sur Terre pour étudier les Terriens, en se demandant ce qu'ils font de leur temps, je pense qu'ils mettraient le sport au sommet de leur liste. La vie sur Terre, sans le sport, ça ferait un grand vide.
— Ici, c'est un peu la même chose, assura Célia. Et cette année, pour nous, c'est le championnat du monde des moins de treize ans. Alors, en ce moment, c'est la chasse aux bons joueurs. Et avec tes "qualités physiques...
— ... exceptionnelles", continua William. Je comprends tout. Mais je n'ai jamais joué au footby de ma vie !
— Tu sais, il suffit en gros de courir vite, de savoir attraper une balle et de la lancer...
— Courir, dit William, ça je sais faire... Mais je préférerais savoir écrire correctement.
— En tout cas, si tu choisis notre école, dit Célia en rougissant, tu pourras jouer pour notre équipe, ça serait super... Et je pourrais t'aider à écrire mieux...
— Tu veux que je vienne dans ton école ? demanda William.
— Pas spécialement, mais je pensais à Victor, mentit Célia en se levant de sa chaise pour cacher sa gêne. Vu que vous êtes amis, je suis sûre que ça lui ferait plaisir que tu joues avec lui au footby...

— Victor devra se passer de moi, répliqua aussitôt William, qui eut l'impression que Célia venait de lui jeter un saut d'eau glacée sur les pieds. J'ai des propositions plus intéressantes que l'école Joshua-Slocum ! Certaines écoles m'offrent un tas d'or !

— L'or, toujours l'or ! lança Célia d'une voix irritée. Il n'y a pas que l'or dans la vie !

— Quand on en n'a jamais eu, c'est moins facile de le refuser ! s'écria William en colère.

— Bonne chance ailleurs, alors ! cria Célia en haussant les épaules. Va t'en mettre plein les poches ! »

À cet instant, Victor arriva en chantonnant.

« Les pirates, c'est pas de la racaille, ça crie, ça pue, mais ça... va bien, pirate ? s'interrompit Victor en remarquant l'air énervé de son ami.

— Tout va bien, dit William d'un ton aigre.

— Tu peux me dire ce que j'ai fait pour mériter que tu me parles sur ce ton ?

— Rien, dit William. Excuse-moi. C'est juste que cette Célia m'agace. Elle m'agace ! Enfin, grâce à elle, je sais au moins dans quelle école je ne mettrais jamais les pieds ! »

Chapitre 19
L'école de piraterie

Un lundi matin, à huit heures. Après une semaine de vacances, l'une des classes de l'école Joshua-Slocum était en ébullition.

« Mesdemoiselles, Messieurs, du calme, s'il vous plaît ! gronda le professeur, un homme grand et fort portant des lunettes dorées et arborant une belle touffe de cheveux argentés. J'ai des choses importantes à vous annoncer. Célia, tu raconteras tes vacances à Laure pendant la récréation ! Victor, cesse de faire le kangourou, tu vas casser la table ! Hono, arrête tes grimaces, s'il te plaît ! »

Rien n'y faisait. Les onze élèves étaient surexcités. Le professeur Apollonius Mollo se fit alors plus menaçant :

« Très bien, dit-il, puisque personne ne semble s'être lavé les oreilles ce matin, je propose de supprimer les jeux et les sports pendant une semaine si je n'ai pas le silence tout de suite ! »

Aussitôt, les élèves arrêtèrent de chuchoter, de sautiller et de grimacer.

« Merci, dit le professeur. Comme je vous le disais, j'ai des choses importantes à vous annoncer. La première, c'est que je vous confirme le départ d'un de nos élèves, Casimir Gloubiboule.

"Gros mollet", comme vous l'appelez, a en effet préféré s'inscrire à l'école de la Haute-Falaise. Des mauvaises langues, dont je fais partie, disent que la bourse de dix pièces d'or par semaine offerte par l'école de la Haute-Falaise a su convaincre ses parents que leur fils avait de très bonnes raisons pédagogiques d'être transféré dans une autre école. Nous qui l'avons formé pendant près de dix ans ! Bande d'ingrats ! »

Le rappel de cet événement, qui cachait en réalité une affaire de transfert de joueur de footby, eut sur les élèves l'effet d'un tison dans une plaie à vif.

« "Gros mollet", on aura ta peau ! hurla Hono.

— Vendu, Gloubiboule ! cria Célia.

— Je ne le connais pas, mais je le déteste déjà ce Casimir ! lança Victor.

— S'il vous plaît ! Je comprends votre colère, mais attendez encore un peu avant de crier.

— Pourquoi vous nous dites tout ça ? dit Célia. Ça nous énerve, c'est normal. »

Tout le monde savait en effet que Casimir ne venait plus à l'école depuis trois semaines. Et tout le monde savait également qu'il faisait semblant d'être malade et qu'il négociait en douce son contrat de joueur ! Depuis quelques années, le « vol » de joueurs entre écoles était monnaie courante. Mais le transfert de Casimir, âgé de seulement douze ans, et pour dix pièces d'or par semaine, était un nouveau record, tant pour l'âge du joueur que pour le montant du transfert...

« Je ne dis pas ça pour vous énerver, Célia, reprit Apollonius Mollo. Mais pour insister sur le fait que certaines familles ne raisonnent pas ainsi. Eh oui, malgré la faiblesse de la bourse que nous lui avons proposée, une pièce d'argent par semaine, un nouvel élève a choisi de s'inscrire dans notre belle mais pauvre école. Vous serez donc bien douze cette année... »

Des cris de joie éclatèrent dans la salle de classe. Pour un intrus, cette nouvelle du « douzième élève » pouvait paraître anodine. Mais pour un jeune pirate de moins de treize ans, c'était de la folie ! En effet, à la fin de l'année, toutes les écoles du pays s'affrontaient en juin pour le championnat du monde de footby. La première semaine était consacrée aux moins de treize ans. Pour s'inscrire, il fallait un minium de douze joueurs : neuf joueurs sur le terrain et trois remplaçants.

L'arrivée d'un autre élève, c'était enfin la possibilité de participer au championnat ! Ce lundi 3 novembre était un jour béni pour l'école Joshua-Slocum. Un jour historique et un jour hystérique.

« Professeur Mollo, où est cet élève, que je l'embrasse ! » cria Célia complètement survoltée.

Debout sur sa chaise en train de se trémousser, elle n'imaginait pas une seconde les conséquences de ses paroles !

« Eh bien, le voici ! dit le professeur. Et tu vas pouvoir l'embrasser. Je vous présente William Santrac ! »

William sortit de derrière un rideau, un sourire malicieux sur le visage.

Célia manqua de s'évanouir.

« Un mot, William ? proposa Apollonius Mollo. Pour tes camarades de classe.

— Oui, avec plaisir, fit William d'une voix pleine d'assurance. D'abord, je refuse que l'on m'embrasse sans mon autorisation. »

Le visage de Célia prit feu instantanément. Rouge de honte, elle sauta de sa chaise et fit semblant d'avoir perdu sa gomme par terre pour se cacher. Les autres élèves éclatèrent de rire.

William sortit alors un bout de papier de sa poche, ravi de l'effet produit par sa réplique. Sur les conseils du professeur, il avait préparé un petit texte. Lou l'avait relu et corrigé. Heureusement !

« Je voudrais dire que je suis très heureux d'être ici. Je n'ai pas choisi cette école pour l'or de la bourse scolaire. J'ai choisi votre école parce que vous avez de bons résultats et un bon professeur, monsieur Mollo. J'espère ne pas trop vous décevoir et ne pas trop faire baisser la moyenne de la classe. La seule chose que je sais faire, dans la vie, c'est courir. Alors, je ferai tout mon possible pour vous aider à gagner le titre de champion de footby. »

La classe siffla de joie et applaudit William, sauf Célia, folle de rage. Après leur dispute, elle n'avait pas imaginé une seconde que William choisirait l'école Joshua-Slocum. Cette école portait le nom du premier marin a avoir effectué le tour de la Terre en solitaire. À cette minute précise, Célia pensait que William devrait être le premier marin à retourner sur Terre en solitaire !

William était sur un nuage. Le professeur Mollo le félicita pour la qualité de son texte, puis il s'adressa à la classe en plein délire.

« Je crois qu'il est temps que chacun de vous vienne saluer William, comme l'exige la tradition pirate lorsqu'un nouvel élève intègre une classe. N'oubliez pas de lui dire ce que vous aimeriez faire plus tard. Que tous ces stages d'essai de métier que vous faites servent au moins à quelque chose ! »

Un jeune garçon brun aux yeux bridés se présenta le premier à William.

« Salut, je m'appelle Hono Zakimiya. Ma spécialité, c'est les monstres. Plus tard, je voudrais être dessinateur de monstres ou raconteur d'histoires de monstres !

— Enchanté ! dit William. Juste une question : tu ne connaîtrais pas, par hasard, un certain Toshiro Zakimiya ?

— C'est mon père ! dit Hono.

— Eh bien, ton père est un homme courageux, crois-moi ! » dit William en songeant à l'homme qui avait assommé Worral Warrec à l'aide d'une bûche en flamme et sauvé la vie de Lucas.

Une jeune fille à la peau mate s'avança alors vers William pendant que Hono, fier comme un paon, retournait s'asseoir à sa place. Elle portait une robe verte avec des fleurs blanches et ses cheveux bruns frisés tombaient en bas de son dos.

« Bonjour, William. Je m'appelle Laure. Mon nom de famille doit rester un mystère pour toi. Je le rappelle à tout le monde ici, dit la jeune fille en se retournant vers la classe d'un air mauvais. Celle ou celui qui lui dira mon nom, je ne lui adresserai jamais plus la parole. J'ai une passion pour les châteaux, les chevaux, la chasse au trésor et, bien sûr, pour les intrus. Plus tard, je serai la gardienne de la Carte des passages secrets, car je veux succéder à Roger Rayson au poste de responsable de la Brigade anti-mystères. Est-il possible de t'embrasser pour te dire bonjour ? »

Laure était affectueuse.

William fixa le fond de la classe. Célia faisait semblant de regarder ailleurs.

« Bien sûr que tu peux m'embrasser, dit William d'une voix forte. Tu as mon autorisation.

— Je m'en fiche ! » hurla Célia du fond de la classe.

On siffla, on tapa des pieds. William et Laure rougirent !

Trois garçons se présentèrent en face de William. L'un était blond aux yeux verts, l'autre brun, aux yeux noirs et le dernier, roux aux yeux bleus. Le premier avait un visage pointé vers l'avant qui faisait penser à une fouine, le deuxième avait un nez de perroquet et le troisième avait un visage indéfinissable, à mi-chemin entre celui d'une fouine et d'un perroquet. Les trois garçons étaient tous les trois habillés de la même manière : chemise verte, bermuda beige, souliers noirs avec boucle dorée.

« Salut, je m'appelle Fédor Misson.

— Salut, je m'appelle Igor Misson.

— Salut, je m'appelle Nestor Misson.

— Je précise, dit le professeur Mollo, au cas où cela t'aurait échappé, que ces trois zigotos sont des triplés.

— Heureux de vous connaître tous les trois, dit William. Et vous aimez quoi, dans la famille ?

— Nous aimons le footby, dit Fédor.

— Rien que le footby, dit Igor

— On sera joueurs professionnels un jour, tous les trois, compléta Nestor. Et si, un jour, il faut défendre les couleurs de la République de Libertalia dans une compétition entre planètes, nous serons les premiers en maillot ! »

Un autre garçon se leva, mais le professeur Mollo l'invita à se rasseoir en lui indiquant gentiment que ce n'était peut-être pas nécessaire qu'il se présente.

Victor râla en se rasseyant.

Une grande fille noire aux joues rondes et aux épaules impressionnantes, habillée tout en jaune, se présenta alors, les mains sur les hanches, l'air furieuse.

« Moi, c'est Anna Mapoo. Si une seule fois tu me fais le coup du "Anna Conda" ou "Anna Nas", je te tords le cou. J'ai une sainte horreur des jeux de mots ! Compris ? »

William acquiesça d'un signe de tête.

« Bon, dit Anna, je pense que l'on va pouvoir s'entendre. Pour le reste, plus tard, j'aimerais essayer plein de métiers différents. Ça te pose un problème ?

— Aucun », répondit William qui pensait, en regardant Anna, que Victor venait de trouver quelqu'un à qui parler.

Pour finir les présentations, trois filles saluèrent William. La première, Daphné Dampier, surnommée Daphné « grands-pieds », était une petite brune mince et calme. Dans la vie, Daphné aimait les vaches, rien que les vaches.

La seconde jeune fille, Fatima Daoud, était brune, elle aussi, avec les cheveux tirés en un chignon très tendu. Fatima était rondouillarde, coquette, gourmande et attentionnée. Elle rêvait de devenir médecin (Salomon Diouf était son idole) et elle passait son temps à s'inquiéter des bobos des uns et des autres.

Enfin, arriva Ria del Rio Grande. C'était la plus jolie fille de la classe. Elle rêvait secrètement d'une carrière dans la chanson, la musique ou le cinéma, mais elle dit à William qu'elle se voyait bien marchande de gaufres et de barbes à papa.

Restait Célia. Elle prit la parole sans se lever de sa chaise.

« Je pense que les présentations sont déjà faites pour nous, dit-elle, l'air boudeur. Je ne vois rien à ajouter, si ce n'est que mon futur métier sera chasseuse d'orang-outangs ! »

William comprit l'allusion et répliqua.

« Et moi, chasseur de poules à perruque blonde ! »

La classe explosa de rire.

« Compte tenu de l'ambiance qui règne ici, dit aussitôt le professeur Mollo, je me vois dans l'obligation de vous annoncer une mauvaise nouvelle : le cours est annulé ! Je vous propose une balade dans les alentours du stade de footby. À tout hasard, j'avais réservé le terrain ! »

Chapitre 20
Un jeu de plage

Sur la route du stade, William et Victor discutèrent longuement avec le professeur Mollo. Avant de jouer pour la première fois de leur vie au footby, ils tenaient à comprendre les règles de base de ce sport. En bon professeur, Apollonius Mollo commença par un petit cours d'histoire.

Les deux intrus apprirent ainsi que le footby avait été inventé par des pirates sur les plages de l'île de la Tortue, une île des Caraïbes qui avait servi de repaire à des milliers de pirates entre le XVIe et le XVIIIe siècles. À l'époque, une noix de coco enroulée dans un foulard faisait office de ballon. Un match de footby était un bon moyen de calmer les nerfs à vif des marins en manque de pillage et d'entretenir chez ces bandits des mers l'esprit d'équipage.

Décidément, partout où l'homme mettait les pieds, il ne pouvait s'empêcher de pratiquer un sport, se dit en lui-même William en tâtant un ballon de footby afin de se familiariser avec sa forme ovale.

Après une demi-heure de marche, les élèves et le professeur arrivèrent au stade. Celui-ci était pour le moins original. C'était une tribune qui donnait sur la mer ! Depuis les origines de ce sport, le terrain de jeu du footby était donc toujours le même : un rectangle de sable blond.

Dans les vestiaires, situés sous la tribune, les élèves enfilèrent leurs tenues de sport. Six étaient noires et six, rouges. La tenue de footby était constituée d'un large bermuda, d'un maillot de corps et d'un foulard. Pas de chaussure pour jouer au footby car, sur le sable, les orteils offraient une meilleure adhérence.

Large de vingt mètres pour quarante mètres de long, le terrain de footby se divisait en deux zones carrées de vingt mètres sur vingt. La ligne d'essai était la ligne de fond et il fallait la franchir ballon en main pour marquer ce que les pirates appellent une « perle ».

« Une perle vaut six points, expliqua le professeur aux deux intrus. Si le joueur pénètre le camp adverse et arrive en plus à placer le ballon dans le trou creusé derrière la ligne d'essai, avant de se faire plaquer, il marque alors un saphir, soit huit points. »

Comme au rugby et au football américain, après une perle ou un saphir, l'équipe marquant un essai devait tirer une transformation à la main. Au moment de l'invention de ce jeu, le joueur essayait de faire tomber un maximum de fruits d'un cocotier en tirant dedans avec la noix de coco utilisée pour le jeu. Plus il faisait tomber de noix de coco en un seul tir, plus son équipe marquait de points. Mais, face au nombre impressionnant de crânes fendus pour cause de chutes de noix de coco, un cercle avec un filet placé sur un mât avait remplacé le cocotier au milieu du XIXe siècle.

Aujourd'hui, le joueur tirant la transformation se plaçait au niveau de la ligne médiane du terrain, soit à vingt mètres de la ligne d'essai où était planté le mât. Il devait envoyer la balle dans le cercle de deux mètres de diamètre installé en haut de ce poteau. Une transformation réussie donnait deux points supplémentaires, mais une transformation ratée faisait perdre un point.

Un match de footby officiel durait deux fois vingt minutes.

Les joueurs étaient maintenant prêts. Ils sortirent des vestiaires et déboulèrent sur la plage. Il faisait un temps splendide, sans nuage et sans vent. Une colonie de goélands jacassait en regardant descendre la marée. Au loin, une ligne de roche noire protégeait la plage de la houle.

Dans les dunes, derrière une touffe d'herbes, un éclat lumineux attira l'attention d'Apollonius Mollo. N'importe qui aurait pensé qu'une bouteille de verre égarée par un ivrogne brillait sous le soleil. Pas le professeur Mollo...

« Bon, dit-il aux joueurs. Vous me faites un aller-retour jusqu'à la digue, en petite foulée, pour vous échauffer. Pendant ce temps, je vais rendre une visite amicale à un collègue. »

Le professeur Mollo marcha vers l'éclat lumineux. Il interpella un homme qui se cachait dans les dunes.

« Je t'en prie, Trévor, sors d'ici, mon ami ! cria-t-il d'une voix amusée. Ne fais pas de manière avec moi, allez !

— Tiens, Apollonius, qu'est-ce que tu fais là ? répondit l'homme grand et mince, qui devait avoir le même âge que le professeur et qui semblait très gêné. Bonjour !

— Bonjour, professeur Morgan ! s'exclama Apollonius Mollo. C'est plutôt à moi de te demander ce que tu fais dans les dunes avec cette magnifique longue-vue que tu caches dans ta chemise. Tu espionnes mes joueurs ?

— Pas le moins du monde ! répliqua Trévor Morgan, vexé d'être démasqué. Je prépare un cours sur les oiseaux de mer, mentit-il. Magnifiques, ces goélands, n'est-ce pas ?

— Oui, magnifiques, surtout ceux de l'espèce *Williamus Santracus*, plaisanta le professeur. Une bête taillée pour la course et le vol avec des "qualités physiques exceptionnelles", pas vrai ?

— Je ne comprends pas ton allusion, Apollonius.

— Je fais allusion au rapport médical de Salomon qui circule dans toutes les écoles du pays. Il me semble qu'un capitaine qui l'a eu en main a estimé que tous les directeurs d'école devaient avoir la même chance de recruter William en cette année de championnat. Tous en ont reçu une copie, paraît-il. Tu ne crois tout de même pas que tu étais le seul a avoir lu ce rapport ? »

La surprise qui se lisait sur le visage de Trévor Morgan indiquait que si, il pensait être le seul à avoir le rapport.

« Bien ! dit-il. Je suis obligé de partir, cher confrère. Vos élèves ont chassé les goélands de la plage. Au revoir.

— C'est ça, cher ami, au revoir, répondit Apollonius d'une voix triomphante. Et bien le bonjour à Casimir ! »

Furieux, Morgan ne répondit pas.

Mollo regagna la plage pour accueillir les douze joueurs, qui revenaient au petit trot.

« En place, s'il vous plaît, hurla-t-il. Nous jouons cinq contre cinq. Victor et William, le banc des remplaçants pour vous. Observez et apprenez. »

C'était l'allégresse générale. Girouettes, gorilles, flèches, tout le monde souriait.

Les intrus traduisaient souvent ces trois termes qui désignaient trois types de joueurs de footby par « milieu de terrain », « défenseur » et « attaquant ».

Alors que la girouette distribuait le jeu en fonction du placement des adversaires et que les gorilles gardaient la ligne d'essai en plaquant le plus possible, le rôle de la flèche consistait à transpercer les lignes de défense.

Pour les rouges, Fédor, Igor et Nestor étaient les trois gorilles, ou défenseurs. Les triplés formaient la fameuse « pince à trois » de l'école Joshua-Slocum. Au poste de girouette, Célia était placée derrière les trois frères. Quant à Laure, toujours imprévisible dans ses courses, elle prenait le poste de flèche, derrière Célia.

En face des triplés rouges, Hono, Fatima et Anna formaient la défense noire, Daphné, la girouette et Ria, la flèche.

La balle était aux rouges : Fédor, Igor, Nestor, Célia et Laure.

Célia attendait le signal du départ, une main dans le dos, l'autre au sol sur le ballon. Sa main dans le dos indiquait du pouce la direction gauche à Laure, la direction qu'elle allait suivre, puis elle indiqua avec son index la direction droite, celle que devait emprunter Laure. Une bonne girouette devait guider ses partenaires et lire le jeu des adversaires.

Devant Célia, attendant le signal du départ, le trio formé par les triplés serrait les mâchoires sous leur foulard couleur de sang.

« Prêt ? » demanda Apollonius Mollo, qui avait passé un bermuda jaune pour l'occasion.

Le professeur sortit de sa poche un minuscule pistolet et tira en l'air.

Aussitôt, Célia se releva, ballon en main, se retourna et partit en courant sur la gauche. Elle allait faire une passe croisée à Laure, partie en trombe sur la droite du terrain. Les deux gorilles rouges, Igor et Nestor, couraient devant Célia pour la protéger. Deux secondes avant qu'Anna n'arrive à sa hauteur, Célia lança le ballon sur la droite, d'un jet tendu. Laure bondit, attrapa le ballon à deux mains, enchaîna une série de crochets qui donnèrent le tournis aux deux gorilles noirs, Hono et Fatima. Ria, en couverture, se rua sur Laure qui l'évita de justesse d'un dernier crochet phénoménal. Elle déposa d'un bond magnifique le ballon de footby dans le trou.

William et Victor étaient stupéfaits. C'était une action splendide ! Un superbe saphir ! Huit points !

Célia tenta la transformation et échoua. Moins un point. Total : sept points pour les rouges.

La balle était maintenant à l'équipe noire : Hono, Anna,

Fatima, Daphné et Ria. Les noirs étaient vexés de s'être « pris un vent ». Cette expression était utilisée quand une équipe encaissait une perle ou un saphir sans avoir touché la balle une seule fois.

La girouette des noirs, Daphné, s'approcha d'Anna et lui murmura quelques mots à l'oreille. Ensuite, une main sur le ballon, elle indiqua à Ria, de sa main dans le dos, pouce vers le haut. C'était la tactique dite de la « tête de mort ». Daphné allait foncer tout droit à travers la défense. Avec son index pointé vers la gauche, Daphné indiquait qu'elle allait lui lancer la balle à gauche.

« Prêt ? » demanda Apollonius Mollo.

Le professeur-arbitre tira au pistolet.

Daphné fonça droit sur Anna, qui avança et écarta du bras Igor qui venait en face d'elle. Igor le rouge voltigea quatre mètres plus loin. C'était une action parfaitement admise. Il était interdit de plaquer un joueur sans ballon ou de l'éjecter d'un coup d'épaule, mais il était toléré qu'on le pousse de la main « sans violence excessive » s'il s'approchait du joueur porteur du ballon. On appelait ce geste de défense une « poussette ».

Igor à terre, Nestor tenta alors de plonger entre les jambes d'Anna pour attraper les jambes de Daphné, qui détalait, le ballon collé au corps. Raté ! Mais Fédor, le troisième gorille rouge, parvint à saisir miraculeusement une cheville de Daphné, la girouette noire. Daphné, tout en tombant, parvint à lancer le ballon d'un magnifique tir en cloche au-dessus de la défense rouge. Célia était lobée, Laure était partie du mauvais côté. Hono, démarqué, saisit la balle et la lança aussitôt à sa partenaire Fatima qui, sans attendre, l'envoya d'un superbe tir du pied à Ria. La flèche noire attrapa la balle d'une seule main, tourna sur elle-même pour la beauté du geste et courut les quelques mètres restants pour passer la ligne d'essai et marquer à son tour un saphir.

L'équipe noire hurla de joie ! Huit points !

En face, les rouges riaient jaune.

Ria tenta la transformation, mais la rata. Sept points également pour les noirs.

Apollonius rayonnait de bonheur. Même si ses joueurs semblaient avoir du jus de yaya dans les bras pour les transformations, les jeunes avaient de la poudre à canon dans les jambes.

« Mon pauvre Victor, dit William, les bras ballants. On est bons pour le banc des remplaçants !

— Aucun doute, ronchonna son ami. On ferait mieux d'aller ramasser du crottin de mammouth.

— Très bien, cria le professeur. Bravo ! J'appelle nos deux remplaçants ! S'il vous plaît, Laure et Anna, laissez vos places à William et Victor.

— Ce ne serait pas possible de regarder encore un peu, Professeur ? demanda William.

— Oui, juste encore trois ou quatre millions de matchs ? proposa Victor.

— Amusant, Victor. Mais c'est à vous de jouer, maintenant, répondit Apollonius Mollo. William, tu prends la place de flèche de Laure, et Victor, tu prends la place de gorille d'Anna. »

William était donc chez les rouges, Victor chez les noirs.

William râla, mais il rejoignit sa place de flèche derrière Célia. Celle-ci s'approcha de lui.

« Je pense qu'il serait bon, pendant le match, de mettre nos disputes de côté, dit-elle. On enterre le sabre d'abordage ?

— Je suis cent pour cent d'accord, répondit William. Mais juste une précision : je n'ai pas bien compris le sens des signes avec les doigts, tu pourrais m'expl...

— Pas de souci, l'interrompit Célia. C'est simple. Un imbécile pourrait comprendre. »

Imbécile ! William essaya de ne pas prendre ce mot pour lui.

« Le pouce donne la direction que je vais prendre lors de ma course d'élan. Pouce en haut, je vais en avant, pouce en bas, en arrière, pouce à droite, je vais à droite, pouce...

— À gauche, poursuivit William, tu vas à gauche.

— Bien, dit Célia. Ensuite, l'index indique la direction de départ que je te demande de suivre pour recevoir la balle, soit à droite, soit à gauche, continua Célia.

— Ça, je comprends, soupira William.

— Attention, précisa Célia, si je garde le poing fermé, c'est que je ne t'indique rien. Ça veut dire que je vais reculer et me mettre à côté de toi, te donner la balle et essayer de te suivre pendant ta course. C'est alors à toi de prendre l'initiative du jeu en choisissant notre trajectoire de course. Dans tous les autres cas, c'est à moi d'essayer de te lancer au mieux la balle, où que tu sois. Surtout, ne franchis pas la ligne d'essai sans ballon, l'équipe adverse marquerait alors une pénalité. Enfin, tant que je ne t'ai pas lancé le ballon, il faut que tu me regardes. Je sais, ce n'est pas forcément agréable, mais c'est le jeu.

— Ce n'est pas si désagréable que ça », soupira William.

Célia concéda un sourire à William, puis retourna à son poste derrière sa ligne de défense, formée par Fédor, Igor et Nestor. Pour le jeu qui allait suivre, elle plaça sa main derrière le dos.

Son poing était fermé !

William se dit alors qu'elle le mettait au défi d'inventer quelque chose. Il ne fallait pas être ridicule, surtout pas lors de son premier ballon !

« Prêt ? » demanda le professeur, impatient d'observer les « qualités physiques exceptionnelles » de l'un de ses deux nouveaux poulains.

Bang !

Comme prévu, Célia recula de plusieurs pas et fit semblant de lancer son ballon en avant, histoire d'embrouiller les regards des noirs. Célia la rouge se plaça à moins d'un mètre de William et lui tendit le ballon. Ni une ni deux, William s'élança sur la gauche.

Face à lui, un mur noir s'était avancé : Victor écartait les bras et Hono faisait des grimaces en levant les bras au ciel. Fatima gardait le côté droit du terrain. William accéléra magnifiquement. Ballon en main, le diable rouge frôla la ligne de touche, fit un petit bond sur le côté, sans que Victor ne l'attrape. Célia était sur ses talons, impressionnée par son talent et sa vitesse.

Devant William, apparut soudain Daphné, la girouette en maillot noir. Elle allait le plaquer. D'un tir sec et précis, William lança le ballon en arrière dans les bras de Célia. Surprise par la force du tir, elle attrapa la balle dans l'estomac en poussant un petit cri de douleur. Mais elle tint bon et exécuta un foudroyant crochet sur la droite, laissant sur place Hono.

Daphné choisit alors de virer et de prendre Célia en sandwich avec Fatima. D'un nouveau coup de rein impressionnant, Célia osa un écart brutal sur la gauche pour éviter ses adversaires et relança la balle à William.

Le joueur rouge le plus rapide reçut le superbe ballon en cloche aux creux des bras ! Au moment où Victor allait lui saisir les jambes, William réussit un bond au-dessus de son ami et, d'un jet puissant, il envoya la balle à nouveau à Célia. La rouge aux cheveux blonds attrapa le projectile, progressa de deux pas et, voyant William libre pour marquer, lui renvoya aussitôt le ballon. William saisit le ballon. Il se trouvait maintenant seul face à Ria qui l'attendait de pied ferme, les bras ouverts comme des pinces de crabe.

Un crochet à droite ou à gauche, et William effaçait la flèche des noirs pour marquer.

Mais William préféra innover. Il eut une attitude rarement vue sur un terrain de footby : il s'arrêta à deux mètres de Ria et agita le ballon sous son nez comme un gros gâteau pour l'obliger à bouger.

Il la narguait.

En deux secondes, Ria était sur lui, mais William s'était retourné comme une toupie et lui montra son dos. Démarquée, Célia était en arrière sur sa droite. Les trois défenseurs adverses fonçaient sur William pour épauler Ria. Célia était idéalement placée pour recevoir la dernière passe. Le nouveau joueur visa parfaitement : il envoya un boulet de canon qui traversa tout le terrain dans le sens de la largeur. Célia saisit le ballon, franchit la ligne et le plongea dans le trou ! William reçut quatre joueurs sur le dos, mais il vit d'un coup d'œil furtif la fin de la superbe action de sa partenaire rouge.

« Quel duo, mes aïeux ! s'écria Apollonius Mollo. Audace, imagination, vitesse, précision, et quelle finition ! Qu'est-ce que vous en dites, les autres ? »

Une pluie d'éloges couvrit l'action du duo. Victor manqua d'étouffer William en le serrant dans ses bras. Le point que Célia et William venaient de marquer était de toute beauté. Et c'était la première fois qu'ils jouaient ensemble.

Après avoir retrouvé ses esprits, William tenta la transformation et marqua. Dix points pour les rouges.

Les parties se succédèrent, sur le même rythme et au même niveau. Les joueurs passaient d'une équipe à l'autre. Le professeur pouvait ainsi apprécier la qualité des combinaisons de joueurs. Victor marqua un saphir, tout comme Hono et Fédor, et il effectua quelques poussettes ravageuses, notamment une sur Anna. Cette dernière ne marqua pas, mais plaqua à qui mieux mieux, notamment Victor pour qui elle avait beaucoup d'affection. Laure eut deux saphirs et deux perles à son tableau de chasse et Ria afficha quatre perles et un saphir à son palmarès. William enfila sept perles, marqua trois saphirs et réussit toutes ses transformations. Apollonius Mollo sentait qu'il venait de dénicher un joueur en tous points exceptionnel.

En fin de matinée, il prit alors la parole.

« Je n'ai qu'une chose à dire : avec ce que je viens de voir aujourd'hui, je crois pouvoir dire qu'en juin prochain, l'équipe de footby de l'école Joshua-Slocum va faire mal ! s'exclama-t-il. Bien sûr, jouer à neuf, ce n'est pas jouer à cinq, mais j'ai confiance : nous serons terribles ! J'en ai des frissons dans les mollets, ça fait vingt ans que cela ne m'était pas arrivé ! »

Il était temps de rentrer.

« William, fit Célia d'une voix gênée sur le chemin du retour. Ce n'est pas facile à dire, mais je dois avouer que des points comme celui que tu m'as offert, en début de partie, j'aimerais en marquer quelques autres. Une flèche qui se sacrifie pour donner un ballon de saphir à sa girouette, ce n'est pas courant.

— J'ai fait mon devoir de coéquipier. Je ne suis pas là pour entasser les points tout seul, expliqua William d'une voix amicale. J'ai toujours pensé que l'esprit d'équipage était plus important que les exploits individuels. »

Célia était sous le charme des propos de William. Elle ne trouva rien à ajouter à ce qu'il venait de dire. Tout lui semblait si juste et si beau.

« Et puis, reprit William, c'est facile de jouer avec une girouette qui a du talent. Je t'offrirai d'autres perles et d'autres saphirs, tu peux me croire, tu joues tellement bien... »

Chacun rougit en détournant le visage pour se cacher des yeux de l'autre. Quelque chose s'était passé entre eux : William et Célia avaient appris à se parler.

« Je crois que j'ai compris, aujourd'hui, pourquoi les gens font du sport, dit alors William.

— Ah oui ? demanda Célia. Et pourquoi ?

— Ils font du sport pour se faire des amis, dit-il.

— Et sans doute un peu aussi pour gagner, ajouta Célia. Tu ne crois pas ?

— Oui, sûrement, admit William. C'est quand même assez agréable de ficher une bonne raclée à un adversaire de temps en temps. »

Cette nuit-là, tout ce petit monde fit de grands rêves. Victor se vit en train de soulever un grand trophée rempli de ragougnasse. Célia rêva qu'elle nageait dans une piscine de perles, de saphirs, de rubis et de diamants, des pierres précieuses offertes par William. Laure versa des larmes de joie en rêvant que son père disparu revenait enfin chez lui après des années d'absence et apportait à sa fille chérie un ballon de footby en or massif.

William, lui, ne rêva pas de footby. Il rêva qu'il volait. Il suffisait qu'il se concentre en serrant les poings, qu'il se dise « vole ! », et son corps décollait. Il passait au-dessus des maisons, des forêts, des montagnes et du mur de la Sauvagerie.

Chapitre 21
Le premier vol

« Voilà, c'est ça, tu tiens bien la manette.
— Comme ça ?
— Oui, et surtout tu gardes toujours un œil sur l'aiguille verte. Elle doit rester à l'horizontale. Sauf dans les virages, bien sûr. Mais jamais au-delà du trait rouge en pointillés.
— Et si je fais ça ?
— On s'écrase, dit Lucas.
— Ah ! cria William. »

En cette fin d'après-midi, sous un ciel radieux, un casque sur les oreilles, une main sur la manette de vol, William prenait sa première leçon de pilotage de mouchocoptère avec Lucas pour copilote et professeur de vol. Deux semaines d'école s'étaient écoulées depuis le premier entraînement de footby et Lucas avait pensé qu'il était temps de faire plaisir à William en lui donnant sa première leçon de vol.

L'appareil remontait vers le nord, en direction du mur de la Sauvagerie. William jetait de temps en temps un regard sur les cimes rondes et touffues des milliers d'arbres qui défilaient sous l'engin.

« Ton décollage était viril, dit Lucas, mais pour le reste, je n'ai rien à dire. Un vrai chef !

— J'ai ça dans le sang, dit William, aux anges.

— On dirait, mais reste concentré. Une seconde d'inattention et c'est le crash !

— Ah bon ?

— Les dangers ne manquent pas dans les airs, dit Lucas.

— Quels dangers ? s'étonna le garçon, qui ne voyait qu'un ciel vide devant lui.

— La pluie, la grêle, le vent, la brume, les oiseaux qui peuvent passer dans la turbine !

— Mille canons ! s'exclama le jeune pilote, qui apercevait un aigle dans le lointain.

— Et le pire danger ne vole pas, continua Lucas qui lui aussi avait vu l'aigle. Le pire, pour un pilote, c'est l'excès de confiance en soi.

— Qu'est-ce que tu veux dire par là ? demanda le pilote débutant.

— Pas assez de confiance en toi te paralyse, expliqua Lucas. Mais trop de confiance en toi peut te tuer. Surestimer ses qualités de pilote, c'est risquer sa vie pour rien, et parfois celle des gens qui vivent en dessous... »

William eut la gorge serrée. Il venait subitement de comprendre qu'il avait la vie de Lucas entre les mains et celles des pirates du dessous également.

« Piloter n'est pas un jeu, continua Lucas, mais un métier. »

Une heure de vol passa, à une moyenne raisonnable de 100 kilomètres à l'heure. William écoutait avec sagesse les conseils de prudence de Lucas. Puis Lucas débloqua le système de réduction de vitesse, une sécurité enclenchée pour les séances de pilotage accompagné, et il prit la suite du vol en main.

« Je t'emmène manger quelque part ! » dit-il simplement.

Le mouchocoptère ronfla et prit de l'altitude. En quelques

secondes, l'aiguille du compteur indiqua trois cents kilomètres à l'heure, vitesse de croisière d'un mouchocoptère conduit par un pilote chevronné. Rapidement, l'appareil aborda ce qui semblait être une colline.

Mais une moitié de la colline manquait.

De l'autre côté, c'était une falaise ! Lucas obligea l'engin à piquer vers les vagues.

William crut que son cœur allait sortir de sa poitrine.

« Beau plongeon, non ? demanda Lucas.

— C'est génial ! On est où ?

— Presqu'île du Crochet. Pas loin des Falaises d'or. Tu connais ?

— Non.

— Moussaillon, il faudra te pencher sur ta géographie. Ça pourrait te jouer des tours, un jour. Tu n'as pas un livre à ce sujet ?

— Si, si... » confirma William d'une voix honteuse en pensant au livre qu'on lui avait offert, un livre qu'il avait délaissé au profit de son manuel de pilotage...

« Commençons alors par la pratique, dit Lucas d'un ton ferme. Voici donc les Falaises d'or. Formation géologique de cent-trente mètres de haut. Splendide, n'est-ce pas ? »

Le mouchocoptère volait au ras des flots, passant devant de hautes falaises qui brillaient d'une lumière couleur de miel sous les rayons rasants du soleil. William ne disait plus rien. Il mémorisait les informations données par Lucas.

Un quart d'heure plus tard, Lucas fit prendre un virage serré à l'engin, contourna un énorme bras rocheux, puis un second, puis un troisième. Le pilote réduisit enfin les gaz et posa l'engin sur une plage située au fond d'une splendide petite crique. Le sifflement de l'appareil diminua et les pales cessèrent de fouetter l'air.

« Nous voici devant l'Œil de la Terre », dit Lucas en détachant sa ceinture de sécurité.

Il précisa que cet endroit était le fief de Francis Drake, l'un des plus fameux chefs cuisiniers pirates. Il y tenait une taverne réputée, baptisée *Chez Francis*.

Sur l'horizon, le soleil commençait à rougir. La mer brillante avait une couleur bleu acier. Un doigt de lumière de couleur or partageait l'océan en deux.

« J'ai demandé Lou en mariage ici même, confia Lucas en ouvrant la porte de l'habitacle. Il y a huit ans.

— C'est l'endroit rêvé ! approuva William. Dommage qu'elle ne soit pas avec nous.

— Elle est de garde à la maternité, expliqua Lucas. Les bébés naissent tous les jours, même le samedi soir. Ça fait un bail que je ne suis pas venu dîner ici. On y mange comme des princes. »

L'homme et le garçon s'élancèrent sur la plage, en direction de la fameuse taverne. Mais, parvenus près de *Chez Francis*, William remarqua :

« On dirait que la taverne est fermée ! »

Effectivement, un grillage empêchait l'accès à la taverne. Et devant ce grillage, un panneau indiquait : *Propriété privée. Défense d'entrer. Pièges. Attention, misérable voleur, si tu entres, tu meurs !*

Lucas secoua la tête et souleva le grillage pour passer dessous. William écarquilla les yeux.

« Je n'y crois pas, dit Lucas en souriant. Et personne n'a le droit d'empêcher l'accès à la plage, c'est un espace public. »

Ils frappèrent plusieurs fois contre la porte. Rien. Ils cognèrent aux carreaux d'une fenêtre. Toujours rien. Ils hurlèrent. Encore rien. Lucas contourna la bâtisse et découvrit un vieux bout de papier coincé dans le grillage : *Restaurant fermé pour cause de faillite. Merci. Francis.*

« On m'avait dit que Francis avait des petits ennuis d'argent. Apparemment, c'étaient des gros, dit Lucas, intrigué. Je demanderai à Niôle s'il sait quelque chose, Francis était son ami.

— Tu crois que Francis n'avait plus assez de clients ? demanda William.

— J'en doute. Il était l'un des chefs cuisiniers les plus cotés dans les guides des meilleures tables pirates. Il avait trois boulets de canon dans le guide *Miches et Vins* et trois sabres dans le guide *Gogo et Mayo*. On lui a peut-être proposé mieux, suggéra Lucas.

— Mieux ?

— Plus d'or.

— Plus d'or ?

— Oui, pour qu'il ferme sa taverne et, surtout, qu'il ferme les yeux », dit Lucas.

Lucas s'accroupit et ramassa un objet long et cylindrique qui luisait sur le sable.

« C'est quoi ? demanda William.

— C'est une cartouche à balle blindée, expliqua Lucas. Toute neuve. Une munition pour le gros gibier, le très gros gibier, même.

— Genre mammouth ?

— Genre mammouth, confirma Lucas.

— Mais des mammouths, ici, s'étonna William, il n'y en a pas.

— Non, mais j'ai trouvé la même balle, il y a trois semaines, près d'un des cadavres du groupe de Koï. Cette cartouche est la preuve que des chasseurs sont passés par là », affirma celui qui était aussi le capitaine de la Nature, un homme habitué à traquer les braconniers.

Le ciel était presque noir. Les premières étoiles s'allumèrent dans le lointain. Lucas était accroupi et scrutait les vagues qui venaient mourir doucement sur la plage.

William regarda à son tour l'océan.

« Tu penses à quoi ? demanda le garçon.

— Je pense qu'un bus vient chercher nos chasseurs sur cette plage pour une partie de chasse au mammouth dans la Zone mystérieuse. La crique de l'Œil de la Terre est un arrêt de bus.

— Un bus ? Mais c'est une plage...

— Un bus de mer, William, précisa Lucas d'un air soucieux. Nos chasseurs prennent un bus de mer. La taverne *Chez Francis* est leur point de rendez-vous. Tu comprends pourquoi Francis n'est plus là ?

— Oui, dit William. Et ça fait froid dans le dos. »

La nuit tomba complètement. Il était temps de rentrer à Piratopolis. Le duo mangerait finalement à la *Taverne du tigre à dents de sabre*. Cela permettrait en plus à Lucas de demander des précisions à Niôle sur les raisons mystérieuses de la fermeture de *Chez Francis*.

Les deux pilotes regagnèrent le mouchocoptère dans l'obscurité totale. L'appareil de Lucas était équipé d'un système de vision nocturne infrarouge qui permettait de voir la nuit, même par temps de brouillard. Mais, ce soir-là, pas de brouillard. Au contraire, une nuit pure et une lune brillante comme une pièce d'argent.

« Tu veux prendre les commandes ? demanda Lucas.

— Quelle question ! Bien sûr que je veux ! » répondit William.

Ils éclatèrent de rire.

« Dans ce cas, dit Lucas. Fais-nous décoller moussaillon ! Cap à l'ouest.

— À l'ouest ?

— Oui, on va vérifier un truc », dit Lucas.

En lui montrant sur une carte la route qu'ils devaient prendre, Lucas expliqua à William qu'ils allaient faire un petit détour par la vallée du Guitariste. Histoire d'apercevoir, peut-être, quelque animal en vadrouille, notamment une espèce à deux pattes portant un fusil en bandoulière et des cartouches à balles blindées à la ceinture...

William démarra, puis poussa la poignée des gaz jusqu'au décollage de l'engin. Lucas observait les gestes de William avec attention. Cette fois, le décollage fut impeccable.

L'engin s'arracha du sol et passa au-dessus des Falaises d'or. William regardait l'écran qui retransmettait les images du paysage en infrarouge : des images en noir et blanc, mais d'une netteté incroyable.

« C'est bon de voler, dit William. C'est mieux que l'école !

— Ah oui ? fit Lucas d'un air songeur. À ce propos, comment ça se passe avec le professeur Mollo ?

— On a remis plein de devoirs, répondit William. La semaine prochaine, le professeur nous rend les copies. Et samedi prochain, on a notre premier vrai match de footby, un match amical contre l'école de la Haute-Falaise. J'ai hâte d'y être.

— Comment tu sens les choses ?

— Plutôt bien. Ils sont forts, mais Apollonius dit que notre équipe est l'une des meilleures qu'il ait entraînée. Il a confiance pour le match.

— Quand je te demandais comment tu sens les choses, je parlais de tes futures notes, précisa Lucas. Pas du match.

— Ça devrait aller. Je ne pense pas avoir beaucoup de A, mais pas trop de Z non plus. »

Dans le monde pirate, les notes étaient données sous la forme de lettres. Un A, un B, un C étaient des notes excellentes, un M, une note moyenne, un X, un Y ou, pire, un Z faisaient de vous un cancre. Après deux semaines de classe, William n'avait eu qu'une seule note, B en footby. Scolarisé depuis plus longtemps à l'école, Victor avait déjà récolté une quinzaine de notes, dont pas mal de B, de D et même un A en écriture. Pour un intrus, Victor s'en sortait bien.

Une heure s'écoula, durant laquelle Lucas et William parlèrent plus de sport que d'école. Puis, l'appareil arriva au-dessus de la vallée du Guitariste. William posa l'engin en douceur au sommet d'un escarpement rocheux. Le duo descendit de l'appareil en faisant le moins de bruit possible. Car un spectacle inouï les attendait.

Sous leurs yeux, quatre à cinq mille mammouths avançaient en rangs serrés dans un immense nuage de poussière. Le vaste troupeau marchait d'un pas rapide, les femelles et les petits au milieu, les grands mâles à la périphérie. Les adultes échangeaient des barrissements rauques et puissants. Une odeur animale d'une rare intensité emplissait l'air. Sous la clarté de la Lune, une fantastique impression de force sauvage se dégageait de cette gigantesque harde de pachydermes en mouvement.

« Qu'est-ce qu'ils font tous ici ? demanda William, ébahi par la beauté de ce défilé animal.

— Ils migrent, dit Lucas. Nous sommes à la mi-novembre. C'est bientôt l'hiver. Dans quelques jours, il n'y en aura plus un seul dans la vallée.

— Ils vont où ?

— Dans le Nord. Ils rejoignent les plaines de Chimaya. Les prairies y sont plus grasses. C'est comme les éléphants d'Afrique de ton monde, ils migrent pour trouver de nouveaux pâturages.

— *C'était* comme les éléphants d'Afrique de mon monde ! rectifia William.

— Ah bon ? s'inquiéta Lucas. Tu veux dire que...

— Oui, je veux dire qu'il n'y a presque plus d'éléphants, dit tristement William. Chez nous, on les a tous massacrés...

— Eh bien, si on n'agit pas vite, dit Lucas, ça pourrait être pareil ici. »

Lucas et William regardèrent en silence le troupeau s'éloigner. Les bêtes ne formèrent bientôt plus qu'un point noir qui disparut de l'horizon.

Le mouchocoptère siffla en prenant la direction de Piratopolis.

Chapitre 22
Le marin sans pouce

Après deux heures de vol, William et Lucas étaient de retour à Piratopolis. Les deux pilotes entrèrent dans la taverne de Niôle et Jackie. Il ne restait plus que deux places à une table de six où quatre hommes aux solides épaules et aux trognes marquées par la fatigue attendaient leur repas.

« Alors, Jackie, qu'est-ce que tu proposes à deux fauves affamés ? demanda Lucas en se frottant les mains.

— Bonsoir, Messieurs, dit Jackie. J'ai du pâté de crabe en entrée et du lapin méthode corsaire en plat du jour. Je n'ai plus que ça. Ce soir, c'est l'abordage ! Les gars rentrent de leur campagne de pêche dans le Grand Sud, ils ont une faim de loup et une soif de chameau !

— Parfait pour moi, dit Lucas. Les légumes ?

— Haricots farceurs farcis façon Fanfan.

— Super, dit Lucas.

— William ? demanda Jackie.

— Comme Lucas, répondit William qui dévisageait les hommes assis à côté de lui.

— Parfait, c'est parti ! »

Elle s'éloigna d'un pas pressé vers la cuisine où Niôle sifflotait.

« Jackie ? cria Lucas en levant le bras.

— Oui ? demanda-t-elle en s'arrêtant dans sa course, une jambe en l'air.

— Tu peux dire à ton époux de venir me voir, s'il a une minute ? J'ai une question à lui poser.

— Je t'envoie les plats et mon mari ! »

À ce moment-là, Victor sortit des cuisines, un plateau couvert d'assiettes fumantes dans les mains. La mine épuisée, il s'intercala entre William et l'un des quatre marins qui partageaient leur table.

« Tu ne devineras jamais ce que j'ai fait ni ce que j'ai vu, lui dit William.

— Pas le temps de jouer aux devinettes. Désolé ! l'interrompit Victor en servant les marins. Moi, je travaille.

— J'ai piloté un mouchocoptère et j'ai vu des mammouths, des milliers !

— Ça me fait une belle jambe de bois.

— Charmant, l'accueil ! dit William. Je pensais que ça te ferait plaisir de l'apprendre.

— Ça me ferait surtout plaisir que tu te taises, gronda Victor en filant vers les cuisines. Moi, je travaille.

— Tu aurais dû attendre qu'il soit plus disponible pour lui en parler, lui glissa Lucas.

— Il n'a pas à me parler comme ça ! Moi, je... »

L'arrivée de Niôle coupa la conversation.

« Bonsoir, les amis, dit le tavernier en posant le pâté de crabe. Je n'ai pas beaucoup de temps. Jackie m'a dit que tu avais un renseignement à me demander ?

— Oui, dit Lucas. Est-ce que tu savais que Francis Drake avait fermé sa taverne ? Vous étiez amis, je crois.

— Oui. Je suis au courant. Ça fait quatre ou cinq ans maintenant qu'il a vendu. On la lui a achetée pour un bon paquet d'or, paraît-il. Il est parti avec femme, enfants et magot. Personne ne sait où il est. Plus de nouvelles. Disparu. Envolé. Pfffft !

— Tu sais qui a acheté son restaurant ?

— Il paraît que c'est un armateur. Un certain Trim, Tram ou Trum, je ne sais plus. Bon, j'y vais ! Je vous envoie Victor pour la suite. Bon appétit, les amis !

— Merci, Niôle », répondirent William et Lucas.

Le tavernier rentra dans sa cuisine.

« Trim, Tram ou Trum, quel fichu nom ! marmonna Lucas en plantant sa fourchette dans son pâté de crabe. Je trouve bizarre que le meilleur restaurant de la côte soit racheté par un armateur.

— Il se passe de drôles de trucs dans ce pays, acquiesça William en avalant un morceau de pâté.

— Oui, et j'ai peur que les choses ne s'aggravent, à l'avenir. »

En effet, les choses allaient s'aggraver. Mais pas celles auxquelles Lucas pensait.

Victor arriva avec les plats, le même air renfrogné sur le visage. Lorsque William vit ce qu'il avait dans son assiette, il poussa un cri d'horreur.

« Arrgh ! Qu'est-ce que c'est que ça ? demanda-t-il d'un air horrifié.

— Lapin corsaire, dit Victor. Ce que tu as commandé.

— J'ai pas demandé des têtes de lapin ! Il y a que des têtes !

— Il n'y avait plus que ça. Je n'y peux rien, s'excusa Victor en posant l'assiette devant Lucas.

— Je vois. Monsieur n'est pas content, dit William. Parce que j'ai vu des milliers de mammouths et que je sais voler. Et pas lui !

— Monsieur n'a pas le temps de pas être content ! Et puis c'est pas moi qui fais les parts, grogna Victor en s'éloignant. Tu n'as qu'à te plaindre au cuistot ! Moi, je travaille ! »

William, vexé mais affamé, avala une grosse bouchée de pain pour se remplir l'estomac.

À côté de lui, les quatre marins avalaient, eux, d'énormes cuillerées de ragougnasse, tout en parlant de pêche. Tous les quatre portaient une boucle d'oreille en or et leurs bras étaient couverts de tatouages.

L'un d'eux, apparemment le patron, avait une murène sur l'avant-bras gauche. William remarqua qu'il manquait un pouce à la main située au bout de cet avant-bras.

« Tu te demandes ce qui m'est arrivé, pas vrai, moussaillon ? » demanda l'homme en se tournant vers William.

C'était un grand blond plein de taches de rousseur qui portait un maillot de corps blanc rayé de rouge, un maillot tendu par une énorme musculature.

« Un requin ? hasarda William.

— Non, moussaillon. J'ai juste trop sucé mon pouce quand j'étais petit ! dit l'homme en déclenchant l'hilarité de ses trois compagnons.

— Quoi ! s'exclama William, estomaqué.

— Je plaisante, dit le pêcheur. C'est un crabe géant qui m'a emporté le morceau ! Des gros bestiaux ! Des pinces qui couperaient en deux le manche d'une pioche, hein, les gars ?

— Pour sûr ! confirma un rouquin frisé et trapu. Je connais même un pêcheur qui y a laissé toute sa guibole. Coupée au-dessus du genou, d'un coup sec. Ils ont fracassé la carapace de la bestiole à coups de harpon pour qu'elle le lâche. Le chirurgien lui a remis sa jambe, mais le gars, il n'a jamais remis le pied sur un bateau ! »

Les quatre marins éclatèrent de rire.

« Et vous les pêchez où, ces monstres ? demanda William d'une voix tremblante.

— Dans le Grand Sud, dit le pirate à la murène. Sur les grands bancs, à une semaine de bateau. Là-bas, les animaux ont de ces tailles ! Pas vrai, les gars ?

— Pour sûr ! s'exclama un autre pirate, un homme au profil écrasé de boxeur. Faut toujours avoir un bon mousquet ou un bon sabre sous la main, et l'œil ouvert, au cas où. On sait jamais ce que l'on remonte de la mer. Y'a des bestioles si affreuses et si dangereuses que les savants imaginent pas ! Ils n'ont pas tout dans leurs fichus bouquins, crois-moi, garçon...

— Et encore, on dit pas tout ce qu'on voit, enchaîna l'homme à la murène, en lançant un regard complice à ses camarades. Parce ce que, des fois, on n'a pas les mots pour dire ce qu'on voit. C'est peut-être mieux ainsi, hein, les gars ? Comme ça, les gens, ils ont moins peur. »

William tressaillit. Une goutte de sueur glissa de son front sur sa tempe.

« Pourquoi vous allez là-bas, si c'est aussi dangereux ? demanda-t-il d'une voix anxieuse.

— Et le pâté de crabe que tu viens de te glisser dans le gosier, tu crois qu'il est fait avec quoi ? Du poulet ? demanda le blond.

— Ben... non, dit William. Du crabe...

— Un pouce, une jambe, parfois la vie d'un marin, c'est à ce prix-là que tu manges ce soir ! dit le chef des matelots.

— Vous n'avez pas un métier facile ! dit William.

— Pour être honnête, mon gaillard, on ne va pas là-bas se cogner contre les tempêtes simplement pour faire plaisir aux gens. En six mois de pêche "dans la baignoire du diable", comme disent les gars, on gagne autant que si on travaillait trois ans à terre, comme charpentier ou comme cuistot. Dans quatre ans, avec mon magot, j'achèterai mon propre rafiot et j'enverrai les gars pêcher pour moi !

— Si tu bois pas tout ton or d'ici là ! ricana le pirate au nez aplati.

— Tu l'as dit, nom d'une tortue de mer ! ajouta l'homme à la murène en avalant sa bouchée de ragougnasse. Magot bu, magot perdu ! Mais il y a pas de risque de ce côté-là. Et avec ce que j'ai amassé comme or, on va s'en payer une bonne tranche avant d'être à sec !

— Amassé ? Je ne savais pas que la pêche au crabe rapportait autant ? s'étonna Lucas.

— Qu'est-ce que vous insinuez ? dit le pirate à la murène en se levant brusquement. Vous cherchez la bagarre ? »

Les trois autres marins se levèrent aussitôt. L'un deux essuya la lame de son couteau contre son pantalon et regarda Lucas d'un air mauvais.

Niôle, sentant le ton monter, passa la tête dans la salle. Il posa sa poêle et s'essuya les mains à son torchon, prêt à intervenir...

Lucas garda son calme.

« Je n'insinue rien, dit-il. Je dis simplement que je n'ai jamais entendu des pêcheurs parler ainsi de leur métier. Amasser de l'or ! Et toi, je te conseille gentiment de rentrer ton joujou », ajouta-t-il à l'adresse de celui qui avait sorti son couteau.

Lucas écarta sa veste et montra la crosse d'un pistolet. Une arme que seule un capitaine pouvait avoir en sa possession. Il y avait une tête de mort en or sur la crosse.

Les quatre hommes se radoucirent instantanément. Niôle retourna dans sa cuisine.

« Désolé, Capitaine, fit l'homme à la murène. Je ne voulais pas faire de grabuge. Je suis un marin. Je travaille dur. Et, en ce moment, les prix du crabe grimpent comme jamais. C'est tout ce que je voulais dire.

— Je n'en doute pas, répondit Lucas. Asseyez-vous. Tout va bien. Je vous offre un rhum. Je sais que vous en bavez, dans le Grand Sud.

— Merci, Capitaine, dit l'homme à la murène. Je suis Seymour Bellamy. J'ai les nerfs sur la braise, en ce moment. Ma fille vient d'être envoyée dans un centre pour... pour ces jeunes... ces jeunes qui avalent ces saletés de bonbons, vous savez ?

— Oui, je sais. J'ai des amis à la Brigade de répressions des trafics illicites qui travaillent sur cette affaire. Je vous comprends.

— Il faut que je gagne de l'or le plus vite possible pour arrêter la pêche et m'occuper d'elle. Le docteur m'a dit que son père lui manquait et qu'elle me le faisait comprendre comme ça. »

William songeait que, décidément, le monde pirate ne tournait pas rond. Des trafiquants volaient du crottin, des chasseurs abattaient des mammouths dans la Zone mystérieuse et la drogue inondait les rues de Piratopolis.

Que pouvait-il faire pour arrêter tout ça ? William songea qu'il était temps d'arrêter de penser uniquement à son avenir de pilote de mouchocoptère. Le monde pirate avait besoin de lui. Il se fit alors la promesse de bien travailler à l'école pour devenir un bon pirate. Il ne savait pas encore à quel point c'était une sage décision.

Chapitre 23
Mauvaises notes

En ce lundi matin, sur les bancs de l'école Joshua-Slocum, l'atmosphère était glaciale. William refusait d'adresser la parole à Victor. Il n'avait pas digéré la mauvaise humeur de son meilleur ami qui lui avait si mal parlé l'autre soir à la taverne. En outre, l'atmosphère s'était fortement refroidie pour une autre raison. Le professeur Mollo s'apprêtait à rendre les copies des examens des deux semaines précédentes.

Apollonius Mollo arriva avec un quart d'heure de retard, ce qui lui ressemblait peu. Il avait la mine des très mauvais jours.

« Bonjour à tous, dit-il d'un ton sec. J'espère que vous avez bien profité de votre week-end, parce que je ne vous cache pas qu'une rude semaine se prépare pour vous. »

Les élèves retenaient leur souffle.

« Nous allons commencer par le retour de vos copies, reprit-il. Comme de coutume, il y a du bon et du moins bon. Mais ce qui change aujourd'hui, c'est qu'il y a aussi du mauvais, voire du très mauvais, et même du très, très mauvais. »

William se sentit aussitôt visé.

« Mais avant de rendre vos copies, je voudrais dire ceci : quels que soient vos résultats, ne vous découragez pas. Ces notes ne sont pas des attaques personnelles. Il ne tient qu'à vous de changer les choses en travaillant davantage, notamment en lisant les livres qui sont en votre possession. »

À nouveau, William prit cette seconde remarque comme une gifle. Il savait qu'il avait négligé son *Histoire et géographie du monde pirate* au profit des albums de Saucisse Man et de son manuel de pilote.

Il récolta un M en géographie, et ce fut sa meilleure note. Appréciation du professeur : *passable*.

En art et technique de la chasse au trésor, il encaissa un O, accompagné d'un mot : *poussif*. Assise à côté de lui, Laure, experte en ce domaine, récolta un A, une fois de plus, mais elle assura à William avoir eu la même note que lui afin qu'il ne se sente pas seul.

En jeux de mots, William ramassa un P, accompagné du commentaire : *Les meilleurs jeux de mots ne font pas toujours référence aux problèmes digestifs des humains ou des animaux. Un mot d'esprit ne doit pas toujours sentir mauvais.*

Pour son dessin de la fleur qui servait à la fabrication de la poudre aux esclaves, la drogue contenue dans les bonbons bizarres, William prit un T. Le commentaire était acide : *À regarder votre croquis de* Cacaverus mortiferus, *on se demande si vous n'aviez pas un bandeau sur les yeux au moment de la dessiner. Attention à l'avenir à ne pas confondre la fleur de cette plante mortelle avec un géranium parfaitement inoffensif.*

En cours d'écriture, avec pour sujet « Raconter une histoire en cent mots », William reçut en pleine figure un W, assorti d'un commentaire terrible : *Histoire intéressante de mammouths et de récolte dans la vallée du Guitariste. Mais avec une faute d'orthographe tous les deux mots, le plaisir de lecture disparaît totalement. Espérons que ce « W » par lequel commence votre prénom ne couronne pas trop souvent votre travail.*

En dictée, William prit un Z : *Il n'existe pas de note négative pour couronner votre copie. Dommage.*

Il eut droit à un X en cuisine pirate, avec un seul mot pour commentaire de la recette de ragougnasse qu'il fallait inventer (*Infecte*) et enfin un Y en histoire de la piraterie. La dernière critique de son professeur paraissait aimable au premier abord, mais ce fut celle qui blessa le plus William : *C'est un monde que vous découvrez, cela se voit tant. Vous n'en connaissez rien. Lisez, lisez, lisez, ou vous sombrerez.*

William était secoué, humilié, ébranlé jusqu'au fond du cœur. Toute la journée, il serra les dents pour ne rien montrer aux autres. Il envoya promener ceux qui tentaient de lui remonter le moral, en particulier Célia qui, elle, avait obtenu trois A, deux B et deux C.

« Je ne veux pas qu'on m'aide ! Surtout pas toi ! » lui lança-t-il.

Quand la sonnerie marquant la fin des cours retentit, William ferma son sac et courut de toute la force de ses jambes. Des larmes de honte ruisselaient sur ses joues.

Tout le reste de la semaine, en classe, il ne prononça pas un mot de plus qu'il n'était nécessaire. Il ne participait plus comme avant. Il avait même pensé ne plus revenir à l'école, faire son baluchon et s'en aller loin d'ici, fuguer comme il l'avait fait tant de fois. Mais quitter Lou et Lucas était au-dessus de ses forces.

Le vendredi soir, après la classe, Apollonius Mollo l'attrapa par le bras et lui parla.

« Tout va bien, William ? demanda-t-il d'une voix chaleureuse et inquiète à la fois.

— Tout va pour le mieux, mentit William, qui contenait ses larmes et sa rage.

— Je compte sur toi pour le match de demain ?

— Bien sûr.

— Parfait. Tu es sûr que ça va ?
— Tout va bien. Bon, je dois y aller. On a des invités, ce soir, à la maison, mentit à nouveau William. Au revoir.
— Au revoir, dit Apollonius d'une voix chaleureuse. À demain pour le match...
— C'est ça, à demain. Pour ce fichu match ! » marmonna William pour lui-même.
William n'alla pas au match.
Une partie de lui aurait aimé se déchaîner sur le terrain pour montrer à tout le monde de quoi il était capable. Mais une autre partie, plus forte, refusait de faire plaisir à qui que ce soit, surtout pas à son professeur, ni à ses amis, ni même à lui.
Ainsi, le samedi 22 novembre, jour du match amical contre l'équipe de l'école de la Haute-Falaise, et le dimanche, William resta en compagnie de Lucas et Lou. Pour ne pas aller au match, il prétexta que ses anciennes blessures aux pieds se réveillaient et que jouer était un supplice. Durant tout son temps libre, il lut pour la troisième fois son manuel de pilote de mouchocoptère. En ce domaine, au moins, il serait meilleur que tout le monde !

Une semaine de stage d'essai de métier succédait aux trois semaines d'école. Le lundi 24 novembre, William se leva à cinq heures du matin et fonça au Bureau du boulot. Il ne voulait croiser personne.
Il faisait encore nuit quand il arriva, en même temps que Françoise François, la vieille dame à lunettes rondes qui s'occupait de distribuer les stages.
« Bonjour, jeune homme, dit-elle.
— Bonjour, Madame.
— Très matinal ! Pressé de partir ? demanda Françoise.
— Plutôt pressé d'en finir ! dit William.
— Pardon ? s'étonna la femme avec inquiétude.

— Je voulais dire, pressé d'en finir avec l'école et de commencer mon stage.

— Tu me rassures, dit la femme. Les mathématiques ou l'écriture, c'est pas toujours évident. Laisse-moi dix minutes, le temps de mettre la boutique en route, et je suis à toi.

— Merci, Madame. »

Un groupe d'élèves à l'air surexcité arriva et se plaça en file indienne derrière William. Eux aussi voulaient être les premiers, mais dans le seul but d'obtenir les meilleurs stages.

Un grand garçon osseux portant un foulard jaune s'arrêta à un mètre de William. En le voyant, William se disait qu'il avait tout d'un flamand rose.

Le garçon au foulard se mit à parler d'un match de footby. Un match dont il était visiblement le super héros. Mais le super héros amoché. Il avait un bandage à une main, une lèvre gonflée, une minerve au cou et les paupières violacées.

« La raclée qu'on leur a mise, ils ne sont pas prêts de l'oublier. Ils doivent encore se demander quelle tornade leur est passée dessus !

— Et cette tornade, Butor, c'était toi ! dit un blond en bermuda avec de gros mollets.

— Exact, répondit le garçon au foulard jaune. Morgan s'était bien trompé en nous disant que l'on devait se méfier d'eux. Il avait oublié que tu connaissais toutes leurs combinaisons de jeux.

— Tu parles d'une équipe ! Ah ouais ! se moqua une fille au visage de poule. Ils avaient de la ragougnasse dans les jambes !

— Surtout cet intrus obèse ! s'esclaffa Butor. On lui a montré qu'il ferait mieux de rentrer chez lui !

— Ah ouais ! » s'écria la fille à tête de poule.

Cette conversion idiote attisa la curiosité de William. En même temps, elle lui échauffait les oreilles. Il devinait à moitié de qui il était question lorsque le garçon à tête de flamand rose parlait d'intrus obèse.

« Excusez-moi, demanda-t-il. Mais vous êtes de quelle école ?

— La Haute-Falaise ! Moi, c'est Butor Caraccioli. Et toi, t'es qui et tu es d'où ? »

En un instant, William comprit que les élèves parlaient du match de footby auquel il aurait dû participer. Ils se moquaient de leurs adversaires, de Victor en particulier.

« Je... Je... bredouilla-t-il en réfléchissant à sa réponse en même temps qu'il parlait. Je... Je suis de l'école de... de... de...

— Une école de bègues ? lança Butor Caraccioli, ce qui déclencha l'hilarité de ses camarades.

— Je suis de l'école de la Digue, mentit William. Je m'appelle Rufus. »

William ne voulait en aucune façon dire qui il était pour avoir la paix.

« Et Rufus comment ?

— Rufus Bagnole, inventa William, sûr que ce mot très terrien lui assurerait l'anonymat.

— Bagnole ? Connais pas ce nom ! dit Butor. Bagnole ? C'est bizarre. Je ne t'ai jamais vu. Pourtant, j'ai joué contre des filles et des gars de la Digue, cet été. Et t'étais pas avec eux...

— Normal, je viens de l'école de Mille Troncs, dans l'extrême Nord-Ouest, mentit William en espérant qu'aucun élève ne vienne de là-bas. On m'a recruté pour le championnat de footby.

— Je vois. C'est comme nous avec Casimir, dit Butor en attrapant par l'épaule le garçon aux gros mollets debout à côté de lui. On l'a chipé à Slocum. Et sans leur minable, leur zéro, leur fichu intrus de William Santrac qui avait soi-disant des problèmes de digestion, on les a anéantis, samedi. Ce crétin de Mollo était vert de rage. »

Cette nouvelle parole visqueuse et puante comme une bouse de vache pénétra dans le cœur de William comme un tesson de bouteille. Que l'on se moque de son équipe de footby parce qu'elle avait perdu un match, soit. Qu'on le traite de minable, ce qui était en partie vrai au moins sur le plan scolaire, passe encore. Que l'on traite Victor de sale gros intrus, c'était vraiment limite. Mais que l'on insulte un professeur qui, certes, notait sévèrement, ça non !

Butor Caraccioli venait de s'approcher d'une région dangereuse. Cette région s'appelait William en colère.

« Encore une parole comme ça, dit William, et je te démol...

— Au premier de ces jeunes gens, coupa Françoise François, juste à temps. Les stages sont ouverts. Et que ça saute ! »

William se retourna et desserra les poings et les dents. Il se promit néanmoins de démolir, sportivement au moins, cet imbécile de Butor Caraccioli, un jour prochain. Pour l'heure, il fallait partir !

« Quel genre de stage cherches-tu, mon trésor ? demanda gentiment Françoise François. Un stage bien payé, je suppose, pour avoir plein d'or de poche ?

— Pas du tout, dit William. Je veux aller au bout du monde, le plus loin possible.

— Voilà qui est clair, dit Françoise. Mais tu sais qu'il faut longtemps pour aller loin ?

— J'ai la vie devant moi.

— Comme tu voudras. »

La femme se leva de son siège et regarda une grande carte collée au mur sur un panneau de liège. Partout où des stages étaient disponibles cette semaine, il y avait un minuscule drapeau noir à tête de mort. Elle scrutait les régions extrêmes du pays.

« Alors... Voyons... Le bout du monde... Phare est... Non.

Phare ouest. Non... Là... Non... Là ! Oui, là ! s'écria-t-elle. J'ai ce qu'il faut pour un garçon qui a envie de solitude.

— C'est quoi ? demanda William.

— Un stage de bannissement sur le fort Dayrob, dit Françoise en pointant du doigt l'endroit. C'est au large du cap des Tempêtes, au-delà de la pointe sud du pays. Un sacré bout de chemin pour y aller !

— Aucun problème, dit William. Je peux en savoir plus sur ce fort ?

— Le fort Dayrob ? On l'appelle aussi le *Vaisseau de pierre*.

— C'est bizarre comme nom.

— Il paraît que, de loin, ce fort fait penser à un bateau, expliqua la femme. Il était habité par un vieux fou, autrefois. Mais il est mort. Et on propose un stage de bannissement là-bas à tous les jeunes comme toi qui veulent prendre un peu l'air !

— C'est exactement ce qu'il me faut, dit William. Cap sur le fort !

— Alors, donne-moi ta carte d'identité, s'il te plaît ? demanda Françoise.

— Voilà, dit William, impatient de partir pour une nouvelle aventure.

— Tiens, ton billet de stage et la liste des affaires à prendre. Et ne perds pas de temps. Le BAL, ligne Ours noir, part à sept heures. Dépêche-toi !

— Vous voulez dire le BAR ? remarqua William.

— Non, le BAL, le bus archilent. Retour vendredi soir à minuit. Allez, ouste ! Bon vent, William ! »

Le grand garçon au foulard jaune fit une drôle de tête, comme si on l'avait pris pour une andouille.

« Je croyais que Monsieur s'appelait Rufus ! dit Butor, qui avait tendu l'oreille, histoire de se mêler de ce qui ne le regardait pas.

— Eh non, Monsieur s'appelle William. William Santrac. N'oublie pas ce nom. Et regarde-moi bien en face. Dans quelques mois, tu devras te contenter de voir mon ombre te passer sous ton grand nez de flamand rose ! »

Sans laisser le temps à Butor de répliquer, William fonça chez lui.

Avant de fermer son sac à dos, il y glissa trois de ses ouvrages favoris, son manuel de pilote, deux BD (*Les nouvelles aventures effrayantes mais hilarantes de Saucisse Man,* tome 1 et II). Il réfléchit deux secondes encore et y jeta aussi, en râlant, son *Histoire et géographie du monde pirate pour les nuls et les intrus.*

William embrassa Lou et Lucas. Et il partit à toute vitesse en direction du magasin le plus étrange de la ville : *Piratos extremos.*

Ouvert jour et nuit, sept jours sur sept, ce magasin était redouté par tous ses clients. Pour entrer, on devait pénétrer dans un long couloir. On traversait d'abord un nuage de fumée, puis on recevait un seau d'eau sur la tête. Enfin, on devait déchirer de fausses toiles d'araignée tout en marchant sur un sol qui tremblait !

Le client arrivait ensuite devant une grosse porte en fer. Il devait cogner dessus avec une massue accrochée à un clou. Le manche était couvert de morve. Car, au-dessus d'elle, une grosse tête de sanglier des marais laissait échapper un liquide jaunâtre et visqueux.

William entra en tournant une poignée ayant la forme d'une grosse tarentule. La patronne le dévisagea. C'était une petite femme maigre, apparemment inoffensive, avec des lunettes aux verres fumés, un vieux gilet gris, une écharpe verte et pas de sourire. Au-dessus d'elle, un panneau indiquait à qui William avait affaire : *Cette maison ne fait pas crédit et ne fait pas de cadeau. Gladys Garcia.*

Derrière son comptoir, la femme tenait une cravache électrique, au cas où un client s'aviserait d'être malhonnête.

« Qu'est-ce que c'est ? demanda-t-elle méchamment.

— Bonjour, Madame, dit William en lui tendant d'une main agitée sa liste de fournitures.

— Stage de bannissement ! s'exclama Gladys. Vraiment n'importe quoi ! Enfin ! C'est toi que ça regarde ! »

Gladys rapporta les fournitures en piochant à droite et à gauche. William était estomaqué par la quantité et l'étrangeté des centaines d'objets que l'on pouvait acheter ici : scaphandriers en peau de requin, longues-vues de la taille d'un télescope, cordages à haute résistance, sabres, pistolets, fusils, boîtes de cartouches à balle blindée, vêtements contre le froid, la chaleur, le feu, les insectes, chaussures à griffes, à ventouses...

Parmi ces nombreux objets, l'un d'entre eux attira l'œil de William. C'était un manteau caméléon à mille pièces d'or.

« Tout y est, constata Gladys. Ça fait une pièce d'or et six pièces d'argent.

— Tenez, dit William en tendant deux pièces d'or.

— On s'intéresse au manteau caméléon ? susurra la femme en ouvrant sa caisse enregistreuse.

— C'est cher ! s'étonna William en rangeant ses achats dans son sac à dos.

— Je n'en vends pas tous les jours, grogna Gladys. C'est de la très haute technologie.

— Et qui vous achète ces manteaux ?

— Secret professionnel, répondit Gladys d'un ton rêche en lui rendant quatre pièces d'argent. Matériel classé top secret, vente ultra confidentielle, précisa-t-elle en reposant la main sur sa cravache.

— Intéressant, dit William.
— Bon. Maintenant, tu as ce que tu voulais, alors fiche le camp d'ici ! »

William sortit en trombe, en pensant que ce manteau caméléon lui serait drôlement utile en ce moment, lui qui ne voulait être vu de personne.

Dans la rue, une minute plus tard, il croisa justement Victor qui sifflotait.

« Salut ! dit Victor d'une voix amicale. Tu pars au... »

William ne répondit pas. Il passa son chemin, la tête baissée, son foulard rouge enfoncé jusqu'aux sourcils, les poings dans les poches, comme s'il n'avait rien entendu.

« Tu vas faire ta tête de cochon encore longtemps ? lui cria Victor. Une semaine ? Un mois ? Mille canons ! C'est stupide, ce que tu fais. Je croyais que j'étais ton ami ! »

Ami ? William n'avait à ce moment-là plus aucun ami. Il était encore habité par la rancune. Il se répétait sans cesse les paroles de Victor : « Ce qui me ferait plaisir, c'est que tu te taises. »

Tu peux être tranquille, je vais me taire, mais plus que tu ne pourras le supporter, songea William. Et là-bas, moi, le banni, je serai seul dans le fort Dayrob, il n'y aura personne pour me dire ce que je dois faire !

Il se trompait lourdement.

Chapitre 24
Le terminus des Naufrageurs

Il était sept heures du matin. William était assis depuis une demi-heure dans le bus archilent (BAL) quand la porte de l'engin se referma en grinçant. Enfin ! se dit-il. Le vieux pot d'échappement toussota une fumée grasse, noire et nauséabonde. Le moteur pétarada, prêt à exploser si le pilote, par mégarde, appuyait trop brusquement sur le champignon.

Couvert de rosée, l'immonde tas de ferraille était stationné sur le parking de la ligne Ours noir. Il avait pour destination le terminus des Naufrageurs, un village de l'extrême sud de la République de Libertalia, situé à quelques encablures du fameux cap des Tempêtes. Au large de ce cap se trouvait le fort Dayrob, l'endroit où William devait effectuer son stage de bannissement.

Le chauffeur appuya sur l'accélérateur. L'engin toussa violemment en parcourant ses premiers mètres. Tandis que William s'apprêtait à dévorer les *Nouvelles aventures effrayantes mais hilarantes de Saucisse Man*, un poing vint s'abattre sur la vitre, à gauche du chauffeur.

Quelqu'un courait à côté du bus !

« C'était moins une ! » cria le chauffeur en freinant promptement.

Sa machine se pencha lamentablement en avant. Les suspensions préhistoriques de l'engin couinèrent avec un son aigu.

Le chauffeur ouvrit la porte rouillée du bus.

Rouge comme une tomate, Victor entra dans le BAL. Il avait un œil au beurre noir et un pansement sur le front.

William perdit d'un coup son sourire et tourna la tête vers la vitre.

« Merci ! Désolé pour le retard ! dit Victor, à bout de souffle, en montrant son billet de stage. J'ai dû retourner chez moi, j'avais oublié de donner à boire à mes grenouilles !

— Amusant ! File t'asseoir ! dit le chauffeur en faisant un signe de tête vers le fond du bus.

Victor jeta son grand sac à dos dans la cage à bagages située derrière le chauffeur. Il prit le couloir et stoppa à la hauteur de William, qui remarqua que son ex-ami avait un cocard à l'œil.

« Je suppose que je ne peux pas m'asseoir à côté de toi, dit Victor. Monsieur fait encore sa tête de cochon ?

— Je ne fais pas ma tête de cochon, je préfère être seul, répondit William. C'est tout.

— Tu préfères être seul... La première fois que l'on s'est rencontrés, chez Jackie et Niôle, j'étais triste. Moi aussi je voulais être seul, et toi tu as tout fait pour...

— Bon ! hurla le chauffeur à l'attention de Victor. Il s'assoit ou je m'occupe de son autre œil ?

— Deux secondes ! protesta Victor. Alors ?

— Moi, dit William en détournant le regard, c'est pas pareil. Je veux que tu me fiches la paix. Je n'ai plus rien à te dire.

— Tu sais William, dit Victor d'une voix émue, depuis que tu ne me parles plus, j'ai l'impression d'avoir perdu quelque chose de très important. Tu restes mon meilleur ami. Je suis désolé si tu as mal pris ce que j'ai dit. Tu es tellement susceptible ! Tu te vexes pour un rien. Et moi aussi, j'ai eu des mauvaises notes à l'école... Je n'en fais pas un drame. Je voulais juste dire que... que je suis malade de tristesse depuis que tu ne me parles plus... »

Victor ne termina pas sa phrase. Les mots restaient dans sa gorge. Les larmes montaient dans ses yeux. William sentit le chagrin de son ami. À cet instant, il se rendit compte qu'il avait été suffisamment buté pour le rendre malheureux. Il était allé beaucoup trop loin.

« C'est bon, assieds-toi, dit-il en attrapant le bras de Victor. Boucle-la et boucle ta ceinture. Tu ne vas pas pleurnicher parce que ton meilleur ami est le pirate le plus bête de cette planète ! Et tu embêtes tout le monde, en restant debout.

— Merci, murmura Victor en s'asseyant, c'est gentil de...

— Ne me dis pas merci, imbécile ! C'est à moi de te dire merci. Je ne mérite pas d'avoir un ami comme toi.

— C'est vrai, tu ne me mérites pas ! » s'écria Victor en riant et en cognant du poing la tête de son ami.

Le bus archilent s'élança sur la piste de l'Ours noir, sans doute la pire ligne de bus du monde pirate. Elle longeait la côte vers le sud, en surplombant l'océan. Rien n'était épargné aux passagers : virages serrés à flanc de falaise, nids de poule, bourrasques de vent...

Le BAL déposait ou prenait de nouveaux passagers dans de nombreux petits villages de la côte : Trois sabres, Mal-au-Crâne, Petit-Port, Bonne-Anse, Gros-Port, Nid-de-Frelons, Non-Retour, L'Ancre des damnés, jusqu'au village Les Naufrageurs. Il fallait patienter en observant le paysage hostile de la région.

En contrebas, ce matin, la mer était féroce. William observa un instant les albatros qui coupaient l'air de leurs longues ailes d'oiseaux planeurs. Puis il détacha son regard des grands oiseaux de mer et s'intéressa à l'œil amoché de Victor.

« Qu'est-ce qui t'est arrivé ? demanda-t-il.

— J'ai eu une explication avec un gars de l'équipe de footby de la Haute-Falaise. Un certain Butor Caraccioli.

— Je l'ai vu ce matin au Bureau du boulot, dit William. Une minerve autour du cou et une lèvre enflée comme une citrouille de Halloween.

— Tu oublies un poignet foulé, deux bonnes touffes de cheveux en moins et une douzaine de morsures sur le corps.

— Tu plaisantes ? demanda William.

— Pas le moins du monde. Il t'avait insulté. Je lui ai fait ravaler ses paroles. »

William appréciait que son meilleur ami ait défendu en personne son honneur, mais de là à transformer quelqu'un en rescapé de la Turbine du démon...

« Et qu'avait-il dit sur moi ?

— Il a dit que tu n'étais rien qu'un minable, un zéro, un boulet dont le monde pirate n'avait que faire. Il a même ajouté que tous ces fieffés intrus comme toi et moi qui viennent manger la ragougnasse des pirates devraient être renvoyés chez eux.

— Ce gars-là est un pauvre type. Il t'a bien arrangé l'œil ! Ça te fait mal ?

— Non, c'est rien. Le plus dur, c'est que j'ai pris un mois de suspension de match pour violence aggravée. Apollonius m'a dit que j'étais un âne, un âne avec un grand A, pour m'être laissé aller à la bagarre. Alors il m'a donné un Z pour la note du match et un autre Z pour mon comportement agressif. Il m'a confié qu'il comprenait que je me sois battu pour défendre la réputation d'un ami et que les vilaines paroles de Butor sur les intrus ne valaient pas une pièce de huit en bois. Mais il a ajouté : "Perdre un match n'est pas la fin du monde. Perdre son sang-froid, c'est le début de la fin du monde."

— On a pris une déculottée ? demanda William.

— Soixante-dix-neuf à vingt-trois.
— Aïe !
— Plus de cinquante points d'écart ! surenchérit Victor. L'école n'avait pas pris une raclée pareille depuis cent trente-sept ans.
— Les autres doivent m'en vouloir de ne pas être venu...
— Non, assura Victor. J'ai dit que tu étais malade, victime d'une indigestion à cause de têtes de lapin moisies.
— J'apprécie ! dit William, étonné. Tu as enfin réussi à mentir une fois dans ta vie !
— Ça a été dur, tu sais, je n'ai pas l'habitude, comme toi ! D'ailleurs, je pense qu'Apollonius Mollo ne m'a pas cru. Dans les vestiaires, quand on se préparait, il a dit : "Notre meilleur joueur ne jouera pas aujourd'hui, pour des raisons encore mystérieuses, mais vous devez vous battre pour lui faire honneur."
— Il a dit : "notre meilleur joueur" ?
— Ben oui ! Il n'allait pas dire notre meilleur élève !
— Merci, Victor !
— Oh ! il n'y a pas mort d'homme ! Moi aussi j'ai des Z en pagaille, maintenant ! »

Victor donna à William une bourrade dans l'épaule pour lui rendre le sourire.

Le bus s'arrêta soudain. La porte s'ouvrit et cinq passagers quittèrent la pluie et le vent pour le confort rouillé du BAL.

« Et comment vous avez pu jouer sans moi ? demanda William. Il vous manquait un joueur.
— Trévor Morgan, leur professeur, nous en a prêté un, expliqua Victor. À Haute-Falaise, ils ont neuf remplaçants ! Ils ont acheté tous les meilleurs joueurs du pays !
— Morgan vous a prêté un bon joueur, alors ? supposa William.
— Oh que oui ! Son propre petit-fils, Timothé Morgan. Un

excellent joueur. Vraiment excellent. Un as ! Rapide comme une limace et fort comme un moucheron !

— Je vois le tableau ! Féroce comme un asticot et musclé comme une crevette !

— Tu connais Timothé, ma parole ! »

La conversation se poursuivit. Pendant le trajet, William fit le récit de sa vie depuis le temps où ils étaient en froid. Il parla du vol en mouchocoptère, de la découverte d'une cartouche à balle blindée par Lucas, tout près de la taverne *Chez Francis*, un premier indice sérieux pour retrouver la piste des chasseurs de la Zone mystérieuse... Ensuite, il s'attarda sur la splendeur du troupeau de mammouths qui migrait au clair de Lune vers le nord. Puis il raconta l'histoire du crabe géant qui avait coupé un pouce à l'un des pêcheurs rencontrés chez Jackie et Niôle.

Le bus s'arrêta à nouveau. C'était le village de Non-Retour.

« Mais au fait, dit soudain William, tu vas où pour ton stage ?

— Au fort Dayrob, pardi ! claironna Victor avec un haussement d'épaules.

— C'est incroyable, le hasard ! s'exclama William.

— Tu parles d'un hasard ! Quand je suis arrivé au Bureau du boulot, j'ai demandé quel stage William Santrac avait choisi. Françoise François s'est souvenue de toi. Tu étais le premier stagiaire à demander un stage de bannissement depuis plus de trente ans. J'ai demandé le même stage. Elle m'a pris pour un fou !

— Pourquoi tu as demandé le même ?

— Pour que l'on se réconcilie, tiens ! Je savais que tu étais triste. Moi aussi, je l'étais. Alors, je me suis dit : tant pis pour le vent et la pluie, un ami, c'est un ami.

— Victor ! lança William. Je suis heureux d'avoir un banni pour ami ! »

Le bus arriva enfin à destination.

« Terminus des Naufrageurs, tout le monde descend. Bonne chance à tous ! » hurla le chauffeur.

L'endroit était désert et morne. Le parking du bus donnait sur l'océan. Arrivant du large, de gros rouleaux venaient s'écraser sur la plage de sable noir, tandis que de gros nuages gris fuyaient sur l'horizon. Un matelas de végétaux, mélange d'algues arrachées et de troncs d'arbre morts, pourrissait tout le long du rivage. Par milliards, des insectes dévoraient ces détritus. Sur la droite, une presqu'île couverte de ronces et d'arbustes épineux avançait sur l'océan. À gauche, la côte formait une baie profonde et vaseuse.

Au fond de la baie, William distingua un village à la mine triste, Les Naufrageurs. Les silhouettes rouillées de plusieurs vaisseaux échoués attendaient leur tour sur la plage pour être mis en pièces et recyclés. Les habitants du coin récupéraient le métal des navires à la retraite. Les cheminées des hauts-fourneaux d'une usine métallurgique crachaient un panache de fumée marron qui se dispersait dans le vent violent. Dans le ventre des hauts-fourneaux, fondaient des navires entiers.

William s'approcha du bord de la falaise. Un escalier descendait jusqu'à la mer et menait à un embarcadère. Tout le monde prit son sac à dos et gagna le quai.

Au bout d'un quart d'heure, grelottant de froid, les garçons aperçurent une ombre sur l'horizon. Un bateau. Un gros bateau. Un très gros bateau.

De couleur rouge et noir, avec sa coque trapue en acier, le navire semblait taillé pour affronter les pires conditions. C'était le *Robert-Louis*, un solide rafiot qui assurait le transport des passagers et des marchandises entre les îles de la côte est.

Sur le pont arrière du navire, William et Victor remarquèrent la présence d'une chaloupe à moteur hors-bord au nom inquiétant : *Dernière chance*.

Deux douzaines de personnes descendirent du *Robert-Louis*, la mine défaite. La troupe des arrivants les croisa en grimpant l'escalier de la falaise.

Le bus démarra, pétarada, emportant avec lui des passagers soulagés.

Les moteurs du *Robert-Louis* grondèrent et le navire gagna le large.

Adieu la terre ferme ! songea William, pas à l'aise sur l'eau, enfoncé dans son siège, le nez collé à un hublot.

Les squelettes des navires abandonnés sur la plage des Naufrageurs disparurent de l'horizon. Le vent forcit. Les vagues s'élevèrent. La pluie se fit plus forte et plus froide. William changea de couleur et commença à avoir envie de vomir.

Après six heures de mer, à la tombée du jour, la pluie cessa, mais un mur de brume se leva. Les garçons gagnèrent alors le pont avant pour prendre un peu l'air frais. Ils fouillèrent du regard l'épaisse nappe de brouillard à la recherche de la silhouette du fort.

Au bout d'un moment, le bateau se trouva face à une masse noire gigantesque.

« Mille canons ! » s'écria Victor. Le fort Dayrob !

Chapitre 25
Le vieux fou du vieux fort

LE FORT DAYROB ÉTAIT L'UN DES MONUMENTS les plus impressionnants du monde pirate. Dressé sur l'océan au milieu d'un vaste banc rocheux, ce bâtiment était une robuste forteresse de pierre. Bâti plus de quatre siècles auparavant, ce colosse solitaire s'imposait à l'océan sur cent cinquante mètres de long et quarante mètres de large. Ses remparts montaient à cinquante mètres au-dessus de l'eau. Une centaine de canons pointaient leur nez noir à travers ses flancs épais. Tel un énorme mât, une tour de pierre complétait son profil.

De loin, surtout avec cette brume qui l'enveloppait aujourd'hui, la puissante silhouette ovale et allongée du fort Dayrob rappelait celle d'un bateau.

« Le *Vaisseau de pierre*, Victor ! hurla William, accroché au bastingage du *Robert-Louis*.

— Merci du renseignement ! clama Victor. Je l'ai vu avant toi... »

La chaloupe nommée *Dernière chance* fut mise à la mer. Les garçons prirent leur sac sur leur dos et sautèrent dans la petite embarcation. Une pluie froide dégringola alors du ciel.

Dans l'obscurité presque totale, William et Victor furent

menés à un escalier de pierre qui grimpait le long des flancs du fort Dayrob.

Une fois en haut, les deux garçons se glissèrent à l'abri des gouttes sous une petite tourelle.

Pour William, la fatigue se fit sentir rapidement. Il s'endormit, blotti contre son ami, en quelques minutes. Victor, lui, réfléchissait. Il se demandait ce qu'il fichait là, au milieu de nulle part, en pleine nuit et par un temps pareil. Il se disait que son amitié pour William lui coûtait très cher. Quand, en face d'eux, une lumière apparut dans la nuit.

Une lanterne, pensa Victor qui claquait des dents.

« Réveille-toi ! dit-il en secouant son ami endormi. Quelqu'un vient !

— Hein ? fit William. Qui es-tu ?

— C'est moi, Victor, triple idiot ! Regarde ! Là-bas ! La lumière ! Quelqu'un arrive !

— Impossible, le fort n'est plus habité... T'as des hallucinations, c'est tout. Ça va passer...

— Mais non, ça va pas passer ! Regarde ! C'est le fantôme du vieux fou !

— Tu ne vas pas bien, toi... Le fantôme du vieux... »

William se frotta les yeux. Il regarda sans y croire. Une lanterne s'approchait d'eux, en effet !

« Bon sang ! Oui ! Tu as raison ! »

Derrière la lanterne se dessinait une immense silhouette noire et luisante, coiffée d'un grand chapeau. Un visage hideux et mal rasé leur fit soudain face.

Les deux garçons hurlèrent de toutes leurs forces.

Un homme au visage ridé remplissait l'ouverture de la tourelle où ils s'étaient réfugiés. Son manteau et son tricorne ruisselaient de pluie. Il agita sa lanterne devant les visages terrifiés des garçons pour mieux les distinguer.

Le vieux fou du vieux fort

« Qu'est-ce que vous faites ici ? gronda-t-il.

— Ne nous faites pas de mal, monsieur le fantôme du vieux fou... supplia Victor.

— Le fantôme du vieux fou ? reprit l'homme. En voilà des manières de parler à un pauvre vieux comme moi !

— Vous... n'êtes... pas... un... fantôme ? balbutia Victor.

— Parbleu ! Pas encore ! s'écria l'homme. Moi, c'est Jean. Jean Orafus. Tout le monde m'appelle le père Orafus, à part ceux qui m'appellent le vieux fou. Et vous, qui êtes-vous donc ? Et que faites-vous ici, chez moi, dans MON fort ?

— Je m'appelle William et voici Victor. Nous sommes... nous sommes des bannis...

— Des bannis ! Mais quel âge avez-vous pour être bannis !

— Douze ans, dit Victor. Mais c'est juste le temps d'un stage ! On reste quelques jours et on s'en va !

— J'aime mieux ça, répondit Jean. Vous pouvez rester, alors, si c'est un stage. De toute façon, je ne vois pas comment vous pourriez repartir ce soir de MON fort. Pas vrai ? On verra demain. Allez, je vous laisse, jeunes bannis. Je rentre dans mes quartiers. Je gèle.

— Nous aussi, dirent les garçons en claquant des dents.

— Je vous souhaite une bien bonne nuit, lança l'homme d'une voix pressée.

— Bonne nuit », dirent tristement les garçons.

Jean Orafus retira sa lanterne de l'intérieur de la tourelle, recula, s'en alla, puis se retourna brusquement.

« Une dernière petite question avant que je parte me réchauffer la couenne auprès d'un bon feu de bois dans mes appartements, dit l'homme. Vous aimez le chocolat chaud ? »

La pièce où vivait Jean Orafus était située au sommet de la tour du fort Dayrob. L'endroit n'était pas grand, une trentaine de mètres carrés tout au plus, mais son confort était des plus agréables. Car, en dehors d'un lit à ressorts couinants, d'un fauteuil percé, d'une bibliothèque bancale et de divers objets de décoration apportés par la mer (bouée, vieux cordages, filet, harpon, bouteilles, squelette de mouette...), on trouvait dans cette pièce la compagnie la plus chaleureuse qui fût quand le mauvais temps cogne à la porte d'une maison : une cheminée !

Ainsi, les deux bannis se retrouvèrent devant de grandes flammes qui les réchauffaient en même temps qu'elles chauffaient les fesses d'une marmite remplie d'un mélange de lait et de morceaux de chocolat. Accroupis devant les braises, les vêtements fumants, William et Victor savouraient d'avance le breuvage en se frottant les mains et les orteils.

« Vous n'êtes pas mort, alors ! s'étonna soudain William, ragaillardi par le feu.

— L'annonce de ma mort dans les journaux m'a surpris, mais c'était une bonne nouvelle pour moi ! répondit Jean. On me fiche une paix royale depuis mon faux décès.

— Qu'est-ce qui s'est passé, Jean ? demanda Victor.

— Il y a une dizaine d'années, au milieu des autres nouvelles, j'ai appris mon décès. Des pages entières étaient consacrées à ma vie, à mon œuvre. Je ne suis pas le premier à qui ça arrive, mais je suis certainement l'un des premiers à ne pas avoir cherché à démentir cette nouvelle !

— Vous recevez le journal, ici ? demanda William.

— Oui, tous les matins, dit Jean. Je ne suis pas un homme préhistorique ! »

William et Victor se jetèrent un regard complice. Ils pensaient la même chose : Jean était fou à lier. Comment pouvait-il recevoir le journal ici, au milieu de l'océan ?

« Je ne comprends pas, dit William, personne n'est venu vérifier que vous étiez bien mort ?

— Non, personne. Vous savez, le fort n'est pas très accessible. La mer est souvent mauvaise.

— Et votre famille, quand même ? suggéra Victor, indigné.

— Ma famille ? Ma pauvre femme est morte il y a vingt ans. Et, depuis sa mort, aucun de mes enfants n'est venu me rendre visite. En lisant ma nécrologie, ils ont dû se dire : "Tiens, le vieux a avalé son bulletin de naissance... Tant pis pour lui et tant mieux pour nous !"

— Vos enfants ne sont pas venus ? demanda Victor.

— Eh non ! dit Jean en secouant la tête. Mais ça me paraît normal... vu que je n'en ai pas ! »

William et Victor rirent de bon cœur, tout en ayant désormais la certitude que Jean était complètement maboul. Ce dernier tourna les talons en gloussant puis sortit trois bols d'un placard et les remplit de chocolat chaud.

« Cette promenade nocturne m'a ouvert l'appétit ! reprit Jean. Un chocolat chaud ne suffira pas à me combler la panse. Nom d'une pieuvre ! Vous avez faim ?

— Une faim de requin, gémit William.

— Une faim de cachalot, surenchérit Victor.

— Terrine de la mer et espadon fumé maison, ça vous va ?

— Parfait, dit Victor. Et que ça saute !

— Pareil pour moi ! dit William. Et que ça saute !

— C'est un plaisir de dîner ce soir avec de vrais pirates, s'exclama Jean. Ça réchauffe le cœur d'un vieux fou comme moi ! Et que ça saute ! »

Après le repas, William et Victor installèrent leur sac de couchage au milieu de la pièce, tout près de la cheminée, qui crépita toute la nuit. À l'abri de la tempête qui se levait, leur nuit fut merveilleuse.

Le lendemain matin, vers huit heures, des bruits de pas venus du toit réveillèrent William.

« On marche sur le toit, Jean, dit-il d'une voix inquiète. Est-ce que c'est normal ?

— C'est le facteur, va lui ouvrir ! » répondit Jean en se retournant dans son lit.

William comprenait de mieux en mieux pourquoi on disait que Jean était fou. Le facteur marchait sur le toit et Jean marchait sur la tête...

« Oui, le facteur ! Lève-toi, passe sous le rideau, ouvre la fenêtre et prends le journal ! »

Sans comprendre, William se glissa sous le rideau, se releva et ouvrit la fenêtre. Devant lui, il découvrit une petite plate-forme avec le prénom « Alfred » inscrit dessus. À part ça, rien. Sauf les bruits de pas sur le toit. Au moment où il s'apprêtait à refermer la fenêtre, une ombre se forma au-dessus de la plate-forme, de plus en plus petite.

Un gros oiseau blanc y atterrit en poussant un cri rauque.

« Couuack ! fit la bête aux yeux rouges et au grand bec.

— Arrrgh ! » hurla le garçon en reculant brusquement.

Dans sa chute, William entraîna le rideau. Le rideau entraîna vases, lanternes, sabres, filets remplis d'animaux séchés, livres, harpon et gamelles en fer. William, le rideau et le bric-à-brac achevèrent leur chute sur un sac de couchage rempli de Victor Monmouth. Le harpon se planta à quelques centimètres de la tête de Victor. Et l'abominable fracas réveilla tout le monde.

« Bon Dieu ! Qu'est-ce qui se passe ici ? cria Jean en sursautant dans son lit

— Laissez-moi sortir ! gémit Victor qui étouffait sous le rideau.

— Nom d'une jambe de bois ! William ! s'écria Jean. Quel massacre !

« — Je suis désolé, j'ai eu peur de l'oiseau !
— Comment peut-on avoir peur d'un pélican ? demanda Jean en se levant, furieux, de son lit. C'est quand même pas un longues-griffes ! »

Victor sortit de sous le rideau, tout rouge. William se confondit en excuses.

« Ah ! Et puis c'est de ma faute ! tempêta Jean en glissant ses pieds dans ses chaussons. J'aurais dû te prévenir. Un pélican au saut du lit, ça peut surprendre ! Mille barils de poudre ! Quel massacre ! »

Jean se leva du lit, ouvrit le réfrigérateur et attrapa un maquereau d'une belle taille. Il enjamba le rideau, Victor et les objets étalés et se pencha à la fenêtre. Il agita le maquereau à quelques centimètres du bec du grand pélican blanc, qui l'ouvrit.

Jean plongea sa main dans le bec du volatile et en retira un journal. L'homme lança le maquereau en l'air et l'oiseau, d'un coup de bec sur le côté, attrapa sa récompense.

« Couuack !
— C'est ça, couack ! gronda Jean. File de là, Alfred, maudite volaille ! »

Alfred, le pélican postal, s'envola sans demander son reste.

Le journal, enveloppé dans un sac étanche, était couvert de bave. Jean le passa sous l'eau dans l'évier.

« William ? demanda le vieil homme. Si tu nous préparais un petit café, pour te faire pardonner ?

— Bonne idée ! s'exclama William. Pendant ce temps-là, vous lirez tranquillement le journal dans votre fauteuil...

— Bonne idée ! dit Jean. Et Victor, tu vas...

— Je vais ranger tout ce bazar, souffla Victor en retirant le harpon planté dans le parquet.

— Merci, Victor, dit William.

— De rien, je... »

William ne laissa pas son ami achever sa phrase. Il explosa :

« Dis-moi que je cauchemarde ! »

Un titre barrait la « une » du *Pirate libéré* : *Nouveau carnage dans la Zone mystérieuse.*

« Jean, ça vous ennuie si je lis l'article avec vous ! Mon père adoptif est le capitaine de la Nature, alors...

— Tu es le fils de Lucas Dooh ?

— Oui, vous le connaissez ?

— Bien sûr, c'est l'un de mes anciens stagiaires, du temps où le fort était encore en service. Ici, autrefois, c'était le CEEPE et j'y étais professeur.

— Le CP ?

— Non, le CEEPE : le Centre d'étude et d'essai des poudres et explosifs. J'y étais professeur de chimie. J'étais le Maître-Boum en chef.

— Ça y est ! J'ai compris ! s'écria Victor, qui se souvenait vaguement de l'un de ses cours d'histoire. Vous étiez canonnier. Et le fort Dayrob servait de centre de tir, n'est-ce pas ?

— Disons que j'étais ingénieur en chef, professeur en chimie des poudres et directeur du CEEPE. Je supervisais les recherches concernant la mise au point des nouvelles poudres. Quand le centre a fermé ses portes, j'ai acheté le fort avec mes économies et je m'y suis installé, expliqua Jean en ouvrant le journal. Alors, qu'est-ce que l'on nous raconte, ce matin ? »

Le pire semblait être arrivé. *Nouveau carnage dans la Zone mystérieuse.*

Cinq tigres à dents de sabre, quatre longues-griffes, douze phacochères, sept hippopotames à queue de castor, trois gigacéros, un couple d'aigles éléphants, six deux-cornes. Cette liste n'est pas celle des dernières naissances enregistrées au zoo de Piratopolis. C'est le bilan de la découverte faite le lundi 24 novembre par une équipe de scientifiques en mission d'exploration dans la Zone mystérieuse. Les animaux, tous tués par balles, ont été retrouvés dans la plaine du Gros-Bloc, une région célèbre pour la richesse de sa faune.

Il semblerait que ce massacre se soit échelonné sur plusieurs mois. Certains animaux, "en état de décomposition très avancée" selon Jacques Kidd, l'un des vétérinaires présents sur place, seraient morts "il y a au moins six mois". D'ordinaire, les fauves et les charognards se chargent de "nettoyer la zone". Mais là, le "sale boulot" n'a pu être accompli, les cadavres ayant été enterrés par les chasseurs afin que leur crime reste ignoré.

Comment ne pas rapprocher ces événements d'une autre affaire ?

Souvenez-vous : il y a un mois tout juste, une vingtaine de mammouths adultes étaient retrouvés par l'équipe des récolteurs de crottin dans la vallée du Guitariste. Autre point commun : les petits des adultes tués dans la plaine du Gros-Bloc n'ont pas été retrouvés. Mis en difficulté par cette nouvelle affaire, Lucas Dooh, le capitaine de la Nature, confirme cette hypothèse. "C'est la même équipe de trafiquants, explique-t-il. J'en mettrais ma jambe de bois au feu. Mêmes armes, mêmes techniques de chasse. Il n'y a que les animaux qui soient différents."

Qui a fait ça ? C'est la question qui tue, si l'on ose dire. Premier suspect ? Worral Warrec, évidemment. Pourtant, aucune preuve n'atteste sa présence sur les lieux du carnage. Et certains rappellent qu'il n'existe pas la moindre preuve qu'il soit encore en vie... "Lucas Dooh accuse toujours Worral Warrec dans les affaires de disparition d'animaux, déclare l'un des membres de son équipe, qui désire garder l'anonymat. Il devrait se contenter de s'occuper de son enquête sans remuer les vieux souvenirs. Son poste de capitaine de la Nature est en jeu dans cette affaire." En effet, il est clair que Lucas Dooh a intérêt à trouver rapidement le repaire des hommes qui chassent dans la Zone mystérieuse avant que ses propres hommes ne le chassent de son poste de capitaine de la Nature.

« Lucas est dans un fichu crottin, on dirait, dit William en soupirant. Jean, tu crois qu'il risque de perdre son poste de capitaine ?

— Si son équipe fait appel au vote sur-le-champ, expliqua Jean, ça peut arriver.

— Le vote sur-le-champ, c'est la loi 12, n'est-ce pas ? demanda William.

— Exact, dit Jean. Une loi terrible, mais si utile parfois. »

Jean raconta que cette fameuse loi était au centre de la vie des citoyens pirates. En effet, tous les ans, le premier juin, le peuple de la République de Libertalia votait pour élire ses capitaines. Pour être élu capitaine, il suffisait de s'inscrire sur une liste publique et préciser le poste de capitaine pour lequel on souhaitait être élu. Les pirates qui récoltaient le plus de voix étaient élus.

Mais si, en cours d'année, un capitaine se révélait incompétent, brutal ou dangereux, la loi 12 permettait de lui retirer son titre sur-le-champ. C'est d'ailleurs cette loi 12 que Lucas avait fait valoir le jour où Worral avait massacré le groupe de tigres à dents de sabre. Cette fois, la loi allait peut-être jouer contre lui.

William se sentit abattu. L'idée de voir son père adoptif fichu à la porte lui flanqua un coup au moral. S'apercevant du désarroi de son ami, Victor lui mit une bourrade amicale dans l'épaule. Jean se gratta la tête en glissant sa main sous son vieux tricorne.

« Bon, bon, dit le vieil homme, pensif. Je pense qu'une visite du mystérieux *Vaisseau de pierre* ferait du bien à tout le monde. Qu'est-ce que vous en dites ?

— À l'abordage ! » hurlèrent les deux garçons, heureux de passer à autre chose.

Chapitre 26
La poudre miraculeuse

LA VISITE DU *VAISSEAU DE PIERRE* chassa vite les idées noires qui accablaient William. Très en forme, Jean conta à ses deux pensionnaires mille anecdotes concernant l'ancien Centre d'étude et d'essai des poudres et explosifs. L'une d'entre elles, en particulier, redonna le sourire aux deux garçons. Il y était question d'une poudre à canon d'un genre un peu spécial.

Jean raconta qu'un jour il avait mis au point une poudre qui émettait de la lumière la nuit.

Le vieil homme précisa que l'on pouvait augmenter considérablement l'effet lumineux produit en éclairant cette fameuse poudre avec une lampe à rayons ultra-violet.

Cette poudre phosphorescente donna immédiatement une idée à William. Le garçon imagina qu'il serait possible de couvrir un chat avec cette poudre miraculeuse et de lâcher ensuite le félin dans les rues de Piratopolis pour effrayer les gens. Victor apprécia énormément cette idée de chat fantôme. Pas Jean. Il refusa de donner le moindre gramme de sa poudre phosphorescente. Il ne tenait pas à être responsable d'une vague de crises cardiaques dans les rues de la cité.

Épuisés après des heures et des heures de marche dans les

escaliers du fort Dayrob, les trois compères rentrèrent à la tour à l'heure du dîner. Chacun s'activa à la cuisine. Victor aux poissons, William aux patates, Jean à la farine et à l'eau pour la préparation du pain. À peine le repas du soir achevé, ils s'écroulèrent de fatigue. William rêva de chats verts.

Le matin suivant, fidèle au poste, le pélican postal apporta le journal. Cette fois, William n'eut pas peur. Il agita un maquereau, glissa sa main dans le bec d'Alfred, attrapa le journal poisseux puis lança le poisson au grand oiseau blanc.

Le massacre faisait évidemment encore la « une » du *Pirate libéré*. En page deux, il y avait une photo de Lucas et une longue interview exclusive du capitaine de la Nature. En bas de page, il y avait un résumé des titres des autres journaux pirates. Pas tendres du tout avec Lucas.

Le *Pirate libéré*, le plus grand quotidien de Piratopolis, avait choisi un titre choc : « Les doutes de Dooh ». *La dépêche du flibustier* titrait, en rapprochant l'affaire du vol de crottin et les deux affaires de massacres d'animaux : « Après le crottin, voilà le pétrin ! » *Le Monde de la piraterie* lançait un titre à rallonge qui avait le mérite d'être clair : « Soixante-trois animaux retrouvés abattus dans la plaine du Gros-Bloc : Lucas Dooh tient-il encore la barre de son navire ? » *Aujourd'hui Piratopolis*, complètement fâché, s'était complètement lâché : « Dooh, dehors ! » *Les Échos des corsaires* lançaient le cri déchirant d'un enfant sur cinq colonnes : « Maman, ils ont fait bobo aux animaux ! » *Libertalia Hebdo*, fidèle à sa tradition du jeu de mots, titrait : « Dooh comme un agneau face au loup ! »

Le plus étonnant, c'était qu'il y avait aussi un article sur Worral Warrec, et même une photo en couleur de lui. L'homme était brun et il avait un de ces regards bleus et pénétrants que l'on n'oublie pas, ça non ! L'article énumérait les dix bonnes raisons de croire que l'ancien capitaine Warrec ne pouvait être mêlé à ce carnage. La première étant qu'il était mort puisqu'il ne donnait pas signe de vie, alors que son bannissement était terminé depuis des mois.

Après avoir lu le journal, William réveilla Victor et Jean.

Dehors, le soleil était radieux, ce qui mit Jean de bonne humeur. La raison en était simple : c'était le temps idéal pour utiliser son arme secrète...

Une fois le petit-déjeuner englouti, il emmena les deux garçons dans une pièce située juste au-dessus de ses appartements, au sommet de la tour du fort Dayrob. Hormis la charpente métallique, c'était une vaste pièce octogonale entièrement en verre d'où l'on pouvait observer l'horizon sur 360 degrés.

« Qu'est-ce que c'est que ce truc géant ? demanda William en longeant un gros tube télescopique qui prenait toute la place.

— Une méga longue-vue, répondit Jean, fièrement. Ma méga longue-vue... »

La tour du fort Dayrob renfermait l'œil le plus puissant du monde pirate : la méga longue-vue de Jean. Un appareil de la taille d'un grand canon qui servait à l'origine à observer les points d'impact des boulets tirés depuis le fort. Sa portée était de plus de trente kilomètres.

Cette longue-vue hors du commun était la fierté de Jean et, surtout, le support de son passe-temps favori : l'observation des bateaux qui passaient au large du fort.

Sitôt arrivé, Jean ouvrit donc machinalement son livre de bord, comme il le faisait chaque jour depuis plus de trente ans. Puis il fouilla la surface de l'océan à la recherche d'un visiteur.

« Est-ce qu'on va le voir aujourd'hui ? demanda Jean à haute voix.

— Voir qui ? demanda William qui grignotait un biscuit.

— Le *Vaisseau fantôme*, pardi !

— Vous êtes vraiment un drôle de bonhomme, Jean. Vous passez votre temps à blaguer, dit William en riant.

— Ce n'est pas une blague ! s'énerva Jean.

— C'est quoi, alors, votre *Vaisseau fantôme* ? demanda Victor en avalant deux biscuits d'un coup.

— Un chalutier. Venez donc voir un peu ici ! »

Jean feuilleta son journal de bord. Quelques pages en arrière, il avait dessiné un superbe bateau de pêche navigant en pleine tempête.

« Et ça, c'est de la ragougnasse ? demanda Jean.

— Non, c'est un bateau, dit William.

— C'est le *Vaisseau fantôme* ? demanda Victor.

— Puisque je vous le dis ! C'est mon plus fidèle visiteur ! Regardez. »

Jean tourna les pages et montra du bout de son index la liste des dates où le *Vaisseau fantôme* était passé devant le fort : 2 janvier, 14 janvier, 27 janvier, 5 février, 17 février, 25 février, 6 mars, 14 mars, 23 mars, etc.

« En dix mois, ce bateau est passé vingt-sept fois devant mon fort. Et encore, je dois le rater, parfois. Je ne sais pas ce qu'il trafique, mais, en théorie, il n'a rien à faire dans ces eaux.

— Comment ça, il n'a rien à faire dans ces eaux ? demanda William.

— C'est facile à comprendre, commença Jean, je vais vous montrer ça sur une carte. Où est-ce que j'ai donc fourré cette fichue carte ? Où...

— Ne bougez pas, dit William. J'ai ce qu'il faut. »

D'un bond, William sortit de la pièce. Il descendit les escaliers, fouilla son sac, en sortit son livre, *Histoire et géographie du monde pirate pour les nuls et les intrus*.

« Le livre d'Apollonius Mollo ! Parfait, dit Jean en attrapant le livre. Voilà. Le *Vaisseau fantôme* est un chalutier de haute mer. Il devrait donc allait pêcher dans le Grand Sud, sur les grands bancs, la zone la plus poissonneuse du coin. Or, tous les bateaux équipés comme lui partent de Piratopolis, donc de la côte ouest, puis filent vers le Grand Sud, y pêchent et reviennent vendre leur cargaison. Ils ne passent jamais sur la côte est et jamais devant le fort Dayrob. Tous les autres bateaux passent loin au large, ici par exemple, pour éviter de se fracasser contre les récifs autour du cap des Tempêtes. Le *Vaisseau fantôme*, lui, fait la navette le long de la côte est, du nord au sud et du sud au nord. Pour quoi faire ? Mystère.

— J'ai peut-être une idée, dit alors Victor. Peut-être qu'il pêche le long de la côte ?

— Impossible ! répliqua Jean. Pas assez de fond. Ses filets sont étudiés pour pêcher, dans les grandes profondeurs, les poissons d'eau froide : la morue, le flétan et l'aiglefin. En pêchant le long de la côte, il serait sûr de perdre ses filets sur les rochers ! »

Jean jeta un œil dans sa méga longue-vue. Toujours rien.

« La chose qui me chiffonne encore davantage, dit Jean, c'est ce gros singe sur le pont du *Vaisseau fantôme*. Je ne me l'explique pas. Un gros singe sur un bateau !

— Un gros singe ? demanda William, stupéfait.

— Oui, un gros singe. Regardez bien mon dessin d'il y a trois semaines. Prenez la loupe, vous verrez mieux. »

Jean tendit une lentille de verre grossissante à Victor.

« William ! Mille canons ! Un gorille à bord ! On dirait Pollux !

— Quoi ? » lança William.

À son tour, il prit la loupe et regarda une petite tache noire finement dessinée par Jean.

« Bon sang ! Pollux ! s'écria William.

— Pollux ? Vous connaissez ce singe ? demanda Jean.

— Oui, dit William, c'est un ami à nous. Et...

— Et un ami de Gilda Dagyda ! ajouta Victor. Tu crois...

— Je crois que c'est louche, dit William. Je ne vois qu'elle qui puisse arriver à faire monter ce gros tas de poils à bord. Il n'obéit qu'à elle.

— Quand avez-vous dessiné ce bateau, Jean ? demanda alors William.

— Il y a trois semaines, indiqua Jean.

— Soit en gros une semaine après le massacre du groupe de Koï dans la vallée du Guitariste, estima William. Ça colle.

— Qu'est-ce qui colle ? demanda Victor.

— Tout ! Lucas avait raison ! Je parie un million de pièces d'or que ce *Vaisseau fantôme*, qui file incognito sur la côte est, fait une petite escale dans les parages du restaurant *Chez Francis* pour accueillir à son bord des chasseurs. Et la présence de Pollux sur ce bateau signifie que Gilda est dans le coup. »

Tout le reste de la journée et les jours suivants, les garçons scrutèrent désespérément l'océan. Pas de *Vaisseau fantôme*, pas de singe, pas de sorcière.

La théorie de William restait encore à vérifier.

Vendredi matin 28 novembre, à neuf heures. Un vrombissement. Un bateau s'approchait. C'était le *Robert-Louis*. Il fallait se dire au revoir.

« Merci, Jean, pour votre accueil et tout le reste, dit Victor. Je ne suis pas près d'oublier mon séjour au fort Dayrob.

— Moi non plus, dit William. J'espère que l'on se reverra. Vous êtes le grand-père que tous les enfants aimeraient avoir, je vous le jure.

— C'est gentil, les enfants, répondit le vieil homme, la larme à l'œil. On se reverra peut-être un jour. Mais, en attendant que j'annonce ma renaissance, n'hésitez pas à m'écrire. Le pélican postal fonctionne, vous vous en êtes rendu compte.

— Et à quelle adresse on vous écrit ? demanda William.
— À celle-ci, dit Jean en tendant un bout de papier à William. Patrick, le patron de la compagnie *Pélican Aéropostale*, est un ami. Vous l'imaginez, il est dans la confidence à propos de ma fausse mort. Ajoutez juste : " On sait tout". C'est un code entre nous. »

William et Victor lurent l'adresse.
Patrick Pied-de-Poule
Pélican Aéropostale
1, rue des Borgnes-à-crochet.
Les Naufrageurs

Le *Robert-Louis* jeta l'encre à quelques mètres des flancs du fort. La chaloupe *Dernière chance* fut mise à la mer et accosta quelques minutes plus tard. Un marin siffla de toutes ses forces. C'était le signal du retour pour les deux garçons.

« Je ne peux pas vous accompagner, vous comprenez pourquoi, dit Jean. À ce sujet, je vous demande une chose : promettez-moi de ne rien dire à personne sur mon existence. Il est probable qu'un jour je ressuscite, mais je n'ai pas encore choisi la date. Je tiens à ce que ma mort dure encore un peu. J'aime ma tranquillité.
— C'est promis, dit William. Secret absolu !
— Juré, dit Victor.
— Bien. Maintenant, filez, ordonna gentiment Jean. Ouste, je ne veux plus vous voir ! »

William et Victor commençaient à descendre les escaliers de la tour lorsque le vieil homme les rappela.

« Une dernière petite question encore, dit-il, avant que vous ne partiez. Vous préférez quitter le fort avec un cadeau ou sans cadeau ?
— Avec un cadeau ! hurlèrent les deux garçons.

— Cachez-moi ça dans vos sacs, dit Jean en tendant deux petits sacs de poudre avec un clin d'œil. Ne faites pas trop de bêtises avec ! Les chats n'apprécieraient pas ! »

William et Victor foncèrent dans les escaliers, gagnèrent les remparts puis sautèrent dans la chaloupe. Les deux jeunes bannis firent quelques signes discrets d'au revoir à l'attention du pensionnaire de la tour du fort Dayrob.

Derrière le rideau noir, Jean, la gorge serrée, se demandait s'il n'était pas temps de rentrer à Piratopolis. La compagnie des enfants lui avait été tellement plus agréable que celle de ce maudit pélican !

Chapitre 27
Le grand secret de Gilda

GILDA DAGYDA NE TARDA PAS à montrer le bout de sa verrue rougeâtre à la *Taverne du tigre à dents de sabre*. C'était le samedi soir qui suivit le stage de bannissement de William et Victor au fort Dayrob. Il devait être autour de 20 heures quand la sorcière poussa la porte, s'assit à une table et commanda un verre de porto. Elle était sans son singe. Elle avait l'air inquiète.

Comme tous les samedis, Victor donnait un coup de main à la taverne. Aussitôt qu'il aperçut la vilaine Gilda, il demanda à Niôle s'il pouvait faire une pause. Permission accordée.

Victor prit son vélo et pédala jusque chez William. Les deux garçons voulaient à tout prix éclaircir cette histoire de *Vaisseau fantôme*, de singe et de sorcière. C'était l'occasion rêvée. Victor entra sans frapper et gagna la chambre de son ami.

« Pose les *Aventures de Saucisse Man*, lança-t-il, en sueur. L'heure est grave ! Gilda est de retour !

— Et Pollux ? demanda William qui arracha son pyjama et sauta dans son pantalon.

— Pas là !

— Bizarre ! »

Un instant plus tard, les garçons étaient de retour à la

taverne, scrutant depuis les cuisines le moindre geste de Gilda. Pour eux, Gilda avait partie liée avec le *Vaisseau fantôme*. La présence de Pollux à bord en était une preuve indiscutable !

Dans son coin, la sorcière attendait quelqu'un qui, visiblement, ne venait pas. Elle n'arrêtait pas de ronger ses ongles affreux. À bout de patience, elle se leva, avala son porto d'un trait et alla voir Niôle.

Le tavernier répondit à sa question en faisant un signe négatif de la tête.

Gilda quitta la taverne. C'était le moment de la suivre pour savoir ce qu'elle pouvait bien manigancer.

« Qu'est-ce qu'elle t'a demandé, la sorcière ? demanda Victor à Niôle, aussitôt Gilda partie.

— Elle m'a demandé si je n'avais pas vu Pollux aujourd'hui, bande de petits curieux ! répondit Niôle. Pourquoi ? Vous vous intéressez à la voyance, maintenant ?

— Non, non, répondit Victor. Est-ce que ça t'ennuie si je prends une heure ou deux pour aller à la fête foraine avec William ?

— Oui, ça m'ennuie. On a du monde ce soir.

— Je sais, dit Victor. Je comprends. William, tu fonces à la fête foraine avant qu'il ne soit trop tard... Je vais rester.

— On a du monde, reprit Niôle, mais on se passera de toi une heure. Pas plus, d'accord ?

— D'accord ! s'écria Victor en s'engouffrant dans l'ouverture de la porte avec William.

— Et laissez en paix cette vieille chèvre de Gilda ! gronda Niôle. Je sais très bien qu'il n'y a pas de fête foraine ce soir ! »

Moins d'une minute plus tard, le duo était sur les talons de Gilda. La sorcière avançait, le dos courbé, avec sa canne tordue, tout en lançant des regards autour d'elle.

Ils filèrent ainsi Gilda pendant une bonne demi-heure, jusqu'à l'entrée du Parc central. Là, elle passa sous un grillage, se releva et accéléra le pas. Cette vieille chèvre trottinait comme un jeune cabri ! pensa William.

La sorcière enfila un chemin sinueux en direction du lac de la Mort. Cent mètres plus loin, elle plongea la main dans une souche et en retira une chose gluante.

« Maudite limace ! » grogna la sorcière en retirant du creux de l'arbre un animal long comme un concombre.

Puis elle replongea la main et en retira une lanterne. Une allumette craqua dans la nuit. Gilda alluma sa lanterne et reprit sa marche à grandes enjambées.

Sous la pleine lune, la filature dura encore un bon quart d'heure. À un moment donné, un grand corbeau noir frôla les cheveux de Victor, croassa au passage et alla se poser sur l'épaule de Gilda. Victor émit un petit cri. Gilda se retourna, leva la lanterne devant elle, avança de quelques pas vers les garçons. Rien. William et Victor s'étaient fourrés dans un buisson.

Tournant les talons, Gilda reprit sa marche, son corbeau sur l'épaule.

Une maison abandonnée, d'une laideur incomparable, se présenta bientôt. La bâtisse était en bois et en ruine. Son toit de planches était à moitié écroulé. Une haute cheminée fumante montait du toit. La maison avait un grand jardin envahi d'herbes et était entouré d'une barrière métallique.

Gilda poussa le portail rouillé du jardin, puis regarda à nouveau derrière elle de son air soupçonneux. Un chat noir arriva, glissa entre ses jambes et miaula en frottant sa tête contre les chaussures pointues de Gilda.

Le chat, la corbeau et la sorcière traversèrent le jardin et entrèrent dans la maison.

La porte se referma.

Malgré la peur qui leur remuait les entrailles, William et Victor gagnèrent le jardin. Posés sur des piquets, des crânes de vaches, de chevaux, de chèvres et de tas d'autres bestioles servaient de décoration. Des tripes de poulets, de lapins et de cochons pendouillaient, accrochées à des fils. Un épouvantail avec un sabre en travers du ventre et un tricorne défoncé sur la tête les surveillait du coin de son œil unique.

Les deux garçons avancèrent au milieu de ce décor horrible et s'accroupirent sous une des fenêtres. Les volets étaient entrouverts. Ils virent l'ombre de Gilda passer. Son corbeau sur l'épaule, elle montait les escaliers.

Victor tremblait de tous ses membres.

« Nom d'une ragougnasse, murmura Victor, terrifié. Mon cœur va lâcher.

— Tais-toi, pétochard, répondit William.

— Je n'y peux rien si j'ai la trouille, rétorqua Victor.

— Et moi, tu crois quoi ? chuchota William. Je m'adapte.

— Facile à dire ! marmonna Victor. Quand t'as les chocottes, t'as les chocottes. »

William renifla alors. Au début, il avait pensé que c'était l'odeur des tripes d'animaux ou celle de Victor qui transpirait abondamment, mais non. Il constata avec dégoût qu'il pataugeait dans des pommes pourries. Un énorme pommier les dominait de ses branches noires.

« Tu vas m'aider à monter, dit William à voix basse en montrant du pouce le pommier. Je vais regarder ce que fabrique la vieille bourrique.

— Tu ne crois pas que l'on devrait plutôt venir demain ? demanda doucement Victor.

— Non, c'est maintenant ou jamais. Demain, qui sait où elle sera, en mer ou ailleurs... dit William. Allez, fais-moi la courte échelle !

— Attention aux pommes, murmura Victor. N'en fais pas tomber. Ça pourrait l'alerter... »

Victor souleva son compagnon. William mit un pied sur l'épaule de son ami, puis un autre sur sa tête. Au passage, il lui barbouilla le visage avec des morceaux de pommes pourries collés à ses chaussures. Victor maudit William en silence.

William grimpa dans les premières branches sans difficulté. Par précaution, il arracha quatre pommes qui menaçaient de tomber et les glissa dans sa chemise. Il empoigna ensuite une grosse branche qui se dirigeait vers la fenêtre de la pièce où se trouvait Gilda.

Enfin, il gagna un poste d'observation intéressant. Dans une trouée du feuillage, il distinguait parfaitement ce qui se tramait dans cette maison.

La pièce était une salle de bains. Seul problème : assis sur le rebord de la fenêtre, le chat de Gilda regardait dans sa direction d'un air sournois. Le corbeau était à côté du chat, mais regardait vers l'intérieur.

Le chat noir fixa William, dressa l'échine, gonfla ses poils, montra ses dents et miaula d'un air menaçant. Il l'avait repéré !

Sans même réfléchir, le garçon cueillit une pomme qu'il lança de toutes ses forces. Le fruit frappa le ventre du félin de plein fouet.

Sous le coup, le chat bondit un mètre au-dessus du rebord de la fenêtre et planta ses griffes dans le rideau. Surpris, le corbeau s'envola en croassant et se posa en haut d'une armoire.

Gilda accourut, décrocha son chat terrorisé du rideau, regarda dehors et déposa l'animal sur un meuble de la salle de bains.

« Mon pauvre Satanas, tu as eu peur, hein ? dit Gilda. C'est encore ce vilain corbeau qui t'as piqué. Vilain corbeau ! gronda Gilda en regardant l'oiseau au plumage noir. Vilain Diabolo ! »

Une fois les animaux apaisés, Gilda alluma un appareil de

forme ronde et glissa dedans un petit disque argenté. Une musique douce se répandit dans l'atmosphère. Et elle se mit à danser.

Un strip-tease bizarre commença alors. Gilda retira d'abord son foulard de ses cheveux et jeta ses hideuses chaussures contre le mur en riant. Ensuite, la sorcière fit couler de l'eau chaude dans son lavabo et y ajouta un produit vert. Elle secoua l'eau avec une cuillère en bois.

William imagina qu'elle préparait une potion secrète.

Après une minute, Gilda regarda ses mains fripées ornées d'ongles longs, noirs et sales, et fit une grimace épouvantable.

« Pouah ! » dit-elle.

La sorcière plongea ses mains dans la mixture moussante et les frotta abondamment avec une petite brosse. Au bout d'un moment, la vieille femme retira ses mains de l'eau et se les essuya. Ses mains n'étaient plus fripées, plus sales, plus abominables, elles étaient magnifiques !

Ensuite, elle déboutonna son affreuse robe grise et la retira. Dessous, elle en avait une seconde, blanche, splendide.

William se demandait ce qu'il se passait et s'il n'était pas temps de laisser Gilda seule. Regarder cette vieille femme se déshabiller n'était pas un spectacle pour un garçon de son âge. Mais cette histoire de mains laides, puis de mains belles et de robe laide puis de robe belle, l'intriguait. Gilda n'était pas vraiment celle qu'il imaginait.

Il resta sur sa branche. Si les choses devenaient trop intimes, il sauterait de son perchoir.

L'incroyable se produisit alors. Gilda passa ses mains derrière la nuque, tourna sur elle-même au son de la musique, se trifouilla la peau du cou et s'enleva la peau de la tête ! Ce fut en tout cas l'expression que William utilisa pour parler à son ami de ce qu'il avait vu après être tombé du haut de sa branche.

« Cette sorcière est une mutante ! s'écria William. Elle peut s'enlever la peau de la tête !

— Quoi ? ! hurla Victor, la bouche pleine de morceaux de pomme.

— Oui, elle s'enlève la peau de la tête et dessous, elle est...

— Encore plus moche ? suggéra Victor.

— Non, elle est...

— Comme un squelette ? On lui voyait le crâne ?

— Non... Elle est...

— Comme de la ragougnasse ? suggéra Victor, incapable de trouver autre chose de plus dégoûtant et mystérieux à la fois.

— Non ! Elle est belle, belle comme une fée !

— C'est horrible ! hurla Victor en jetant son trognon de pomme. On décampe !

— Plutôt deux fois qu'une ! » confirma William.

Les deux garçons traversèrent le jardin à la vitesse de la lumière. Mais, arrivés au portail, deux silhouettes les attendaient de pied ferme, celles de deux sorcières de petite taille. L'une tenait un balai dans les mains et avait les cheveux ébouriffés. L'autre tenait une grande boîte en fer et portait un chapeau noir pointu. Leurs deux visages étaient barbouillés de charbon.

« Qu'est-ce que vous faites ici ? demanda d'une voix aiguë la sorcière au balai.

— On fiche le camp ! cria Victor. Laissez-nous passer !

— Pas si vite, Victor ! ordonna la sorcière qui portait la boîte.

— Victor ? Vous me connaissez ? demanda Victor.

— Qu'est-ce que vous faites ici ? grinça à nouveau l'autre sorcière. Parlez ou je vous assomme avec mon balai !

— Essaie un peu, pour voir ! pesta William.

— Toi, le joueur de footby qui ne joue pas, tu la boucles ! menaça la sorcière au balai.

— Célia ! Laure ! cria subitement Victor. Qu'est-ce que vous faites, déguisées en sorcières ?

— C'est vous ? demanda William.

— Eh oui, c'est nous, bande d'andouilles ! grommela Célia, la sorcière au balai. C'est plutôt à vous de nous dire ce que vous complotez dans le coin ! Vous venez voler les pommes de Gilda, on dirait ! ajouta Célia en regardant la chemise bosselée de William. Voleur !

— Voleur ? Jamais de la vie ! s'écria William. Je les ai mises là pour qu'elles ne tombent pas ! »

Il jeta les pommes par terre.

« Gilda n'est pas une sorcière ordinaire ! claironna Victor. C'est une mutante ! William l'a vue s'enlever la peau de la tête ! Vous feriez mieux de faire demi-tour vite fait avec nous !

— S'enlever la peau de la tête ! répéta Laure d'un ton gêné. Bande d'andouilles ! Vous avez vu...

— Oui, ils ont vu, les filles, dit alors une voix qui venait du jardin. Je ne les ai pas vus me suivre. »

Gilda arriva à hauteur des enfants. Elle n'avait plus son visage ridé et ses cheveux abominables. C'était une femme superbe, avec de longs cheveux ondulés, de grands yeux qui brillaient dans la nuit, un visage fin et lisse sans verrue et un somptueux sourire plus du tout édenté. Elle n'avait rien d'une mutante.

« Je crois qu'il est temps de leur dire le grand secret. Mon grand secret... souffla Gilda.

— Tu es sûre ? demanda Laure d'un air navré.

— Oui, dit la femme, mais on sera mieux à l'intérieur pour parler de tout ça. »

Gilda et les enfants gagnèrent l'étrange demeure. Ils s'installèrent à l'étage, dans le salon. Une théière fumait et une grosse boîte de gâteaux au chocolat s'offrait à l'œil de Victor.

« Je t'en prie, sers-toi, dit Gilda en posant sa main sur l'épaule du garçon. Mes gâteaux ne sont ni empoisonnés, ni envoûtés. À ce propos, Laure, tu m'as apporté ce que je t'ai demandé ?

— Oui, c'est dans la grande boîte en fer, sur le réfrigérateur.

— Merci, ma petite sorcière, dit Gilda en passant ses doigts dans ses superbes cheveux roux pour finir de les remettre en ordre. Je commençais à manquer de matériel. »

Gilda ouvrit le paquet et en sortit un des gros cœurs sanguinolents qu'elle contenait puis le reposa dans la boîte.

« Ça me répugne, vous ne pouvez pas imaginer ! grimaça Gilda en glissant la boîte dans le réfrigérateur.

— Si, si, dit Célia en faisant une moue dégoûtée. J'arrive à imaginer sans aucun problème.

— Et à quoi ça vous sert ? demanda Victor qui croquait dans un gâteau au chocolat.

— Je suis une sorcière traditionnelle. Je n'ai pas de baguette magique. Les cœurs, c'est pour les envoûtements. Je plante des aiguilles dedans, je prononce quelques paroles que personne ne comprend et hop ! ça envoûte. Je préfère utiliser les figurines en plâtre, en pâte à sel ou en paille, mais ça impressionne moins mes clients ! Ils en veulent toujours plus dans l'horreur ! Du sang ! Toujours plus de sang !

— C'est la mode ! dit Victor.

— C'est surtout mon métier, répondit Gilda en s'asseyant à son tour à la table. Il en vaut un autre.

— Oui, comme votre nom ! » lança William d'une voix malicieuse.

Célia et Laure jetèrent un regard destructeur à William.

« C'est vrai, dit la femme en servant du thé à tout le monde. Gilda Dagyda est un nom d'emprunt.

— Gilda ! dit Célia, un peu affolée. Je suis prête à parier mon balai que ces deux nigauds seront incapables de garder le secret si tu leur révèles qui tu es.

— Elle n'est pas croyable, celle-là ! s'exclama William, furieux. Tu crois que tu es la seule à connaître des secrets ? Sorcière d'occasion !

— Joueur fantôme ! répliqua Célia.

— Si vous arrêtiez de vous disputer, tous les deux, dit Laure. On n'entend que vous. C'est à Gilda de décider.

— Ma décision est prise, Célia, dit Gilda en lui lançant un regard doux et confiant. Mais avant cela, les garçons, sachez que Célia et Laure sont les deux seules personnes à connaître mon identité exacte. L'amitié qui nous a unies au cours des stages d'essai du métier de sorcière m'a un jour convaincu que je pouvais leur révéler qui j'étais réellement. En échange, elles ont promis de garder mon secret. J'attends la même chose de vous.

— Vous étiez en stage de sorcière ? coupa Victor, interloqué.

— Eh oui ! dit Laure. Tu crois qu'on s'habille comme ça pour rigoler ?

— Pourquoi pas ? ricana William. La sorcellerie, moi, ça me fait bien rigoler !

— Et moi, dit Célia d'un ton sec, je trouve amusant qu'un monsieur qui vient de changer de planète comme par magie en passant dans la Turbine du démon ne croie pas à la sorcellerie !

— Gnagnagna ! dit William, à bout d'arguments. Tout ça, c'est des sornettes pour les vielles bonnes femmes et les poules à perruque comme toi ! »

Célia leva sa tasse de thé, prête à la lancer à la figure de William. Gilda lui attrapa le bras et lui fit signe de se rasseoir.

« Avant que ces deux-là s'entre-tuent, si on passait au grand secret ? proposa Victor, exaspéré. Moi, je promets de ne rien dire.

— Moi aussi, dit fermement William en jetant un regard noir à Célia, qui lui rendit.

Le grand secret de Gilda

— Voilà, dit Gilda. Le grand secret, c'est mon vrai nom, vous l'avez compris. Gilda n'est pas Gilda. Gilda est Wendy. Et Gilda Dagyda est Wendy Warrec ! Je suis la femme de Worral. »

Chapitre 28
Le retour du vrai maître

Ainsi, sous l'affreuse sorcière Gilda Dagyda, se cachait l'éblouissante Wendy Warrec, l'épouse de Worral, le plus effroyable capitaine de la Nature que le monde pirate ait connu.

Cloué sur place, William en lâcha sa tasse, qui éclata au sol. En face de lui, Victor sursauta et rata sa bouche : il se fourra un gâteau au chocolat dans le nez.

« Ça alors ! La femme de Worral Warrec ! s'écria William. Tout le monde vous croit noyée !

— Je sais, dit Wendy tristement. Mais l'océan n'a pas voulu de moi...

— Mais pourquoi avez-vous fait ça, Wendy ? demanda Victor d'une voix tremblante.

— Je ne vous cache pas qu'après tous les événements horribles qui se sont déroulés il y a une dizaine d'années, expliqua Wendy, le bannissement de mon mari, entres autres, ma vie avait un goût amer. J'allais souvent au bord de l'eau pour oublier mon chagrin. Un soir de tempête, je me suis approchée trop près du rivage. Une vague m'a emportée, mais j'ai réussi à m'en sortir, je ne sais pas encore comment. Ce n'était pas mon jour, comme on dit. Quand je suis revenue à moi, l'idée m'est venue de faire naître Gilda, mon double. Cette vieille sorcière m'a permis de construire une nouvelle vie, de rencontrer des gens et de me faire des amies, dit Wendy en jetant un regard à Laure et Célia.

— Et aujourd'hui, c'est Gilda qui est noyée, ajouta Célia d'un air énigmatique.

— Noyée ? demanda Victor, abasourdi. Qu'est-ce que tu racontes ?

— Oui, elle a raison, Gilda est noyée, dit Wendy. Noyée sous les problèmes. »

Un long silence s'ensuivit.

« Vous n'avez plus assez de clients pour vivre ? demanda William.

— Justement, c'est tout le contraire ! dit Wendy. Les gens n'ont jamais autant cru à la sorcellerie. Heureusement, les filles m'aident.

— Je fabrique les figurines d'envoûtement, les colliers de cailloux magiques et j'achète les clous, dit Célia.

— Moi, je m'occupe de fournir des pierres, des tripes, des os, des plumes et des cœurs d'animaux, continua Laure. Comme ça, Wendy a du temps pour mener son enquête...

— Laure ! gronda Célia. T'es pas obligée de tout dire à ces voleurs de pommes ! »

Il y eut à nouveau un long silence.

« Son enquête ? demanda William, intrigué.

— Ça n'a pas d'importance, Célia, rassura Wendy. On peut le leur dire : je cherche Pollux. Je ne sais pas où il est parti. Cela fait presque un mois que mon singe s'est envolé.

— Il ne s'est pas envolé ! s'écria Victor. Il navigue ! »

William fusilla du regard son gros ami.

« Qu'est-ce que j'ai encore dit ? s'inquiéta Victor.

— Tu n'es pas obligé de tout dire à ces secoueuses de baguettes ! avertit William en reprenant le ton acide de Célia.

— Alors ? demanda Célia, indifférente à cette nouvelle attaque. Cette histoire de navigation ?

— Pollux va bien, dit William. Il ne faut pas s'en faire pour lui.

— Il fait du bateau, ajouta Victor. Il est même très doué.

— Hilarant ! commenta Célia.

— Oui, désopilant ! ajoura Laure. Tu crois ça malin, d'inventer des idioties pareilles pour faire de la peine à Wendy ?

— C'est pas des idioties ! rétorqua Victor.

— Je suis d'accord avec les filles, dit Wendy. Je ne trouve pas ça drôle. Tout le monde sait que les doubles-gorilles, et Pollux en particulier, ont horreur de l'eau.

— Quelqu'un de notre connaissance a vu Pollux à bord d'un grand navire, un point c'est tout, dit Victor.

— Et qui est donc ce mystérieux quelqu'un ? demanda Célia d'un air narquois. L'ivrogne du coin ? Un homme que tu as assommé d'un seul coup de poing ? »

William ne put s'empêcher de rire. Victor lui lança un regard vexé.

« On a promis de garder son identité secrète, comme vous avec Wendy, assura William.

— J'avoue ne pas trop croire à cette histoire, dit Wendy. Avant d'être sorcière, j'étais vétérinaire. Je connais bien le comportement des animaux. Mais bon, admettons que mon gros singe qui a horreur de l'eau fasse du bateau. Où est-ce que ce mystérieux quelqu'un l'a vu, que je file le récupérer ?

— Si on vous le dit, vous allez deviner qui est notre mystérieux quelqu'un, s'excusa William. On n'en dit pas plus.

— Ce n'est pas difficile à savoir, dit d'un seul coup Laure, un grand sourire aux lèvres. Je sais où vous étiez ces derniers jours. Ce quelqu'un habite forcément le fort Dayrob ! Lou m'a dit ce matin, à la boucherie, que vous aviez choisi un stage de bannissement là-bas ! »

Les garçons étaient sidérés. Laure était déjà au courant. Et une autre surprise les attendait.

« Vous avez rencontré Jean ! s'exclama brusquement Wendy.

— Jean ? Mais il est mort ! dit Victor qui mentait mal.

— Jean est tout ce qu'il y a de plus vivant. N'oublie pas que je suis une sorcière itinérante et que j'ai des yeux et des oreilles partout.

— Vous avez deux yeux et deux oreilles comme tout le monde, dit William. Sorcière ou pas sorcière.

— Tu crois ça ? Détrompe-toi William. J'ai des clients dans chaque village du pays. Ils n'ont pas de secrets pour moi. Ils me racontent tout. L'un d'entre eux habite Les Naufrageurs, dit Wendy dans un sourire. Un certain Patrick Pied-de-poule, ce nom ne vous dit rien ? »

Victor et William firent non de la tête, sans grande conviction.

« Peut-être faut-il que je vous précise qu'il possède la compagnie *Pélican Aéropostale*, dit Wendy d'une voix amusée. L'un de ses oiseaux, un dénommé Alfred, refusa un jour de décoller. Selon Patrick, il était envoûté et il fallait le désenvoûter, car, selon lui, ce pélican était "le seul à connaître l'itinéraire jusqu'au fort Dayrob..." Je lui ai promis de garder le secret. Alors, et mon Pollux ? » s'inquiéta Wendy en avalant une gorgée de thé.

William et Victor se disputaient en chuchotant. William menaça Victor de le traiter de bouffi toute sa vie s'il lâchait le nom du *Vaisseau fantôme*...

« Il y a trois semaines, au large du fort Dayrob, votre gorille était à bord d'un grand bateau, dit William. Jean a peint cette scène sur son journal de bord.

— On pensait que Pollux n'obéissait qu'à vous et que vous étiez à bord de ce bateau, compléta Victor. On vous a suivie pour élucider ce mystère.

— Il n'y a plus de mystère, dit Wendy d'une voix sombre. Jean a bien vu Pollux à bord d'un bateau et je ne vois qu'un marin qui puisse naviguer avec mon cher singe au large du cap des Tempêtes. Pollux a retrouvé son maître.

— Son maître ? demanda William.

— Oui, son vrai maître », confirma Wendy, accablée.

Wendy faisait allusion au père adoptif de Pollux. L'homme qui l'avait élevé après l'avoir trouvé quand il était petit, dans la jungle, à côté des cadavres de ses parents doubles-gorilles. Wendy comprenait tout, maintenant. Un mois auparavant, Pollux lui avait paru très agité. Elle ne l'avait jamais vu comme ça. Il venait à la maison, repartait une heure après, il revenait, repartait... Comme s'il hésitait. Le double-gorille avait finalement choisi de partir avec son vrai maître.

« Mais qui est son vrai maître ? demanda William.

— La seule personne que Pollux accepterait de suivre n'importe où, jusque sur l'océan. La seule personne à qui Pollux obéit davantage qu'à moi.

— Mais de qui parles-tu, Wendy ? demanda Célia, impatiente.

— Ah ! Quelle bourrique je suis ! dit-elle, les mains sur le visage. Un de mes clients m'avait pourtant à moitié avoué... Quelqu'un que tout le monde redoutait était de retour à Piratopolis... Il me parlait de trafics louches, de choses qui se passaient en mer... Je n'osais pas croire ce qu'il me laissait deviner... Je pensais qu'il était fou...

— Par hasard, votre client, ce ne serait pas un gros chauve, le crâne tout pelé, avec une cicatrice sur le visage et un collier de cailloux ? » demanda William.

William se souvenait bien du bonhomme. Une première fois, il l'avait vu se disputer avec un gars blond qui portait une peau de mouton, devant la *Taverne du tigre à dents de sabre*. Une seconde fois, il l'avait vu discuter avec Gilda.

« C'est bien lui, répondit Wendy. Bruce Wallace, dit Tête cuite. Une satanée fripouille, doit travailler avec le vrai maître de Pollux.
— Qui est son vrai maître, Wendy ? demanda Célia, la curiosité à vif.
— Mon mari, dit la femme. Le vrai maître de Pollux n'est autre que mon mari. Worral...
— Worral est en vie ? dit Célia.
— Worral est de retour ? dit Laure.
— Worral est ici ? dit Victor.
— Worral s'en est sorti ? dit William.
— Worral a survécu, répondit Wendy, et c'est une épouvantable nouvelle pour tout le monde. »

Chapitre 29
Le Vaisseau fantôme

WILLIAM ET VICTOR APERCEVAIENT LES DEUX TOURS du port de Piratopolis. Les garçons venaient de quitter Wendy Warrec, alias Gilda Dagyda, et se dirigeaient vers la *Taverne du tigre à dents de sabre*. Ils étaient encore sous le choc de la nouvelle : Worral Warrec était de retour !

« Il nous reste à trouver le *Vaisseau fantôme*, et l'on trouvera Pollux et Worral Warrec, récapitula William en arrivant au port.

— Oui, confirma Victor. Et Worral sera bon pour les galères...

— Pas pour les galères, le reprit son ami d'un ton assuré, mais pour l'île de la Solitude !

— D'accord, mais à condition que l'on ait des preuves que ce bateau... »

Victor s'interrompit, comme figé d'horreur. Tel un spectre, perçant la brume, fendant l'eau luisante du port, la coque blanche d'un grand bateau de pêche surgit entre les deux tours. William leva les yeux. Il aperçut alors un ami, un ami velu, un gros ami velu.

Perché sur le toit de la timonerie du bateau de pêche, immobile, les narines au vent, Pollux entrait dans le port comme un prince de retour de conquête.

Quelques secondes passèrent, et les garçons purent lire les lettres qui couvraient l'arrière du navire : *Le Vaisseau fantôme*.

William et Victor se jetèrent un regard effaré.

« Ça, c'était pas prévu au programme ! » s'écria Victor.

Les événements se précipitaient.

À peine arrivés, les matelots du *Vaisseau fantôme* sautèrent sur le quai. Sitôt à terre, ils se mirent à charger des marchandises. Pas une caisse de poissons ne sortit des cales du chalutier ! Tout ça était anormal pour un tel bateau, assura Victor à William.

Les garçons observèrent ce drôle de manège quelques instants, à bonne distance, en se demandant quoi faire.

Prévenir Lucas ? Impossible. Il était en mission dans la plaine du Gros-Bloc pour enquêter sur le dernier carnage. Lou ? Niôle ? Jackie ? Non plus. Ils les prendraient pour des plaisantins.

Alerter la Brigade de répression des trafics illicites ? Trop tôt. Si la brigade ne trouvait rien à bord, donc rien à reprocher à Worral, le duo passerait pour de fichus enquiquineurs. On n'arrête pas un homme juste parce qu'il promène son singe sur la mer.

William avait la certitude qu'il fallait d'abord vérifier par eux-mêmes la cargaison du *Vaisseau fantôme*. Si jamais des fusils et des balles blindées se trouvaient à bord, ils pourraient alors contacter la brigade !

William proposa à son ami de visiter les cales du navire, ni plus ni moins.

« Non, non et non ! martela Victor. Il est onze heures ! J'ai déjà plus de deux heures de retard. Niôle et Jackie vont me passer un savon de tous les diables !

— À minuit ! proposa William.

— Non, je te dis ! Demain, si tu veux...

— Toujours demain ! Mais il sera trop tard. *Le Vaisseau fan-*

tôme aura sûrement appareillé. Tu as vu comment les gars s'activent sur le quai ? Ils ont le feu aux fesses. Ils vont partir avant l'aube, c'est sûr !

— Peut-être, mais là, c'est moi qui pars ! »

Victor ne voulait pas en savoir davantage. Il fonça à la taverne. William le suivit au galop.

Parvenu sous l'enseigne du *Tigre à dents de sabre*, William repartit à l'attaque.

« À minuit, allez ? insista-t-il d'un ton implorant.

— Ni à minuit, ni jamais, si tu continues ! répliqua Victor.

— Comme tu voudras, finit par lâcher William avec agacement. Mais dis-toi bien que si un jour tu me demandes de faire quelque chose pour sauver Niôle ou Jackie de la panade, eh bien, moi, je ne te dirai pas non !

— De quelle panade parles-tu ? demanda Victor.

— Si Lucas n'arrive pas à arrêter les trafiquants très vite, tu crois qu'il va rester longtemps capitaine de la Nature ? Non. Lucas est à deux doigts de prendre la loi 12 dans les dents ! Lou m'a expliqué que les pirates des brigades sous les ordres de Lucas parlaient entre eux d'un vote sur-le-champ. »

En tant que capitaine de la Nature, Lucas commandait quatre brigades : la Brigade des récolteurs de crottin, celle de la protection de la faune et de la flore, celle de la propreté des eaux et celle des énergies renouvelables. Parmi les demandeurs du vote « sur-le-champ », il y avait Karl von Lavache, le chef de la Brigade des récolteurs de crottin, son capitaine en second. Karl lorgnait le poste de capitaine de la Nature depuis plusieurs années déjà. Le premier moment de faiblesse de Lucas lui offrait une chance inespérée... Lucas n'avait toujours pas arrêté les chasseurs. Les partisans de Karl von Lavache étaient chaque jour plus nombreux.

« Par le passé, confia William, j'ai déçu beaucoup de gens qui avaient cru en moi. Aujourd'hui, j'ai l'occasion de faire quelque chose de bien. Lucas m'a sauvé des pattes d'un longues-griffes quand j'ai atterri dans ce monde. Je ne l'oublierai jamais. Je dois tout faire pour l'aider à garder son poste de capitaine. Le navire de Worral est à quai. Il faut profiter de ce moment pour fouiller les cales de son chalutier. Qui nous dit que l'on aura une autre occasion aussi belle de le faire ? »

Doucement, Victor fléchissait face aux arguments de son ami.

« Je comprends, dit-il. Mais...

— Victor, continua William, tu es un marin dans l'âme, tu as fait du bateau. Si quelqu'un ici connaît les bateaux comme sa poche, c'est bien toi, non ?

— C'est vrai, concéda Victor. Et mon père était marin-pêcheur... Je connais bien ce genre de chalutier de haute mer... *Le Vaisseau fantôme* ressemble assez aux gros chalutiers qui pêchent sur les bancs de Terre-Neuve, chez moi, au Canada

— Tu es le mieux placé pour m'aider à dénicher des preuves qui sauveront peut-être Lucas. »

Victor se sentait flatté par les paroles de William.

« Mon ami ! dit soudain William d'une voix vibrante. Dans la vie, il y a les petits tracas et les grandes causes. Ce soir, c'est une grande cause. Alors, que dit le courageux Canadien ?

— Il dit que c'est d'accord ! souffla Victor. Mais juste un détail en passant, monsieur le sauveur du capitaine Dooh ! Comment comptes-tu passer inaperçu à bord ? Hein ? Tu vas demander à Laure ou à Célia de te transformer en gilet de sauvetage géant ?

— Pour ça, j'ai mon idée, assura William. Une idée de génie...

— Un idée de génie ! Et puis-je la connaître, cette idée de génie ? demanda Victor, inquiet. Je te rappelle que ta dernière idée de génie m'a valu une semaine de bannissement !

— Fais-moi confiance. Rendez-vous à minuit dans ta chambre. Je te dévoilerai mon plan, lança William.
— À minuit ! dit Victor. Maudit sois-tu ! »
Victor entra dans la taverne en pensant au savon qu'il allait recevoir.

Chapitre 30
Retour chez Gladys

À MINUIT, WILLIAM PASSA derrière la *Taverne du tigre à dents de sabre* et grimpa à l'échelle de secours jusqu'à la fenêtre de la chambre de Victor. Il frappa à la vitre. Victor ouvrit.

« Et ton savon ? s'enquit William.

— Mon savon ? Ah, oui ! Moins décapant que prévu..

— Tant mieux !

— Mais qu'est-ce que tu fais avec ton sac ?

— Mon sac ? C'est rien, dit William d'une voix innocente. Allez, on file...

— On ne file pas tant que tu ne me dis pas ce que tu fais avec ce sac à dos sur l'échine ! »

Victor croisa ses bras sur la poitrine, leva les yeux au plafond et se mit à siffloter, pour montrer qu'il ne bougerait pas d'un millimètre tant que son ami ne lui en dirait pas davantage.

« Je ne peux pas te le dire.

— J'attends, dit Victor. Tu m'a dis que tu me dévoilerais ton plan, non ? »

Il y eut un long silence.

« Bon, voilà. Tout à l'heure, j'ai oublié de te dire que j'avais un plan B au cas où le plan A ne marcherait pas.

— Quel plan A ? Quel plan B ? s'étrangla Victor.

— Plan A : on fouille les cales du *Vaisseau fantôme*. Si on trouve des trucs louches, fusils et tout ce qui va avec, on file voir la Brigade de répression des trafics illicites. Mais si on ne trouve rien, je passe au plan B.

— Tu passes au plan B ?

— Je pars en voyage à bord du *Vaisseau fantôme*, jusqu'au repaire des chasseurs.

— Le repaire des chasseurs ? répéta Victor. N'importe quoi !

— Non ! S'il n'y a rien à bord, il faut trouver l'endroit où ils vivent et d'où ils partent à la chasse dans la Zone mystérieuse.

— Ah oui ! Et qu'est-ce que tu vas manger pendant le voyage ? Le capitaine va t'inviter à sa table, c'est ça ?

— J'ai des rations de survie. Lucas en a des centaines qui lui servent pour ses expéditions. Avec ça, je pourrais tenir une semaine et...

— Et c'est du suicide ! coupa Victor. Ton plan A, c'est de la folie. Mais ton plan B, c'est carrément du suicide.

— Du suicide ? Pourquoi ?

— Toi ? En mer ? rigola Victor. Tu plaisantes. Tu ne peux pas regarder une vaguelette sans vomir. Je me souviens, moi, de la tête que tu avais à bord du *Robert-Louis*. On aurait dit que tu avais avalé une paire de rames !

— Merci, Victor, mais le mangeur de rames te dit que ce n'est pas du suicide. C'est juste une balade en mer et c'est surtout la seule solution si on ne trouve rien dans le navire ce soir...

— Tu es fou, s'écria Victor. Si tu fais ça, je... je... je pars avec toi, tu entends ? Je pars me suicider avec toi et tu auras ma mort sur la conscience !

— Je n'en attendais pas moins de toi, répondit William avec un sourire. Merci, et n'oublie pas ton sac à dos ! »

Dix minutes plus tard, les deux amis arrivèrent pour la seconde fois de leur vie devant le magasin le plus étrange de Piratopolis, *Piratos extremos*. Cet établissement pour aventuriers était par chance ouvert 24 heures sur 24, sept jours sur sept. Avant de sauter dans les cales du *Vaisseau fantôme*, il fallait qu'ils complètent leur équipement avec du matériel très spécial que l'on ne pouvait trouver que là. C'était la fameuse idée de génie de William.

« Je n'arrive pas à croire que je suis ici ! s'étonna Victor d'un ton bourru, son sac à dos sur les épaules. Je suis vraiment curieux de connaître ton idée de génie qui va nous permettre de passer inaperçus à bord du bateau ?

— Deux manteaux caméléons, annonça William en poussant la porte.

— Excellente idée, admit Victor. Mais juste une question, sans vouloir jouer les casse-pieds : quatre pièces d'or et sept pièces d'argent à nous deux, ce ne serait pas un peu léger pour acheter deux vêtements à mille pièces d'or chacun ?

— Ne t'inquiète pas, j'ai une autre idée de génie, pour nous procurer ces manteaux... »

La porte du magasin se referma derrière eux en produisant une sonnerie stridente. Une minute plus tard, Gladys Garcia, la patronne, en chemise de nuit, ses lunettes fumées sur le nez, arriva. Elle se plaça face aux garçons et attrapa la cravache électrique dissimulée derrière son comptoir.

« Bonsoir, dit William en jetant un œil sur un manteau qui pendait sur un cintre au-dessus d'elle.

— Qu'est-ce que c'est ? demanda-t-elle d'une voix agressive, sans répondre à son bonsoir.

— Re-bonsoir, Madame, insista William d'une voix douce. Je voudrais savoir si vous vendez des manteaux caméléons à petit prix ?

— Petit prix ? Connais pas !
— Même des occasions en mauvais état ? suggéra William d'un ton aimable. Nous ne sommes pas très riches et...
— Des occasions ? coupa la femme. La seule occasion que je vous laisse, c'est celle de partir d'ici en vitesse avant que... avant que je sois de mauvaise humeur... »

Victor jeta un regard terrorisé à William. Son ami lui sourit en tapotant son avant-bras pour lui signifier que tout allait bien malgré les apparences.

« Très bien, dit-il. Alors, est-ce que l'on peut vous louer deux de ces superbes manteaux caméléons ? proposa William.
— Cent pièces d'or la semaine. Envoyez la monnaie !
— On a quatre pièces d'or et sept pièces d'argent, est-ce que ça suffit pour une heure ? demanda-t-il.
— Je vois, dit Gladys. Fichez-moi le camp immédiatement. J'ai pas de temps à perdre avec des fauchés dans votre genre ! Dehors ou sinon... »

Sous son comptoir, Gladys serra sa cravache électrique.

« On a juste besoin de ces deux manteaux pour une heure, implora William. Soyez gentille...
— La dernière fois que j'ai été gentille, c'était du temps des dinosaures. Dehors, ou sinon... »

Gladys souleva sa cravache électrique.

Les garçons échangèrent un regard désespéré.

« Il n'y a vraiment aucune solution, Madame ? » demanda gentiment Victor.

Il espérait secrètement qu'il n'y en aurait pas.

« Il y en a peut-être une, dit Gladys en se grattant la gorge. Ça dépend de vous... »

La femme lâcha un mauvais sourire. Victor transpira abondamment.

« Quelle solution ? demanda William avec un regard inquiet.

— Faites tous vos stages d'essai de métier, passez toutes vos vacances et tous vos week-ends ici. Pendant six mois. En échange, je vous prête deux manteaux caméléons pour une semaine, proposa Gladys.

— Rien que ça ! s'exclama Victor, absolument certain que William ne pourrait accepter un marché pareil.

— C'est à prendre ou à laisser, dit Gladys. Vous avez une minute pour vous décider.

— Et qu'est-ce qu'on fera pendant ces six mois ? demanda William à tout hasard.

— Du nettoyage. Ma boutique a besoin d'un petit coup de chiffon, vous ne trouvez pas ? Les femmes de ménage et les stagiaires refusent de venir ici. Je ne comprends pas pourquoi. »

Eux comprenaient très bien pourquoi. Ils jetèrent un regard dégoûté sur le fatras d'objets poussiéreux et crasseux qui encombraient le magasin. La mine défaite, ils scrutèrent à nouveau le visage imperturbable de madame Garcia.

« Alors ? demanda-t-elle en posant sa cravache électrique sur le comptoir. Plus que vingt secondes.

— Tu te rends compte ? chuchota Victor, la main en paravent sur le côté de la bouche. Tous nos stages, toutes nos vacances et tous nos week-ends... Six mois à respirer la poussière et à regarder cette trogne horrible !

— C'est vrai qu'un petit tour dans un institut de beauté ne lui ferait pas de mal, confessa William.

— Et dans un institut de bonté aussi ! Quelle peau de vache ! lança Victor. Pas question que je sacrifie six mois de ma vie !

— Je suis d'accord, marmonna William. Six mois, c'est trop long. En plus, il faudrait que je dise adieu aux leçons de pilotage de mouchocoptère.

— Et adieu aux matchs de footby !

— Plus que dix secondes ! hurla Gladys.

— Plus rien d'autre que l'école et le ménage ! s'indigna Victor. Désolé, je ne peux pas...

— Moi non plus, je ne peux pas.

— Cinq secondes ! gémit Gladys. Quatre... Trois... Deux... Un...

— C'est d'accord pour tous les deux ! » lâcha William en se posant les mains sur la tête pour se protéger de la pluie de coups qu'il se préparait à recevoir.

Les yeux de Victor lancèrent des éclairs de stupéfaction, mais il fut incapable de lever le petit doigt ! William était vraiment prêt à tout pour sauver le poste de Lucas !

« Marché conclu ! » grogna Gladys en claquant violemment sa cravache sur le comptoir.

Les deux garçons sursautèrent.

« Marché conclu, reprit-elle, mais pas d'entourloupe ! Sinon, vous aurez affaire à Miss Électrique ! »

La femme demanda leur taille aux garçons et partit au fond du magasin. Elle ouvrit un gros cadenas qui fermait la porte d'une armoire blindée et en sortit deux manteaux. Ils étaient de couleur marron clair et pourvus d'une grande capuche. Les manches se terminaient par des gants, le bas des manteaux couvrait largement leurs chaussures.

Un peu honteux d'avoir forcé la main de son ami, William n'osait pas regarder Victor, qui secouait la tête d'incrédulité en refermant la fermeture à scratch de son manteau.

William trouva le manteau caméléon léger, confortable et chaud. Victor aussi.

Gladys leur expliqua le fonctionnement de ces vêtements d'une voix bizarrement douce.

« Ce n'est pas compliqué, dit-elle. Dès que vous enclenchez la fonction caméléon, ou fonction mimétique, avec ce bouton rond dans votre col, le manteau se met à mimer la couleur de son environnement. Les milliers de petites écailles qui le couvrent reproduisent la couleur qui vous entoure à condition que la matière du manteau soit en contact avec la matière à imiter. »

Le manteau caméléon avait été élaboré sept ans plutôt par le Centre de conception des vêtements hors norme. Au départ, cette tenue servait à approcher les animaux dangereux afin d'étudier leur comportement. Des milliers de capteurs de couleurs reliés à des fibres optiques étaient dissimulés sous la surface du vêtement. Les pigments colorés qui remplissaient les écailles agissaient comme ceux de la peau d'un caméléon. Cette ressemblance était à l'origine de la dénomination de ce manteau.

« Suivez-moi », ordonna Gladys, constatant que les deux garçons étaient prêts pour les essais.

William et Victor firent le tour du comptoir et lui emboîtèrent le pas. Elle les conduisit dans une pièce pour le moins étrange. Le sol était pour un tiers constitué d'un mélange de sable et de gravier, pour un tiers d'herbe synthétique d'un vert criard et pour un tiers de détritus ménagers. L'un des murs était rayé de noir et de blanc, l'autre était moitié rouge et moitié jaune, le suivant était rose avec des petites taches vertes. Le dernier était tapissé d'un motif ridicule : des petits cochons violets jouaient à saute-mouton dans une prairie de pâquerettes.

« Vous, le gros, allongez-vous au sol, dit Gladys. Et allumez votre fonction caméléon.

— Qui ? Moi ? demanda Victor.

— Oui, vous ! grommela la femme. Vous voyez un autre gros dans cette pièce ? »

Rouge de colère, Victor enclencha la fonction mimétique et s'allongea sur le sable.

Tout son manteau reproduisit l'aspect du sol.

William n'en revenait pas. C'était magique !

« Bon, roulez sur vous-même, maintenant », dit-elle à Victor.

Sans dire un mot, Victor passa sur l'herbe synthétique et devint vert.

« Roulez encore ! »

Sans demander son reste, Victor roula sur les détritus. William étouffa un rire.

« Levez-vous, ordonna Gladys, et rasez les murs. »

Victor se releva, il était toujours en détritus. Lorsque le manteau ne touchait aucune matière, il gardait son dernier aspect.

Quand Victor toucha de son dos le mur noir et blanc, il devint zébré, puis il glissa sur la droite, devint rouge, puis jaune, puis toujours jaune sur fond rose et taches vertes !

« Voilà l'erreur ! s'exclama soudain Gladys. N'allez pas trop vite, bon sang ! Laissez le temps au manteau de s'adapter à sa nouvelle couleur. Un caméléon n'est jamais pressé ! »

Victor recula, se plaça contre le mur jaune, avança tout doucement. La moitié arrière de son corps était bien jaune, mais l'autre moitié était rose avec de belles taches vertes. Victor continua sa lente progression, passa enfin aux petits cochons violets et à la prairie de pâquerettes.

En voyant le dernier motif inscrit sur Victor, William éclata de rire.

« À vous ! » hurla Gladys pour William, qui arrêta aussitôt de se moquer de son ami.

Victor éclata de rire trois minutes plus tard quand, à son tour, William devint un amas de pâquerettes et de petits cochons violets.

« Parfait, conclut Gladys, heureuse de constater que les deux vêtements fonctionnaient à merveille. Prenez-en soin, c'est une location et pas une vente. Si vous me les abîmez, je vous abîmerai aussi. Est-ce clair ?

— Très clair, répondirent simultanément les deux garçons.

— Bien, dit Gladys. Allez ! Filez ! Et attention, vous n'avez que vingt-quatre heures.

— Vingt-quatre heures ? demanda William en éteignant la fonction caméléon de son manteau. Je pensais que nous avions une semaine. »

Gladys secoua la tête de dépit.

« Je parlais de l'autonomie de vos manteaux, bougre d'âne ! Vos manteaux ont vingt-quatre heures d'autonomie. Alors, pensez à les éteindre dès que le danger est passé.

— Sinon ? demanda William.

— C'est tout bête : vous tomberez en panne, expliqua Gladys. Les piles des manteaux n'ont qu'une vingtaine d'heures de fonction caméléon. Un compteur logé dans le col vous permet de voir combien de temps il vous reste en fonction caméléon. Attention, passé ce délai, il faut recharger les piles ou les changer.

— Et ça coûte cher, de nouvelles piles ? demanda Victor qui trouvait que vingt-quatre heures d'autonomie, c'était peu.

— Deux cents pièces d'or ! proposa Gladys. Ça vous intéresse ?

— On va essayer de s'en passer, dit Victor. Notre emploi du temps est déjà complet pour les six prochains mois. »

De retour au port, dissimulés derrière un tas de barriques de rhum, les deux garçons avaient en ligne de mire le *Vaisseau fantôme*. William regardait avec appréhension leurs deux gros sacs à dos déposés à côté d'eux et remplis à bloc.

« Maintenant que l'on a tout ce qu'il faut pour fouiller le navire sans risquer d'être repérés, dit-il, je me demande comment on va grimper à bord avec tout notre bazar !

— Ça, c'est mon affaire, dit Victor. Moi aussi, j'ai mon idée de génie. »

Chapitre 31
À l'abordage !

IL ÉTAIT PRÈS D'UNE HEURE DU MATIN. Dans la nuit brumeuse, le long du quai n°7, William et Victor apercevaient le ballet des marins qui chargeaient des marchandises à bord du *Vaisseau fantôme*. Les garçons réfléchissaient à la meilleure façon de s'approcher afin d'aller visiter les cales du navire.

« Il faut y aller à la façon pirate, comme autrefois, suggéra Victor.

— Y aller à la façon pirate ? demanda William. Sabre en main ? Couteau entre les dents ? Tu es tombé sur la tête ou quoi ?

— Mais non, pas ça ! Je veux dire, façon "à l'abordage" ! On trouve une petite barque pour nous transporter avec nos sacs et, avec un grappin, on aborde le navire. On s'approche en douceur du côté où les pirates ne regardent pas, à bâbord, à gauche si tu préfères, et on lance gentiment le grappin à l'arrière. Avec le brouillard, ni vus, ni connus !

— Génial, ton plan ! dit William. À l'abordage ! »

Quelques minutes plus tard, les deux garçons ramaient à bord d'une barque « empruntée ».

Masqués par la brume, ils zigzaguaient entre les bateaux de

pêche en prenant soin de ne pas frapper trop fort la surface de l'eau avec les rames.

Avec d'infinies précautions, ils accostèrent le flanc bâbord du *Vaisseau fantôme*. Victor saisit le grappin, le fit tourner au-dessus de sa tête et le jeta sur le pavois, la rambarde du navire.

Le grappin s'accrocha à la première tentative. William leva le pouce. Son ami tira sur la corde à plusieurs reprises. Ça tenait. Ils attendirent une minute sans faire le moindre bruit pour observer les réactions. Rien.

William saisit la corde des mains de Victor et grimpa jusqu'à la rambarde sans difficulté, sauta sur le pont et se plaqua contre une caisse. Il enclencha ensuite la fonction caméléon de son manteau et se transforma en prolongement de caisse de bois. Il sentit aussitôt une mauvaise odeur. Il renifla autour de lui. Puis, il entendit des bruits de respiration.

Paf ! Victor tomba lourdement sur le pont.

« Aïe ! lâcha-t-il.

— Ça va ? murmura William.

— Ça va... répondit Victor. Dis donc, ça pue ici !

— Ça pue ? Oui, ça pue.

— On dirait l'odeur d'une crotte de singe, chuchota William. C'est du Pollux tout craché. Le pauvre, il ne doit pas avoir de toilettes à sa taille, dans le bateau. Il a fait son affaire sur le pont.

— Il a surtout fait son affaire sous ta chaussure, regarde ! »

William scruta sa semelle. Horreur !

« Enlève-toi ça du pied, conseilla Victor, on pourrait te suivre à la trace... »

En grimaçant, son ami frotta sa chaussure contre une grosse corde.

« Et la barque ? murmura William.

— Elle va partir avec le courant de la marée descendante...

— Et nos sacs ?
— Au bout de la corde avec laquelle on a grimpé...
— Tu penses à tout, le félicita William. On va où ?
— Suis-moi, boule puante, dit Victor. Je te guide. »

Les deux compagnons caméléons avancèrent sur le pont en direction de la timonerie. Ils étaient dissimulés par des barriques, des sacs et des caisses de bois de toutes tailles.

À bord, le vacarme était incroyable : poulies qui couinent, caisses qui raclent, chaînes qui grincent, hurlements. Les cales du navire se remplissaient de marchandises par l'écoutille principale. Sacs de haricots, de farine, barriques d'eau douce, de rhum, de vin, de bière, quartiers de bœuf, de mouton, de porc, jambons, paniers de saucissons, cageots de légumes et de fruits.

« On dirait qu'ils vont nourrir la ville entière ! s'étonna William.
— Oui ! confirma Victor. Si mon instinct de marin ne me...
— Chut ! » coupa William.

Au milieu du tumulte, sous la lumière des projecteurs qui éclairaient le pont du navire, William venait de reconnaître deux hommes qu'il montra du doigt.

« Regarde, là-bas, les deux gars qui soulèvent une barrique, dit-il. Je les ai vus se disputer chez toi. Celui qui a le collier, c'est le client de Wendy, Bruce Wallace, le fameux "Tête cuite." L'autre, le blond, avec la peau de bête, c'est Mouton jaune.
— Je les reconnais, dit Victor, ce sont des habitués de la taverne. Je me demande ce qu'ils fichent tous les deux ici...
— Ils travaillent pour Worral Warrec. Ils ont partie liée avec les chasseurs !
— Mille canons de mille galions ! s'exclama soudain Victor.
— Quoi ?
— J'en reconnais un autre. Le grand brun avec un grand nez ! C'est mon vendeur de bonbons bizarres, celui que j'ai assommé.

— Un vendeur de drogue à bord, dit William d'une voix faible. On est sur une sacrée piste !

— On est surtout sûrs d'avoir des ennuis si on traîne ici...

— Attends une minute, jette un œil à ce gars, là-bas... Tu le connais ?

— Non... »

Debout sur une caisse de bois, presque chauve, torse nu, très poilu, un homme hurlait ses ordres aux uns et aux autres :

« La Taupe, active un peu ! Sacré bon à rien ! Mouton jaune, tu dors ou quoi ? Tête cuite, il serait temps de transpirer, sac à rhum ! Renard, Molosse, La Truite, vous voulez que je descende pour vous aider ? Non ? Alors, du nerf ! »

Les hommes d'équipage redoublèrent d'efforts au maudissant l'homme poilu.

« À mon avis, cette touffe humaine, c'est le second du capitaine, dit Victor.

— Le second ? demanda William.

— Sur les gros bateaux, il y a toujours un second qui dirige les hommes. On l'appelle le chien du bord !

— Le chien du bord mériterait de prendre un rendez-vous chez un toiletteur, remarqua William. Bon sang, tout ce poil ! »

Le duo étouffa un rire et reprit sa marche, laissant l'homme velu hurler sur sa caisse. Ils arrivèrent au pied de la timonerie. Une échelle montait à la passerelle, la cabine de vie et de commandement du capitaine. Un escalier descendait vers la salle de travail, la grande salle où l'on étripe le poisson.

À l'intérieur de la cabine du capitaine, un homme dont ils ne voyaient pas le visage en raison de l'obscurité écarta un rideau et jeta un œil sur le pont dans leur direction. En apercevant le rideau bouger, Victor tira William par la manche.

« Cap sur les tripes de poisson ! » chuchota-t-il.

En pénétrant dans la salle de travail, ils constatèrent avec effarement qu'elle était propre comme un hôpital et ne sentait pas le poisson. Autre surprise, un immense panier en osier rempli de pailles blondes attendait dans un coin. Ce panier était si grand que cinq chiens auraient pu y dormir ensemble sans risquer d'échanger leurs puces.

« La chambre de Pollux, murmura William.

— Quand il est en mer », précisa Victor, qui pensait à la maison de Gilda.

Ils gagnèrent la salle des machines. Deux moteurs de mille chevaux y ronronnaient et deux pirates huileux au teint noir, les mécanos du bord, y discutaient.

Pour vérifier la qualité de son camouflage caméléon, William donna un coup de pied dans le derrière d'un des deux experts en huile. Puis il se jeta contre le mur jaune de la salle des machines et devint couleur citron, invisible. Les deux pirates s'envoyèrent aussitôt des claques et des coups de poing et manquèrent de s'assommer.

Se pinçant pour ne pas éclater de rire, les deux garçons prirent un escalier qui menait à la cale à poissons, la plus grande salle du navire. Presque trente-cinq mètres de long, trois mètres de haut et douze mètres de large. Une vingtaine de compartiments, dix à bâbord, dix à tribord. Étrangement, les compartiments étaient remplis de victuailles et de matériel divers : sacs de sucre, sacs de farine, des centaines de tonnelets, des cordages, des couvertures, des matelas roulés...

« Tout ça n'a rien à faire ici, dit Victor, ces vivres et ce matériel devraient se trouver dans le magasin. Ici, on devrait trouver des montagnes de glace pour conserver le poisson...

— On dirait qu'ils préparent un dîner géant », dit William.

Et toujours pas de fusils ni de balles blindées. Les garçons continuèrent leur inspection.

Pendant ce temps, sur le pont du *Vaisseau fantôme*, les matelots finissaient de descendre les dernières fournitures dans les cales du navire. Bientôt, la plupart des hommes d'équipage furent sur le quai, les mains dans les poches, attendant le signal du second du capitaine, Baldor.

« Vous avez deux heures, avertit l'homme poilu du haut de sa caisse. Rincez-vous le gosier autant que vous pouvez. On appareille à quatre heures. En attendant, allez au diable ! »

Le second eut alors un rire énorme et lança une bourse de cuir. Mouton jaune l'attrapa au vol.

« De la part du capitaine ! hurla l'homme. Tête cuite et Molosse, vous restez à bord.

— Chef ! tonna Molosse, un homme au crâne rasé avec une grosse boucle d'oreille et une carrure de taureau. C'est notre dernier soir...

— À bord ! coupa le second. Ordre du capitaine. Vous surveillez le bateau ! »

Molosse se tut et remonta à bord, suivi de Tête cuite. Les deux hommes détestaient Baldor, mais ils prenaient soin de ne pas contredire ce fou furieux.

« Mouton jaune et La Taupe ! ajouta le second. On attend le capitaine, il part avec nous. »

Les autres matelots ricanèrent de plaisir. L'un d'entre eux pris la bourse des mains de Mouton jaune. En partant, ils se moquèrent de leurs malheureux camarades en faisant semblant de boire d'une main et en se frottant l'estomac de l'autre.

« Tous au *Tigre*, les gars ! hurla le pirate qui avait la bourse et un bandeau sur l'œil droit.

— Hourra pour le capitaine ! » crièrent les hommes.

Sur la passerelle, masqué par l'obscurité, tandis qu'il enfilait un long manteau noir plissé, un homme entendit les cris de joie de ses matelots. Un tricorne sous le bras, le capitaine du *Vaisseau fantôme* sortit sur le petit balcon qui permettait l'accès à la passerelle. Il descendit l'escalier, marcha sur le pont d'un pas leste et gagna le quai où l'attendait Mouton jaune, La Taupe et son second, Baldor. Il mit son chapeau.

Sous son tricorne, le capitaine portait une cagoule qui masquait son visage. Ils partirent en ville tous les quatre.

À ce moment-là, William et Victor accéléraient le pas en direction du magasin. Ils prenaient la coursive qui longeait les cabines de l'équipage. Ils jetèrent partout un rapide coup d'œil, mais ils ne trouvèrent rien, ni dans les cabines, ni dans la cuisine, ni dans la salle de bains.

Le premier vrai obstacle sur leur route fut un énorme cadenas sur la porte du magasin. William secoua la porte de toutes ses forces.

« Arrête ! grogna Victor. Tu vas nous faire repérer !
— Laisse-moi... »

Des pas résonnèrent dans le couloir. Quelqu'un d'une taille énorme arrivait.

« Alerte ! » lança Victor qui sautillait sur place.

En un éclair, les garçons en manteau caméléon se faufilèrent dans la pièce d'à côté, la cuisine, et se glissèrent sous la table. Ils prirent l'aspect du parquet.

Molosse apparut. Il fourra sa main droite dans la poche de son pantalon, sortit un trousseau de clés et ouvrit le cadenas. Il rentra dans le magasin. Les garçons tentèrent de distinguer quelque chose dans l'embrasure de la porte. Sans succès.

Deux minutes plus tard, Molosse sortit avec un jambon, une meule de fromage et une miche de pain. Il déposa tout sur la table de la cuisine, s'assit, remonta ses manches et coupa quatre énormes tartines de pain.

Le duo d'espions se tassa contre la cloison, arrêtant presque de respirer. Les genoux de Molosse le colosse étaient à quelques centimètres à peine du nez de Victor. De la sueur ruisselait sur le front des deux garçons.

« N'oublie pas le rhum ! hurla une voix du dehors.

— Tête cuite ! T'es qu'un sac à rhum ! On ne boit pas pendant les gardes ! répondit l'autre.

— Maudit Molosse ! Du rhum, bon Dieu ! Du rhum ! »

Au-dessus de William et Victor, les grosses mains du pirate découpèrent deux longues lamelles de fromage et deux épaisses tranches de jambon. L'homme plaça une tranche de fromage puis une tranche de jambon sur deux tartines, puis il referma les deux sandwichs.

« Du rhum ! hurla à nouveau Tête cuite du dehors.

— La paix, ivrogne ! Tu passes trop de temps à boire et pas assez à te laver ! » gronda Molosse.

Le géant rapporta les victuailles dans le magasin, claqua la porte, referma le cadenas. Il tenait une bouteille de rhum. Il prit les sandwichs et retourna à son poste sur le pont.

« C'était moins une ! » souffla Victor, en nage.

Il ouvrit aussitôt sa capuche, arrêta la fonction caméléon et ouvrit son manteau en grand.

« Tu l'as dit, confirma William, ruisselant aussi.

— On rentre ? demanda son ami en s'essuyant le front.

— On rentre, dit William, mais avant on tente la passerelle. »

Ils allaient entrer dans l'antre du capitaine !

Il leur fallut un quart d'heure pour parvenir à pas de loup jusqu'à la porte de la passerelle. La porte était fermée. Ils longèrent le balcon qui en faisait le tour, à la recherche d'une autre ouverture. Il y avait deux petites fenêtres. L'une était fermée. L'autre était rouillée.

William s'acharna sur la seconde.

« Elle est coincée », dit-il.

Il tentait de pousser la vitre en mettant les mains à plat dessus.

« Aide-moi, Victor...

— Laisse tomber. On n'y arrivera jamais...

— Aide-moi, sacrebleu ! J'y... suis... presque... »

Victor poussa aussi fort qu'il put. La vitre bougea de quelques millimètres. Un demi-doigt pouvait s'y glisser.

« Il nous faudrait un truc gras pour la faire coulisser, suggéra William. Comme de l'huile... Un truc qui dérouille.

— C'est bon, dit Victor, j'ai compris. »

Un coup d'œil sur Molosse et Tête cuite. Pas de soucis. L'un mangeait et l'autre buvait.

Victor fonça jusqu'à la salle des machines, aussi vite qu'il était possible en manteau caméléon, déroba un bidon d'huile, le cacha sous son manteau et remonta jusqu'à la passerelle.

« J'ai failli m'endormir... râla William en attrapant le bidon.

— Dépêche, au lieu de râler ! Ça urge ! Et n'en mets pas trop !

— Il faut que ça glisse ! »

William ouvrit le bidon d'huile et y plongea la lame de son couteau. Il fit ensuite tomber quelques gouttes d'huile le long du rail rouillé. Il tapota le bas de la vitre avec son couteau.

« Moins fort ! murmura Victor. Tu vas nous faire repérer... »

Un moment plus tard, leur patience fut récompensée : William, juché sur les épaules de Victor, mais débarrassé de son manteau, parvint à écarter la vitre et à se glisser à l'intérieur de la passerelle.

La pièce était vaste. Au fond, il y avait une table à cartes couverte de rouleaux de papier. Un grand fauteuil en cuir était fixé au sol face à une série de petites vitres carrées qui donnaient sur l'avant du navire. Un grand tableau de bord, couvert d'un compas, d'écrans, de cadrans et de boutons, occupait toute la largeur de la passerelle, en dessous des petites vitres carrées. Une barre à roue en bois était située en son milieu. Enfin, sur le côté, William remarqua une petite cabine.

Victor resta dehors pour faire le guet, le manteau caméléon de son ami posé à ses pieds.

« Bon, et maintenant, où est-ce que je fouille ? demanda William à la fenêtre.

— Essaie d'abord dans la cabine. Et vite ! »

Le garçon entra dans la cabine du capitaine, espérant trouver des fusils et des cartouches. Il y avait un bureau, un placard et un lit. Rien dans le bureau, des vêtements dans le placard. Sous le lit, William découvrit trois coffres de marine, mais vides.

« Rien, dit-il à Victor de retour à la fenêtre. Pas d'armes.

— Essaie de trouver des cartes, alors.

— Des cartes à jouer ? Qu'est-ce que tu...

— Nigaud ! Des cartes marines. L'endroit où se trouve le repaire des chasseurs sera peut-être indiqué dessus... On peut rêver. »

En un instant, William revint, les bras remplis de cartes.

« J'y comprends rien et j'y vois rien, chuchota-t-il. Il fait trop noir. Il nous faut une lampe de poche pour regarder.

— Et il nous faut aussi des pirates aveugles pour qu'ils ne voient pas la lumière de la lampe, répliqua Victor. Impossible !

— Non, j'ai une idée. Tu te souviens, tout à l'heure, de ce que j'ai fait aux deux mécanos ? dit son ami. On va faire la même chose avec Molosse et Tête cuite.

— Le coup de pied dans les fesses et la bagarre ?

— Exactement. Quand ces deux brutes se seront mutuellement assommées, tu iras chercher la lampe de poche dans mon sac. Après, on pourra regarder les cartes sans craindre qu'ils voient la lumière...

— C'est totalement stupide, ton idée ! » murmura Victor.

Victor descendit aussitôt l'échelle de la passerelle et s'approcha en silence des deux matelots. « Un caméléon n'est jamais pressé », se répétait-il.

Les deux hommes ne regardaient pas dans sa direction. Tête cuite était vautré sur une caisse, ventre à l'air, bouche ouverte, une bouteille de rhum vide à ses pieds. Molosse, les mains croisées sur la poitrine, regardait les allées et venues sur le quai. Il surveillait et n'avait pas bu.

Victor hésita un moment, puis, prenant son courage à deux mains, décocha un coup de pied terrible dans les fesses de Molosse et plongea au sol pour se dissimuler.

Le géant ne bougea pas d'un centimètre.

« Tu refais ça et tu es mort », dit Molosse.

Victor blanchit d'un seul coup, avant de réaliser que l'homme ne s'adressait pas à lui.

« Faut te faire soigner, grommela Tête cuite, qui s'éveilla un instant. Je fais ce que je veux, t'entends ? »

Tête cuite pensait que Molosse le menaçait parce qu'il piquait un petit roupillon pendant sa garde. Un instant plus tard, il ronfla.

C'était le moment d'agir.

Victor se releva, prit de l'élan et envoya son pied droit de toutes ses forces dans le postérieur de Molosse, comme s'il frappait un énorme ballon de footby pour l'envoyer dans l'espace.

D'un bond, il fila se réfugier derrière une caisse.

Molosse se retourna lentement.

Tête cuite ronflait.

« Et en plus, tu te payes ma tête ! gronda Molosse. Je vais te réveiller, moi ! Sac à rhum ! »

Une bagarre s'engagea, terrible. Les deux hommes se rouèrent de coups. Molosse était plus costaud que Tête cuite, mais le second encaissait mieux les coups, en vieil habitué des bagarres générales de taverne. Et puis le rhum le rendait moins sensible aux gnons.

Au bout de dix minutes de lutte, Victor se demanda s'il n'était pas temps d'aller chercher une poêle à frire à la cuisine pour cogner deux crânes qui tardaient à voir trente-six chandelles. Puis, enfin, à force de claques et de coups de poing, les deux hommes s'écroulèrent en poussant un profond râle, hors d'état de nuire.

Ça a marché ! Son idée stupide a marché ! songea Victor en sautillant de joie cette fois.

Il se précipita à l'arrière du navire, tira sur la corde, remonta les deux sacs à dos, en retira la lampe de poche, cacha les sacs sous des cordes et rejoignit William.

Quand Victor arriva enfin à la fenêtre de la passerelle, son ami avait un monceau de cartes sous les yeux. Il attrapa la lampe que Victor lui tendit et éclaira une première carte marine.

William cherchait un trait de crayon qui, partant du cap des Tempêtes, pas loin du fort Dayrob, se dirigerait vers le nord, vers l'Œil de la Terre, lieu supposé de rendez-vous des chasseurs. Là-bas, dans la crique qui abritait l'ancien restaurant *Chez Francis*, Lucas avait trouvé une cartouche à balle blindée et William se figurait que le *Vaisseau fantôme* était le fameux bus de mer qui venait chercher les chasseurs pour leur départ vers la Zone mystérieuse.

« Alors ? chuchota Victor à travers la fenêtre.

— Les routes de navigation prises par le *Vaisseau fantôme* vont vers le sud, constata William. Et pas une seule vers le nord.

— Change de carte ! chuchota Victor. Dépêche-toi ! »

William prit une autre carte, puis une autre. Pas une seule route ne partait en direction de l'Œil de la Terre.

« Je regrette, dit William. Rien de rien.
— Tant pis, on décampe.
— D'accord. Je range les cartes et... »
William s'arrêta.
Des bruits de pas. Mouton jaune, La Taupe, Baldor et le capitaine du *Vaisseau fantôme* arrivaient sur le quai. Tous portaient de lourds sacs.
« Sors d'ici et enfile ton manteau, chuchota Victor, terrifié, qui lui tendait son vêtement.
— Pas de panique, Victor ! dit son ami en tirant son manteau. Je vais me cacher, le temps de voir ce qu'ils mijotent.
— Tu es fou, sors d'ici ! Immédiatement ! Le bateau va appareiller ! »
Les quatre hommes montèrent sur le pont du *Vaisseau fantôme*.
« Il n'y a pas le feu, dit William en tirant plus fort sur son manteau que Victor refusait de lui donner. Les autres ne sont pas là. Tant que l'équipage n'est pas au complet, on peut rester. Juste une minute et on file. »
Victor lâcha le manteau caméléon et se blottit contre la passerelle. William ferma la vitre de la fenêtre et se cacha dans le placard de la cabine. Il mit en route la fonction caméléon de son vêtement.

Chapitre 32
Le poignard du capitaine

Molosse et Tête cuite prirent chacun un seau d'eau sur le crâne. L'eau fraîche les aida à retrouver leurs esprits. Chacun s'accusa mutuellement d'avoir provoqué la bagarre. Baldor, le second du capitaine, ne voulut rien entendre. Tous les deux seraient punis de la même façon.

Le capitaine sortit un poignard de son étui et demanda aux deux hommes de poser une main sur un tonneau, l'une à côté de l'autre.

Victor observait la scène depuis la passerelle.

« La prochaine fois que vous aurez envie de boire, de vous bagarrer et d'abandonner votre poste, dit l'homme à la cagoule d'une voix glaciale, vous penserez à ça. La pièce, Baldor ! »

Les deux marins savaient ce qui les attendait. Ils avaient déjà assisté à cette punition. Mouton jaune avait une cicatrice en travers de la main. À cet instant, il se la frottait en faisant une grimace.

Le capitaine donna son poignard à Baldor. Le second scruta la lame avec des étincelles dans le regard, puis l'abaissa lentement jusqu'à la main de Molosse, posée à côté de celle de Tête cuite, comme s'il préparait le chemin avant le véritable impact.

Les deux hommes serraient les dents et le poing de leur main libre tandis que le capitaine faisait tourner deux pièces d'or entre ses doigts.

Victor, devinant la suite, se mit la main sur le visage pour ne pas regarder, mais écarta deux doigts pour regarder quand même.

Sous l'œil du capitaine, le second, qui souriait sadiquement, leva une deuxième fois le long poignard et, d'un geste éclair, il trancha l'air avec son arme. La pointe de la lame s'arrêta dans le bois. Du sang éclaboussa la main de molosse.

« Arrggggh ! » hurla Molosse, la main transpercée en son milieu.

Le second releva le poignard, sourit à Tête cuite et rabaissa l'arme une seconde fois.

« Arrgggh ! » gémit Tête cuite, la main en sang.

Le second rendit son poignard au capitaine après l'avoir essuyé contre son pantalon. Le capitaine tendit une pièce d'or à chacun des deux hommes. Les punis tenaient leur main sanguinolente en se mordant les lèvres. Tête cuite et Molosse saisirent la pièce, reposèrent leur main blessée sur le tonneau et, de leur autre main firent passer la pièce à travers la première, comme dans la fente d'une tirelire...

« Que l'or ne vous glisse plus entre les doigts ! menaça le capitaine. Sinon, c'est dans votre poitrine que ce poignard se plantera la prochaine fois !

— Filez à vos postes, chiens enragés que vous êtes, grogna Baldor. On appareille dans une demi-heure. Préparez les sacs de Mouton jaune et de La Taupe, tas de feignants ! Et quand le chirurgien sera de retour, montrez-lui vos mains, canailles ! Filez ! »

Victor était tétanisé d'horreur. Ce qui venait de se produire était non seulement horrible, mais il en était responsable.

Les quatre hommes qui venaient de monter à bord reprirent leurs sacs et gagnèrent la passerelle. Ils firent la chaîne de haut en bas pour monter les fardeaux. Puis l'homme à la cagoule ouvrit la porte et entra le premier, suivit de Baldor, de La Taupe et de Mouton jaune qui ferma la porte derrière lui. On alluma deux lanternes.

« Attendez-moi ici », dit le capitaine en entrant dans sa cabine.

Il retira un coffre de marine de dessous son lit et l'apporta dans la pièce principale.

Mouton jaune défit le nœud des sacs, La Taupe les passa au second qui déversa leur contenu dans le coffre. Des milliers de pièces d'or ruisselèrent. De l'autre côté de la vitre, Victor contemplait ce spectacle extraordinaire, sans rien entendre de la discussion qui allait suivre. William, dans son placard, entendait tout sans rien voir. Cependant, il devina aisément ce qui se passait.

« Les bonbons se vendent de mieux en mieux, capitaine, dit Mouton jaune d'un air radieux. Nous avons de plus en plus de consommateurs. Jeunes et vieux, tout le monde en veut !

— Je vois ça, dit le capitaine en fourrant ses mains dans l'amas de pièces d'or. Excellent travail, les gars. Vraiment excellent ! Et les réservations, qu'est-ce que ça donne ?

— Les réservations, dit Mouton jaune en fouillant dans ses poches. Les réservations... Où est-ce que j'ai mis ce fichu papier... »

Mouton jaune arborait un sourire gêné en regardant le capitaine.

Depuis son placard, William avait entendu le mot bonbon. Il comprit que ces pirates parlaient de bonbons bizarres. La présence de La Taupe, le pirate que Victor avait assommé, en était une confirmation évidente. Il assistait à une conférence de marchands de sable magique de la plus haute importance ! Mais William ne comprenait pas encore ce qui se cachait derrière le mot réservation. Cela avait-il un rapport avec les chasseurs ?

« Dix-sept réservations, capitaine, dit Mouton jaune en tendant la liste.

— Excellent, dit le capitaine. Vraiment excellent. Dix-sept, c'est une bonne taille pour un groupe de chasse. Et ils ont payé d'avance ?

— Tous, sauf deux, dit Mouton jaune. Les frères Cassard viennent de la manière que vous savez. Ils vous paieront sur place. Comme d'habitude...

— Oui, et cela commence à vraiment m'irriter, d'ailleurs, dit le capitaine d'une voix ferme. Faites-leur payer le prix fort ! Ils ont les moyens.

— Avec joie, capitaine, répondit Mouton jaune en ajoutant un zéro à la facture.

— Bien, et vous avez pris rendez-vous avec les pêcheurs ? demanda l'homme à la cagoule.

— Oui, Capitaine, dit La Taupe. Aux endroits habituels. À l'aller, vous avez un point de contact, le 2 décembre, avec La Murène sur la pointe nord des Grands-Bancs. Au retour, Baldor aura cinq rendez-vous. Voilà la carte des points de contact. »

William écoutait attentivement. Pour lui, il n'y avait pas de doute, maintenant, les réservations concernaient les chasseurs de la Zone mystérieuse. Mais il ne comprenait pas encore cette histoire de rendez-vous et de points de contacts avec des pêcheurs.

La Taupe sortit de sous son manteau une carte marine et la tendit au capitaine, qui la déroula. Plusieurs petites croix rouges étaient dessinées sur la carte. Et, à côté de chaque croix, une date, le nom d'un navire, et un nombre... 800, 400, 900, 1 100, 650.

« Pour le prix, précisa La Taupe, nous avons eu des soucis avec certains bateaux. Ils deviennent gourmands...

— Aucune importance, coupa le capitaine en promenant son regard sur la carte. On n'achète pas seulement du poisson, on achète aussi du silence...

— Pour compenser, nous augmenterons bientôt nos tarifs et notre production, dit le second à qui le capitaine donna la carte. Nous allons passer en phase trois. Le nouveau champ arrive à maturité. La récolte est pour bientôt.

— C'est une bonne nouvelle, dit La Taupe. On commençait à manquer de marchandise ! »

Sur ces mots, le capitaine glissa la carte marine dans le coffre, referma le coffre à clé et le porta dans sa cabine. La Taupe et Mouton jaune saluèrent le capitaine et sortirent en compagnie du second.

Dehors, Victor regarda passer les trois hommes. Les deux premiers prirent un sac de marin sur le dos, deux sacs déposés au bas de la passerelle par Molosse et Tête cuite. Le duo s'enfonça dans les rues de la cité, les sacs remplis de la « marchandise » dont parlait La Taupe... Le second descendit à la salle des machines.

Un peu plus tard, le capitaine envoya trois coups de corne de brume, le signal de départ. Dans la *Taverne du tigre à dents de sabre*, une dizaine de matelots levèrent l'oreille, avalèrent leur dernière gorgée de rhum et foncèrent en direction du port. Dans le Parc central, un double-gorille dressa le museau et quitta en trombe la maison d'une sorcière nommée Gilda.

Sur le balcon de la passerelle, Victor s'impatientait. Que faisait donc William ? Qu'attendait-il pour sortir ? Les minutes défilaient, défilaient, défilaient ! Et le capitaine qui ne se décidait pas à quitter la passerelle ! « Un caméléon n'est jamais pressé ! » La phrase de Gladys passait en boucle dans le cerveau de Victor. *C'est la phrase la plus idiote que j'ai jamais entendue de toute mon existence !* songea-t-il. Il se promit en cet instant de ne plus jamais suivre William quand ce dernier aurait une idée de génie.

Enfin, le capitaine finit par sortir de sa tanière. Il ferma la porte à clé derrière lui. Il s'attarda ensuite sur le balcon, à deux mètres à peine de Victor, regardant les lumières de la cité. Victor toisa l'homme. Sur sa cagoule, il portait une paire de lunettes brillantes qui masquaient ses yeux.

Pendant ce temps, William déplia son corps. Il attendit un peu, puis se leva, alla au coffre, le tira de dessous le lit et tenta de l'ouvrir. Il voulait la carte avec les points de contact.

Le raclement du coffre sur le sol alerta l'homme. Une seconde après, le capitaine poussa la porte et jeta un œil soupçonneux. William se figea comme une statue. Le capitaine ne vit rien. Il referma la porte à clé, sortit et descendit rejoindre ses hommes.

Victor toqua à la fenêtre. William replaça le coffre sous le lit et gagna la fenêtre. Il glissa la tête, puis les bras. Impossible ! Il ne passait pas !

« Enlève ton manteau-caméléon, lui conseilla son ami d'une voix tremblante. Vite ! Bon sang ! »

Victor sautillait sur place.

« Ne panique pas, dit William. Je l'enlève.

— Dépêche-toi, mille canons ! Le bateau va partir ! Dépêche-toi... Vite...

— Vite ! T'es marrant, toi ! Vite ! Je fais ce que je peux... »

William recula, enleva son manteau le plus vite qu'il put. Il le jeta à Victor, qui le mit en boule sous le sien. Il passa une main, puis deux, puis la tête, puis les épaules. Son ami l'aidait à sortir en le tirant par les bras. Mais, tandis que William allait passer le buste, une silhouette marcha dans leur direction. Le capitaine !

William s'arrêta et réfléchit. S'il sortait, il serait pris la main dans le sac. Il n'était plus un caméléon. Il fallait qu'il rentre et remette le manteau. Il tenterait de filer quand le capitaine ouvrirait la porte.

« Lâche-moi, Victor, et redonne-moi mon manteau. »

Du menton, il indiqua l'endroit où se trouvait le capitaine, qui pressait le pas. Et, derrière cette première silhouette, une seconde, énorme, noire, avançait. Pollux ! Victor lâcha son ami et lui lança son vêtement.

« Saute sur le quai, je te rejoins. Je profiterai de l'entrée du capitaine pour sortir, expliqua William. Ne te fais pas de souci, je vais y arriver.

— Bougre de... Bougre de... »

Victor était incapable de trouver un mot qui corresponde à ce qu'il pensait de William à ce moment-là.

« Je t'attends au pied de l'échelle de la passerelle, dit-il.

— Non, sur le quai, insista William.

— Non, au pied de l'échelle. Dépêche-toi ! »

Quelle tête de mule ! songea Victor en descendant de l'échelle. Une seconde plus tard, le capitaine empoigna l'échelle et grimpa. Pollux le suivait.

William eut tout juste le temps de devenir un morceau de parquet, allongé sur le sol, tout près de la porte de la passerelle.

Un bruit de clé. Le capitaine entra. Pollux installa son gigantesque corps devant la porte, barrant la sortie.

À cet instant précis, William sut qu'il ne pourrait sortir sans se faire repérer. S'il s'avançait en touchant Pollux, l'énorme singe, surpris, pourrait l'envoyer voler d'un seul geste à l'autre bout de la pièce, déchirant son manteau au passage et le livrant aux griffes de Worral Warrec. Car, pour William, cela ne faisait plus l'ombre d'un doute, c'était lui le capitaine. Pollux ne pouvait suivre que son seul vrai maître.

D'où il était, Victor ne douta pas une seconde que la retraite de William était désormais coupée par un tas de poils de la taille d'une vache. Que faire, maintenant ? Laisser William seul à bord ? Partir prévenir la brigade pendant qu'il était encore temps ? Rester ? Tenter plus tard un plongeon dans l'océan tant que le navire ne serait pas trop loin de la côte ? Que devait-il faire pour un ami dans une situation aussi périlleuse ?

Le *Vaisseau fantôme* appareilla rapidement.

Les lumières de la ville disparurent de l'horizon.

L'obscurité avala le *Vaisseau fantôme* et ses deux passagers clandestins.

Chapitre 33
Le journal de bord de Victor

COMME CHAQUE FOIS QU'IL PRENAIT LA MER, Victor s'attela à tenir un journal de bord. Un cahier et un crayon récupérés dans son sac à dos, il entreprit de raconter leurs aventures.

« À bord du Vaisseau fantôme » était le titre de ce journal.

Dimanche 30 novembre.
Dix heures. Nous sommes partis de Piratopolis vers quatre heures du matin à bord du Vaisseau fantôme. Où allons-nous ? Les cartes marines du capitaine ne nous ont rien appris, hier soir. Je me demande comment on aurait réussi à se retrouver dans la cale et à récupérer nos affaires sans nous faire remarquer de l'équipage si nous n'avions pas eu les manteaux-caméléons. Notre cachette est confortable. Nous sommes dans un des compartiments à poisson, cachés derrière un mur de tonneaux, à côté d'un hublot. Il n'y a pas de poisson, mais du matériel : tonneaux, couvertures, matelas, pelles, etc. Nous avons mis des gilets de sauvetage sous nos fesses. On peut tenir debout sans risquer d'être vus.

Onze heures. La mer est verte et calme. Des mouettes nous accompagnent. Le bateau fonce. Le bruit est horrible.

Midi. On mange. Les rations de survie de William ne nous permettront pas de tenir une semaine. Pour le déjeuner : bœuf séché et biscuits. Surprise : William se sent bien sur l'eau. Il m'a rapporté la conversation qu'il avait entendue dans la passerelle, une histoire de réservations pour le "bus de mer" et une autre histoire extravagante de rendez-vous en mer. Moi, je lui ai parlé du poignard et de la punition de la pièce. Il a eu peur.

Lundi 1er décembre.
Neuf heures. Nuit correcte. Problème : la mer change de couleur, devient plus sombre et se creuse. Le vent chahute le navire. Des goélands passent en flèche au ras de l'eau. Un groupe de dauphins corsaires nous a suivis pendant une heure. William verdit, le mal de mer approche. Je le bourre de biscuits de survie pour que son estomac reste en place. J'entrouvre le hublot pour qu'il prenne l'air frais. Moi, ça va. À part que je donnerais cher pour aller me dégourdir les jambes sur le pont. Mais il faut économiser les piles de nos manteaux caméléons. En cas de danger, ils pourraient nous sauver la vie...

Mardi 2 décembre.
Onze heures. Le ciel se couvre. De gros nuages gris s'entassent au-dessus de nous. Le vent forcit et siffle sur la coque. La mer se cabre. De l'écume apparaît sur la crête des vagues. Le Vaisseau fantôme se cogne à la houle. William a vomi trois fois ce matin. Une tempête menace. Le vent redouble et la pluie fait son apparition.
Quatorze heures. Fausse alerte. Le temps se calme. Mais le froid s'intensifie. On fonce vers le pôle sud. Icebergs en vue ? Pas encore. Étrange : Molosse est venu mettre en route le vivier. De l'eau de mer remplit le grand bac. Ils vont sûrement se mettre à pêcher et garder du poisson vivant.

Dix-huit heures. La mer est noire. Un peu de neige. Le bateau ralentit. Un bateau apparaît sur l'horizon. Il est aussi gros que le Vaisseau fantôme. William s'est relevé pour voir ça. Il va mieux. J'ai pris ma longue-vue dans mon sac. Une corde a été lancée du Vaisseau fantôme vers l'autre bateau. Il se passe quelque chose. William jette un œil dans la longue-vue à son tour. Il me regarde avec des yeux effarés. Il a reconnu un homme à bord. Le pirate a un tatouage de murène sur le bras. William a mangé à côté de lui il y a une dizaine de jours. Il s'appelle Seymour Bellamy. Un câble est tendu entre les deux bateaux. Ils installent un va-et-vient. Des casiers pleins de crabes géants arrivent sur le pont du Vaisseau fantôme et sont jetés par une écoutille dans le vivier ! Un homme jette une bourse depuis le pont du Vaisseau fantôme. Les deux navires se quittent. Pour William, pas de doute, le Vaisseau fantôme vient d'avoir son premier rendez-vous avec des pêcheurs !

Mercredi 3 décembre.
Midi. Quatre matelots sont venus dans la cale attacher tout ce qui pouvait se renverser. Mauvais présage. Une tempête se prépare pour de bon. Je le dis à William. Il blanchit aussitôt. Nous sommes proches de l'enfer. Ça n'a pas manqué. En une demi-heure, le temps devient épouvantable. Tout noircit. C'est comme la nuit, en plein jour. Le vent gémit. La mer est griffée par les bourrasques. Le Vaisseau fantôme affronte une mer en furie. Les vagues déferlent sur le pont, de plus en plus grosses. William est au plus mal. Il délire. « Il dit qu'il a des problèmes de difficulté, mais que ça va aller... » Des problèmes de difficulté... Je lui lis des aventures de Saucisse Man pour le distraire. Rien n'y fait. William dit qu'il veut sortir prendre l'air ! Il me demande si on se trouve à nouveau dans la Turbine du démon. Non, nous sommes dans sa baignoire. Le démon prend son bain et on est ses joujoux...

Jeudi 4 décembre.

Très gros mauvais temps. L'océan se déchaîne. Le vent arrache la peau de la mer. Je ne sais plus d'où viennent les vagues. Tout est blanc. William est livide, froid, flasque. On dirait une méduse. Il tremble, il délire, il dit qu'il veut mourir, sauter à l'eau. Depuis deux jours, j'ai la trouille. Mon estomac se tord. Je suis malade, et bien malade, épuisé à force de lutter. Moral à zéro. Je pleure. Beaucoup, beaucoup, beaucoup. Tellement peur. Je pense à papa, mon petit papa, qui est parti un jour où la mer était méchante comme ça. Où es-tu, mon papa ? Tu me manques tellement. Est-ce que tu m'entends ? Est-ce que tu penses à moi ? Est-ce que tu vas bien ? Est-ce que tu as des copains au fond de l'eau ? Et toi, la mer, pourquoi tu fais ça à ceux qui t'aiment ?

Vendredi 5 décembre.

Midi. Sortie du cauchemar. Impression d'avoir aperçu le fort Dayrob à l'aube. Le cap des Tempêtes est-il passé ? Sommes-nous sur la côte est ? Peut-être. William va mal. J'ai peur pour lui. Les traits tirés, Molosse est venu ce matin dans la cale, réparer les dégâts. Des tonneaux ont glissé, un tonneau s'est fracassé et du vin est venu jusque sous nos gilets de sauvetage. Ça empeste. Molosse a donné trois coups d'épaule terribles dans la pyramide de tonneaux qui nous cache pour la redresser ! Quelle brute ! Il a manqué nous écraser.

Vingt heures. Moteur plein régime. On remonte au nord. Grand beau temps toute la journée et retour de la chaleur ! William reprend vie. Il est gris, mais en vie. Il a osé me dire : « Tu vois, c'était pas si dur ! » Repas du jour : lard, dattes moisies et biscuits humides !

Surprise du soir. Vers minuit, le Vaisseau fantôme a jeté l'ancre. L'arrêt du moteur nous a réveillés. William a reconnu la silhouette de la taverne Chez Francis. *Nous sommes bien sur la* côte est. Nouvelle surprise : huit personnes arrivent en canot et montent à bord. Des bruits de pas dans les coursives. Molosse et Tête cuite viennent chercher des matelas et des couvertures dans la cale, juste à côté de nous. Le canot repart. Sept autres personnes montent à bord. Lucas avait raison : le Vaisseau fantôme est un bus de mer. Les chasseurs sont à bord ! On lève l'ancre. Le bateau quitte la crique de l'Œil de la Terre et fait route vers le nord. Plein gaz.

Samedi 6 décembre.
Route nord, encore. Ce matin, très tôt, on a passé le phare Est. Dans le lointain, un grand ruban : le mur de la Sauvagerie. On quitte le territoire de la République de Libertalia pour entrer dans la Zone mystérieuse. Jusqu'où allons-nous ? Rations de survie en berne. J'ai faim, faim, faim. Vite, un espadon !

Dimanche 7 décembre.
Dix heures. Rien de nouveau. Cap au nord, à plein régime. Plein régime aussi pour nous ! Plus rien de bon à manger. Provisions pourries. Molosse et Tête cuite sont venus chercher du vin, du rhum et un crabe géant. Ah, ils doivent se gaver, là-haut ! Je pense au pâté de crabe de Niôle. William m'a proposé d'aller fouiller cette nuit dans les cuisines. Je dis non !

Lundi 8 décembre.
Quatre heures. Repas de chef. Cette nuit, vers trois heures, au milieu des ronflements des passagers, William a volé un gigot, un saucisson, un poignée de crevettes, du pain frais et une énorme part de gâteau. Le cuistot du bord est un as ! C'était divin. Tout mangé.
Treize heures. Pas faim. Trop mangé cette nuit. Mer merveilleuse. De l'autre côté du hublot, l'eau est claire. Ciel bleu.

Soudain, une troupe de baleines rieuses fait surface ! Magnifique !

Seize heures. La côte se rapproche. Le bateau pénètre à petit train dans la grande bouche d'un fleuve. Mangrove en vue. Je reconnais les racines plongeantes des palétuviers truffés d'oiseaux. Des aigrettes, des grues, des ibis rouges, des hérons, des spatules, des cormorans se lissent les plumes en caquetant. Allongée sur un banc de sable, une colonie d'énormes crocodiles fait la sieste au soleil. Un quart d'heure passe. Troupeau de buffles à tête noire en vue. Surpris, ils lèvent leurs museaux noirs en nous voyant. Alerte ! Ils décampent dans les broussailles.

Dix-neuf heures. Coucher de soleil. À la longue-vue, j'aperçois, dans la boue, un grand mâle grosse-échine. Il remplit son corps grassouillet de jacinthes d'eau. C'est vraiment superbe.

Journal de bord interrompu. Ennemis en vue. Je cache les pages pour ne pas...

Chapitre 34
Face-à-face avec le capitaine

SURTOUT NE RIEN LUI DIRE ! Rien. Garder le silence. Garder nos secrets. Ne pas parler de Wendy. Ne pas parler de Lucas. Ne pas parler des mammouths. Mes chevilles... Ça fait mal. Oh ! ma tête ! Mes tempes vont exploser ! Reste calme, William. Calme... Bon sang. J'ai mal. Qu'est-ce qu'il va nous faire ? Il ne va pas nous... Non ! Pas pour ça ! Calme-toi. Pense à Victor. Ce pauvre Victor ! Dans quel fichu pétrin je l'ai mis !

« Vous êtes dans un fichu pétrin, mes agneaux, confirma soudain le capitaine sans se douter que ses mots collaient si bien aux pensées de William à cet instant. Dans un fichu pétrin ! »

William et Victor étaient sur la passerelle, en compagnie du capitaine, de Molosse et de Tête cuite. Les deux gros matelots les tenaient par les chevilles comme deux cochons pendus. Les mains puissantes des deux marins serraient leurs chevilles de toutes leurs forces et le sang leur descendait à la tête.

« Capitaine, souffla Molosse entre ses dents. Le gros est vraiment gros. On ne pourrait pas abréger ? Ma main... Vous savez... »

Le gros est vraiment gros ? pensa Victor. Quel culot ! Je ne fais que soixante-seize kilos. Calme-toi, Victor ! Ne fais pas attention à ce que dit ce Molosse de malheur. Oh ! mes chevilles ! Oh ! ma tête ! Tout doux ! Détends-toi !

La tête en bas, les garçons ne distinguaient que le dossier de cuir du fauteuil du capitaine. Seule sa main gauche pendait sur l'accoudoir. Cette main tenait une cagoule blanche et une paire de lunettes aux verres brillants.

« Je me demande bien ce que je vais faire de vous, continua le capitaine, insensible aux douleurs de Molosse et des deux pendus. Des passagers clandestins, à bord de mon navire ! La loi pirate dit que je devrais vous abandonner sur une île déserte avec vivres et armes et qu'ensuite j'indique le lieu de votre débarquement aux autorités légales. C'est la loi. »

Vue la situation désespérée dans laquelle ils se trouvaient, William et Victor pensaient que la loi pirate était excellente.

« Mais il y a un hic, un gros hic même, poursuivit le capitaine, je ne suis pas en très bons termes avec les autorités légales. »

Le sang des garçons se glaça. Qu'allait-il faire d'eux ?

Dehors, le ciel devenait rose et violet. Le soleil était couleur de sang. Le *Vaisseau fantôme* filait à tout petit régime sur l'eau d'un large fleuve. Sur les berges, les yeux des crocodiles phosphoraient dans la nuit naissante.

« Capitaine, dit Molosse, je vais lâcher. Je... »

Les bras du géant tremblaient. Son front et sa nuque ruisselaient de sueur. À côté de lui, Tête cuite souriait bêtement : William pesait une quarantaine de kilos. Une plume, pour un pirate de sa carrure !

« Tenez bon, Molosse, dit le capitaine. Tenez bon encore un peu. »

Le capitaine enfila sa cagoule et glissa ses lunettes sur son nez. Il attrapa un tricorne posé devant lui, le cala sur sa tête et fit pivoter son fauteuil pour se mettre face aux enfants.

Un tissu d'un blanc pur masquait son visage. Son nez, sa

bouche et ses oreilles sortaient par des trous. Ses yeux étaient dissimulés par des lunettes de soleil ressemblant à celles des alpinistes. Les verres étaient comme deux petits miroirs ronds et ils étaient bordés de cuir de façon à couvrir totalement l'œil. Lorsqu'il regarda les verres, William n'y vit que son propre reflet.

Même assis, le capitaine paraissait grand et fort. Ses épaules étaient larges et puissantes et ses avant-bras semblaient remplis d'acier. Tout en regardant ses jeunes prisonniers, il tournait autour de son doigt une grosse bague en argent représentant une tête de mort.

« C'est ma bague de mariage », dit le capitaine d'un ton amusé qui figea les garçons.

Puis, après un long moment de silence, l'homme se leva et s'approcha de William et Victor. Il regardait deux petites cartes : les cartes d'identité des garçons.

« Je suppose que William, c'est toi, dit le capitaine en posant un doigt sur la plante des pieds de William. Et que Victor, c'est toi, ajouta-t-il en faisant la même chose avec Victor.

— Oui, souffla William.

— Oui, souffla Victor.

— William Santrac et Victor Monmouth. Comme vous pouvez le constater, je me suis permis de fouiller dans vos affaires. J'y ai trouvé des choses passionnantes et je...

— Capitaine, supplia Molosse à bout de forces. Je...

— Je vous conseille de tenir, Molosse, menaça le capitaine. Je vous le conseille vivement...

— Oui, capitaine. Pardon », répondit aussitôt Molosse.

Molosse se mordit les lèvres. Malgré sa taille et son poids, le géant en bavait pour soulever Victor.

« Où en étais-je ? Ah oui ! continua le capitaine. En plus de vos cartes d'identité, je me suis permis de récupérer vos deux manteaux-caméléons. Vous n'y voyez pas d'inconvénient ?

— Non, gémit William.

— Aucun, gémit Victor.

— Bien. Maintenant, passons aux choses sérieuses, annonça le capitaine. Je n'ai que deux solutions. La première : me débarrasser de vous immédiatement. La seconde : vous emmener avec moi. Je n'ai pas beaucoup de temps pour me décider. »

Le capitaine passait et repassait devant les garçons. Les pieds de William et de Victor se trouvaient pratiquement sous son nez.

« Pour me décider, je vais vous poser quelques questions. Si vous me dites la vérité, je vous laisserai la vie sauve. Dans le cas contraire, je vous confierai aux crocos ou à Baldor, mon second », proposa le capitaine.

Après un silence, il ajouta :

« Molosse ? Tête cuite ? Reposez-les. Et sortez... »

Victor puis William roulèrent sur le parquet. Molosse souffla profondément, exténué. Des flots de sueur coulaient de son épais visage et tombaient en cascade sur le parquet. Tête cuite l'attrapa sous le bras et l'aida à sortir.

Les garçons purent reprendre leur respiration. Ils se frottèrent les chevilles et burent à la gourde que le capitaine leur tendit. William se releva, puis Victor. Ils fixèrent les lunettes du capitaine.

« Je ne vous cache pas que je n'apprécie guère que l'on vienne fourrer son nez dans mes affaires, poursuivit le capitaine. Surtout que j'ai quantité de choses qui m'attendent, ce soir. Les réponses que vous allez me donner vous sauveront peut-être la vie. »

Il observa les deux garçons.

« Quand et comment êtes-vous montés à bord de mon navire ?

— Samedi dernier, dit William. Grâce à nos manteaux-caméléons.

— Comment avez-vous réussi à vous procurer ce genre de matériel ?

— Gladys Garcia, la patronne de *Piratos extremos*, nous les a loués en échange de six mois de stage d'essai de métier chez elle, expliqua Victor. Plus toutes nos vacances et nos week-ends...

— Et pourquoi un tel sacrifice ? demanda le capitaine.

— Pour monter à bord de votre bateau, sans nous faire remarquer, expliqua William. Sans manteau-caméléon, vos hommes nous auraient repérés. »

Jusque-là, les questions du capitaine n'étaient pas embarrassantes, mais ça n'allait pas durer.

« Pourquoi une telle envie de venir à bord de mon *Vaisseau fantôme* ? »

Les deux garçons restèrent silencieux un moment. Dire la vérité pouvait coûter cher à leur projet et à leurs proches. Il était hors de question de parler de Wendy et de Pollux, du massacre des mammouths, de Lucas ou des bonbons bizarres. Mais mentir pouvait leur coûter la vie. William cherchait un mensonge crédible, mais ne trouvait pas. C'est Victor qui se lança.

« Je suis obligé de vous confier un secret, capitaine, dit Victor. Je sais très bien que si je ne le vous dis pas, vous allez nous tuer. »

William frémit. Victor n'allait tout de même pas lâcher le morceau, tout le morceau ?

Non. Victor mentit avec l'audace d'un débutant.

« William et moi sommes d'anciens intrus, Capitaine, poursuivit Victor. On vient juste d'avoir notre carte d'identité de pirate permanent. Je vous assure, nous venons de la Terre. Nous ne sommes pas nés sur Terra incognita. William est français et moi je suis canadien. »

Terrifié, William se demandait où Victor voulait en venir.

« Continuez, dit le capitaine, intrigué.

— Nous cherchons à rentrer chez nous, précisa Victor. On s'est dit que la meilleure façon de rentrer, c'était de prendre le bateau de transfert spatial qui fait les allers et les retours avec la Turbine du démon. On nous a dit que c'était un gros bateau, comme le *Vaisseau fantôme*. Mais, avec William, on se disait que ce bateau devait être spécial, comme déguisé, pour que personne ne sache qu'elle était sa vraie mission. Quand on a vu que vous ne déchargiez pas de poissons, on a trouvé ça bizarre, justement. Et puis on vous a vus charger des tonnes de marchandises, comme pour un voyage. On s'est dit alors que le *Vaisseau fantôme* n'était pas un bateau de pêche, mais un bateau pour faire du transfert spatial.

— Très intéressant, nota le capitaine. Mais quelque chose cloche, jeune homme, dans votre récit. Tout intrus sait qu'il peut repartir le premier juillet sur Terre lors du transfert spatial collectif, sans avoir à risquer sa peau comme passager clandestin.

— Exact, capitaine, dit William, qui trouvait soudain formidable le mensonge de son ami. Mais c'est dans six mois. Et six mois sans nos parents, c'est trop dur.

— Et qu'est-ce qui me prouve que vous êtes bien des intrus ? demanda le capitaine.

— Vous voulez que je vous parle du Canada ? dit Victor. Du sirop d'érable ? Des élans ? De la pêche au saumon ? Des baleines blanches dans le Saint-Laurent ? De l'hiver à moins trente degrés ? Du hockey sur glace ?

— Et moi, Capitaine, vous voulez que je vous parle de la France ? poursuivit William. De la tour Eiffel ? Des fromages qui puent autant que la ragougnasse ? Des nappes à carreaux rouges et blancs ? Des baguettes de pain ? De la Joconde ? Du musée du Louvre ? »

Le capitaine paraissait hypnotisé par les paroles des enfants. La vie sur Terre avait toujours été un sujet qui le passionnait. Ces deux-là en savaient trop pour être malhonnêtes.

« Le Conseil des douze capitaines vous a confié, à des familles d'adoption, je présume, dit soudain l'homme, sortant de sa rêverie. J'aimerais vous... »

Quelqu'un frappa à la porte de la passerelle. Le second entra, torse nu.

« Capitaine, nous sommes prêts à débarquer. Vous avez pris votre décision ? demanda-t-il en regardant les deux passagers clandestins avec les yeux d'un serpent devant deux petites souris.

— Pas encore, laissez-nous cinq minutes », dit le Capitaine.

Le second sorti, l'homme à la cagoule se tourna vers les garçons et reprit sur un ton froid :

« Pour ce qui vous concerne, je pense qu'il serait plus prudent pour moi, mes hommes et mes activités, de vous supprimer... »

Une gigantesque épée de glace transperça William et Victor.

« En même temps, tuer deux jeunes hommes tels que vous n'est pas dans mes habitudes, ajouta le capitaine. Baldor, il est vrai, s'en chargerait avec délectation, mais... »

Il s'interrompit. William et Victor étaient terrifiés.

« Mais, reprit le capitaine, je pense que je vais... »

Le second frappa à nouveau et entra.

« Baldor ! s'écria le capitaine. Qu'est-ce qui vous prend ?

— La marée, murmura Baldor. Elle descend et...

— Elle m'attendra ! Elle l'a toujours fait. Dehors ! »

Le second sortit, la tête dans les épaules.

« Bref, dit le capitaine en jetant un œil à sa montre, contrairement à mes intérêts, je vais vous donner une chance, chers intrus. Je vous garde, le temps de réfléchir à votre avenir. »

Les deux amis étaient sauvés. Pour l'instant...

« En attendant, continua le capitaine, je vous préviens : au moindre faux pas, les crocodiles auront leur repas de Noël avant l'heure. J'ai des clients à bord. Si l'un d'eux vous demande l'heure ou la couleur de l'eau, répondez-lui comme si vous étiez mes deux neveux. Je vous déconseille fortement de parler de voyage clandestin ou d'intrus sur le chemin du retour, par exemple.

— Sans problème, assura William. Mais de quoi alors peut-on leur parler ?

— De la chasse, mes agneaux, dit le capitaine. La chasse avec un grand C. Vous aimez la chasse ?

— Oh ! ça oui ! mentit William.

— Absolument, mentit Victor. C'est super !

— Je ne vous crois pas une seconde, lança le capitaine. Mais je vous ferai changer d'avis. Croyez-moi. Il n'existe rien au-dessus du plaisir de la chasse. Allez, assez parlé ! On nous attend. Baldor ? »

Le second entra, les yeux exorbités. Il s'attendait à un festin.

« Je les prends avec moi. À ce propos, Second, je vous préviens. Si vous touchez à un seul cheveu de William ou de Victor, je vous tue. Est-ce clair ?

— Très clair, capitaine.

— Quant à vous, matelots, prenez vos sacs et suivez-le sans broncher ! »

Dans le canot, un peu plus tard, les deux garçons s'installèrent face au capitaine. Il faisait nuit. Deux lanternes étaient allumées à l'avant de l'esquif. Le capitaine glissa deux doigts dans sa bouche et siffla. Pollux sauta aussitôt du toit de la timonerie, bondit sur le pont et se rua dans le canot en manquant de le faire couler. L'air surpris, le singe géant jeta ses deux immenses bras autour des garçons.

Le capitaine parut étonné du débordement d'affection que manifestait le gorille. Mais au fond, songea l'homme, en touchant sa bague à tête de mort, ce n'était pas une grande surprise : Pollux avait toujours aimé les enfants...

Baldor fit descendre le coffre du capitaine, celui qui contenait les pièces d'or. Deux pirates souquèrent sur les avirons et le canot gagna la rive.

Le *Vaisseau fantôme* regagna le large pour des rendez-vous en mer avec des pêcheurs. William pensa aux fameux « points de contact » dont La Taupe avait parlé une semaine auparavant.

Le canot accosta sur une petite plage en bordure d'une forêt dense et haute. Les silhouettes noires des arbres se découpaient sur les ténèbres étoilées de la nuit.

« Un détail important, dit le capitaine aux garçons en mettant un pied à terre. Si jamais une envie de promenade à pieds vous prend, dites-vous bien que personne ne vous retiendra, ni moi ni mes hommes. Mais pensez à prendre assez de nourriture, cette fois. Pas pour vous nourrir, comme la dernière fois, mais pour les bêtes sauvages ! Elles aussi raffolent du gigot ! »

William et Victor comprirent sans peine la plaisanterie du capitaine. Elle signifiait que c'était le vol de nourriture, du gigot en particulier, qui avait révélé leur présence à bord !

« Bonsoir, Capitaine, dit un pirate qui saisit le cordage lancé par Victor. Bonne traversée ?

— Bonsoir, Robert, répondit le capitaine. Excellente traversée. Je vous présente William et Victor, mes deux neveux, deux futurs grands chasseurs.

— Bonsoir, matelots, fit Robert.

— Bonsoir, Robert », répondirent les deux « futurs grands chasseurs. »

Robert tira le canot sur la plage et l'attacha à une souche, puis il rejoignit les quinze clients du capitaine déjà à terre.

L'air du soir était frais. Une odeur d'herbes sauvages et de terre mouillée remplissait l'atmosphère. La Lune était ronde et jaune. Une langue de brume coiffait le fleuve. Des millions d'yeux brillaient dans l'obscurité. William, émerveillé, tendit l'oreille et écouta les grenouilles et les insectes qui se lançaient dans un concert de coassements et de stridulations.

La caravane humaine pénétra dans la forêt. Pollux ouvrit la piste en écartant les fougères et les branches des arbres. Le capitaine fermait la marche. William et Victor étaient juste devant lui. Dans la fraîcheur de la nuit, des fauves se mirent à rugir.

C'était l'heure de la chasse.

Chapitre 35
La cabane de chasse

Après trois heures de marche épuisante dans la jungle, une maison colossale se dressa devant William et Victor. Camouflée par le feuillage d'arbres géants, la bâtisse à deux étages était couverte d'un toit de feuilles de palmiers tressées. Ses murs étaient constitués de gros bambous encadrés par une puissante charpente. Au niveau du premier étage, un balcon de bois clair longeait les flancs de la maison, puis se prolongeait vers l'avant comme deux bras jusqu'à deux énormes baobabs. Sous la nuit maculée d'étoiles, une lumière douce filtrait des fenêtres de cette somptueuse demeure forestière. William se frotta les yeux. Il ne rêvait pas. En haut de l'escalier qui menait au premier étage, les mains sur les hanches, une silhouette féminine se découpait dans la lumière de la porte d'entrée.

« Bienvenue à la cabane de chasse ! Bienvenue à Mira Kongo ! s'écria la femme. Si vous voulez bien vous donner la peine de monter...

— Je vous présente Salomé, dit aussitôt le capitaine à ses hôtes. Salomé est la princesse des lieux, elle vous dira où sont vos chambres. Déposez vos affaires, prenez une douche et dépêchez-vous. Le cuistot est à cheval sur les heures de repas. »

Le groupe d'hommes et de femmes grimpa l'escalier avec le peu de forces qu'il leur restait dans les mollets. Sur la droite, un homme arriva en courant, hors d'haleine.

« Capitaine, souffla l'homme, on a un gros souci...
— Quel souci, Percipal ?
— Rhino a disparu...
— Il y a longtemps ?
— Cinq minutes à peine. Il s'est volatilisé, haleta Percipal. Il a dû vouloir vous rejoindre. Comme l'autre fois...
— On peut tenter quelque chose ?
— Je pense que oui. Rhino a peu d'avance sur nous.
— Prenez les fusils, les longues-vues à vision nocturne, quelques balles traçantes, deux lampes frontales et une corde à grappin. On y va.
— Donnez-moi deux minutes », répondit Percipal en s'enfuyant dans la nuit.

Les deux garçons ne saisissaient pas bien la situation. Un rhinocéros avait-il disparu ?

« Rhino, mon chien, est parti, dit le capitaine. Je vais le chercher. Vous...
— On ne vous fera pas d'ennuis, lança William, sûr qu'il était sage d'alléger l'esprit du capitaine.
— Merci, apprécia l'homme. Je n'ai pas le temps d'expliquer votre venue à Salomé. Vous allez... »

Le capitaine cherchait une solution rapide pour se simplifier la tâche.

« On peut venir avec vous, suggéra William que le mystère de la disparition du chien électrisait. Vous déciderez après. Qu'est-ce que tu en penses, Victor ?
— Bonne idée, dit Victor, pourtant éreinté par la marche. Mais on ne veut pas vous gêner...
— Je ne suis pas sûr que... »

Percipal arriva en trombe, coupant le capitaine.

« C'est bon, on peut y aller ! » lâcha Percipal, chargé de matériel.

L'homme tendit un fusil à lunette et une lampe frontale à son patron. Deux grosses longues-vues pendaient à son cou.

« Mes neveux viennent avec nous, dit le capitaine. Dans l'obscurité, leurs jeunes yeux verront mieux que les miens. Passez-leur les longues-vues à vision nocturne. Et vous deux, ajouta-t-il à destination de William et de Victor, en cas de problème, collez-vous à Pollux. »

Le capitaine fouilla de son regard les alentours.

« À propos, où est ce malandrin ? Pollux ? Mon bébé ? appela le capitaine. Promenade avec papa ! »

Du balcon, une masse noire tomba à côté d'eux. Pollux montra son gros visage à son maître, qui le gratta derrière la tête. Il avait de la banane écrasée sur toute la face.

« Je vois que Francis a pris soin de toi... Allez, promenade. Chercher Rhino. Dans les arbres, précisa le capitaine en indiquant du doigt les cimes qui les entouraient. »

Un chien dans les arbres ? Ni William ni Victor ne comprenaient.

« Vous êtes sûr, Capitaine, dans les arbres ? demanda William, interloqué.

— Oui. Rhino a dû faire une rencontre avec un "grimpeur", une espèce d'énorme léopard. »

Le grimpeur choisissait de dévorer ses proies dans les arbres pour ne pas se la faire chiper par une hyène ou un tigre à dents de sabre, des prédateurs plus gros que lui qui n'hésitaient pas à voler les proies de cet efficace chasseur.

« Et à quoi il ressemble, Rhino ? demanda William.

— C'est un dogue de brousse, expliqua Percipal. Facile à reconnaître : il est tout blanc. »

Le double-gorille, les deux hommes et les deux enfants s'enfoncèrent dans la forêt. William et Victor dirigeaient leurs longues-vues à vision nocturne vers la cime des arbres. Sous la clarté de la Lune, le paysage apparaissait en nuances de vert et de noir. Avec leurs lampes frontales, les deux hommes scrutaient eux, le sol à la recherche de traces de pas d'origine canine ou féline.

Mais il était difficile, la nuit, de trouver et de suivre les traces d'un animal, même celles d'un gros chien comme Rhino, même avec du matériel sophistiqué et la meilleure volonté du monde.

La promenade nocturne ne donnait rien. Et puis, soudain, une masse noire jaillit des broussailles.

C'était un quart d'heure après que le groupe soit parti de la cabane de chasse. L'animal, surpris par la venue des chasseurs, détala en soufflant comme une locomotive.

Le capitaine et Percipal épaulèrent, mais leurs doigts ne pressèrent pas la détente. Le gros animal ne chargeait pas. Il était simplement furieux. Il remua pas mal de poussière avec ses pattes puis il partit en gémissant. Pollux frappa très fort sa poitrine de ses deux gros poings pour montrer au fuyard qui était le maître ici. Ce bruit de tambour fit tressaillir William et Victor.

« Un six-cornes, dit Percipal. Pas de danger ! »

Après une heure de vaine recherche, le capitaine comprit que son chien était perdu.

« On rentre, dit-il. On ne retrouvera pas Rhino ce soir. »

Un peu plus tard, les deux garçons, les deux hommes et le double-gorille étaient de retour à la cabane de chasse, propres et attablés dans la grande salle à manger.

William contemplait la pièce avec un mélange de fascination et de dégoût. L'intérieur de la salle à manger était superbe, tout en bambou. De grandes sculptures d'animaux en bois décoraient la pièce. Un superbe lustre de cristal scintillait au-dessus de la vaste table où le couvert était mis. Le rebord des assiettes était magnifiquement peint selon des motifs mimant le pelage d'animaux : zèbre, girafe, grimpeur, etc. L'extrémité des couverts en argent représentait des têtes de langues-pourries, de mammouths et de longues-griffes. Les pieds des verres avaient la forme de pattes d'oiseaux. Les serviettes blanches étaient ornées sur leurs pourtours de créatures diverses brodées en fil d'or. Mais William trouvait que quelque chose gâchait tout. Mira Kongo était bel et bien une cabane de chasse. Des trophées étaient accrochés aux murs : têtes de gnou, de buffle, de gigacéros, de crocodile, de grosse-échine, de six-cornes, de tigre à dents de sabre, etc.

Les deux garçons jetèrent un regard navré sur toutes ces têtes d'animaux morts puis un nouveau regard navré sur le menu qui les attendait ce soir :

Rhum

Pâté de perdrix à tête jaune aux herbes folles accompagné de sa confiture de citrons sauvages

Fouillis de charcuterie de phacochère à grosses cuisses sur lit de fraises fraîches

Rôti de buffle des marais aux deux épices servi avec sa couronne de patates douces à la façon du chef

Farandole de fromages de la brousse

Bousculade de sorbets des fruits de la jungle et son caramel de jus de canne

Café et son chocolat aux amandes grillées

Rhum.

Le nom du chef cuisinier ne surprit pas William. Lucas ne s'était pas trompé. Le patron de la taverne *Chez Francis* avait trouvé mieux pour exercer ses dons culinaires. Son nom était inscrit en bas d'un souhait de bon appétit à l'humour pirate inimitable : *Le monde sauvage n'est pas toujours tendre avec nos invités... Ce repas sera peut-être le dernier que vous prendrez de votre vie. Profitez-en bien, chers amies et amis pirates. Votre dévoué et sauvage Francis Drake.*

Le capitaine prit alors la parole.

« Mes chers amis, avant de vous souhaiter un bon appétit, je tiens à vous présenter mes deux neveux ici présents. Pour des raisons évidentes de confidentialité, nous les nommerons "W", à ma droite, et "V", à ma gauche. Mes neveux sont d'indécrottables protecteurs de la nature qui détestent les chasseurs et la chasse. Je les ai conviés parmi nous afin qu'ils puissent se faire une opinion par eux-mêmes sur ce sport et les gens qui le pratiquent, au lieu de parler sans connaître. »

William et Victor étaient d'accord avec le capitaine sur un point. Ils se voyaient en protecteurs de la nature. Tous les invités du capitaine les regardaient avec bienveillance. William imagina que des paroles qui ne lui plaisaient pas du tout fleurissaient dans leurs cerveaux : « Ces pauvres petits, ils n'aiment pas que l'on fasse du mal aux bêtes sauvages. Ils sont si mignons, si attendrissants... »

« "W" et "V", reprit le capitaine. Je crois que vous pouvez saluer ces personnes qui vous scrutent avec tant d'intérêt, non ?

— Bonsoir, dirent en chœur William et Victor.

— Bonsoir, répondirent les invités comme des moutons.

— Maintenant que les présentations sont faites, je vous souhaite un bon appétit à tous, dit enfin le capitaine. Prenez des forces. Demain, une rude journée nous attend. Nous partons en maraude sur la rivière Saï Saï. Un dernier mot toutefois pour mes neveux : vous pouvez manger la conscience tranquille, aucune des espèces au menu de ce soir n'est une espèce protégée ! »

Tous les chasseurs éclatèrent de rire.

L'humour macabre du capitaine ne fit pas rire les garçons.

Chapitre 36
Un chien dans la glace

CE MATIN, LA JOURNÉE S'ANNONÇAIT BELLE. Il était six heures et il faisait déjà bon. Une brume légère flottait encore sur l'horizon. À mesure que le soleil grimpait dans le ciel, les arbres apparaissaient un par un. Une compagnie de gros perroquets bleus à bec jaune caquetait bruyamment sur les branches des baobabs qui entouraient la cabane de chasse. Victor, encore à table, achevait sa deuxième omelette d'œufs d'autruche.

Dehors, accoudé au balcon, William observait le capitaine en train de donner des instructions à ses guides de chasse. Au bord de la rivière, ses hommes gonflaient des canots pneumatiques. Avec tout ce qu'ils savaient déjà, William pensa soudain qu'il était temps de préparer leur retour à Piratopolis. Comment ? Il l'ignorait encore.

Il entendit soudain le cri d'un animal.

Il descendit les escaliers, fit le tour de la maison et se retrouva face à une haute barrière de planches. Derrière, il perçut plus distinctement l'origine du cri. Un coup d'œil alentour. Personne. Il escalada la barrière et, là, il faillit tomber à la renverse. Une troupe de jeunes animaux s'ébattaient dans la poussière : antilopes des boucaniers, tapirs à grosses dents, deux-cornes, buffles des marais, autruches, tatou à nez rond et, surtout, trois petits mammouths.

Il sauta de la barrière et courut chercher Victor.

Deux minutes plus tard, les deux compères chevauchaient la barrière ensemble.

« Ils sont donc là, dit Victor à califourchon sur la plus haute planche.

— Oui, confirma William. Au moins, eux, ils sont vivants. »

Les deux garçons parlaient des trois jeunes mammouths disparus du groupe de Koï. Ils les cherchaient depuis si longtemps et maintenant, ils étaient là, sous leurs yeux, se disputant un vieux ballon de footby jaune.

« Tu crois que le capitaine va les expédier sur Terre ? dit Victor.

— Certainement, et il les vendra à prix d'or, confirma William. Tu peux être sûr qu'il...

— Que faites-vous ici ? » demanda une voix grave derrière eux.

Le capitaine !

« On regardait les animaux... dit Victor. Ils sont mignons.

— Et vous, vous ne l'êtes pas ! Descendez de cette barrière ! ordonna le capitaine. Je n'apprécie pas que l'on se passe de ma permission pour visiter mes installations.

— Désolé, capitaine, on ne pensait pas à mal, mentit William.

— C'est ça, et moi je pensais vous proposer de m'accompagner ce matin à la recherche de Rhino, répliqua le capitaine. Eh bien, cette envie vient de me passer. Jusqu'à nouvel ordre, vous resterez dans votre chambre, ça vous apprendra à fouiner partout. Si vous recommencez, je vous fais mettre les tripes au soleil, est-ce clair ?

— Oui, dit Victor en sautant de la barrière.

— Pareil pour moi », lança William.

Contrairement à ce que les garçons avaient imaginé, leur séjour forcé dans leur chambre ne fut pas perdu. Armés de la puissante longue-vue de Victor, ils scrutèrent les alentours et assistèrent à une scène incroyable.

À une centaine de mètres de leur chambre, se dressait une haute grange en bois. Un homme arriva avec une colonne de mulets. Il attacha la vingtaine de bêtes à un poteau, puis ouvrit en grand les portes de la grange. Il entra et sortit avec un sac sur le dos. Mais pas n'importe quel sac...

« Ça, je sais ce que c'est, dit Victor en zoomant sur l'épaule du pirate. Sac rouge et blanc en vue. Jette un œil là-dedans.

— Tiens, tiens, dit William. Ce gars-là est en train de charger des sacs de crottin de mammouth sur ses mulets. Et regarde dans la grange, il y a une vraie montagne de sacs !

— Combien tu paries qu'il y en a ? demanda Victor.

— Je ne sais pas, cinq cents, au moins !

— Je dirais : près de deux mille, calcula Victor.

— Deux mille ! s'écria William. Pourquoi deux mille ?

— Parce que deux mille fois cinquante kilos, ça fait combien ?

— Ça fait... Ça fait... cent mille kilos.

— C'est-à-dire ?

— Cent tonnes ! On vient de trouver les cent tonnes de crottin volé !

— Ce qu'il en reste, pour être exact.

— Il faudrait aller vérifier si ce sont bien les sacs volés, suggéra aussitôt William.

— Pas question ! tonna Victor. Je n'ai pas envie que l'on me mette les tripes au soleil ! »

Une heure plus tard, les mulets repartirent lourdement chargés. Au même moment, les deux garçons rampaient déjà vers la grange. Ils avaient sauté du premier étage où se trouvait leur chambre et progressaient en s'aidant de leurs coudes.

Après leur randonnée au sol, ils se glissèrent sans faire de bruit dans la grange. Les sacs de crottin étaient entreposés au fond, à côté de bottes de paille.

« Regarde, murmura William en retournant un sac dans tous les sens. Il n'y a pas le plomb officiel qui certifie que ce sac a été vendu... Tu te souviens, Karl von Lavache nous avait expliqué que chaque sac vendu sortait de l'entrepôt avec une bague d'acier et un plomb qui garantissait son origine et sa légalité...

— Super ! Worral est un trafiquant de crottin, la belle affaire ! Allez, maintenant, on file...

— Chut ! murmura William. J'entends quelqu'un... »

Le duo bondit derrière un monticule de bottes de paille.

À peine trente secondes plus tard, deux hommes entrèrent dans la grange. Le capitaine et Percipal portaient tous les deux un animal. Le premier tenait dans ses bras un grand chien blanc, Rhino. Il était mort et à moitié dévoré. Sa tête, couverte de sang coagulé, pendait vers le bas et son ventre avait été arraché. Le capitaine s'accroupit et le déposa sur un lit de paille. Percipal portait sur les épaules un gros léopard. Il le jeta au sol sans ménagement.

« On enterrera Rhino demain matin, dit le capitaine. D'ici là, je ne veux pas que la vermine me l'abîme. Il nous faudrait de la glace et une couverture.

— J'y vais, dit Percipal. Je suis désolé. Je n'ai pas réussi à le rattraper à temps...

— Vous n'y êtes pour rien. C'est son goût excessif pour l'aventure qui l'a tué. Je peux comprendre ça mieux que personne. »

Percipal sortit et revint quelques minutes plus tard avec un seau de glace et une couverture sous le bras. Le capitaine n'avait pas quitté du regard le corps de son chien. Il glissa la couverture sous l'animal, couvrit le corps de glace et referma la couverture.

« Cent quinze kilos, et il n'a pas pu se défendre ! dit le capitaine. Canaille de grimpeur !
— Et lui ? demanda Percipal en montrant le léopard.
— Dans la glace aussi. On le fera empailler. J'ai une commande. Bon. Je file. J'ai deux loustics qui doivent claquer des dents dans leur chambre en attendant que je vienne les chercher... Je vais voir ce qu'ils mijotent ! »

Pétrifiés derrière leurs bottes de paille, les loustics se disaient que les choses allaient tourner mal. Ils devaient rejoindre leur chambre avant que le capitaine n'y débarque ! Et ils étaient plus sales que des ramoneurs, après avoir rampé ! Même s'ils arrivaient avant lui, comment s'expliquer ?

Les deux hommes partis, William et Victor foncèrent et se retrouvèrent sous la fenêtre de leur chambre, dans l'incapacité de la rejoindre. Elle se trouvait au premier étage et impossible d'emprunter l'escalier sans se faire remarquer des clients.

Par chance, le double-gorille survint, une balle à la main. Il voulait jouer. William et Victor voulaient grimper.

William prit la balle à Pollux et demanda à Victor de s'agripper avec lui au cou du grand gorille. Ils allaient l'utiliser comme monte-charge. William jeta la balle sur le balcon. Pollux grimpa aussitôt pour la chercher, emmenant avec lui ses deux cavaliers.

Mais, au moment où les deux garçons refermaient la porte de leur chambre, le capitaine arriva. Il frappa. Ils étaient cuits !

Un engin fouetta l'air au-dessus de la cabane de chasse. Sans attendre que les enfants viennent lui ouvrir, le capitaine enfila le couloir, dévala les escaliers et alla saluer les deux nouveaux clients qui venaient à bord d'un mouchocoptère. En entrouvrant la porte de la chambre, William, résigné à se faire prendre, ne vit que l'ombre de l'homme qui sortait du couloir et la silhouette d'un mouchocoptère qui se posait près de la grange.

Une douche. Un coup de peigne. Des vêtements propres. En

cinq minutes, les deux compères furent prêts à affronter la suite des événements.

À huit heures, on cogna à la porte. William se leva, ouvrit la porte et lança un sourire faussement triste à l'homme qui se dressait sur le paillasson. C'était Percipal. Sa chemise beige était couverte du sang du grimpeur.

« Punition terminée. En route ! dit-il. Ordre du capitaine ! »

Une balade en bateau se préparait. En langage pirate, on disait une « maraude ». Le soleil était au beau fixe. À cent mètres de la cabane de chasse, au bord de la rivière Saï Saï, Percipal attendait que tout le monde soit là pour commencer. Un canot pneumatique noir long de trois mètres se tenait tout près de lui.

« Ce bateau gonflable qui n'a l'air de rien est ce que l'on fait de mieux dans le genre, expliqua Percipal à la troupe de chasseurs agglutinés autour de lui. C'est de la haute technologie pirate. La toile qui le compose est en fibre de carbone-titane THR, c'est-à-dire à très haute résistance. Je vous le prouve tout de suite. »

Percipal sortit un sabre de son fourreau, le leva au-dessus de sa tête et se ravisa. Au lieu de faire lui-même la démonstration, il tendit l'arme à un homme particulièrement musclé et dont la moue indiquait qu'il doutait des qualités de résistance du bateau. Le client prit le sabre et frappa l'embarcation de toutes ses forces. Tout le monde écarquilla les yeux.

Le canot était intact. Percipal donna quelques explications.

« Je pense que vous serez tous d'accord avec moi pour affirmer que notre hôte, avec son coup de sabre, aurait pu couper en deux un hippopotame. Et, comme vous pouvez le constater, la toile est intacte. En fait, la fibre carbone-titane peut résister à la morsure des plus gros crocodiles. C'est d'ailleurs pour cette raison qu'elle est utilisée pour les canots... »

Les chasseurs se lancèrent des regards inquiets.

« Et ils font quelle taille, ces crocodiles ? demanda au guide une grosse dame blonde.

— Madame Grolac, je...

— Pas de chichis entre nous. Appelez-moi Constance.

— Ma chère Constance, le plus grand mâle *Crocodilus gigantosaurus* jamais mesuré faisait plus de treize mètres et pesait un peu plus de neuf tonnes et demie... »

Les chasseurs se jetèrent des regards terrifiés. Mais pourquoi avaient-ils payé si cher pour atterrir dans un pareil lieu de cauchemar ?

« Autre intérêt de ce bateau, continua Percipal comme si de rien n'était, non seulement il flotte et résiste aux morsures de crocodile, mais il peut servir de hamac pour deux personnes ou d'abri contre la pluie. Pour cela, il suffit d'attacher quatre cordes à ses boucles situées aux coins des boudins et d'attacher ces cordes à quatre arbres, dans un sens ou dans l'autre. Des questions ?

— Oui, dit Constance. Est-ce que l'on peut tirer au fusil depuis ces canots ? »

Percipal eut un petit sourire.

« Je vois où vous voulez en venir, dit-il. Un croco ? On tire ! Sauvés ! Pas de chance. Compte tenu de la force de recul qui accompagne le tir, je vous le déconseille fortement. À moins bien sûr qu'un bain avec les crocos ne vous tente... »

Tout le monde s'esclaffa, sauf Constance Grolac. William pensa que même si elle tombait dans l'eau, elle ne risquait rien : il était persuadé que les crocodiles ne voudraient pas d'elle...

« De toute façon, personne ne tirera aujourd'hui, Constance, continua le capitaine qui apparut à cet instant en compagnie des deux chasseurs arrivés en mouchocoptère. La journée sera consacrée au repérage du gibier, aux techniques d'approche et aux techniques de survie en milieu hostile. »

Ces paroles qui devaient réconforter tout le monde eurent l'effet inverse.

« Nous laisserons carabines et fusils à la cabane de chasse. Mais je vous rassure : les guides qui vous accompagnent seront armés. »

Un soupir général se fit entendre.

Chapitre 37
Sur l'eau avec Constance Grolac

AU MOMENT DE FORMER LES ÉQUIPAGES pour la maraude sur la rivière Saï Saï, personne ne voulut monter à bord du canot pneumatique de la grosse dame blonde. Chacun avait peur de couler en montant avec elle. Constance devait faire dans les deux cents kilos et tout le monde pensait que c'était largement assez pour la pauvre embarcation.

Les deux garçons choisirent le bateau de tête, celui de Percipal, de loin le meilleur fusil de la cabane de chasse. Contre son gré, il confia les rames à William et Victor. Ce dernier avait expliqué à Percipal qu'il était champion de canoë-kayak. Pour avoir la paix, Percipal avait cédé. Afin de ne pas faire de jaloux, il avait donné l'autre rame à William.

Dans la chaleur de la matinée, le convoi fut mis à l'eau sans un bruit. Les berges de la rivière Saï Saï était abruptes, mais, par endroits, des plages de sable permettaient aux animaux de venir boire. Pour les rameurs, ces plages étaient les endroits idéaux pour observer le gibier.

En tête de convoi, William et Victor aperçurent d'abord un troupeau de gnous à queue blanche qui se désaltéraient sans paraître trop inquiets de la présence des humains.

« Victor, chuchota William. Tu as vu, on dirait que les gnous ont trempé leur queue dans un pot de peinture !

— Imbécile ! » marmonna Victor.

Victor avait toujours eu le plus grand intérêt et le plus grand respect pour la faune sauvage. Il ne supportait pas que l'on se moque des animaux. Pour William, le monde sauvage était plutôt une sorte de gigantesque zoo rigolo.

Un peu plus loin, William remarqua un groupe de gros crocodiles, gueule ouverte, qui se faisaient curer les dents par des oiseaux nettoyeurs.

« Victor, regarde ! ricana William. Il faudrait que tu t'achètes un oiseau comme ça pour te nettoyer les dents quand tu as mangé des rillettes !

— Imbécile ! » grommela Victor, qui, de colère, donna un violent coup de rame.

Des canards flibustiers et des poules à tête de mort filèrent sur l'eau à l'approche des esquifs. Percipal demanda à Victor de se calmer, il faisait fuir le gibier.

Un peu plus loin, ils virent une harde d'une dizaine de six-cornes qui traversaient la rivière. Les animaux avaient de petits yeux et n'avaient franchement pas l'air très intelligent.

« Hé, William ! Regarde comme celui-là a l'air stupide ! Je parie que ses copains l'appellent Santrac !

— Imbécile ! » grogna William.

Le convoi continua sa route aquatique pendant deux heures. Tous les clients du capitaine étaient émerveillés par la faune qu'ils contemplaient à l'abri dans leurs canots. Mais la peur fit néanmoins son apparition. William affirma avoir entendu un tigre à dents de sabre.

Aussitôt, Percipal assura à tout le monde qu'il n'y en avait pas dans le coin, mais beaucoup plus au sud, en aval de la rivière, dans les grandes plaines. William passa pour un mauvais plaisantin.

La maraude s'acheva vers midi. Un couple de gros vautours au cou pelé s'envola lourdement dans l'air surchauffé au moment où les chasseurs accostaient sur la berge pour pique-niquer.

Au cours du repas, entre deux leçons sur la vie sauvage, Percipal expliqua de sa voix grave ce qu'il fallait faire et ne pas faire dans un milieu hostile. La première chose à faire était de ne jamais se déplacer seul. La seconde était de toujours avoir à boire, la chaleur étant le premier ennemi à craindre. Le guide donna également des conseils pour s'orienter en forêt, pour se protéger des insectes en se frottant la peau avec certaines plantes, pour trouver de l'eau en suivant les singes, pour faire du feu, etc. La plupart des chasseurs l'écoutaient d'une oreille distraite, persuadés de ne jamais s'éloigner de la protection du fusil de Percipal. Seuls William et Victor enregistrèrent ses paroles mot à mot...

Vers treize heures, ce fut l'heure de la sieste. William et Victor s'écartèrent du groupe. Il n'était pas question de dormir.

« C'est splendide, dit Victor qui observait un vol de libellules géantes sur l'eau de la rivière.

— Oui, confirma William. Mais il va falloir s'en passer.

— Comment ça ?

— On va partir avant que le vent tourne, Victor. J'ai l'impression que Worral nous garde en otage pour nous échanger plus tard au cas où les choses tourneraient mal pour lui. Je ne crois pas qu'il nous ait gardés simplement parce que nous sommes des intrus. Il doit avoir une idée derrière la tête. Il faut trouver un moyen de ficher le camp.

— Je serais le premier à le faire. Mais...

— Mais ?

— Moi, je n'ai pas oublié ce qui est arrivé à Rhino. Le ventre arraché...

— Moi non plus... Mais ça ne m'empêche pas d'avoir envie de partir.

— Bon, alors admettons que l'on parte. Est-ce que tu as une idée de la distance à laquelle on se trouve du mur de la Sauvagerie, autrement dit de chez nous ?

— Environ mille kilomètres. Ce n'est pas la mer à boire en...

— Trois fois plus ? s'exclama Victor. Trois mille kilomètres !

— Trois mille kilomètres ! Comment peux-tu dire ça ? Tu as vu, comme moi, les gars en mouchocoptère, non ? Cet engin peut voler deux mille kilomètres, deux mille cinq cents maximum, sans refaire le plein de carburant. Autrement dit, son rayon d'action est de mille kilomètres environ. Or, j'ai pas vu de station essence dans les environs de Mira Kongo. Le mouchocoptère ne peut pas être à plus de mille kilomètres de sa base !

— Je ne dis pas le contraire, dit Victor. Question mouchocoptère, tu t'y connais. Mais moi, c'est en bateau que je m'y connais. Quand on a pris nos passagers, au niveau de la crique de l'Œil de la Terre, eh bien, depuis cet endroit, on a navigué, pied au plancher, pendant trois jours. J'ai fait le calcul. À vingt-cinq nœuds de moyenne, soit environ quarante-cinq kilomètres à l'heure, pendant vingt-quatre heures, c'est-à-dire trois jours, ça fait au moins trois mille kilomètres.

— Et comment tu expliques alors la présence du mouchocoptère ?

— Je ne l'explique pas. Je constate que l'on est à trois mille kilomètres de chez nous. Ce mouchocoptère a peut-être des super réservoirs de carburant...

— Tu as sans doute raison, admit William. Il faudrait cuisiner les deux chasseurs qui le pilotaient si on veut percer ce mystère.

— Le problème, dit Victor, c'est que si on va les interroger,

Worral va se douter de quelque chose. Il pourrait nous offrir aux crocos !

— Il faut que l'on tire les vers du nez à quelqu'un d'autre, quelqu'un qui connaît les deux pilotes et qui n'intéresse personne, proposa William. Même pas Worral... »

Ils se jetèrent un regard. Ils pensaient à la même personne. Ils se levèrent et s'approchèrent de Constance Grolac. Elle lisait un livre à l'ombre d'une fougère arborescente : *Maigrir de cent kilos en dix jours*.

En les voyant, la grosse femme remit son livre dans son sac et les accueillit avec un sourire méfiant.

Les deux garçons lui lancèrent un sourire hypocrite. Ils se disaient qu'en étant gentils avec elle, peut-être que...

« Belle journée, n'est-ce pas ? demanda William de la façon la plus banale qu'il put.

— Oui, oui, belle journée, confirma Constance d'une voix gênée.

— On voulait vous demander quelque chose, dit Victor d'un ton amical. Ça vous ennuierait si on montait avec vous dans le canot pour le retour ?

— Non, pas du tout ! s'étonna Constance. Pourquoi ? Percipal n'est pas un bon guide ?

— On a l'impression que ça l'embête que l'on rame à sa place, dit Victor, il aime bien montrer qu'il est le chef à bord et...

— Un problème, Constance ? » demanda soudain une voix qui jaillit des buissons.

Le capitaine ! Pas de chance pour les garçons, il s'intéressait à la grosse dame blonde.

« Non, pas du tout, répondit Constance. Au contraire. À ma demande, ces deux charmants matelots ont accepté de m'escorter pour le chemin du retour. Je suis lasse, la marche d'hier m'a exténuée. Pour tout vous dire, je me suis endormie hier soir sans prendre mes fidèles somnifères... Quatre bras de plus sur le canot me soulageraient grandement. Confiez-moi ces deux petits galériens !

— Bon... Bon... Très bien, répondit le capitaine. À votre guise. Je vous les laisse. »

Aucun doute, Constance les avait sortis d'un fâcheux mauvais pas. William et Victor avaient honte de s'être moqués d'elle précédemment.

« Merci, Constance, dit William.

— Merci beaucoup, ajouta Victor.

— Je vous en prie, dit la femme d'une voix complice et amusée. C'est tout naturel. Je sais que votre oncle a tendance à voir le mal partout. Je le pratique depuis quelque temps. Je connais l'animal. Alors, qu'est-ce qui vous turlupine au point de vouloir monter à bord du canot d'une grosse baleine comme moi ? »

Les deux garçons eurent un fou rire. Puis William se lança :

« On voudrait savoir qui sont les deux gars arrivés en mouchocoptère.

— Deux imbéciles ! Deux fieffés imbéciles ! s'énerva Constance. Voilà ce que sont les frères Cassard. Le petit, avec le long nez, s'appelle Richard, c'est une vraie brute. Sa devise : "Tout ce qui vole et tout ce qui court est bon à tuer." Je ne supporte pas ce genre de chasseur qui tire sur tout ce qui bouge !

— Et le gros ? demanda Victor.

— C'est son frère cadet, Bernard. Lui fait dans le bizarre. Il aime jouer au golf avec des œufs durs ! Méfiez-vous de ces deux-là. Ils se croient tout permis. Ils sont riches à millions. Ils ont une agence de voyages, une chaîne de tavernes, des mines d'or et d'argent, une entreprise de travaux publics, et j'en passe. Riches comme pas deux, mais toujours les derniers à payer. Je vous fiche mon billet qu'ils n'ont pas encore donné la moindre pièce d'or au capitaine...

— Mais comment ont-ils pu arriver jusqu'ici en mouchocoptère ? demanda William. Leur or ne leur permet pas tout. Il n'y a pas d'aéroport dans le coin !

— Pas la peine. Ils se sont fait construire un porte-mouchocoptères. Un bateau avec une piste dessus ! Ça leur a coûté un prix fou, mais ils peuvent aller partout. Ils jettent l'ancre n'importe où près d'une côte, et hop ! un tour dans leur babiole volante ! »

C'était donc ça ! Victor avait raison. Ils étaient au moins à trois mille kilomètres du mur de la Sauvagerie. Et, contrairement à ce que pensait William depuis ce matin, voler le mouchocoptère à ces deux fieffés imbéciles ne suffirait pas à assurer leur évasion. Mais en jetant un œil au canot gonflable et un autre œil sur les bras musclés de Victor, William eut une nouvelle idée. L'air ne suffirait pas à les ramener au mur de la Sauvagerie, mais ajouté à l'eau... Qui sait ?

Sur le chemin du retour, alors que William ramait en douceur en souriant à Constance, les pièces du puzzle se mettaient en place dans leur tête. Worral était le capitaine masqué, le chef des chasseurs qui avaient tué Koï et kidnappé les bébés mammouths. De plus, il était au centre de l'affaire du trafic de crottin de mammouth. Enfin, William était prêt à parier que ce crottin faisait pousser de drôles de fleurs. Avec tout ça, Worral était bon pour un nouveau procès !

Mais William se posait encore quantité de questions : quel but poursuivait Worral ? Pourquoi le roi de la chasse illégale et patron du trafic de bonbons bizarres repoussait-il son retour à Piratopolis ? Pourquoi gardait-il cette cagoule et ses lunettes de soleil sur le visage en toutes circonstances ? Et que leur réservait-il à eux deux ?

Un peu plus tard, le soleil plongeait derrière les collines boisées qui s'étendaient à l'ouest de la cabane de chasse. Une lumière couleur miel d'acacia illuminait les visages des chasseurs qui profitaient des derniers rayons de soleil pour savourer un cocktail sur le balcon.

Les deux garçons avaient décidé de se faire discrets pour ne pas éveiller les soupçons au sujet de leur départ. Ils donnaient un coup de main pour le dîner.

Victor était aux cuisines. Il écoutait les conseils culinaires de Francis tout en épluchant les légumes indispensables à la préparation d'une ragougnasse de la jungle.

William était à la cave à la recherche des vins et autres alcools destinés aux convives. À travers la grille qui donnait sur l'extérieur, William capta une discussion fort intéressante qui se tenait sur le balcon.

« Capitaine, dit Richard Cassard, l'aîné des frères, appuyé contre la rambarde du balcon et visiblement saoul après son troisième cocktail. Je voudrais vous poser une question indiscrète. »

Le capitaine l'invita à parler.

« Vous êtes un homme fort riche, chacun le sait, et difficile à corrompre, continua Richard. Mais je pense que toute chose en ce monde a un prix. Je serais curieux de savoir combien il faudrait vous donner de pièces d'or pour que vous me montriez votre visage ?

— Mon cher ami, mais néanmoins client, dit alors le capitaine, il faudrait d'abord commencer, pardonnez-moi, par me payer votre semaine à Mira Kongo. Ce serait un bon début pour négocier...

— Vous avez raison, Capitaine ! dit Richard, confus. Vous avez bigrement raison. J'en ai pour une minute. Tout est dans ma chambre...

— Je vous en prie, laissez ça, dit le capitaine d'un ton courtois. Nous verrons demain pour ce genre de détail...

— Soit, capitaine, mais vous n'échapperez pas à la question de mon frère ! rétorqua Bernard. Combien pour ôter votre cagoule, ce soir ?

— Mes amis, je crois hélas que toute votre fortune ne suffirait pas à me la faire retirer maintenant, dit le capitaine. Mais ne vous tracassez pas, un jour, je le ferai pour rien...

— Pour rien ? » demanda Constance.

Après un bref silence, le capitaine lâcha cette phrase énigmatique :

« On ne reste pas masqué toute sa vie...

— Capitaine, je vous propose cent mille pièces d'or si vous le faites ce soir, insista Richard Cassard d'une voix excitée. Ce n'est pas rien ! »

Cent mille pièces d'or ! s'étrangla William dans sa cachette.

« Mon ami, pour tout vous dire, reprit calmement le capitaine. Ce n'est pas une question d'or...

— Si ce n'est pas une question d'or, c'est donc une question de confiance, proposa Bernard. Vous n'avez pas confiance en nous ?

— Oh que si, j'ai confiance en vous ! assura le capitaine. Vous tous savez que mes activités m'obligent à vous faire confiance, n'est-ce pas ? »

Tous approuvèrent. Il était une chose certaine en effet : n'importe quel client du capitaine pouvait un jour le trahir en révélant ce qui se passait à Mira Kongo. Mais en le trahissant, il trahirait tous les autres chasseurs et, surtout, il se trahirait lui-même et se priverait du coup de tous les plaisirs qu'offrait Mira Kongo.

Le secret les unissait. Et la peur de mourir faisait le reste. Car si l'un d'entre eux s'aventurait à dénoncer le capitaine, le traître passerait de l'état de chasseur à celui de gibier !

« Allez, Capitaine ? implora Constance, qui prenait goût au

jeu des devinettes. Retirez au moins vos lunettes ! Pour la beauté du geste ! Que l'on voie vos yeux !

— Mes lunettes ? Je ne peux pas, chère Madame. Le regard d'un homme le trahit, vous le savez bien. Vous connaissez les hommes. Et puis, ni l'or ni la confiance ne sont en jeu dans cette affaire. Je tiens seulement à faire une petite surprise à certaines personnes pour Noël, c'est tout ce que je peux vous dire... »

William ne perdit pas une miette de cette conversation. Il ne comprenait pas tout. Certaines choses étaient encore floues. Mais une chose était sûre : pour ce Noël qui approchait, le capitaine préparait quelque chose ! William en savait largement assez. Il était l'heure de quitter au plus vite Mira Kongo, et par tous les moyens. Même le vol...

Chapitre 38
La clé du départ

LE REPAS DU SOIR S'ÉTERNISA dans la fumée des cigares et les vapeurs d'alcools forts. Enfin, vers une heure du matin, William et Victor purent aller comploter dans leur chambre.

Allongés sur leurs lits, les deux garçons feuilletaient le livre d'Apollonius Mollo afin de trouver la route la plus courte et la moins dangereuse pour regagner le mur de la Sauvagerie.

Leur plan d'évasion était simple. Il était entendu qu'ils « emprunteraient » le mouchocoptère des frères Cassard pour la première partie de leur trajet ainsi qu'un canot pneumatique pour la seconde. Mais les deux garçons n'étaient pas d'accord sur le chemin à prendre.

William pensait qu'il fallait piquer le plus au sud possible avec le mouchocoptère, sans aucun doute le chemin le plus court, puis marcher quelques jours dans la savane pour rejoindre le fleuve Rouge et Or qui descendait vers la côte est.

Victor était partisan d'une route plus à l'ouest, certes plus longue, mais moins dangereuse. Car, après le vol en mouchocoptère et quelques journées de marche dans les grandes plaines en direction des collines des Borgnes blessés, cette route permettait d'atteindre le Kaovango, un fleuve qui finissait sa course sur la côte ouest, à une dizaine de kilomètres du mur, pas très loin du village de Mille Troncs. Autre avantage : le Kaovango était plus calme que le fougueux Rouge et Or, réputé pour ses épouvantables rapides.

« Tu peux me faire confiance, dit Victor. Je pratique le canoë-kayak depuis des années. Mieux vaut faire quelques kilomètres de plus et éviter ce que je vois là.

— D'accord, dit William. L'important, c'est que l'on arrive en un seul morceau.

— Je te promets que l'on arrivera à temps, assura son ami. Il nous reste treize jours. »

Treize jours pour parcourir plus de trois mille kilomètres de jungle, de brousse, de savane et d'eau. Treize jours à côtoyer les pires cauchemars que pouvaient imaginer deux aventuriers. Treize jours pour arriver à Piratopolis avant que le capitaine ne fasse sa surprise, le jour de Noël.

Mais, avant de partir, il restait des choses importantes à régler.

« Je suis d'accord, dit soudain Victor. Si on parvient à s'échapper, les chasseurs vont aussitôt tout brûler pour faire disparaître les traces de leurs méfaits.

— Et tu peux être sûr qu'ensuite, ces messieurs et ces dames vont rentrer bien gentiment chez eux, comme si de rien n'était, en priant le ciel qu'un fauve affamé nous tombe dessus pendant notre escapade ! Et si par miracle on survit, on aura fait tout ça pour rien...

— Il faut trouver un moyen de prouver que l'or du capitaine a été gagné malhonnêtement et qu'on a tout vu !

— Deux témoins, dans une affaire comme ça, c'est bien, ajouta William. Mais sans preuve de notre présence ici, personne ne croira à notre histoire. »

William cherchait dans ses souvenirs ce qui pourrait les aider à berner l'ennemi. Tout en réfléchissant, il rangeait ses vêtements et ses livres dans son sac.

« Il faut que l'on se les farcisse ! s'exclama Victor. Comme de gros dindons ! Le tout, c'est de trouver la farce qu'on va leur jouer... »

À cet instant, William aperçut le coin de son album de Saucisse Man.

« Une farce ? Une farce... Une farce ! Victor ! Tu es un génie !

— Merci, mais est-ce que tu peux m'expliquer en quoi, là, précisément, je suis un génie ?

— C'est simple. Tu te souviens de l'épisode des *Aventures de Saucisse Man*, quand il arrive à identifier le gang des voleurs de saucisses en saupoudrant la charcuterie avec de la poudre magique ?

— Très bien. C'est l'épisode où... Mille canons ! J'ai compris. Tu penses à la poudre de Jean ! Celle que tu voulais mettre sur un chat !

— Oui ! Il suffirait de vider un de nos sacs de poudre sur l'or du capitaine. Après, avec une bonne lampe à ultra-violets pour la faire briller dans l'obscurité, il sera facile de prouver que c'est nous qui l'avons mise. Donc, que l'on était bien ici et que l'on a tout vu !

— Super ! Le problème, c'est d'arriver à mettre cette poudre dans le coffre du capitaine sans qu'il... »

Victor s'interrompit. Plusieurs personnes arrivaient dans le couloir. Les deux garçons s'approchèrent de la porte de leur chambre et tendirent l'oreille.

« Demain, c'est le grand jeu ! Bam ! Bam ! Bam ! clama une voix que William identifia comme étant celle de Richard Cassard. Ça va canarder ! Comme l'autre fois avec les mammouths !

— Tu as préparé ton fusil ? demanda son frère d'une voix rendue pâteuse par l'alcool.

— Huilé, brossé, lustré ! dit Richard d'un ton surexcité. Brillant comme une pièce d'or sortie de notre fonderie !

— À propos de ça, remarqua Bernard, il faudra payer le capitaine. Je crois que sa plaisanterie lors du cocktail était une sorte d'avertissement. Je n'aimerais pas qu'une balle perdue se retrouve finalement... dans ma belle carcasse...

— Tu crois vraiment qu'il nous...

— Oui, je crois qu'il ne nous raterait pas...

— Nous paierons demain à la première heure ! dit Richard, soudain effrayé. Avant le premier coup de fusil...

— C'est... plus prudent... » marmonna Bernard.

Un bruit de clé. Une porte qui grince. Les deux frères entrèrent dans leur chambre commune.

Les garçons pouvaient continuer à comploter.

« Victor, j'ai la solution ! chuchota William.

— Quelle solution ?

— On va faire d'une pierre trois coups. Non seulement on va emprunter le mouchocoptère aux frères Cassard, mais on va aussi ajouter un peu de poudre de Jean à leur or. Comme ça, pas la peine de risquer sa peau en farfouillant dans le coffre du capitaine.

— Voilà deux bonnes idées ! lança Victor. Mais c'est quoi, ton troisième coup ?

— On leur chipera aussi un fusil, expliqua William. Comme preuve des massacres de mammouths. Tu te souviens, Constance nous a dit que Richard Cassard dormait toujours avec son fusil. C'est une excellente idée, non ?

— Oui, c'est une excellente idée. Une excellente idée pour se faire tuer. Tu as oublié que Constance nous a dit que cet imbécile tirait sur tout ce qui bouge...

— Pourquoi voudrais-tu que l'on se fasse tirer dessus ?

— Et si l'un d'eux se réveille ?

— Tu as vu ce qu'ils ont bu ? Ils vont cuver leur rhum, leur vin et leur cognac toute la nuit !

— Dormir ne veut pas dire être assommé ! Je sais de quoi je parle.

— Parfois, si... dit William d'une voix mystérieuse. Tu imagines bien que je ne voulais pas que ces deux crétins se réveillent au moment où je vais leur emprunter la clé du mouchocoptère ! »

Victor leva les sourcils.

« Qu'est-ce que tu leur as fait avaler ?

— Une petite recette personnelle. Alcools forts plus somnifères empruntés dans la trousse de toilette de Constance... Une dose à assommer un mammouth !

— Mille canons ! Et tu ne m'as rien dit ! On peut tuer quelqu'un comme ça ! Tu as fait attention aux doses au moins ?

— J'ai regardé la notice. C'est trois cachets maximum par jour et par personne. J'en ai mis cinq pour être sûr. Ce soir, tout le monde devrait bien dormir.

— Sauf nous ! »

Une demi-heure plus tard, les deux frères Cassard faisaient trembler toutes les cloisons de la cabane par des ronflements abominables. Sur la pointe des pieds, William, qui précédait Victor, poussa la porte de leur chambre. Le duo s'était réparti le travail. William s'occuperait de chiper la clé du mouchocoptère qui pendait au cou du gros frère Cassard. Victor devait placer la poudre de Jean dans le sac de pièces d'or de Richard et voler son fusil.

Les deux pirates dormaient chacun dans un grand lit.

Richard portait un ridicule bonnet de nuit blanc qui se terminait par un pompon. Il dormait sur le côté avec son fusil dans les bras !

Horreur ! Le gros débordait de chaque côté du lit et ronflait bruyamment. Il avait bien la clé autour du cou, mais elle se trouvait coincée sous sa grosse nuque.

En s'approchant de son visage, William prit son haleine alcoolisée en plein visage. Les joues de l'homme se gonflaient et se dégonflaient comme un soufflet de forge. William sortit son couteau fétiche et coupa la lanière de cuir qui retenait la clé.

Malgré sa répulsion, il tira sur la lanière, doucement. Elle glissa sans emporter la clé avec elle. Il fallait tourner cette grosse tête pour la récupérer. William glissa une main sous la tête de l'homme et serra de toutes ses forces la clé entre deux doigts. La clé ne bougea pas, incrustée dans la graisse du dormeur.

« Je n'y arrive pas. Impossible de la faire tourner, chuchota William. Trop lourde et trop ronde. Viens m'aider. »

La tête de Bernard Cassard ressemblait à une citrouille rougeâtre et visqueuse. Ni ses oreilles, minuscules et poisseuses, ni ses cheveux, courts et gras, n'offraient une bonne prise.

Victor acheva de déposer la poudre de Jean dans le sac de pièces d'or des deux frères, puis il fit le tour du lit et constata les dégâts. Pas d'autre solution !

Il n'hésita pas une seconde et fourra ses deux index dans les narines du gros, puis il tira la tête sur le côté. Son ami le regardait faire avec intérêt et dégoût à la fois. Ça marchait !

Sans attendre, William plongea la main derrière la nuque du bonhomme et attrapa la clé.

Victor retourna auprès de Richard qui tenait toujours son fusil. En regardant l'arme, il pensa à Koï et aux femelles abattues. Il retira le fusil des bras du frère Cassard, qui rouspéta un moment mais se tut et attrapa avec délectation le manche à balai que lui donnait le garçon en échange de son arme.

« N'oublie pas les cartouches, dit William.
— Des cartouches ? Pour quoi faire ? chuchota Victor.

— Tu sais bien que certaines bêtes sauvages, du genre longues-griffes, nous attendent de pattes fermes dans la Zone mystérieuse. Alors, tu veux leur servir de petit déjeuner ou quoi ? »

Une boîte de vingt cartouches à balles blindées se trouvait dans une veste de chasse qui pendait à un cintre dans l'armoire. Victor s'en empara.

Deux heures plus tard, les deux amis marchaient en direction de la grange. Il leur avait fallu du temps pour rassembler le matériel nécessaire à leur retour. Il faisait encore nuit, mais l'aube n'allait plus tarder. Un épais brouillard masquait encore la silhouette ronde du mouchocoptère stationné à côté de la bâtisse en bois.

« Tu crois que l'on a tout ? demanda Victor d'une voix tremblante.

— Ne panique pas. On a tout. Clé de contact. Fusil. Balles blindées. Canot pneumatique. Gonfleur. Pagaies. Boussole. Sac à dos. Nourriture. Cachets purificateurs d'eau. Canne à pêche. Sacs de couchage. Lampes frontales. Allumettes. Et s'il nous manque quelque chose, on reviendra le chercher...

— Tu te crois drôle ?

— J'essaie de détendre l'atmosphère !

— Je n'ai pas l'habitude de voler...

— Au début, c'est dur, mais après on s'habitue à l'altitude, dit William du ton d'un expert.

— Je ne parlais pas de voler, mais de voler... Chouraver, chiper, chaparder !

— Ah, voler ! Oh ! mais à ça aussi on s'habitue très vite ! »

Victor secoua la tête de dépit.

— Je plaisante, Victor. Je n'aime pas voler. Et c'est la première et la dernière fois que je vole un mouchocoptère !

— Forcément, puisque l'on va mourir en s'écrasant ! »

Arrivé à l'appareil, William ouvrit la petite porte du coffre arrière pour y jeter leurs affaires. Victor sautillait sur place en regardant de tous les côtés.

William glissa la clé dans la serrure de la grande porte transparente du mouchocoptère. Il monta à bord, ouvrit l'autre porte pour Victor et jeta un œil au tableau de bord de l'engin. Pas de mauvaise surprise. C'était le même modèle que celui que Lucas lui avait fait piloter. Toutes les pages du manuel qu'il avait lues tant de fois lui revenaient une à une en tête. Il songea également aux conseils que Lucas lui avaient donnés, un en particulier : « L'excès de confiance en soi est le pire danger qui menace un pilote ».

« Tu es sûr de savoir piloter cet appareil ? demanda Victor.

— Fais-moi confiance. Moi, je te fais confiance pour notre route. Et je serai prudent.

— Qu'est-ce que je dois faire ?

— D'abord, ferme à clé le loquet de la porte derrière toi, mets ton casque et essaie de me trouver une carte dans la boîte à gants. S'il n'y en a pas, faute de mieux, tu ouvres la petite porte derrière toi, elle communique avec le coffre. En guise de carte, on prendra le livre d'Apollonius. »

Victor ne répondit pas, mais accomplit exactement ce que William lui avait commandé. Il alluma la lampe frontale qu'il avait sur la tête et farfouilla dans la boîte à gants. Une carte de la région s'y trouvait. Visiblement, les frères Cassard l'avaient explorée. Il y avait des centaines de notes écrites à la main et des petits dessins aux endroits où, sur les cartes habituelles, on trouvait des surfaces blanches avec toujours la même note : zone non encore explorée.

Victor, rassuré de ne pas plonger dans l'inconnu, promena son doigt sur la carte.

« Alors, quel cap, copilote ? demanda William en tournant la clé de contact de l'appareil.

— Décolle ! On verra après ! »

Tous les voyants du tableau de bord s'allumèrent. La jauge de carburant, la plus intéressante aux yeux de William, monta rapidement, indiquant qu'il en restait les trois quarts. Il appuya sur le bouton d'allumage. Le moteur siffla et les pales de l'hélice entamèrent leur valse dans la brume.

Mais, alors que Victor scrutait la carte depuis à peine trente secondes pour donner un cap à son pilote, une ombre se leva du côté de William. L'ombre d'un homme qui plaqua ses deux mains sur la vitre de l'habitacle et se mit à hurler.

« Descendez de cet engin ! Tout de suite ! »

William reconnut cette voix instantanément. C'était celle du capitaine ! Mais l'homme qui frappait la vitre de l'habitacle n'était pas celui auquel William s'attendait. Dans sa précipitation, le capitaine, torse nu, n'avait mis ni son tricorne, ni sa cagoule, ni ses lunettes. Et il ne ressemblait en rien à Worral Warrec ! Cet homme mystérieux avait les yeux verts et il était blond ! Worral avait les yeux bleus et il était brun ! La forme carrée de son visage était en tout point différente de celle que William avait observée sur la photo de Worral publiée dans *Le Pirate libéré*. Et le capitaine n'avait pas une seule cicatrice sur le corps ou sur le visage... Qui était-il ? Qui était cet homme qui n'avait rien de commun avec Worral Warrec ?

« Descendez ! Immédiatement !

— Jamais de la vie ! hurla William. Dégagez ! On décolle ! »

Encore sous l'effet des somnifères que William avait donnés à tout le monde, le capitaine avait du mal à exprimer toute sa colère et toute sa force. Il cognait avec mollesse contre la vitre de la porte latérale de l'engin. Mais quelqu'un arrivait à sa rescousse.

« Pollux ! À moi, mon bébé ! Ici ! Pollux ! »

Sortant du brouillard, le double-gorille se précipita sur l'appareil.

« Tape, mon Pollux ! Tape ! » ordonna le capitaine en frappant du poing sur la vitre afin d'inviter son singe à l'imiter.

Pollux lança, l'une après l'autre, ses deux grosses mains sur la vitre. L'engin tout entier fut secoué de tremblements. La vitre crissa et se fêla sur quelques centimètres. Victor poussa un cri de terreur. William enfonça la manette des gaz.

Le capitaine renouvela sa demande. Le singe s'exécuta. Une toile d'araignée se dessina dans le verre qui se fissurait sous la puissance des coups du primate.

Mais l'appareil s'ébrouait. Le rotor prit de la vitesse et le moteur, enfin à pleine puissance, arracha l'engin du sol.

« Attrape ! » hurla le capitaine en s'accrochant au train d'atterrissage du mouchocoptère.

Le singe l'imita. Les poids combinés de l'homme et du gros singe empêchèrent l'appareil de monter plus haut que les deux mètres où il se trouvait. Les quatre cents kilos du double-gorille suffisaient à eux seuls. Et le capitaine le savait.

« Tiens bon ! Je reviens ! » hurla-t-il avant de partir à toutes jambes vers la grange.

Dans le mouchocoptère, William secouait la manette de vole dans tous les sens. Mais l'engin restait à deux mètres du sol, retenu par les énormes mains de Pollux !

Il fallait trouver une solution pour le faire lâcher prise.

« Fouille dans le sac et trouve une pomme ! cria William.

— Mais qu'est-ce que tu vas...

— Tais-toi et cherche une pomme ! »

Le regard affolé, Victor se retourna sans comprendre. Il ouvrit la petite porte sur le côté et renversa le contenu de son sac à dos. Toute la nourriture roula sur le plancher.

Dehors, le capitaine revenait avec une grosse corde dans les bras. William comprit aussitôt ce qu'il projetait : l'homme voulait attacher l'appareil à un arbre.

« Vite ! Victor ! Vite ! »

Ni une ni deux, Victor s'engouffra à moitié dans le coffre, les bras en avant, comme s'il plongeait. Il se tendit le plus possible et attrapa une orange du bout des doigts ! Il se retira en s'éraflant sur le côté, mais il avait le fruit...

« Est-ce que ça te va ? gémit-il, tout rouge. Je n'ai trouvé que ça !

— Parfait ! Lance l'orange à Pollux ! Il va partir la chercher !

— D'accord ! dit Victor, en sueur et tremblant.

— Le plus loin possible ! » commanda William, cramponné à la manette de vol.

Victor ouvrit la porte de l'appareil.

Les mains du capitaine venaient d'achever le nœud. L'homme se précipitait maintenant vers un énorme baobab, avec l'autre extrémité de la corde dans les mains.

Victor lança l'orange de toutes ses forces. Les yeux grands ouverts, le double-gorille comprit qu'un nouveau jeu lui était proposé. Il lâcha le train d'atterrissage de l'appareil et partit en bondissant dans la brume à la recherche de l'objet.

D'un geste sûr, William tira la manette de vol vers lui d'un coup sec. L'engin prit brusquement de l'altitude. Victor fut projeté en arrière sur son siège. Mais le plus dur était fait. Il s'attacha, les mains encore agitées de tremblements.

L'appareil gagna les airs, puis tourna au-dessus des cimes des plus hauts arbres. Un long fil, semblable à un boa mort, pendait sous lui. Un instant, le capitaine tenta de retenir la corde, mais elle fila entre ses doigts.

Dans l'air humide haché menu par l'appareil, le capitaine hurlait, les bras en l'air, la gorge gonflée de rage :

« Vous allez mourir ! Soyez-en sûrs ! Vous n'avez aucune chance ! Vous n'avez pas idée de ce qui vous attend ! »

Les fuyards n'entendaient plus rien d'autre que le bourdonnement du moteur de leur engin.

Le visage du capitaine disparut enfin, noyé dans la brume qui se referma sur lui.

Là-haut, au-dessus de la couverture de vapeur blanche, le soleil se leva pour nos deux jeunes pirates. La chaleur déchira la brume. Sous leurs yeux effarés, un immense champ de fleurs roses se dessina alors sur l'horizon ! C'étaient des millions de plants de *Cacaverus mortiferus* !

Chapitre 39
Un atterrissage original

LE MOUCHOCOPTÈRE VOLAIT, CAP SUD-OUEST. Selon les calculs de Victor, une fois le carburant consommé, cinq à six jours de marche à travers la brousse suffiraient pour gagner le fleuve Kaovango. De là, le canot pneumatique les mènerait jusqu'à l'océan. Ensuite, en longeant la côte, ils gagneraient le mur de la Sauvagerie, puis le village de Mille Troncs.

À bout de forces après quatre heures de vol et plus de huit cents kilomètres parcourus, William clignotait des yeux. Son esprit épuisé commençait à lui jouer des tours : il avait des hallucinations. Les cimes des arbres se transformaient en longs serpents ondulants, des faces déformées de fauves défilaient devant ses yeux, un troupeau de gazelles se diluait dans la lumière violente du soleil.

Dans un éclair de lucidité, il songea qu'il était temps de se poser et de se reposer, avant de risquer l'accident. Il demanda à Victor de l'aider à trouver une zone dégagée pour atterrir.

Sur sa gauche, l'œil rivé à sa longue-vue, Victor aperçut des vautours qui décrivaient de grands cercles dans le ciel d'un bleu cru. Victor estima que ce n'était pas l'endroit idéal pour se poser. Sur sa droite, à cinq ou six kilomètres peut-être, la végétation lui paraissait plus clairsemée. Victor l'indiqua du doigt à son pilote qui acquiesça d'un signe de tête.

Un moment plus tard, le mouchocoptère se posa avec quelques soubresauts, dans un nuage de poussière et d'herbe séchée. Le sol était rocailleux, sec et d'une couleur jaune pâle. Par endroits, de grands arbres épineux au feuillage aplati remplissaient l'espace de leurs silhouettes squelettiques. Il n'y avait pas âme qui vive.

William et Victor descendirent de l'appareil. Ils eurent aussitôt l'impression de rentrer dans un four. Le soleil était impitoyable et l'air vibrait sous l'effet de la chaleur. Pas un brin de vent. Pas un bruit. William ouvrit le coffre du mouchocoptère et en sortit une gourde.

Alors que son ami se désaltérait, Victor chargea le fusil de deux cartouches à balles blindées.

« Je me demande bien quel genre de créature peut vivre ici ? dit William en scrutant l'horizon hostile.

— À part deux cinglés comme nous, je ne vois pas », répondit Victor qui posa le fusil contre la carlingue de l'appareil.

Malgré la fournaise, William et Victor décidèrent de rester un instant pour manger et faire une sieste. Ils se dirigèrent vers un bouquet de grands acacias, à une cinquantaine de mètres de l'appareil. William n'avala qu'une orange tiède et un biscuit. Le fusil à portée de main, Victor engloutit deux oranges et cinq biscuits. Les deux garçons ne purent fermer l'œil. William songeait au capitaine du *Vaisseau fantôme* et se demandait s'il allait lancer ses hommes à leur poursuite. Victor, lui, pensait à sa famille, à ses familles, à sa chambre, à son lit, à tout ce qui les attendait là-bas, si jamais ils s'en sortaient vivants.

Un tremblement de terre les sortit brutalement de leurs pensées.

Les garçons se relevèrent brusquement et coururent vers le mouchocoptère. Dans l'affolement, Victor en oublia son fusil contre l'arbre.

UN ATTERRISSAGE ORIGINAL

Boum !

La main sur la poignée de la porte, William se retourna avant de grimper dans l'appareil. Il lâcha la poignée et hurla à Victor de s'arrêter de courir et de regarder derrière lui. Un animal à l'aspect extraordinaire arrivait sous les frondaisons des arbres où ils étaient assis quelques secondes plus tôt.

C'était une sorte de girafe géante, à la peau grise et fripée comme celle d'un rhinocéros. Quatre mètres de haut environ et pas loin de cinq tonnes. Comment un animal tout juste de la masse d'un éléphant pouvait-il faire trembler le sol ainsi ? se demanda Victor.

Il ne le pouvait pas. Sa mère, oui.

Une deuxième créature, deux fois plus haute et au moins cinq fois plus massive, vint se placer à côté de la première. Un nuage de mouches bourdonnait autour de son vaste postérieur et de sa tête. De belles mamelles gonflées de lait pendaient entre ses jambes.

« C'est quelle espèce d'animal, ça ? demanda William, ébahi.

— Des gigacéros, dit Victor. Les plus grandes bestioles que j'ai jamais vues.

— Moi aussi. Impressionnant !

— Tu crois que je peux aller chercher mon fusil ?

— Tu l'as oublié ?

— Tu le vois bien.

— Tu dois y aller ! » rouspéta William.

Victor n'avait pas le choix. Il ne pouvait pas abandonner le fusil, avec ce qui les attendait dans les jours à venir. Il s'approcha doucement des deux grands herbivores. Le plus petit pencha son long cou et approcha son museau couvert de mouches pour renifler Victor. Le garçon eut un léger mouvement de recul. Mais avec ses grandes oreilles coiffées d'une rangée de poils noirs et ses yeux endormis, la créature n'avait pas l'air féroce.

Un autre animal, qui regardait Victor depuis une bonne minute, semblait en revanche bien plus dangereux. Car tandis que Victor saisissait son fusil, un gros oiseau s'était approché et se trouvait maintenant à moins de trois mètres de lui.

William le vit le premier et hurla :

« Victor ! Fais attention ! Derrière toi ! Y a une espèce d'affreuse autruche qui t'observe ! »

Lentement, très lentement, Victor tourna la tête. Là, tout juste à côté, un oiseau au plumage bleu violacé qui devait faire deux mètres de haut l'examinait de ses gros yeux jaunes et ronds. Son bec rappela à Victor celui d'un aigle, mais ce bec-là était de la taille d'un sabot. Ses grosses pattes musclées et couvertes de grosses écailles étaient armées de griffes pointues. En une fraction de seconde, Victor l'identifia : oiseau tête-de-mort, famille des oiseaux coureurs, deux cents kilos en moyenne, jusqu'à trois mètres de haut, soixante-quinze kilomètres à l'heure en vitesse de pointe, régime alimentaire à base de proies vivantes.

L'oiseau avança d'un pas vers Victor, tétanisé par la peur.

La créature poussa un cri aigu semblable à celui d'un gros coq de combat. Victor tressaillit.

Au-dessus de lui, les deux grands herbivores se remplissaient la panse de feuilles d'acacia sans prêter attention à ce qui se passait sous leurs pieds gigantesques. L'oiseau tête-de-mort avança à nouveau et poussa cette fois une sorte de chuintement. Victor ne savait pas comment réagir. William, si. Il prit un caillou dans la main et courut droit vers son ami en difficulté.

« Qu'est-ce que je fais ? demanda Victor d'une voix tremblante. Je lui fais sauter le caisson ?

— Surtout pas ! répondit William qui accourait. La détonation pourrait affoler la mère et son petit ! »

L'oiseau poussa un nouveau chuintement horrible et secoua la tête de haut en bas.

Le front en sueur, Victor releva le canon de son arme en visant le jabot de l'animal. L'oiseau pencha la tête sur le côté, comme si elle regardait le fusil.

William s'arrêta à cinq mètres de l'oiseau. Ce dernier ne lui prêtait pas attention. William visa et lança son caillou. L'oiseau baissa la tête et l'évita. Son regard se posa sur William puis revint sur Victor qui marchait de côté, comme un crabe.

Les deux gigacéros se mirent à piétiner le sol et à souffler. Ils n'appréciaient pas le manège qui se jouait entre leurs pattes.

« Continue comme ça... Ne le lâche pas du regard. Dès que l'on est à bonne distance, dit William, on court jusqu'à l'engin.

— D'accord, mais c'est quand, la bonne distance ?

— Maintenant ! » hurla William.

Ils se mirent à courir à toutes jambes. L'oiseau poussa un cri strident, gonfla ses plumes et se rua sur les deux garçons.

En jetant un œil derrière lui pour voir si Victor le suivait, William trébucha sur une pierre et s'étala. Aussitôt, Victor lui attrapa le bras pour l'aider à se relever. Mille canons ! Dans cinq secondes, l'oiseau serait sur eux ! Victor laissa retomber William, releva le canon du fusil, visa sans réfléchir et appuya sur la détente. Le coup partit, terrible. Victor en tomba sur les fesses !

L'oiseau prit la balle dans une patte et fut arrêté net. Il s'écroula, agitant en l'air sa patte brisée. Il se mit à geindre.

Catastrophe ! Le vacarme produit par le tir et le cri affolé de l'oiseau avait provoqué la colère de la mère gigacéros. Croyant son petit menacé, le grand animal secoua la tête, poussa un barrissement, racla le sol de ses pieds et chargea les deux garçons.

Mais ils étaient déjà debout et couraient. Et l'énorme maman était lente.

L'appareil ronfla et gagna les airs sous les rugissements furieux d'une mère de vingt-cinq tonnes. Un chacal affamé trottinait déjà vers le tas de plumes gémissant.

Après cinq nouvelles heures de vol, la jauge de carburant s'approcha de la ligne rouge. Il fallait atterrir avant de tomber en panne. Sous l'appareil, la brousse, plate et clairsemée, était favorable à l'atterrissage. Victor s'en rendit compte.

« William, il faut se poser... Maintenant !

— Non. Il nous reste au moins dix minutes de carburant. Et dix minutes, c'est trente kilomètres de moins à faire à pied...

— Je sais, une journée de marche en moins. Mais tout à l'heure, on n'aura peut-être pas d'endroit où se poser.

— Je sais, dit William, mais je tente. »

Sous le mouchocoptère, la végétation s'épaississait davantage à chaque kilomètre parcouru. Une brousse fournie remplaça la brousse clairsemée.

« William ! gronda Victor. Ça suffit !

— Bon, ça va. Je me pose. »

Il était trop tard. William avait beau tourner au-dessus de la cime des arbres, pas une seule clairière n'était assez large pour les accueillir.

« C'est malin ! Et comment on fait maintenant ? » s'énerva Victor.

Concentré sur sa manœuvre, William ne répondit pas tout de suite.

« Accroche-toi ! Ça va secouer ! Accroche-toi solidement !

— Mille canons ! T'es cinglé ! » cria Victor, cramponné à son siège.

L'appareil brûlait ses dernières gouttes de carburant. Les pales ralentirent et le mouchocoptère tomba comme une pierre dans les arbres.

Sa chute s'acheva sur la plus touffue et la plus large tête d'arbre que William avait pu trouver. Il s'enfonça brutalement dans les branches, dans un long crissement de tôle. Autour d'eux, des milliers de feuilles et d'éclats de bois virevoltaient dans les airs. Une énorme branche cassée transperça la vitre du côté de William. Une autre enfonça la tôle d'acier du côté de Victor. Enfin, l'engin arrêta sa course dans un dernier vagissement de métal déchiré.

Sous le choc, les deux garçons s'évanouirent et une multitude d'oiseaux et de petites créatures affolées s'enfuirent.

Plus tard, une bosse sur le front, Victor reprit connaissance. William lui tapotait les joues.

« Pas mal, l'atterrissage, non ? dit William avec l'air honteux de celui qui venait de faire une grosse bêtise.

— Ce n'est pas un atterrissage, c'est un arbrissage, dit Victor, furieux mais rassuré d'être encore de ce monde. Plus jamais ça... Tu entends, William ? Plus jamais ça...

— Promis, Victor. Pas de casse, copilote ?

— Mal au front, dit son ami en tâtant sa bosse. Et le pilote ?

— Une petite écharde », dit William en montrant son bras gauche à Victor.

Un bout de branche cassée de la taille d'un long couteau était planté dans son bras.

« Bon sang de bois ! Ne bouge pas ! Je vais m'en occuper... »

Victor défit son harnais et attrapa la boîte à pharmacie. Il retira d'un coup sec l'éclat de bois du muscle de William, qui serrait les dents, puis déposa un peu de poudre blanche désinfectante sur la plaie. Il rapprocha les deux bords de la plaie avec ses doigts et colla sept agrafes pour les maintenir dans cette position. Il avait appris à utiliser ces petits pansements ultra collants lors des cours de premiers secours dispensés à l'école Joshua-Slocum. Il glissa ensuite un bandeau de tissu élastique autour du bras de son pilote et le posa sur la plaie de William.

Le blessé jeta un œil à son bras.

« Une infirmière de première classe ! s'exclama-t-il.

— Que ça ne t'encourage pas à recommencer ! Bon. On fait quoi, maintenant ? »

Doucement, William se pencha pour regarder en bas. L'engin s'était calé entre trois énormes branches, à une vingtaine de mètres du sol.

« On calme le jeu, dit-il. On est bien, ici, non ?

— Bof, j'ai connu mieux. Mais, au moins, rien ne viendra nous dévorer ! »

La nuit tomba vite. Une lune rousse splendide entama sa courbe au-dessus des arbres. La brume monta doucement sur l'horizon. Les cris des singes et les stridulations des insectes prirent possession des lieux. Des dizaines de petits yeux brillants dévisageaient les garçons en train de s'endormir au milieu des ténèbres de la forêt. Parmi le brouhaha de la jungle, un gémissement sourd leur glaça le sang. Le monde sauvage entrait en eux, sans toujours dire son nom.

« C'est quoi, d'après toi ? demanda William.

— Devine...

— Un grimpeur ?

— Dans le mille.

— Il est loin ?

— Non, pas trop. Mais rassure-toi. Même s'il mange dans les arbres, ce félin chasse au sol, dit Victor d'un ton calme et rassurant.

— Je préfère ça, soupira son ami.

— William, tu sais, c'est agréable de sentir que parfois j'ai moins peur que toi.

— C'est grâce à tout ce que tu as appris, Victor. Comme moi, avec le pilotage ! »

Chapitre 40
Un manteau de trop

Le lendemain matin, dès les premières lueurs de l'aube, les singes et les oiseaux poussèrent leurs cris habituels, sans se douter qu'ils allaient réveiller deux nouveaux habitants de la cime des arbres logés dans un objet volant cabossé.

« Bien dormi ? demanda Victor en bâillant.

— Bof. J'ai rêvé qu'un léopard grimpait à notre arbre et nous attaquait.

— Moi, j'ai rêvé que j'étais dans un nid, sous une poule bleue géante, entouré d'œufs plus grands que moi.

— On descend de notre perchoir ? » demanda William en riant.

Courbatus par leur nuit de sommeil dans une position inconfortable, les garçons mirent une heure à dégager la corde du capitaine encore nouée autour du train d'atterrissage du mouchocoptère. Elle était emberlificotée dans les branches cassées. Enfin, ils la dégagèrent et s'en servirent comme d'une liane pour descendre. Dans l'habitacle, il restait un grand coffre.

« Qu'est-ce qu'on fait du coffre des frères Cassard ? hurla William d'en haut.

— Descends-le ! meugla Victor d'en bas. On va regarder ce qu'il a dans le ventre !

« — Et le cadenas ?
— J'ai une technique infaillible ! »

William attacha le coffre et le descendit. Il jeta un dernier coup d'œil dans l'habitacle et glissa ensuite le long de la corde.

« Ça fait du bien de retrouver le plancher des mammouths !

— Recule, au lieu de dire des bêtises ! grommela Victor, qui leva son fusil et mit le coffre en ligne de mire. Il n'y a pas de mammouths ici, mais un cadenas à dégommer. »

Victor se pencha en avant, les jambes légèrement écartées. Lors de l'arrivée à Mira Kongo, il avait bien observé Percipal et le capitaine quand ils étaient à la recherche de Rhino et qu'un six-cornes avait déboulé des taillis.

« Tu es sûr de ton coup ? demanda William.

— Non, mais je ne vois pas comment on pourrait faire autrement. Recule encore ! »

La première balle s'enfonça dans le sol en dégageant un nuage de poussière. L'épaule de Victor fut rudement secouée, mais il ne tomba pas. À plusieurs centaines de mètres à la ronde, les oiseaux quittèrent les branches à tire-d'aile.

La seconde balle siffla contre le métal du cadenas sans le casser. William baissa la tête comme pour éviter le projectile, puis regarda son ami d'un air sidéré.

« Le cadenas est moins gros que l'oiseau, commenta le tireur pour expliquer son raté.

— L'oiseau était plus loin », rappela William qui estimait à dix centimètres la distance entre le canon et le cadenas.

Victor rechargea l'arme. La troisième balle blindée fit mouche. Le cadenas céda. Ils ouvrirent le coffre. À l'intérieur, trois choses : deux manteaux caméléons et un sac de pièces d'or. Un autre !

« Bonne nouvelle, dit William, on a des tenues de camouflage.

— Mauvaise nouvelle, elles sont de la taille d'un grosse-échine », ironisa Victor.

Il soulevait à cet instant, du bout des doigts, le vêtement du plus gros des frères, qui semblait vaste comme une montgolfière.

« Et les pièces d'or ? demanda William.

— Tu as vu le poids du sac ? Moi, je ne trimballe pas ça ! On les laisse dans le coffre. Un trou et on les enterre ! Comme un trésor pirate !

— Bonne idée. Et les manteaux ?

— Celui que je tiens suffira pour nous deux... »

Au moment où William tenta de soulever son sac à dos, bourré à craquer, il ne put l'arracher du sol qu'au prix d'un effort monstrueux. Victor eut plus de facilité, mais, lorsqu'il se pencha pour attraper le fusil, il tomba à la renverse, le nez dans le sable.

« Nos sacs... doivent... subir... un régime... immédiatement, gémit William en jetant son sac au sol.

— Je... suis... d'accord... avec... toi... » marmonna Victor en toussant.

En plus de son sac de couchage, William avait pris les vêtements de rechange, le manteau caméléon, le canot pneumatique, le gonfleur, la boîte à pharmacie, le repousse-insectes, les cachets désinfectants pour l'eau, les allumettes, son couteau, une gourde d'eau, du papier toilette, le livre d'Apollonius Mollo et un album de Saucisse Man, l'un des premiers cadeaux qu'il s'était offerts avec son propre or.

Il jeta les vêtements et le papier toilette sans se poser de questions.

En dehors du fusil et des cartouches, Victor portait son sac de couchage, la nourriture (riz, sucre, farine, chocolat en poudre, sel, fruits secs, lard, fromage, fruits, etc.), la canne à pêche, une gourde d'eau, deux timbales et une gamelle en fer blanc, les lampes frontales, sa longue-vue, la boussole, la carte détaillée des frères Cassard et les cordes pour attacher le canot dans les arbres. Il pouvait difficilement se séparer de quoi que ce soit.

Victor laissa dans le coffre une des lampes frontales et confia une partie de son chargement à William, qui regardait ses livres avec tristesse. Victor lui tapota sur l'épaule pour le réconforter.

« Mets-les dans le coffre, avec les pièces d'or. On reviendra les chercher. Je te le promets. Je vais faire une croix sur la carte à l'endroit où on s'est crashés, d'accord ?

— Promis ?

— Je n'ai qu'une parole. Si je mens, je vais en enfer !

— Je te rappelle que tu y es déjà, en enfer ! » rectifia William en éclatant de rire et en pleurant en même temps.

Avant de partir, les deux garçons retirèrent leurs vêtements sales et en enfilèrent des propres. Ils grignotèrent quelques fruits secs. Enfin, ils saluèrent de la main l'engin qui les avait arrachés aux griffes du capitaine et ils s'élancèrent dans la brousse.

La journée se déroula sans encombre, sauf la chaleur qui avait mis à sec leurs deux gourdes. Les animaux sauvages fuyaient devant eux. Victor estima qu'ils avaient parcouru environ trente kilomètres quand ils stoppèrent pour installer leur bivouac pour la nuit.

Un cours d'eau tout proche leur permit de boire et de remplir chacun leurs gourdes. Victor fabriqua deux petits pains plats avec de la farine, un peu de sel et de l'eau. Pour les faire cuire, il les posa sur une pierre plate sous laquelle William avait allumé un feu. Alentour, le bois sec ne manquait pas. Victor trancha ensuite un morceau de lard pour chacun. Une poignée de cacahuètes constitua leur dessert.

Avant de dormir, ils firent une réserve de bois pour la nuit et gonflèrent le canot pneumatique. Le navire fut ensuite attaché à quatre arbres, suspendu à un mètre du sol, et servit de hamac.

Une heure plus tard, Victor admirait les étoiles du haut de son lit suspendu. William montait la garde. Ils avaient décidé de dormir et de faire le guet à tour de rôle, toutes les heures et demie.

Vers deux heures du matin, un énorme tatou s'approcha du camp. William le chassa en lui jetant une branche enflammée entre les pattes. Victor ne s'en rendit même pas compte.

Le deuxième jour en brousse, en début d'après-midi, William accomplit un autre exploit : il sauva Victor en tirant par la queue un cobra à deux doigts de mordre son ami. Victor le remercia en portant son sac le reste de la journée.

Le troisième jour, Victor tua un dindon sauvage au premier coup de fusil. William était de plus en plus impressionné par l'adresse au tir de son ami.

Ce soir-là, les garçons installèrent leur bivouac au sommet d'un surplomb rocheux qui dominait une immense plaine. Un dessin de tigre à dents de sabre trônait à cet endroit sur la carte des frères Cassard.

Chapitre 41
La ronde des tigres à dents de sabre

Ce matin-là, du haut de la colline où ils savouraient leur boisson chaude autour de leur feu de camp, William et Victor imaginaient ce qu'allaient être leurs deux prochains jours de marche : de la savane, rien que de la savane. Devant eux, une plaine d'herbes hautes, presque dépourvue d'arbres, s'étalait vers le sud en direction des collines au teint rouge dites des Borgnes blessés.

Une fois là-bas, s'ils se fiaient à la carte des frères Cassard, ils devraient apercevoir le gros serpent d'eau qui les ramènerait pratiquement chez eux. Un serpent nommé Kaovango. Hélas, d'après cette même carte, un danger effroyable les attendait au cours de leur traversée : des tigres à dents de sabre. Les deux frères étaient sans doute venus ici chasser et ils avaient pris soin de dessiner l'une de ces bêtes à l'endroit exact qu'ils contemplaient.

Vers six heures, ils partirent.

Le fusil chargé, posé sur ses épaules, Victor marcha en tête toute la journée. Résolus à sortir de cette zone à découvert au plus vite, les deux garçons forçaient l'allure.

Sur le chemin, ils observèrent des gazelles du corsaire aux

cornes torsadées, des gnous à tête blanche, des zèbres des sables au pelage blanc et jaune. Quelques vautours s'aventurèrent au-dessus d'eux avec leurs regards froids de croque-morts. Victor les reçut à sa façon :

« On n'est pas encore morts ! » leur lança-t-il.

Juste après seize heures, les mollets durs comme de la pierre, William proposa de s'arrêter pour la nuit. Exténué lui aussi, Victor ne se fit pas prier. Il estimait qu'ils avaient marché une quarantaine de kilomètres, leur record depuis le départ.

L'immense étendue d'herbes sèches se couvrit soudain d'une couleur d'or sous le soleil déclinant. Une brise mit en mouvement la surface végétale. Seuls points immobiles perçant cet horizon ondulant, les côtes blanchies par le soleil d'un énorme squelette d'herbivore.

Les garçons établirent leur campement sur une dalle de pierre. William alluma un feu avec quelques brindilles. Il rangea machinalement les allumettes dans sa poche de chemise. Il les gardait à portée de main au cas où le feu s'éteindrait. Ils mangèrent peu, ils avaient l'estomac noué. L'un et l'autre sentaient que la paix de la plaine n'était que provisoire.

Les garçons pensèrent même à repartir. Mais ce n'était pas raisonnable. Ils étaient éreintés. Et marcher dans les hautes herbes, la nuit, c'était tenter le diable. Il était plus prudent d'entretenir le feu et d'essayer de dormir pour être en forme le lendemain.

Par habitude, ils gonflèrent le canot pneumatique et attachèrent les quatre cordes aux quatre anneaux du bateau. Mais aucun arbre ne se dressait à plusieurs kilomètres à la ronde. Ils retournèrent le canot et s'en servirent de matelas.

Sous la lueur d'un quart de Lune, la nuit apporta la peur. Malgré la fatigue qui les accablait, William et Victor ne parvenaient pas à dormir. Les cris rauques des tigres à dents de sabre les transperçaient comme des épées de glace.

Victor le savait : comme beaucoup de félins, les tigres à dents de sabre profitaient de la fraîcheur nocturne pour se mettre en quête de gibier. Le jour, en pleine chaleur, la chasse était rapidement épuisante. Leurs deux cent cinquante kilos et leurs pointes de vitesse – plus de soixante kilomètres à l'heure – n'étaient pas toujours des atouts suffisants face à des herbivores aux cornes acérées et à l'incroyable vivacité.

Cessant de rugir, le nez au vent au-dessus des hautes herbes, quatre femelles tigres à dents de sabre humèrent la plaine. Une odeur inhabituelle leur fouetta les narines. La traque commença. Les félins entamèrent leur marche vers leurs deux proies, d'abord rapide, puis plus lente, puis très lente.

Autour du faible feu, les garçons ne se savaient pas menacés. William caressait nerveusement le fusil, lançant de temps à autre le faisceau lumineux de sa lampe frontale sur la muraille d'herbes qui les ceinturait. Pour masquer la crainte qui l'envahissait, Victor sifflotait en pensant à sa famille.

« Tu crois qu'ils pensent à nous ? murmura Victor.

– Autant que nous pensons à eux, dit tout bas William.

– C'est quand même dur, ce soir, de ne pas être avec eux, dit Victor, des larmes dans la voix.

– Il faut tenir, Victor, le rassura William. Demain, on est sur le fleuve. »

À ce moment précis, à quelques mètres d'eux, deux femelles tigres à dents de sabre partirent sur les côtés pour interdire toute possibilité de fuite à leurs proies. Une autre resta en retrait. La quatrième s'avança en restant accroupie sur ses pattes. Cette dernière menait la chasse.

Enveloppés par la nuit noire, les garçons avaient la bouche sèche. L'inquiétude s'intensifiait.

« Tu entends ? murmura William.
— Quoi ?
— Y'a plus de bruit.
— Oui.
— Je crois qu'ils approchent.
— Moi aussi... On met le manteau caméléon ?
— Oui... »

William ouvrit le fusil pour vérifier si les deux cartouches étaient bien là et recala la lampe sur son front humide de sueur. Victor jeta dans le feu une poignée d'herbes craquantes qui s'enflammèrent instantanément, puis il se pencha pour attraper le manteau caméléon.

Dans le lointain, le sifflement d'un petit animal arrêta son bras. Un oiseau venait de donner l'alerte.

Quatre têtes aux yeux jaunes et aux babines noires se plaquèrent au sol à quelques pas de là.

Victor plongea sa main dans le sac et retira précipitamment le manteau...

Le vent forcit subitement. Les flammes s'inclinèrent. Le vent tomba. Le feu reprit sa position verticale. Transportée par le vent, une odeur âcre et forte parvint aux garçons, une odeur de charogne et de sang séché.

« Ils sont là, dit William. Ils sont là !
— Qu'est-ce qu'on fait ? » chuchota Victor qui tournait le manteau en tout sens pour trouver l'ouverture.

William regardait dans toutes les directions, essayant de deviner d'où le danger allait venir. Pas une seconde, il n'imaginait que le danger pouvait venir de partout.

Le doigt sur la détente, William s'apprêtait à tirer pour tenter d'effrayer les prédateurs. Mais, s'il tirait, il perdait une cartouche. Et si les prédateurs se moquaient du bruit ? S'ils le prenaient pour un coup de tonnerre ? Il n'aurait alors plus qu'une balle pour les foudroyer. Le temps de réarmer, les carnivores seraient de retour pour les tuer.

Victor avait seulement enfilé une manche du manteau caméléon quand...

L'un des quatre tigres bondit des herbes à deux mètres devant William et le fixa de ses grands yeux de démon de la savane.

Pour l'instant, le grand félin paraissait perplexe, surpris par cette proie qui se tenait debout.

Pétrifié de terreur, William pointait le faisceau tremblant de sa lampe dans les yeux du félin, espérant le gêner ou l'effrayer. Il était dans un tel état de panique qu'il ne pouvait même pas soulever le fusil et viser le fauve.

« Tu es fou ? marmonna Victor, collé contre William. Tire ! Mais tire donc ! »

William n'entendait même pas ce que lui disait Victor. Son cœur battait dans sa poitrine, prêt à exploser. La peur infinie qui l'assaillait était une sensation inconnue.

Trois nouveaux fauves sortirent des hautes herbes en rugissant.

Victor sursauta. Tout son corps se perla de sueur.

Les tigres se répondaient les uns les autres. Qui allait attaquer en premier ? Qui allait bondir sur ces deux créatures qu'ils chassaient pour la première fois ? Laquelle tuer en premier ?

Une pensée hantait William. Que faire ? Soudain, une idée jaillit. Sans lâcher du regard le fauve tapi en face de lui, William attrapa le bras flageolant de Victor et tourna très légèrement la tête vers celle de son ami pour lui chuchoter quelque chose.

« Le canot. Glisse-toi dessous. »

Son idée éclata dans le cerveau de Victor comme une bombe. La toile en fibre de carbone-titane du canot pneumatique résistait à un coup de sabre ; elle devait donc pouvoir les protéger des canines des tigres à dents de sabre.

En un éclair, Victor releva le canot à la verticale. Les félins, surpris, eurent un mouvement de recul. William se mit à compter.

« Trois... deux... un... On y va ! »

Ils s'engouffrèrent sous le canot, saisirent les quatre cordes de l'embarcation et les enroulèrent frénétiquement autour de leurs poignets. Avec leur esquif sur le dos, ils formaient une sorte de tortue à la carapace solide, qu'ils espéraient impossible à retourner. Haletant, le visage contre le sol, ils attendaient la suite, le cœur battant à tout rompre.

Autour de cette étrange tortue noire, les quatre tigres à dents de sabre entamèrent un drôle de ballet. Ils tournaient les uns derrière les autres, formant une ronde de carnassiers, se demandant quoi faire de cette chose à l'intérieur de laquelle s'étaient glissées leurs proies.

Un tigre renifla, s'avança en grognant et donna un coup de patte sur le boudin du canot. Ses griffes glissèrent sur la toile. L'animal poussa un terrible rugissement.

William et Victor tressaillirent.

Un second tigre approcha. Les oreilles couchées, il baissa la tête et posa sa truffe luisante contre le boudin renversé du canot. De l'air entra et sortit par les trous de son gros naseau. Ils étaient là ! Le prédateur souffla.

Les garçons hurlèrent de terreur.

Victor essaya de tirer à lui tout le manteau, mais un tigre le lui arracha des mains et martyrisa le tissu à coups de griffes.

Deux des fauves abandonnèrent le canot et s'intéressèrent aux sacs à dos des garçons qu'ils mirent en miettes.

Les deux autres félins ne lâchaient pas leurs proies.

Un premier tigre gratta furieusement le sol pour déloger William et Victor. Dans leur tortue, les garçons hurlaient et pleuraient de désespoir et de terreur. Le second tigre rugit de colère en donnant d'énormes coups de griffes sur la toile.

« Il faut que ça s'arrête ! Il faut que ça s'arrête ! implora Victor, le visage plein de larmes, les mains cramponnées aux cordes. Il faut que ça s'arrête !

— Je t'en prie, calme-toi, sanglota William. Il faut qu'on tienne. C'est bientôt fini !

— Non ! Ça va pas s'arrêter ! J'ai peur, William ! Je veux pas mourir !

— On ne va pas mourir, Victor ! Tu entends ? On va y arriver ! On va trouver une solution. Mais il faut que tu te calmes. »

Dans l'obscurité, les quatre tigres à dents de sabre étaient à nouveau réunis autour du canot. Les tigres se rugirent à la gueule et se lancèrent des coups de patte, comme pour s'encourager à trouver une solution.

Deux d'entre eux tambourinèrent la surface du bateau. L'un des tigres bondit en rugissant et atterrit au milieu du canot. Ses deux cent cinquante kilos écrasèrent les garçons.

L'un et l'autre hurlèrent de douleur. Sous l'impact, William fut projeté vers l'avant, sa lampe frontale cogna contre le boudin. Sa joue droite s'écrasa contre une pierre. Le canot se souleva à l'avant et à l'arrière, plié en son milieu par le poids du félin. Le visage de Victor cogna violemment contre la dalle de roche sur laquelle ils étaient allongés.

Le saut du tigre sur le canot changea la donne du combat.

Lorsque le carnivore sauta, la boîte d'allumettes se trouvant dans la poche de chemise de William s'entrouvrit. Des bâtonnets au bout rouge se répandirent au sol. William et Victor se faisaient face, à moins de vingt centimètres, et un petit lit d'allumettes éparpillées les séparait.

« Il faut mettre le feu à la savane ! souffla William, tétanisé de douleur.

— Je pensais à la même chose que toi, gémit Victor, la bouche pleine de sang.

— On rampe jusqu'aux herbes ?
— Quand tu veux. »

William déroula la corde autour de son poignet gauche et attrapa quelques allumettes. La boîte était toujours dans sa poche.

Le tigre finit par se lasser de sa position sur le canot et bondit sur le côté. Les trois autres continuaient à fourrer leurs pattes sous le boudin. L'un d'entre eux y parvint et le mollet gauche de Victor se déchira sur trente centimètres. La douleur qu'il ressentit fut telle qu'il eut l'impression que l'on venait de lui verser du métal en fusion sur la jambe. Victor serra les poings et la force de son cri déchira la nuit.

« On y va ! » hurla William.

Les deux garçons soulevèrent le canot et coururent trois mètres plus loin sous les yeux incrédules des quatre prédateurs. La tortue était maintenant sur un tapis d'herbes sèches.

Les tigres s'approchèrent pour attaquer.

William, de ses mains tremblantes, frotta une allumette, puis une deuxième, puis une troisième. Victor regardait, terrifié, les allumettes qui refusaient de prendre feu. Un tigre sauta sur le canot et manqua de le retourner.

William prit une quatrième allumette. Elle crissa sur la bande rugueuse de la boîte, chuinta puis s'enflamma. Et l'herbe fuma. Les deux garçons soufflèrent doucement et des flammes crépitèrent.

De la fumée âcre et jaune sortit de sous le canot. Le tigre fit un saut sur le côté.

William et Victor toussèrent abondamment.

Les quatre tigres reculèrent, les yeux écarquillés, sautèrent, se jetèrent des regards terrifiés, rugirent puis regagnèrent à pas rapides la profondeur de la nuit.

Deux silhouettes pliées en deux, à bout de forces, toussant, pleurant, crachant, une poignée d'herbes en feu dans la main, répandirent l'incendie autour d'eux.

Sous la nuit étoilée, attisé par le vent, un cercle de feu s'étendit rapidement au-delà de la dalle de pierre. Le cercle finit par s'aplatir en s'éloignant et ne forma bientôt plus qu'une ligne. Le mur de flammes avançait lentement dans la direction où les quatre fauves s'enfuyaient, le ventre vide.

Victor s'écroula au sol, la main sur sa jambe en sang. William fonça vers ce qui restait de leurs sacs. La boîte à pharmacie, toute cabossée, n'avait pas cédé aux coups de patte des tigres. William confectionna le plus beau pansement de sa courte carrière d'infirmier de la savane.

Le lendemain matin, l'odeur de fumée réveilla les garçons vers sept heures. Couverts de bleus et de griffures, William et Victor ouvrirent les yeux avec peine. Un paysage de cendre grise et d'herbes calcinées s'offrait à leurs regards à perte de vue. Les poumons encrassés par l'épaisse fumée, ils toussèrent et crachèrent abondamment. Mais, malgré leur état lamentable, ils eurent le sentiment que le plus dur était passé.

Ils rassemblèrent leurs affaires et partirent vers le sud.

Après trois heures d'une marche exténuante dans cette plaine noire jonchée de cadavres d'animaux carbonisés, ils atteignirent les collines des Borgnes blessés. En cours de route, Victor ramassa un animal cramoisi qui ressemblait à un gros lapin.

« Tu veux la tête du lapin ? demanda Victor, assis sur un rocher.

— Avec plaisir ! » répondit William.

Le duo éclata de rire. La viande grillée était exquise.

Après le repas et une courte sieste, ils reprirent la route. Ils voulaient trouver un endroit tranquille pour passer la nuit.

Les collines des Borgnes blessés étaient hautes, mais leur

pente était douce. William et Victor montèrent sans difficulté un sentier qui se dessinait entre des gros rochers de granit rouge et des grands arbres épineux.

Au bout d'un moment, un clapotis d'eau se fit entendre. William et Victor étaient presque au sommet. Ils jetèrent leur sac au sol et gravirent en trombe les quelques mètres qui les séparaient du plus imprenable point de vue de la région.

Le clapotis cachait un grondement.

Un à-pic les attendait et une gorge gigantesque s'ouvrit devant eux. C'était le Grand Canyon de Terra incognita, luxuriant de verdure et plus arrosé qu'un jardin potager. Un vent humide leur monta au visage. En contrebas, ils distinguèrent un fleuve qui s'enfuyait vers le sud comme un long ruban d'argent. C'était le Kaovango !

Chapitre 42
Le fleuve Kaovango

« William ? »

Un silence.

« William ? »

Un silence, plus long.

« William ? Bon sang ! William ! »

Debout devant le canot pneumatique, Victor contemplait avec appréhension la jungle fournie qui bordait la rive du Kaovango. De grands arbres dominaient le fleuve de leurs feuillages sombres. La lumière arrivait à peine jusqu'au sol. Les énormes racines des palétuviers, des ficus et des oucoumés s'entremêlaient en formant d'étranges figures de gargouilles. La mousse et le lichen grimpaient sur les troncs et rampaient sur les branches. Et William, parti depuis un bon quart d'heure, ne revenait pas. Victor eut un frisson d'angoisse.

« William ? William ? Mais où es-tu, bon sang de bois ? ! »

Toujours pas de réponse. Victor avança de quelques pas dans la forêt. Le sol était spongieux, presque baveux, jonché de feuilles pourries. Le regard perdu, Victor n'arrivait pas à distinguer quoi que ce soit dans le fouillis végétal. Ses yeux balayèrent l'horizon à hauteur d'homme. Rien.

Mais, tout près de lui, les feuilles se mirent à bouger, sans qu'il le voie. Une silhouette informe, couverte de feuilles et de brindilles, se leva et deux mains se posèrent brusquement sur les épaules de Victor.

« Grreuuuuhhh ! grogna William revêtu du manteau-caméléon. Je suis l'ignoble créature de la jungle ! »

Victor crut mourir de peur.

« William ! hurla-t-il. Tu crois que je n'ai pas assez la trouille comme ça ?

— T'as vu, le manteau marche encore, dit son ami sans prêter attention à ses reproches. Les tigres l'ont à moitié déchiqueté, mais la fonction mimétique marche à merveille.

— Et chez toi, c'est la fonction intelligence qui ne marche plus ! gronda Victor. Allez, on met les voiles, je rappelle à l'ignoble créature de la jungle qu'elle est attendue à Piratopolis !

— Grreuuuuhhh ! » grogna William pour toute réponse.

Le premier jour, sur le fleuve Kaovango, tout se passa bien. Les navigateurs pagayèrent à un rythme soutenu, sans faire de mauvaise rencontre. Victor pêcha un gros baramundi, sorte de carpe géante, qu'ils grillèrent le soir même. Les premiers hippos et grosses-échines firent des apparitions, secouant les oreilles, poussant des cris rauques, mais restant à distance.

En revanche, le deuxième jour, en tout début de matinée, William et Victor se retrouvèrent brutalement cul par-dessus tête. Une « chose » avait émergé juste sous l'arrière de leur canot pneumatique. Les garçons basculèrent dans l'eau sans rien pouvoir faire. Affolés, ils gagnèrent la berge à la nage, laissant leurs sacs flotter entre deux eaux.

Par chance, leur canot, retourné, alla s'échouer sur une plage.

Seul inconvénient, mais de taille, cette plage se trouvait sur la berge d'en face.

La peur au ventre, s'encourageant l'un l'autre, de l'eau jusque sous les épaules, ils traversèrent le fleuve. Les bras en l'air, scrutant à droite et à gauche, devant et derrière eux, ils hâtaient le pas.

L'idée de se faire mordre les jambes et entraîner au fond par un crocodile ne les quitta pas d'une semelle... Ils avaient raison. Deux gros sauriens plongèrent et foncèrent vers eux.

Trop tard ! Le fond de la rivière remontait ! Ils purent fouler la plage sans encombre et les deux reptiles disparurent dans les profondeurs du fleuve.

Une fois à terre, sous l'œil d'une bande de singes araignées qui se goinfraient de mangues, les garçons récupérèrent leur canot. Apparemment, rien ne manquait. Ils repartirent aussitôt. Victor profita de cette halte pour voler des mangues aux singes, qui poussèrent des cris aigus.

Plus tard, de retour sur l'eau scintillante du fleuve, les garçons furent persuadés que l'animal responsable de leur bain forcé était un grosse-échine. En effet, ils découvrirent au détour d'un coude du fleuve un troupeau de ces bêtes qui s'ébattaient dans la boue. Les animaux poussaient des barrissements ressemblant à des rires humains.

En début d'après-midi, alors qu'ils se préparaient à manger au bord du fleuve, un vieux phacochère géant les chargea sans raison. Victor prit le fusil et épaula. Le doigt sur la détente, il visait la tête du phacochère. Le poil dressé sur l'échine, l'animal était impressionnant : il devait faire dans les cinq à six cents kilos et sa tête robuste était armée de quatre énormes défenses recourbées.

Mais, arrivé à une trentaine de mètres des deux garçons, le géant stoppa, puis recula, puis les chargea à nouveau, puis s'arrêta, recula, puis repartit, l'air méprisant.

« Ce phacochère géant est ridicule, dit Victor. Il se croit le plus fort ! »

Le lendemain matin, Victor était d'humeur romantique. L'absence momentanée de danger, sans doute. Il aborda une conversation qui lui tenait à cœur depuis longtemps.

« William, il y a une question que je veux te poser.
— Chut !
— Est-ce que tu as déjà embrassé une fille ?
— Tais-toi, bon sang ! murmura William.
— Je veux dire sur les lèvres, bien sûr ! Pas sur la joue ! C'est nul, sur la joue. Ça compte pas. Tout le monde peut le faire !
— Mais vas-tu te taire, à la fin !
— Tu as peur de répondre, c'est ça ? Je parie que tu ne l'as jamais fait ! »

William ne prêtait pas attention aux questions intimes de Victor. Un son l'intriguait. C'était une sorte de vrombissement aigu. Puis il perçut une masse noire, mouvante, juste au-dessus de l'eau, à une cinquantaine de mètres devant eux. Le vrombissement se fit plus aigu.

Un gigantesque nuage de moustiques dansait dans l'air. Entraînés par le courant, les garçons allaient le traverser dans une minute.

« Victor, passe-moi le repousse-insectes ! Vite ! On a de la visite ! »

Victor écarquilla les yeux. Il fourra sa main dans le sac et fouilla, mais sans trouver ce qu'il cherchait.

« Je ne le trouve pas ! Il a dû tomber à l'eau quand le grosse-échine nous a retournés ! »

Seul moyen de se protéger des piqûres des insectes : plonger. Les garçons sautèrent à l'eau et nagèrent à côté de leur canot. Les moustiques couvrirent d'un seul coup tout l'espace autour d'eux. Le vrombissement était infernal.

Les deux nageurs agitèrent les bras en tous sens, se frappèrent les épaules, le visage, les bras, la tête. Enfin, au bout d'un long quart d'heure, ils passèrent le nuage de moustiques, couverts de piqûres et de boutons.

Le vrombissement diminua, la masse noire des insectes s'éloigna. Mais, au même moment, une masse verte se rapprochait, elle, en silence. Un immense crocodile que les deux garçons n'avaient pas vu plonger glissait vers les deux baigneurs.

En remontant à bord du bateau, Victor aperçut des oiseaux qui fuyaient à la surface de l'eau. Quelque chose se passait. Il se retourna.

La bête était là.

Les énormes narines du reptile émergeaient de la surface à dix mètres d'eux. Ses yeux froids les fixaient.

« William ! Dans le canot ! » hurla Victor en lui tendant la main.

Sans répondre, William attrapa le bras de son ami, s'extirpa de l'eau et saisit aussitôt la pagaie. Les garçons ramèrent de toutes leurs forces.

Mais le crocodile fut sur eux en deux coups de queue. Il ouvrit la gueule. Sa mâchoire était d'une taille hallucinante. Le vaste reptile mordit le canot à pleines dents, comme un sandwich.

La longue mâchoire se referma entre les deux rameurs !

Le canot pneumatique résista à la morsure. Mais l'animal le souleva à plus d'un mètre au-dessus de l'eau et le secoua en tout sens. William et Victor eurent le sentiment de chevaucher un mustang.

Par miracle, ils réussirent à ne pas tomber à l'eau en se cramponnant aux poignées du canot.

Pour reprendre son souffle, le crocodile reposa le bateau sur l'eau, sans le relâcher. Juste pendant une seconde.

C'était une seconde de trop !

Avant que le rodéo ne recommence, dans un réflexe inouï, Victor saisit le fusil, le leva et asséna un coup de crosse entre les deux yeux du reptile. Le coup paralysa le prédateur. Le mordeur aux dents meurtrières plissa les yeux.

Victor lui cogna le crâne une deuxième fois, au même endroit, pendant que William ajoutait quelques coups de pagaie. Le prédateur lâcha prise. Un cri âpre sortit de sa gorge blanche. L'animal fouetta l'eau de son énorme queue et s'éloigna dans un tourbillon de bulles qui manqua de renverser le bateau.

Le reptile hors de vue, Victor revint aussitôt à la charge.

« Tu n'as toujours pas répondu à ma question !

— Ta question ? dit William, comme s'il ne comprenait pas l'allusion de son ami.

— Oui, sur les baisers et les filles.

— Tu veux la vérité ? J'ai déjà embrassé une fille.

— Et ça t'a fait quoi ?

— C'était nul !

— Nul ? Mais c'est impossible ! Pourquoi c'était nul ?

— Je n'étais pas amoureux et elle m'a mordu la lèvre, cette bourrique ! s'énerva William.

— Alors, pourquoi tu l'as embrassée si t'étais pas amoureux ?

— Je voulais savoir ce que ça faisait, comme toi !

— Tu as quand même de la chance d'avoir essayé...

— Tu parles ! J'aurais mieux fait d'embrasser un crocodile ou un grosse-échine, tiens !

— Eh bien, moi, tu vois, avec Laure, par exemple, je crois que...

— Par pitié, tais-toi, coupa William que cette discussion ennuyait. Et rame plus fort, il y a un crocodile derrière nous !

— Tu plaisantes ! hurla Victor en se retournant, les yeux pleins de terreur.

— Oui, je plaisante, mais rame quand même. Ce fichu Kaovango est encore long !

— C'est toujours pareil avec toi, on ne peut jamais parler de choses vraiment intéressantes ! s'énerva Victor.
— Ah oui ? Et si on parlait de footby ?
— Alors là, tu me fais plaisir ! Je retire immédiatement ce que je viens de dire ! »

Chapitre 43
Le mur de la Sauvagerie

Le delta du Kaovango était d'une grande beauté. William et Victor ne purent hélas l'apprécier car ils y parvinrent de nuit, vers deux heures du matin, sous un ciel charbonneux sans lune, au neuvième jour de leur navigation sur le fleuve.

Le grondement de l'océan et les gifles du vent les arrêtèrent. Ils mirent le cap sur la plage. Le parfum de la mer leur remplissait les narines. Les deux garçons avalaient à pleins poumons cet air qui avait le goût du retour chez soi !

Ils y étaient !

Dans un dernier et puissant effort, les garçons halèrent leur canot pneumatique sur le sable sec. Ils déposèrent un gros tronc d'arbre dessus afin que le vent furieux ne l'emporte pas. Ils grimpèrent ensuite dans les dunes pour se mettre à l'abri du vent. Et ils s'endormirent sans manger, bercés par le grondement des vagues.

Le lendemain matin, un soleil éclatant perça leurs paupières. Une brise de mer soutenue faisait onduler les touffes d'herbes marines. Du haut de la dune, les garçons voyaient une large langue de sable blanc qui semblait s'étendre jusqu'à l'infini. Des centaines de mouettes et de goélands virevoltaient dans les airs en poussant des cris aigus et venaient se poser sur le sable. Le vacarme des gros rouleaux de mer qui s'abattaient en dégageant d'énormes gerbes de mousse et d'eau faisait penser au bruit d'une soufflerie géante.

« C'est l'heure de rentrer, dit soudain William en refaisant le nœud de son foulard rouge qui battait au vent, seul bout de tissu lui appartenant qui n'avait pas trop souffert de leur aventure. On nous attend ! »

Des familles et des amis les attendaient, en effet, le cœur serré, prêts à pleurer de l'immense bonheur de les savoir en vie. Mais, avant cela, un mur de 3 141,6 kilomètres de long et de vingt mètres de haut les attendait.

La veille, les deux garçons s'étaient promis de dormir, la nuit suivante, dans des draps pour la première fois depuis... depuis... depuis combien de temps ? Impossible de s'en souvenir avec exactitude. La nécessité de survivre et le manque de sommeil leur avaient fait perdre le fil du temps. Alors, s'ils voulaient des draps pour ce soir, il fallait marcher.

Et marcher vite.

Pour s'alléger, ils n'emportèrent que le canot gonflé, les deux pagaies, la carte, le fusil, les cartouches et leurs deux gourdes. Le reste fut enterré sur la plage et une nouvelle croix fut tracée sur la carte.

Leur objectif était d'arriver le plus vite possible au mur de la Sauvagerie, de trouver un moyen de le franchir et de rejoindre ensuite le village de Mille Troncs pour retrouver Serguei et Fabiana Kouglof, l'autre couple de parents adoptifs de Victor.

En attendant, la plage était longue et la marée, haute. Les deux garçons durent marcher dix kilomètres sur le haut de plage, dans le sable mou, sous un soleil torride.

Après plus de trois heures d'efforts, ils parvinrent enfin au mur de la Sauvagerie. Une constatation s'imposa tout de suite à eux : il était impossible de l'escalader.

Le mur de la Sauvagerie était une version forestière de la Muraille de Chine. Haut de vingt mètres, il était constitué d'énormes troncs d'arbre collés les uns aux autres et taillés en pointes. Les espaces entre les troncs était colmatés avec du mortier.

Que faire ?

Grimper à un arbre, puis sauter de là-haut de l'autre côté du mur ? Impossible. Entre le mur de la Sauvagerie et la Zone mystérieuse, les pirates avaient défriché une zone d'environ trente mètres. Cet espace était un pare-feu. En cas d'incendie dans la Zone mystérieuse, les flammes ne pouvaient se propager de l'autre côté du mur. D'ailleurs, du côté de la zone habitée, un pare-feu semblable empêchait de la même manière qu'un incendie se propage en sens inverse.

Une autre solution ?

Contourner le mur côté océan était envisageable. Le mur se prolongeait sur la droite dans l'océan sur quelques centaines de mètres seulement. L'inconvénient, c'est que le mur subissait l'assaut de grosses déferlantes. Leur minuscule bateau pneumatique n'était pas adapté à ces rouleaux monstrueux qui se soulevaient comme des murs. Les frères Cassard avaient noté sur leur carte que cet endroit était surnommé « les mâchoires » !

Victor tenta le coup, seul, dans « les mâchoires ». Il se retrouva vite dans une sorte de machine à laver marine, brassé en tous sens ! Les vêtements et les cheveux couverts de sable, d'algues et de coquillages broyés, il regagna la plage en tirant son canot. William le regarda en contenant un rire.

La nage, alors ? En se tenant d'une main au boudin du canot ?

Pas la peine d'y penser. En plus des déferlantes qu'il convenait de craindre, des requins blancs vadrouillaient dans les parages, aux dires de la carte des frères Cassard, que Victor scruta plus en détail après son naufrage.

Pas d'escalade, pas de bateau, pas de nage. Que faire ? S'asseoir et réfléchir.

Il était environ quinze heures. Les fesses dans le sable, William tripotait nerveusement une des cartouches dont le ventre de cuivre et l'extrémité blindée scintillaient sous le soleil. Il tourna la tête sur sa droite et contempla les deux lignes de pieds humains qu'ils avaient laissées sur le sable vierge. William avait le sentiment qu'ils étaient peut-être les premiers à avoir marché sur cette plage... Peut-être pas. Cela n'avait au fond aucune importante. La seule chose qui comptait à ses yeux était d'être parvenu vivant jusqu'ici, avec son ami.

William revint à sa cartouche et la fit tourner entre ses doigts. Sur le flanc de la munition, William remarqua tout à coup une inscription gravée en petits caractères : *Balle blindée. Résistante à l'eau. Très haute pénétration. Spéciale gros gibier : mammouth, buffle, gigacéros, phacochère géant, etc. Attention. Transperce tôle d'acier (5 centimètres), pierre de taille (50 centimètres), bois (jusqu'à 250 centimètres). Ne pas utiliser à moins de 5 km d'une habitation.*

« Dis-moi ? demanda soudain William.

— Oui... miaula Victor, encore vexé de sa ridicule prestation aquatique.

— Tu es bien canadien, à la base ?

— Oui, je suis canadien, à la base... »

Victor détourna les yeux vers William. Il avait un caillou plat dans la main.

« Canadien, donc forcément un peu bûcheron sur les bords.

— Amusant, rétorqua sèchement Victor, habitué à ce genre de caricature des gens de son pays.

— Ne te fâche pas, mon ami. Ce que je veux dire, c'est que tu sais abattre un arbre ? Tu sais où porter les coups pour qu'il tombe au bon endroit ?

— Oui, je sais abattre un arbre et le faire tomber là où il faut. Mais parce qu'un pirate bûcheron nommé Sergueï m'a appris à le faire ! Pas parce que je suis canadien ! »

Agacé, Victor se retourna et se dirigea vers la mer en furie. Il jeta son caillou plat de toutes ses forces dans l'eau verte d'une grosse vague.

« Attends ! Ne t'énerve pas », dit William.

Il courut vers Victor.

« Je viens d'avoir une idée qui va nous permettre de passer de l'autre côté, expliqua-t-il. Tu vas nous fabriquer une échelle cent pour cent naturelle pour gravir le mur de la Sauvagerie.

— Encore une de tes idées de génie, rétorqua son ami en grimaçant, les yeux éblouis par le soleil. Il y a juste un petit problème, ajouta-t-il en se baissant pour ramasser un nouveau caillou plat. On n'a pas de tronçonneuse !

— Pas de tronçonneuse, mais un fusil ! »

Le plan de William était audacieux. Il expliqua que les munitions qui leur restaient étaient très pénétrantes. Si elles étaient tirées dans le tronc, cela devait suffire à ouvrir une brèche. Et si la brèche était assez profonde et correctement placée, l'arbre basculerait et se poserait contre le sommet du mur. C'était là son idée pour construire une échelle cent pour cent naturelle.

L'astuce consistait à trouver un arbre suffisamment haut, solide et branchu pour servir d'échelle.

« Pas trop stupide, ton idée de génie ! » marmonna Victor, conquis, sans se l'avouer, par le plan de William.

De la plage, les garçons partirent vers l'intérieur des terres. Ils longèrent le mur de la Sauvagerie en suivant le pare-feu. Après un quart d'heure de marche, Victor trouva un candidat à l'abattage. C'était une vieille pruche aux aiguilles argentées, un vrai colosse. L'arbre devait mesurer dans les cinquante mètres de haut et son diamètre avoisinait les trois mètres. Planté à la lisière de la forêt, à trente-cinq mètres du mur, le géant montait dans les airs comme une tour végétale. Une tour qu'il fallait faire pencher.

En le regardant bien, Victor distingua plusieurs gros champignons roux sur son tronc. C'était le signe que l'arbre était vieux, malade et qu'il allait mourir d'ici à quelques années.

Victor se mit en place, à dix mètres du tronc, de profil.

Les détonations se succédèrent, déchirant l'air dans un fracas formidable. Les balles blindées pénétraient le flanc du géant. Les projectiles dévastaient la fibre du bois en formant une ligne horizontale de petits tunnels.

Les index dans les oreilles, William regardait à bonne distance le tireur-bûcheron.

Peu à peu, une entaille se dessina, semblable à une bouche.

Puis il ne resta plus qu'une balle. Le géant ne bougeait toujours pas. Sûr de sa force, l'arbre semblait narguer le minuscule chasseur.

« Tu es sûr de viser au bon endroit ? demanda William.

— Tu veux prendre ma place ? demanda Victor, l'épaule en miettes et le visage en sueur.

— Non, non, je te fais confiance... »

Victor, épuisé, les oreilles bourdonnantes, visa pour la dernière fois le cylindre de bois qui lui résistait. Mais son bras n'avait plus la fraîcheur du début. Le canon de l'arme se mit à tourner très légèrement dans l'air. Une goutte de sueur ruissela sur son œil au moment où il appuya pour sur la détente. Le canon dévia, le projectile se ficha dans le tronc, trop haut.

L'impact de la balle dessina un œil au-dessus de la bouche de l'arbre.

Écœuré, Victor se laissa tomber au sol et pleura de fatigue et de désespoir.

Son ami vint s'asseoir à côté de lui et posa son bras sur son épaule sans dire un mot. Pas question de se moquer du chasseur d'arbres.

« J'en peux plus, William, sanglota Victor. J'ai tout raté... À cause de moi, on va crever ici, comme des chiens... On n'a plus une balle et cet... et cet... et cet arbre qui ne tombe pas ! Si un longues-griffes débarque, il nous taillera en pièces sans qu'on puisse rien faire... je suis un moins que rien, un nul, un imposteur ! »

Un grincement interrompit Victor dans son élan de désespoir. Les deux garçons tressaillirent.

La cime du géant oscillait.

Un nuage noir glissait dans le ciel et masquait le soleil. Le vent qui accompagnait la fuite du nuage bouscula la tête de l'arbre. Ses branches tremblèrent, puis le géant de la forêt grinça, longtemps, puis craqua et s'écroula sur le mur de la Sauvagerie dans un fracas terrible !

Ils avaient réussi !

« Victor ! Victoire ! hurla William en secouant son ami. Tu es le prince des bûcherons canadiens et des pirates réunis !

— Le roi, s'il te plaît ! Le roi ! » rigola Victor en s'essuyant les yeux avec les poings.

Le fusil en bandoulière, William prit la tête de l'escalade au milieu des branches cassées. Plus reposé, il ouvrit la voie en écartant les branches.

Parvenus au sommet du mur, les mains, les bras et les jambes éraflées par les branches cassées, ils jetèrent un œil en bas.

« Mille canons ! s'écria William.

« — Quoi ? Qu'est-ce qui se passe encore ?
— Regarde ! »

Non seulement le mur était haut, mais le terrain qui devait les accueillir était en pente ! Et de gros rochers anguleux jonchaient le sol.

Ils eurent tous les deux une sensation de vertige.

Tant pis ! Il fallait tenter le coup en se laissant glisser le long des ramures qui pendaient de l'autre côté du mur. Sous l'effet de leur poids, pensaient-ils, les branches se plieraient comme des cannes à pêche quand un poisson tire sur la ligne. Une fois près du sol, ils n'auraient alors plus qu'à sauter quelques mètres en prenant garde aux cailloux.

William lança le fusil en bas. Le canon de l'arme se planta dans le sol.

« Bon sang, ce que je suis content de jeter cette saleté de fusil ! souffla William. Bon débarras !

— Moi aussi. Maintenant que l'on est de retour dans le monde civilisé, on n'aura plus à s'en servir. »

Ce n'était qu'à moitié vrai. Les deux garçons savaient que cette arme pourrait servir de preuve lors d'un éventuel procès contre les chasseurs de Mira Kongo. La carte que Victor avait lovée sous sa chemise, carte couverte de notes et de dessins des frères Cassard, en était une autre. S'il n'était pas trop tard...

William chercha la meilleure branche pour sa descente. Une belle branche tombait presque à pic en direction du sol. Les pieds les premiers, William se mit sur le ventre et l'empoigna. Il progressa quelques mètres. Mais il l'avait mal choisie. En partie pourrie, rongée par un gros champignon, elle céda. William se sentit partir, tenta d'en saisir une autre mais n'y parvint pas.

Le sol le gifla violemment.

La branche lui tomba sur le dos. Il roula sur lui-même pendant quelques mètres puis s'arrêta contre un rocher. Des étoiles tournoyèrent au-dessus de sa tête. Une douleur atroce lui embrasa le torse. Il était tombé sur une pierre. Le souffle coupé, il tenta de se relever, mais s'évanouit.

Voyant William inanimé, Victor enfourcha aussitôt une autre branche. Pieds en avant lui aussi, il se laissa glisser doucement. À dix mètres de hauteur, il attrapa une belle ramure qui se plia et l'amena jusqu'à trois mètres du sol. Suspendu dans les airs, il regarda le sol et sauta. Un rondin accueillit son pied droit.

Crac !

Le rondin et sa cheville venaient de lâcher en même temps. Victor hurla de douleur. Allongé à un mètre de lui, William reprit connaissance et se mit sur son derrière en se tenant la poitrine.

« Ça va ? lui demanda Victor.

— Pas super bien, gémit William, blanc comme un linge. Et toi ?

— Je crois que je me suis cassé la jambe, je... »

À ce moment-là, devant eux, des craquements retentirent. Les garçons pensèrent aussitôt à un gros animal. Une sueur froide leur glaça le corps.

Les buissons se mirent à trembler face à eux...

William tenta vainement de s'approcher du fusil. Victor attrapa une pierre.

Les branches s'écartèrent. Un longues-griffes ? Non. Un homme, très grand, dans une tenue aux couleurs vives, sortit de la forêt.

« Sergueï ! Sergueï ! gémit Victor de toutes les forces qui lui restaient. Nous sommes là ! Ahhh !

— Les enfants ! hurla l'homme, les yeux effarés par sa découverte. Les enfants ! Mille tonnerres de mille canons ! Les enfants ! Vous... Vous êtes en vie ! »

Alerté par les coups de fusil, Sergueï Kouglof avait posé sa tronçonneuse et était parti en courant pour voir ce qui se tramait près de son chantier forestier. Des chasseurs ? Ici ? Mais lorsqu'il avait entendu le craquement de l'arbre, il avait cru que l'on abattait un des arbres de sa concession.

En cinq enjambées, le bûcheron fut auprès des enfants. Tout le monde se mit à pleurer de joie.

« Mais où étiez-vous passés ? » s'inquiéta Sergueï, le visage plein de larmes, la gorge serrée.

Il serrait les deux enfants dans ses bras.

« On s'est fait un tracas de tous les diables. Qu'est-ce qui vous est arrivé ?

— C'est... C'est... C'est une longue histoire, bégaya Victor qui serrait les dents pour ne pas hurler de douleur. On... On revient de l'enfer...

— Je vois ça ! s'écria l'homme en regardant les deux blessés. Vous avez l'air de deux fichus épouvantails ! Ah, je suis si heureux de vous revoir !

— Et nous, alors... lâcha Victor, secoué de sanglots.

— Que... Quel... Quel jour sommes-nous, s'il te plaît ? bredouilla soudain William, qui reprenait son souffle difficilement mais ne perdait pas le nord.

— Quel jour ? demanda le bûcheron en retirant la chaussure du pied droit de Victor qui grimaçait. Vous ne savez pas quel jour on est ?

— C'est important... reprit William en toisant l'homme d'un regard suppliant. Quel jour exactement sommes-nous, là, maintenant, tout de suite ?

— Oui, quel jour ? confirma Victor dans un dernier effort.

— Mais... Mais... bredouilla Sergueï, le 24 décembre ! Demain, c'est Noël ! »

William et Victor s'évanouirent dans la même seconde, avec un étrange sourire aux lèvres. Il n'était pas trop tard pour déjouer les plans du capitaine du *Vaisseau fantôme*. Mais il fallait faire vite, très vite...

Chapitre 44
Les retrouvailles

Mercredi 24 décembre. 16 h 35. Bureau de la Brigade de répression des trafics illicites.

« CAPITAINE ! Un appel pour toi ! dit Maria Trigger.
— Maria, je t'ai déjà dit de ne plus m'appeler Capitaine, dit Lucas, debout devant la machine à café. Je te rappelle que j'ai changé de poste et que ça fait une semaine que je ne suis plus capitaine de la Nature ! Je suis simple adjoint de recherche.
— C'est plus fort que moi, rétorqua Maria. Tu l'as quand même été neuf ans !
— Je sais, dit Lucas. Qui veut me parler ?
— Un certain Sergueï Kouglof ! Il dit que c'est urgent ! »
Lucas se précipita sur la radio et empoigna le micro.
« Allô ? Sergueï, c'est Lucas ! Que se passe-t-il ?
— Il y a du nouveau. Je peux te parler seul à seul ?
— Attends une minute », répondit Lucas en jetant un regard complice à Maria.
La femme comprit aussitôt, se leva et laissa Lucas seul dans la pièce.
« C'est bon, tu peux parler.

— C'est très important et très urgent. Est-ce que tu peux emprunter discrètement le scarabocoptère de ta brigade et venir à Mille Troncs le plus vite possible ?

— Aucun problème, dit Lucas. Mais dis-moi ce qui se passe, à la fin ?

— Je ne peux pas t'en dire davantage, dit le bûcheron. Viens avec Salomon. Mais pas d'inquiétude, ils vont bien. »

En une fraction de seconde, Lucas saisit la situation. Serguëi avait retrouvé les enfants, sains et saufs, ou presque ! Mais quelque chose l'empêchait de parler ouvertement des enfants. Il semblait craindre pour leurs vies au cas où leur conversation radio serait interceptée.

17 h 56. Mille Troncs. Prairie des Cinq-Cerfs.

Le scarabocoptère se posa sur l'herbe haute de la prairie. La maison des Kouglof était située à une centaine de mètres de là, en lisière de la forêt. Les pales monstrueuses de l'appareil ralentirent leur course, mais ne s'arrêtèrent pas. Il ne fallait pas perdre de temps. Salomon et Lucas descendirent de l'engin à toute vitesse.

Quelques minutes plus tard, deux civières rentraient dans le ventre de l'appareil. Des antibiotiques, du sucre et des vitamines coulaient déjà dans les veines de William et Victor. Ils dormaient sous les yeux de Salomon et de Fabiana. Serguëi referma la porte latérale du scarabocoptère. L'énorme appareil s'éleva. Les cimes des arbres alentour tremblèrent. L'engin fila à plein régime à destination de Piratopolis.

19 h 39. Hôpital El-Kenz. Chambre 145.

« Je te rassure, Lou, dit Salomon Diouf. Tout va bien. Ils sont hors de danger.

— Je trouve que Victor est pâle, s'inquiéta Niôle. Vous ne

trouvez pas qu'il est pâle ? On pourrait lui donner un peu de ma ragougnasse ?

— En perfusion ? Non, Niôle, dit le capitaine de la Médecine. Ce n'est pas recommandé...

— Il a quand même perdu neuf kilos ! s'énerva Niôle. Tu te rends compte, Jackie ?

— Oui, mon chéri, neuf kilos, mais tais-toi, supplia Jackie. Tu vas les réveiller ! »

En cette minute, Lou, Jackie, Fabiana, Lucas, Niôle, Sergueï et Salomon regardaient avec des yeux fous de bonheur les deux garçons qui dormaient à poings fermés dans de beaux draps blancs.

« Lucas ? dit alors Salomon. Je pense qu'il est temps de prévenir Roger. Si ce que les enfants ont affirmé à Sergueï sur les chasseurs est vrai, il faut réunir d'urgence le Conseil des douze capitaines. Il faut prendre une décision pour demain. Sans perdre une minute.

— Tu as raison, dit Lucas, je fonce chez lui. »

20 h 02. Maison de Roger Rayson.

Des coups violents ébranlèrent la porte d'entrée.

« Bon sang, quel boucan ! » s'exclama-t-il.

Le capitaine de la Carte des passages secrets et chef de la Brigade anti-mystères venait de quitter Paris, quatre jours plus tôt. De retour sur Terra incognita pour les vacances de Noël, il comptait bien être tranquille pendant quelques jours pour écrire un discours.

Il ouvrit brutalement la porte en maugréant. Mais, en voyant le visage enjoué de Lucas, sa mauvaise humeur s'envola.

« J'espère que tu as une bonne nouvelle à m'annoncer, pour venir me déranger au moment où je prépare cette maudite soirée du Grand Don, lança Roger en se grattant la barbe.

— Une excellente, capitaine !

— S'il te plaît, Lucas, pas de capitaine entre nous ! gronda Roger en montrant la direction du salon avec son bras. Allez, viens ! »

Lucas entra dans le salon en se frottant les mains. Il avait un air malicieux.

« Alors, cette excellente nouvelle ?

— William et Victor sont sains et saufs ! Sergueï les a retrouvés ! s'exclama Lucas. Je viens d'aller les chercher à Mille Troncs.

— Bon Dieu ! Ils sont de retour ! s'écria Roger. C'est merveilleux, Lucas. Merveilleux ! »

Roger s'approcha de Lucas et le serra contre sa poitrine. On l'avait informé dès son arrivée de la disparition des deux enfants. En tant que capitaine de la Carte des passages secrets, il suivait de près tout ce qui concernait les intrus.

— Oui, c'est merveilleux ! confirma Lucas. Et nos deux zigotos ne sont pas revenus les mains vides. Ils ont découvert le repaire des chasseurs de la Zone mystérieuse. Il paraît que le capitaine d'un chalutier, le *Vaisseau fantôme*, est leur chef. Les enfants affirment qu'il se prépare à faire une surprise à tout le monde pour Noël.

— Une surprise pour Noël ! répéta Roger. Tiens, tiens ! Et quoi d'autre ?

— Ce capitaine serait également au centre d'un trafic de drogue. Les garçons ne seraient pas étonnés que la surprise ait un rapport avec la fortune qu'il amasse grâce à la chasse et à la drogue.

— Et moi, je pense qu'il y a un rapport avec la soirée du Grand Don. Le programme de cette soirée va subir un drôle de changement ! Mille tonnerres ! On va les coincer ! »

Jeudi 25 décembre. 10 h 15. Hôpital El-Kenz.

Après une longue nuit de sommeil, William et Victor étaient réveillés. Des monceaux de papier cadeau jonchaient le sol autour de leurs lits. Parmi les présents qu'ils reçurent pour Noël, chacun eut droit à une belle montre, un objet qui soulignait à quel point ils avaient défié le temps pour arriver avant que le capitaine du *Vaisseau fantôme* ne mette à exécution ses projets.

« Victor, comment te sens-tu ? demanda Salomon Diouf en prenant le pouls du garçon.

— Mon mollet me fait mal, mais ça va, répondit Victor d'une petite voix en jetant un coup d'œil à ses quatre parents assis autour du lit.

— Et ta cheville ?

— Je peux dessiner sur mon plâtre ? répondit Victor.

— Je ne vois aucune contre-indication médicale », dit Salomon en souriant.

À côté de Victor, un autre malade reprenait des couleurs, lui aussi entouré par ses parents.

« Ça va, mon trésor ? demanda Lou d'une voix douce.

— Ça va, répondit William, un thermomètre dans la bouche.

— Très bien même, ajouta Lou en regardant la température indiquée par l'appareil : 37°2.

— Au fait, dit Lucas, nous sommes en colère après toi...

— Ah bon ? s'étonna William. Pourquoi ?

— Parce que tu es parti sans rien dire, sans un mot, dit Lucas.

— On s'est beaucoup inquiétés, ajouta Lou, les larmes aux yeux.

— Je suis désolé, dit William, mais les choses se sont passées si vite.

— Je sais ce que c'est, mon bonhomme, dit Lucas d'un air songeur. Mais j'ai beau être en colère, je suis avant tout rudement fier de toi pour ce que tu as fait, avec Victor.

— Nous sommes heureux d'avoir un fils comme toi », dit Lou.

William pleura de joie. On ne lui avait jamais parlé aussi gentiment de toute sa vie. Et lui aussi était fier d'avoir des parents comme Lou et Lucas.

« Et j'espère que le fait que je ne sois plus capitaine ne changera rien entre nous ! ajouta Lucas sur un ton amusé.

— Tu n'es plus capitaine ? demanda William, sidéré.

— Non, confirma Lucas. Karl von Lavache, tu te souviens de lui ?

— Parfaitement, c'est le chef de la Brigade des récolteurs de crottin.

— Eh bien, il a été élu. Tu sais, le vote sur-le-champ, la loi 12. Il y a une semaine, mes quatre brigades ont demandé mon départ.

— Pourquoi ils ont fait ça ?

— Mon enquête. Je n'ai pas obtenu de résultats assez vite !

— Ah ! Si seulement j'étais arrivé plus tôt ! J'aurais pu sauver ton titre de capitaine !

— Mon titre de capitaine n'a aucune importance, répondit Lucas en fixant le garçon. Crois-moi, ce que vous avez découvert est infiniment plus important ! »

Assis en face des garçons, un homme était d'accord avec Lucas.

Roger Rayson scrutait à cet instant les bouilles réjouies de William et Victor avec son air de gros ours si gentil et si terrifiant à la fois. Il se disait que ces deux intrus qui venaient d'échapper à tant de périls étaient décidément de sacrés bons petits pirates ! Et si ce que les garçons lui avaient raconté ce matin était vrai, il se préparait à jouer un drôle de tour au capitaine du *Vaisseau fantôme* ! Ce marchand de drogue, cet organisateur de sordides safaris de luxe dans la Zone mystérieuse allait en voir de toutes les couleurs !

« J'ai une question, Roger, demanda soudain William. Vous dites que le chef des chasseurs prépare sûrement sa surprise pour la soirée du Grand Don. Mais c'est quoi, au juste, cette soirée dont tout le monde parle ?

— C'est toute ma vie », dit Roger.

Le capitaine expliqua aux enfants que, dans le monde pirate, Noël était bien sûr le jour où l'on offrait des cadeaux à sa famille et à ses amis, mais que c'était aussi le jour du Grand Don. Un jour où les pirates étaient généreux d'une autre manière. Selon sa fortune et sa générosité, tout pirate pouvait en effet participer à la constitution du Trésor commun.

Le Trésor commun était le budget de la République de Libertalia. Il servait à construire des écoles, bâtir des hôpitaux, lancer des campagnes de vaccination, construire de nouvelles routes et entretenir les anciennes, payer les employés des services communs de la ville (la poste pirate, l'électricité des pirates, la société nationale des bus archirapides et des bus archilents, le Bureau du boulot, etc.), rénover les plus vieilles maisons de la cité ou consolider le mur de la Sauvagerie.

« Des urnes spéciales sont disposées à cet effet un peu partout, continua Roger. Chacun donne selon ses moyens. Une pièce d'argent, une pièce d'or, dix pièces d'or ou beaucoup plus. Il n'y a pas de limite supérieure. La plupart du temps, le don est anonyme. Mais pas toujours. »

Parfois, le don était en effet un spectacle. Une cérémonie officielle était organisée tous les vingt-cinq décembre pour les dons exceptionnels. Les pirates les plus généreux pouvaient, à ce moment-là, offrir leur contribution au Trésor commun, en public, et bénéficier ainsi de la reconnaissance du peuple pirate pour leur extrême générosité. Il faut reconnaître que bien des pirates ayant commis des fautes graves, voire des crimes, profitaient du jour du Grand Don pour se racheter une conduite et une image plus respectable. Chaque donateur venait alors à la cérémonie pour expliquer qui il était et ce à quoi il aimerait que son don soit consacré.

Quatre ans auparavant, grâce à Landor Ragros, un pirate particulièrement riche et fondu de sport, un tout nouveau stade de footby entièrement couvert avait été construit dans le nord de la cité. Cet endroit servait aux matchs et aux grandes cérémonies comme celle du Grand Don, justement. Il pouvait accueillir plus de trente milles personnes.

« Cette année encore, je vais animer cette soirée, souffla Roger. Les gens disent que je suis le mieux placé pour ce type de travail.

— Pourquoi ça ? demanda William.

— Parce que Roger est à la fois capitaine de la Carte des passages secrets et capitaine du Trésor commun, coupa Célia qui entrait dans la chambre avec Laure. Je te l'ai déjà dit, William. Roger est un capitaine à deux tricornes ! »

Les bras remplis de cadeaux, Célia et Laure se jetèrent littéralement sur leurs deux amis. Les filles et les garçons pleurèrent à chaudes larmes. Leur joie de se retrouver n'avait pas besoin de spectateurs. Tous les adultes quittèrent la chambre et les laissèrent seuls. Et puis, il était temps pour eux d'aller préparer la soirée du Grand Don et, surtout, le grand piège dans lequel Roger pensait faire tomber l'homme aux yeux verts, le mystérieux chef des chasseurs.

Après s'être essuyé les joues, William et Victor ouvrirent leur cadeau. Tous les deux avaient le même : un classeur rempli de coupures de journaux !

« On a pensé que ça vous ferait plaisir de savoir ce qui s'est passé à Piratopolis pendant que vous n'étiez pas là, dit Célia.

— Alors, on a découpé tous les articles qui parlaient de vous, continua Laure.

— Et tous ceux qui parlaient de nous aussi ! » ajouta Célia en riant.

Chaque garçon tournait les pages de son classeur. Il n'y avait rien que des titres à fendre le cœur le plus endurci : *Où sont nos deux chérubins ?*, *Deux trésors envolés !*, *William et Victor, où êtes-vous, mille canons ?!*, *L'horreur de deux disparitions*, *Trois familles frappées en plein cœur*, *La fichue angoisse de trois familles !*

Et le plus étonnant n'était pas là. Le plus étonnant était que les visages de Célia et Laure faisaient aussi très souvent la « une » des journaux pirates...

Les deux filles n'avaient pas disparu.

Les deux filles s'étaient révoltées contre la disparition de leurs camarades de classe, de leurs deux amis, de leurs deux intrus préférés. Célia et Laure, le lendemain de la disparition, avaient organisé une quête pour récolter des fonds. L'association « Une pièce d'or pour deux intrus » avait été créée dans la foulée. Le surlendemain, grâce aux premiers fonds récoltés, Célia et Laure avaient réussi à faire imprimer plus de dix mille tracts et affiches qu'elles avaient placardées partout dans la ville. Mille bouteilles furent jetées par la suite à la mer, à une centaine d'endroits différents de la côte est et de la côte ouest. Une manifestation organisée à leur initiative avait rassemblé plus de cent mille personnes dans les rues de Piratopolis ! Du jamais vu depuis dix ans !

« Vous avez fait tout ça pour nous ? demanda William sans attendre de réponse, des larmes dans les yeux. Rien que pour... nous... »

Victor, la gorge serrée d'émotion, ne put rien dire. Il pleurait.

« Oui, dit Laure, les yeux humides. C'est normal, on est vos amies. »

Victor continuait à tourner machinalement les pages de son classeur. Il éclata brusquement de rire.

Un article racontait que, depuis le 15 décembre, Célia et Laure avaient ouvert un cabinet de consultations en sorcellerie Junior, avec l'aide de Gilda.

« Notre cabinet marche très bien, dit Célia en toisant William. On a déjà récolté pas mal d'or en dix jours.

— Je crois que je vais changer d'avis sur les sorcières à partir d'aujourd'hui, dit William en lui souriant. Certaines sont vraiment de sacrées perles.

— Et qu'est-ce que vous allez faire avec votre or ? demanda Victor en admirant des photos de lui diffusées dans les journaux.

— Au début, on voulait faire sculpter une statue à la gloire des sorcières, mais on a changé d'avis, dit Laure en faisant un clin d'œil à Célia. On va donner notre argent à la soirée du Grand Don. Vous voulez participer ? Il nous manque encore un peu !

— Pas de chance ! s'exclama Victor. On n'a plus un sou !

— C'est vrai, confirma William. On est fauchés comme les blés.

— Je n'en suis pas si sûre, dit Célia. Et ça, c'est quoi ? »

Elle indiquait du menton la montre en or de William.

Chapitre 45
La soirée du Grand Don

Dans le magnifique stade de footby Landor-Ragros, la cérémonie du Grand Don était sur le point de commencer. Le terrain de sable avait été couvert pour l'occasion d'un parquet qui remontait sur les côtés comme les parois d'un navire. D'immenses voiles blanches étaient tendues sur deux grands mâts qui se dressaient sur la scène jusqu'au plafond. De puissants ventilateurs gonflaient ces voiles et décoiffaient la seule personne sur scène. Cheveux au vent, Roger Rayson faisait les cent pas en se chauffant la voix.

« Un ! Deux ! Ragougnasse ! Un ! deux ! Ragougnasse ! »

L'animateur de la soirée était vêtu d'une splendide redingote blanche et d'une chemise rouge. Il avait taillé sa barbe, et ses bottes de cuir noir brillaient comme si elles étaient neuves.

Malgré sa longue expérience de ce genre de soirées, le double capitaine n'arrêtait pas de tripoter le diamant de son oreille. Chaque fois qu'il était stressé, il ne pouvait s'empêcher de martyriser son lobe. Ce soir, son oreille était rouge vif.

En fait, Roger se demandait si tout allait se dérouler selon ses plans. Il soupçonnait que la surprise de Noël du mystérieux capitaine aux yeux verts était un don, un don exceptionnel.

Les candidats désireux de participer à la cérémonie devaient faire un don supérieur ou égal à mille pièces d'or. Roger ne doutait pas une seconde que si le fameux chef des chasseurs venait ce soir, il donnerait largement plus de mille pièces d'or.

En fin de cérémonie, la coutume voulait que le plus généreux donateur de la soirée reçoive un sabre de bois, symbole de l'appartenance au monde de la piraterie et du renoncement à la richesse personnelle au bénéfice de la richesse commune. Roger imaginait que le chef des chasseurs visait en fait la possession de ce prestigieux trophée.

Il jeta un œil sous une cage de verre située à dix mètres de lui : oui, le sabre était là !

Enfin, il regarda sa montre et se frotta énergiquement l'oreille. Plus qu'une minute à attendre. Un jeune homme lui fit un signe en levant le pouce. C'était Marco Mollo, son second à la Brigade anti-mystère. Une femme lui envoya un baiser. C'était Marie Pools, l'assistante de Roger Rayson.

Quelqu'un lui fit signe que c'était à lui ! Quatre, trois, deux, un, top !

Les caméras de Canal Pirate se braquèrent sur lui.

« Chères citoyennes et chers citoyens pirates, bonsoir et joyeux Noël à toutes et à tous ! clama Roger. Bienvenue dans le stade Landor-Ragros pour cette cinq cent quatre-vingt-dix-huitième cérémonie du Grand Don ! »

Un tonnerre d'applaudissements fit trembler le stade !

« Merci... Merci ! Je suis si heureux de vous retrouver pour cette belle soirée du Grand Don et de vous voir si contents et si nombreux. J'espère que vous prendrez plaisir à passer ces deux heures avec moi, d'autant que je vous promets de belles surprises... Tout le monde est sur le pont ?

— Ouuuiiiiii ! hurla la foule d'une seule voix.

— Parés à la manœuvre ?

— Ouuuiiiii ! répéta le public, chauffé à bloc.
— Alors, sans plus attendre, lança Roger Rayson d'une voix puissante, cap sur les dons ! J'appelle notre donateur numéro un ! Et que ça saute ! »

Un homme en chemise blanche, le teint bronzé, les cheveux argentés, ventru, souriant, se leva du premier rang. Tous les donateurs étaient alignés au premier rang selon leur ordre d'inscription et étaient équipés d'un micro portatif. L'homme monta sur scène. Il transportait un sac de toile dans la main droite. Il l'ouvrit et versa son contenu sur l'une des cinquante et une couvertures rouges placées sur le parquet. Les pièces ruisselèrent avec un délicieux cliquetis de métal sous les yeux émerveillés des spectateurs. L'une d'entre elles roula et alla cogner l'un des deux grands mâts derrière Roger.

« On la compte quand même ! dit Roger sous les applaudissements du public. Venez à moi. Venez montrer votre bon visage de généreux donateur au peuple pirate. Qui êtes-vous, mon ami ?
— Je m'appelle Joël Surcouf.
— Que faites-vous dans la vie, Joël ?
— J'élève des chevaux.
— Et combien offrez-vous au Trésor commun ? demanda Roger.
— Mille cinq cents pièces d'or...
— Bravo, mon ami, le félicita Roger, c'est une belle somme. À quoi voudriez-vous que cet or serve, maintenant qu'il n'est plus à vous mais à nous tous ?
— Je suis père de quatre jeunes garçons. Je souhaiterais que de nouvelles crèches soient construites dans notre belle cité qui en manque tant... »

La salle ronfla de cris de joie et d'encouragements divers. Excellente idée ! Bravo !

Les donateurs se succédèrent.

Une vieille femme marchant avec une canne, nommée Marthe, donna deux mille pièces d'or au nom de la Ligue de protection des petits vieux (LPPV). Cette femme très âgée proposa que des bourses soient offertes à de jeunes pirates pour qu'ils aident les pirates retraités dans les activités de la vie quotidienne.

« N'abandonnez pas les vieux ! lança-t-elle ensuite. Prenez soin d'eux, vous entendez ! Surtout vous, leurs petits-enfants ! Les vieux sont votre mémoire, vos souvenirs, vos racines ! Secouez-vous un peu, bon Dieu, avant qu'il ne soit trop tard ! »

La vieille dame, qui n'avait pas sa langue dans sa poche, partit en toussant, soutenue dans ses efforts par Roger qui l'accompagna jusqu'à son siège. Dans la salle, beaucoup éprouvèrent un sentiment de culpabilité. Qu'avaient-ils fait récemment pour leurs grands-parents ou leurs parents ? Pas grand-chose...

Un homme habillé en concombre redonna le sourire à tous. Il déposa trois mille pièces d'or au nom des jardiniers de la vallée des Pouces verts. Puis une femme habillée d'une barrique offrit deux mille deux cent vingt-deux pièces d'or de la part de l'ARP (Association des rhumeries pirates).

Un concombre ? Une barrique ? C'était ça, les surprises ? se demandèrent les spectateurs, déçus.

Une femme masquée jeta cinq mille pièces d'or et partit en courant sans dire un mot.

Roger Rayson se demandait si le maudit capitaine allait oser se montrer ou s'il allait finalement renoncer. Il n'était toujours pas là !

Célia et Laure furent les trente-deuxième et trente-troisième donatrices de cette soirée. Dans le sac qu'elles vidèrent, il y avait neuf cent quatre-vingt-dix-sept pièces d'or et deux montres d'une valeur de deux pièces d'or chacune. La somme fut acceptée.

La salle était suspendue aux lèvres des deux jeunes filles.

« Je souhaiterais juste dire un mot, dit Laure, troublée et en même tant ravie de se retrouver ainsi exposée au public. Je voudrais remercier tout d'abord mes camarades de classe qui nous ont tant aidées pour notre collecte : Hono, Fatima, Anna, Ria, Daphné, Fédor, Igor, Nestor. Ensuite, remercier notre professeur, Apollonius Mollo, et tous les élèves et professeurs des autres écoles qui nous ont soutenues, ainsi que de nombreux parents. Cet or que nous avons récolté devait servir à construire une statue du souvenir en l'honneur de deux amis disparus. »

Laure tourna la tête vers son amie.

« Mais, après réflexion, continua Célia d'une voix émue, nous avons pensé que cette somme serait plus utile ailleurs. S'ils nous entendent, où qu'ils soient, je pense que William et Victor se seraient joints à nous pour l'offrir au Trésor commun en espérant qu'elle serve à construire un dispensaire pour accueillir les jeunes en difficulté avec la poudre aux esclaves. »

La salle fondit en larmes. Derrière leurs écrans de télévision, les familles de pirates se passaient les boîtes de mouchoirs. Roger Rayson eut du mal à contenir son émotion. Quant à William et Victor, bien cachés, mais profitant du spectacle, ils avaient les yeux rouges et le cœur gros. Ah, ces deux filles, alors ! Deux perles, oui !

Le capitaine Rayson accéléra le mouvement. Les tas d'or s'alignaient les uns à côté des autres à un rythme rapide. Deux mille ! Quatre mille ! Quinze mille ! Mais pas de capitaine ! Vingt mille ! Encore deux mille ! Ah ! Cet homme, peut-être ? Non ! Trois mille pièces d'or ! Cinq, puis dix, puis trente mille ! Pas de capitaine ? Il a renoncé, le misérable ! songea Roger. Mille pièces d'or ! Mille pièces d'or ! Mille pièces d'or...

Le stade se lassait du spectacle. On s'endormait ou on préparait ses affaires pour partir. Chez eux, devant la télé, les enfants bâillaient. Et les surprises, alors ?

L'arrivée du cinquante et unième et dernier donateur fit rasseoir tout le monde.

La première surprise venait d'arriver !

L'homme, grand, blond, portait un tricorne noir, des bottes de cuir noir, un pantalon noir, une chemise noire et un manteau rouge. Et il avait les yeux verts...

Roger retint son souffle. C'était lui ! Enfin !

William et Victor avalèrent leur salive.

L'homme monta les quatre marches et se plaça au milieu de la scène. Il frappa dans ses mains, une seule fois. Dix hommes entrèrent par la porte principale du stade Landor-Ragros. Par deux, ils soulevaient des coffres de marine. Ils passèrent devant le premier rang, montèrent les marches et ouvrirent les coffres. Les cinq coffres étaient bourrés d'or jusqu'à ras bord.

Depuis des siècles, peu de pirates avaient pu contempler pareille montagne d'or !

Le cœur de milliers de pirates faillit lâcher ! Combien d'or pouvaient bien contenir ces cinq coffres ? Une satanée fortune !

Un à un, les coffres furent vidés en un unique amas de métal jaune scintillant de mille éclats. Les dix hommes se placèrent derrière l'homme au manteau rouge.

Sur les gradins, les gens chuchotaient. Personne ne connaissait son visage. William et Victor, si. Et, parmi les porteurs des coffres, les deux garçons identifièrent sans difficulté Tête cuite, Molosse, Mouton jaune, La Taupe et le second du capitaine, Baldor.

Il était là. Le capitaine du *Vaisseau fantôme* était là ! Qui était-il ? Et que voulait-il avec sa montagne d'or ? Roger avait une idée sur la question.

« C'est tout ? » demanda d'une voix amusée Roger Rayson pour détendre l'atmosphère.

L'homme tourna la tête vers Roger Rayson et lui sourit.

« Je n'avais que ça sur moi aujourd'hui. Je suis désolé. »

Un éclat de rire se propagea dans le stade. L'atmosphère était à l'humour. Pour l'instant.

« Ne soyez pas désolé, répondit Roger dans un large sourire. Ne le soyez surtout pas... »

Du moins, pas encore ! songea très fort Rayson, mais sans le dire pour ne pas provoquer son adversaire...

« Alors, peut-on connaître l'identité du candidat le mieux placé cette année pour l'attribution du sabre de bois ? demanda-t-il. Votre visage, excusez-moi, ne m'est pas familier... »

Dans le stade, chacun se faisait la même réflexion.

« Amor Trom, répondit l'homme.

— Amor Trom ! Je suis surpris de ne jamais avoir entendu parler d'un homme aussi riche que vous. Et peut-on savoir quel métier vous exercez, mon ami ?

— Un métier dur, un métier de souffrance, un métier de la mer. Je suis armateur.

— Armateur ? Et quels bateaux armez-vous ?

— Un bateau en particulier, précisa Amor Trom. Un grand chalutier. »

Depuis leur cachette, William et Victor tremblaient à l'idée d'entendre le nom du bateau.

« Et quel est son nom ?

— Le *Vaisseau fantôme* », dit l'homme.

Les garçons sursautèrent en entendant le nom du navire.

« J'ignorais que la pêche pouvait rapporter aussi gros, souligna Roger Rayson.

— Le *Vaisseau fantôme* est le meilleur bateau de pêche de

Piratopolis. Chacun le sait, n'est-ce pas, peuple pirate ? » lança l'homme à la foule.

Un brouhaha s'éleva des gradins. C'était un mélange de « oui », de « aucun doute là-dessus », de « c'est vrai » et autres confirmations des propos de l'armateur. Toute personne ayant acheté un jour du poisson ne pouvait ignorer l'extrême bonne réputation du *Vaisseau fantôme*.

« C'est bon, c'est bon, répéta Roger Rayson. Ma question était stupide. Pardonnez-moi, mon ami, ajouta Roger, je ne suis pas là souvent. Je reviens de la Terre ! Mon métier... Je suis désolé...

— Ne soyez pas désolé. Surtout pas ! dit Amor Trom avec humour. Chacun sait que le capitaine de la Carte des passages secrets et du Trésor commun passe peu de temps auprès de son peuple, se tuant à la tâche pour que notre monde reste caché. »

Roger eut un petit rictus.

« Mon cher Amor, puis-je vous appeler ainsi ?

— Je vous en prie, mon cher Roger...

— Mon cher Amor, merci pour votre compassion à mon égard. Maintenant, je pense qu'il est temps de vous poser une question que tout le monde se pose.

— Et laquelle ? demanda l'homme dans un grand sourire.

— Combien ce tas d'or compte-t-il exactement de pièces ?

— Un million ! s'exclama l'homme. Un million de belles pièces d'or ! »

Un million !

Dans l'esprit de tous les pirates qui suivaient ce spectacle, le chiffre paraissait prodigieusement élevé. Le nombre de choses que l'on pouvait réaliser avec une telle somme était faramineux. Un stade de footby, pensèrent certains. Un hôpital, imaginèrent d'autres. Dix mille bourses scolaires pour les enfants des quartiers défavorisés, songèrent quelques-uns.

« Et que souhaiteriez-vous que le peuple fasse de ce fabuleux million ? enchaîna Roger.

— Qu'il bâtisse ses rêves, dit le capitaine.

— En voilà, une bonne idée ! Bâtir des rêves, reprit Roger. Alors, commençons par le vôtre, mon cher Amor ! Tous les hommes ont un rêve secret. Le peuple pirate vous écoute.

— Je n'ai qu'un rêve. La pêche a fait ma fortune. Je souhaiterais m'atteler à de nouvelles tâches. Les responsabilités ne me font pas peur. Et si...

— Et si, coupa Roger Rayson, le peuple pirate se décidait d'aventure à vous confier des responsabilités, vous ne sauriez refuser, n'est-ce pas ?

— Puisque vous le dites ! lâcha l'homme, pensant que Roger Rayson allait dans son sens.

— Une place de capitaine ne vous impressionnerait pas, par exemple ?

— Elle me comblerait plutôt », dit Amor.

Fasciné par l'homme qui venait de lui offrir toute sa richesse, le peuple pirate envisageait déjà de voter pour Amor Trom à l'élection des capitaines, le premier juin prochain. Un homme de sa trempe ferait forcément de son mieux pour son peuple !

« Eh bien, j'ai une bonne nouvelle pour vous, mon cher, dit Roger. La concurrence s'écarte.

— Comment ça ? » demanda l'homme, faussement étonné.

Le capitaine du *Vaisseau fantôme* connaissait les intentions de départ de Roger depuis des années, comme tous les habitants de la République de Libertalia.

« Comme la rumeur le laisse entendre depuis des mois, j'ai décidé de libérer cette année le poste de capitaine de la Carte des passages secrets et celui de capitaine du Trésor commun. »

Après l'arrivée du mystérieux millionnaire, c'était la deuxième grosse surprise de la soirée. Le public manifesta son hostilité à cette décision. Des « Pas question ! », « Roger, on vous aime ! », « Ah non ! » bruissaient dans le stade.

« Merci, mes amis, dit Roger. Je comprends votre déception. Mais je me fais vieux. Il est temps pour moi, à soixante ans, de laisser la place à plus jeune et plus ambitieux que moi. »

À côté de Roger, Amor Trom s'imaginait déjà en poste. Son plan avait fonctionné comme prévu.

Et le peuple pirate se voyait bien donner sa confiance à cet homme si généreux...

« Voilà, mon cher ami, dit alors Roger Rayson, je pense que nous savons tout. Nous savons qui vous êtes, ce que vous venez de faire pour votre peuple et ce que vous voulez faire pour lui à l'avenir. Il ne me reste plus qu'à vous remettre le sabre de bois. »

Amor Trom souriait. Derrière lui, ses hommes se frottaient les mains et riaient de contentement. Roger se dirigea vers une fillette rousse qui amenait, sur un cousin blanc, le sabre extrait de son abri de verre. L'arme était dans un long fourreau tissé de fil d'or.

« Toutefois, si vous le permettez, poursuivit Roger Rayson, avant de vous remettre cet objet que vous méritez, j'aimerais vous proposer un petit jeu. Qu'en dites vous ? Un petit jeu qui, je crois, pourrait bien vous rapporter gros et qui nous permettrait de finir cette soirée en apothéose...

— C'est une plaisanterie ? demanda Amor Trom.

— Non, c'est une apothéose ! Un petit tour de magie ! Vous n'aimez pas la magie ? demanda Roger.

— Si, dit le capitaine, mais...

— Qui veut un tour de magie ? demanda Roger en se tournant vers la salle. »

Le stade acquiesça d'un énorme « Moi ! ».

« Puisque tout le monde semble d'accord, déclara Amor Trom. Le sabre de bois attendra.

— Parfait ! s'écria Roger Rayson. Je demande à mes assistants d'apporter le matériel. »

Sortant des coulisses, quatre femmes et quatre hommes entrèrent avec une grande table de bois et la déposèrent au milieu de la scène, devant Roger. La table était couverte d'une grille et chaque carreau de cette grille représentait une figure d'un jeu de cinquante-deux cartes.

« Maintenant, proposa Roger, j'aimerais que cinquante enfants viennent sur la scène. »

Les parents n'eurent pas à encourager leurs bambins pour qu'ils participent au tour de magie. En moins d'une minute, cinquante filles et garçons rejoignirent Roger et Amor. C'est Marie Pools qui les compta. Elle tendit le bras devant le cinquante et unième enfant, qui se mit à pleurer.

« Mes enfants, dit Roger, vous allez chacun vous mettre devant un tas de pièces d'or, sauf devant celui de notre donateur, Amor ici présent. Ensuite, quand je vous le demanderai, vous prendrez chacun une des pièces du tas que vous avez choisi. Ensuite, vous viendrez placer cette pièce où vous le désirez sur la table, sur l'une des cartes. Tout le monde a compris ? »

Les enfants hurlèrent que oui et se précipitèrent devant les tas de pièces d'or.

« Quant à vous, mon cher ami, je vous prie d'aller devant vos pièces d'or et de faire comme les enfants ! »

Amor Trom eut l'air surpris. Il ne comprenait pas où voulait en venir Roger. Mais la participation à un tour de magie devant le peuple pirate ne pouvait que lui attirer la sympathie des électeurs. Il se prêta au jeu.

Roger Rayson se fit nouer un bandeau noir sur les yeux. On lui glissa une cagoule noire sur la tête et on l'enferma dans une armoire.

« Allez-y ! » hurla-t-il d'une voix étouffée.

Les enfants prirent chacun une pièce et se précipitèrent vers la table pour choisir une carte. Amor Trom laissa faire et regarda la scène avec un grand sourire. Deux cartes lui restaient. Il en choisit une. Roger sortit de sa boîte, retira sa cagoule et dénoua le bandeau. Il s'approcha de la table.

« Bien ! Maintenant, j'aimerais que l'on abaisse la lumière afin que le grand magicien que je suis devine où se trouve la pièce d'or de notre donateur. »

L'obscurité presque totale se fit dans la salle.

« Comme tous les magiciens, j'ai besoin d'un instrument magique. Ce soir, je laisserai le chapeau et la baguette dans mon placard et je prendrai plutôt une lampe-stylo ! Une lampe magique qui va m'indiquer le chemin vers la pièce d'or d'Amor. »

Roger plongea la main dans sa poche et en retira une lampe-stylo. Il balaya une à une les cartes à jouer. Neuf de cœur ? Non. Dix de trèfle ? Non. As de carreau ? Non. Le faisceau lumineux « magique » ne révélait encore rien. Cinq de pique ? Non. Valet de cœur ? Non. Dame de carreau ? Non.

Mais lorsque Roger éclaira le roi de pique, la pièce d'or se couvrit d'une lueur verdâtre...

« Celle-ci ! Est-ce bien le roi de pique ? demanda Roger.

— C'est celle-ci, effectivement. Bravo, Roger ! Bravo ! » le félicita Amor Trom.

La salle applaudit à tout rompre le tour de magie de Roger. La lumière fut rétablie.

« Pour ne pas frustrer le public, dit alors Roger, je tiens à expliquer ce tour de magie. Pour cela, j'appelle un ami, un vieil ami qui est, en fait, l'auteur de ce tour. Jean, tu peux nous rejoindre ? »

Éberlués, les spectateurs dévisagèrent l'homme qui, sous un grand tricorne noir, se révéla être Jean, du fort Dayrob. Le père Orafus ! Il était vivant !

LA SOIRÉE DU GRAND DON

À la demande de Lucas, Jean avait accepté de sortir de son tombeau et de son silence. Il expliqua alors le principe de la poudre. Il raconta qu'une lampe spéciale, à rayons ultraviolet, comme la lampe-stylo de Roger, faisait phosphorer les métaux couverts de sa poudre magique. Jean assura qu'il était le seul à posséder cette poudre. Le seul en dehors des deux garçons auxquels il avoua, sans dire leurs noms, en avoir offert...

Roger ordonna que l'obscurité revienne. Puis on éclaira l'énorme tas de pièces d'or d'Amor Trom à l'aide d'un projecteur à rayons ultraviolets. Nimbé des millions de particules de la poudre de Jean, le tas se mit à luire. L'or phosphorait dans le noir, comme le derrière d'un énorme ver luisant.

Le public fit un « ohhhh ! » prolongé.

« Professeur Orafus, quelle conclusion en tirez-vous ? » demanda Roger.

« En toute logique scientifique, je dirais que l'un des deux garçons à qui j'ai offert cette poudre a joué un tour à ce pauvre Monsieur Amor Trom. Pauvre entre guillemets, cela va sans dire. »

Le sourire que le capitaine du *Vaisseau fantôme* arborait jusque-là se figea. Flairant que le vent tournait, Amor Trom recula de quelques pas.

Roger se lança, lui, dans un récit.

« C'est l'histoire de deux garçons qui ont vu tant de choses et enduré tant de souffrances. Ces deux garçons, vous les connaissez tous. Depuis quinze jours, la cité toute entière a remué ciel et terre pour les retrouver, en vain. Mais je vous ai dit, en début de soirée, que j'avais des surprises à vous annoncer. Eh bien, il est temps que cette surprise se lève et vienne ici avec moi. Messieurs ? À vous ! »

Du premier rang, deux petites silhouettes quittèrent leur siège.

William et Victor enlevèrent leur long manteau et leur perruque, frottèrent avec un mouchoir leurs visages maquillés et s'avancèrent en direction de Roger.

C'était eux ? Non ? Si ! Non ? Impossible ! Tout le peuple pirate eut le cœur serré en les voyant. Du second rang, quarante pirates charpentés comme des joueurs de footby se levèrent et vinrent se placer devant et derrière les dix hommes d'Amor Trom.

« Oui, confirma Roger. Ils sont là. »

L'émotion submergea la salle. Les deux chérubins étaient de retour !

Le visage du capitaine blanchit.

« Ils sont là ! lança Roger Rayson. Et ils ont des choses à nous dire ! »

Chapitre 46
Les yeux du capitaine

L'UN À CÔTÉ DE L'AUTRE ENTRE LES DEUX MÂTS imposants de la scène, William et Victor racontèrent leurs aventures : leur traversée clandestine à bord du *Vaisseau fantôme*, le rendez-vous en mer avec un bateau de pêche, leur arrivée à la cabane de chasse, la découverte des jeunes animaux dans l'enclos et du crottin volé dans la grange, et, bien sûr, leur vol au-dessus du champs de *Cacaverus mortiferus*. Les garçons expliquèrent comment ils étaient parvenus à glisser la poudre de Jean dans le sac de pièces d'or des frères Cassard. Ce soir, leur stratagème faisait briller l'or du capitaine d'une lumière étrange et démontrait à tous qu'ils étaient deux témoins dignes de foi.

Le public était saisi d'horreur ! Des pirates dépensaient des fortunes pour abattre des animaux, au mépris des lois de la piraterie sur la protection de la faune ! Et le capitaine du *Vaisseau fantôme* cultivait le *Cacaverus mortiferus* pour inonder de bonbons bizarres les rues de Piratopolis ! Et tout cet or répugnant était sous leurs yeux !

« Oui, mes amis, confirma Roger Rayson, cet or est sale, car il a été salement gagné ! La pêche n'a pas enrichi l'homme qui se fait appeler Amor Trom. Sa pêche était trop miraculeuse pour être honnête. C'était une couverture. Il achetait en mer du poisson et des crustacés à d'autres pêcheurs et les vendait dans la cité. Pendant ce temps, la drogue et la chasse illégale lui rapportaient cent fois plus ! C'est cette fortune qu'il nous offre aujourd'hui.

— Racontars ! Foutaises ! Tromperies ! hurla Amor Trom. Je n'ai jamais vu ces enfants de ma vie ! Peuple pirate, je suis un armateur honnête ! Roger, vous n'avez aucune preuve contre moi ! Cette histoire de poudre phosphorescente est une mascarade ! Et en dehors de ces deux misérables menteurs, vous n'avez aucun témoin pour confirmer vos calomnies.

— Aucun témoin ? C'est ce que nous allons voir ! rétorqua Roger. Parmi vous, chers citoyens, certains ont vu ce qui s'est passé en mer et dans la Zone mystérieuse. J'aimerais que les pêcheurs qui ont vendu leur poisson à Amor Trom et que les chasseurs que William et Victor ont vus dans cette cabane de chasse viennent ici confirmer toute cette histoire ! »

Un silence lugubre s'installa.

« Dois-je apporter de nouvelles preuves ? demanda Roger, sans illusion. Bien. Lucas, s'il te plaît ! »

Lucas monta sur scène, le fusil et la carte des frères Cassard dans les mains.

« Un expert en balistique a démontré que ce fusil a tiré des balles retrouvées dans le corps de plusieurs mammouths tués dans la vallée du Guitariste, lança Roger Rayson d'une voix grave. Nous connaissons le nom de son propriétaire, comme nous connaissons le nom de la personne qui a si bien annoté cette carte, analysée par nos experts en écriture. Messieurs, levez-vous et venez ici avant que l'on aille vous chercher. »

Un lourd silence s'installa à nouveau. Les frères Cassard n'étaient pas là. D'autres témoins, oui.

Du milieu des gradins, un homme se leva et descendit les

escaliers. Derrière lui, une femme en larmes se démoula de son siège et le suivit. L'homme avait un tatouage de murène sur le bras. La femme était grosse et blonde.

Roger tendit son micro à l'homme qui s'était levé en premier.

« Je m'appelle Seymour Bellamy, je suis patron de pêche sur *La Murène*, dit l'homme. Tout ce que je peux dire, c'est que j'ai vendu, en mer, des crabes géants au capitaine du *Vaisseau fantôme*. Il m'achetait cinquante pour cent de ma pêche à un prix deux fois supérieur à celui du marché. J'ai honte parce que c'est avec mes crabes que cet homme couvrait son trafic de bonbons bizarres. Je ne reconnais pas son visage, mais je mettrais mes deux mains dans la gueule d'un requin que cette silhouette est bien celle de l'homme qui m'achète ma marchandise dans le Grand Sud ! »

Roger observait la scène sans rien dire. La dame blonde prit le micro et libéra son cœur.

« Je m'appelle Constance Grolac. Je voudrais d'abord dire que je suis heureuse, follement heureuse, de savoir que William et Victor sont en vie », dit la femme, en pleurant.

William et Victor s'avancèrent vers elle et l'enlacèrent.

« Je suis ici pour vous dire que je connais bien la cabane de chasse... »

Les spectateurs étaient sous le choc. Cette fois, le capitaine du *Vaisseau fantôme* était refait.

« Si je parle aujourd'hui, ce n'est pas parce que la passion de la chasse, une passion que personne ne peut comprendre, m'a subitement quittée, mais parce que je refuse qu'un homme joue avec la vie de nos enfants en faisant pousser ces fleurs de malheur. Capitaine, ajouta Constance en se retournant vers Amor Trom, je ne condamne pas le chasseur en vous, mais le trafiquant de drogue. J'affirme donc que je suis montée à bord du *Vaisseau fantôme* et que j'ai été conduite en un lieu que l'on nomme Mira Kongo, où j'ai chassé le mammouth. Je n'ai jamais vu le visage de cet homme qui se fait appeler Amor Trom, pas même ses yeux, mais, sur ma vie, sa voix est celle de l'homme qui nous a menés en safari de chasse dans la Zone mystérieuse.

— Messieurs, dit alors Roger d'une voix solennelle ! Il est à vous ! »

Cinq hommes s'avancèrent vers Amor Trom et le neutralisèrent en le tenant par les bras.

« Charognes ! Charognes ! que vous êtes ! hurla Amor Trom en reculant. Vous me trahissez ! Moi qui vous ai fait confiance ! Moi qui vous ai donné ce que vous vouliez ! Bande d'hypocrites ! Toi qui voulais de l'or pour tes crabes ! Toi qui as eu le privilège d'abattre Koï lui-même ! Et vous tous qui voulez vos chers bonbons pour oublier vos tracas, pour vous donner le courage que vous n'avez pas, pour quitter ce monde pourri qui est le vôtre ! Charognes ! Mille charognes que vous êtes ! »

Les dix matelots du *Vaisseau fantôme* furent emmenés dehors. La prison de Piratopolis les attendait.

« Mes amis, dit alors Roger Rayson. Dans cette triste histoire, il nous reste encore une chose à éclaircir : qui est vraiment Amor Trom ?

— Je ne suis que moi, répondit l'homme dans son dos, et c'est déjà énorme !

— Je n'en suis pas si sûr, répliqua sèchement Roger. Votre désir farouche de devenir capitaine et votre connaissance du monde sauvage me rappelle quelqu'un. J'appelle la seule personne au monde qui peut nous dire qui est ce quelqu'un. Salomon, s'il te plaît ? »

Le docteur Salomon Diouf arriva sur scène, avec l'élégance d'un prince.

« Mesdames et Messieurs, nous allons voir si le meilleur chirurgien de la cité peut nous aider à établir la vérité ! »

Salomon regarda Amor Trom droit dans les yeux. Ses mains s'avancèrent, se posèrent sur les joues de l'homme. Ses pouces baissèrent les paupières inférieures d'Amor et ses index levèrent les paupières supérieures.

« Qu'en pensez-vous, Docteur ?

— De l'excellent travail. Je n'en connais pas l'auteur, dit Salomon, mais... »

En même temps qu'il parlait, le docteur enfonça ses pouces sur les yeux d'Amor Trom, qui hurla.

Le médecin frotta la surface des yeux de l'homme et une peau plissée se dégagea...

« Une prouesse ex... tra... or... di... naire ! Une cornée artificielle ! » continua Salomon.

Le docteur Diouf retirait un film de peau qui collait à la surface des yeux d'Amor Trom. Les deux petits ovales qui épousaient chacun un œil avaient une tache verte en leur centre, un faux iris vert. Dessous, les vrais yeux d'Amor Trom apparurent. Bleus !

D'un bleu que personne ne pouvait avoir oublié !

« La chirurgie peut aujourd'hui transformer ou faire disparaître beaucoup de choses, expliqua alors Salomon d'une voix experte. Un nez, oui, une bouche, sûrement, des rides, depuis longtemps, des cicatrices, à volonté, mais pas un œil, jamais ! L'œil est le chef-d'œuvre de l'anatomie humaine, un organe d'une complexité diabolique. Si on y touche, on le tue. Un œil trahira toujours son propriétaire ! Même dissimulé derrière des prothèses !

— Merci, docteur. Merci beaucoup, dit Roger Rayson. Alors, le soi-disant capitaine aux faux yeux verts et aux vrais yeux bleus n'a-t-il toujours rien à nous dire ?

— Rien ! hurla l'homme. Vous n'êtes qu'une bande de chiens galeux ! Vous n'obtiendrez rien de moi ! Je suis Amor Trom !

— C'est ce que l'on va voir », rétorqua une voix féminine, une voix que Célia et Laure connaissaient bien.

C'était celle de Gilda Dagyda ! La sorcière s'avança avec sa canne. Laure et Célia se précipitèrent sur elle.

« Ne fais pas ça, Gilda ! On sait que c'est lui ! supplia Célia.

— Gilda, c'est pas la peine, c'est fini, maintenant ! » pleura Laure qui, comme Célia, ne voulait pas que Gilda révèle à tout le monde qui elle était.

Gilda ? Roger Rayson lui-même ne s'attendait pas à cette surprise !

La sorcière caressa la joue des filles en larmes, les serra dans ses bras et grimpa les marches. Elle s'arrêta devant Amor Trom et le fixa.

L'homme fuyait le regard de cette hideuse bonne femme. Que lui voulait-elle ?

William, Victor, Laure et Célia devinaient parfaitement ce qu'elle voulait accomplir ce soir.

« La chirurgie a changé ton corps, dit Gilda. Mais tes yeux sont intacts et je les reconnais, mieux que quiconque... J'ai honte pour toi, Worral ! Honte pour tout ce que tu as fait !

— Dites à cette vieille folle de me ficher la paix ! Je ne suis pas Worral ! Je suis Amor Trom. Worral est mort ! »

Gilda s'avança, saisit la main de l'homme et la mit dans la sienne en serrant très fort. Amor Trom tenta de se débattre, mais il n'y arrivait pas. Gilda porta son nez dans le cou de celui qui s'obstinait à se faire appeler Amor. Elle sentit la peau de l'homme. Elle parut troublée, recula, et des larmes coulèrent sur ses joues en entraînant son maquillage.

« On n'oublie jamais l'odeur d'une personne que l'on a aimée, dit Gilda d'une voix tremblante. Et je t'ai aimé, Worral.

— Qui es-tu, vieille sorcière, à la fin ? Qui es-tu ? hurla Amor Trom, déchaîné.

— Qui je suis ? Tu me demandes qui je suis ? Tu ne reconnais donc pas celle qui t'a aimé plus de dix ans ? » lui lança Gilda en s'écartant de quelques mètres.

Gilda passa les mains derrière sa tête, glissa ses doigts sous sa chevelure grise et retira son masque. Le splendide visage et les cheveux roux magnifiques de Wendy s'offrirent à l'homme. Et Gilda abandonna sa voix nasillarde de sorcière pour celle de Wendy.

« Et maintenant ? dit-elle d'une voix terrible. Est-ce que tu vas nous dire ton nom ?

— Wendy ! hurla le capitaine comme s'il regardait un fantôme. Tu... Tu es en vie...

— Oui ! Wendy ! Ta petite Wendy ! Ta douce Wendy est en vie et elle contemple l'étendue de tes nouveaux crimes ! »

Amor Trom vacilla. Une émotion gigantesque le submergeait.

« Alors, êtes-vous Worral Warrec ? » lui demanda Roger Rayson, des éclairs dans les yeux.

Pas de réponse.

« Êtes-vous Worral Warrec ? répéta Roger.

— Wendy ! dit Amor Trom.

— Êtes-vous Worral Warrec ?

— Es-tu mon mari ? tenta Wendy, en larmes.

— Wendy...

— Je t'en supplie, Worral, dit Wendy. Dis-nous...

— Oui, coupa Amor Trom, je suis ton mari, je suis Worral Warrec. »

Il baissa la tête.

Le peuple pirate venait de vivre l'un des plus grands moments de son histoire. Worral Warrec était de retour, après dix ans de bannissement. Et l'homme avait déjà sur les épaules le poids d'atroces forfaits. Mais, avant que chacun ait pu comprendre ce qui se passait, Worral Warrec releva la tête, les yeux emplis de larmes et de flammes, et regarda en direction du sommet d'un des deux grands mâts de la scène.

« Oui, je suis Worral Warrec, et je m'en vais, dit-il d'une voix terrible. Pollux, à moi ! »

Derrière Roger Rayson, les grandes voiles s'agitèrent. Telle une météorite tombée du ciel, le double-gorille sauta du haut d'un mât en poussant un rugissement terrifiant.

L'énorme masse noire s'abattit sur la table où se trouvaient les cinquante et une pièces d'or. D'un bond extraordinaire, le gorille libéra son maître de l'étreinte des cinq hommes qui tentaient de le retenir. Tirés par les bras, soulevés par la tête, balayés au niveau des jambes, projetés en arrière, sur les côtés et dans les airs par le grand primate, les cinq pirates tombèrent au milieu des tas de pièces d'or. Puis la bête frappa le sol, secoua les mâts et arracha les voiles.

Worral s'approcha de l'animal. Pollux portait un fourreau sur lui en travers du dos ainsi qu'une sacoche. Dans la sacoche, il y avait un pistolet et, dans le fourreau, un sabre. Worral s'empara des deux armes.

« Le premier qui avance est mort ! menaça-t-il. Toi comprise, Wendy ! »

Le stade était pris de panique.

Roger recula vers le fourreau où se trouvait le sabre de bois. Lucas, le fusil des frères Cassard entre les mains, regrettait déjà de ne pas avoir glissé une balle dedans. William et Victor tremblaient de tous leurs membres.

« Dooh, je te conseille de poser ce fusil à terre si tu ne veux pas finir avec une autre de mes balles dans la peau, lança Worral. Cette fois, je ne te raterai pas !

— Worral, ne fais pas l'imbécile, répondit fermement Lucas en posant le fusil au sol. Toutes les issues sont gardées. Pose ce pistolet et ce sabre... Les gardes vont...

— ... arriver d'une minute à l'autre, c'est ça ? continua Worral. Mais je serai déjà parti ! Pour qui tu me prends ? Contente-toi de la boucler ! Pollux ! Suffit ! Ici ! »

Le singe cessa de menacer de ses crocs les pirates qu'il avait roués de coups.

Mais Roger Rayson avait profité de la diversion pour s'approcher du sabre de bois. Il posa une main sur le fourreau, une autre sur le pommeau du sabre et...

« Je t'avais prévenu, vieille charogne ! » hurla Worral.

L'homme tira. Roger Rayson s'effondra sur le parquet. Lucas se précipita sur Roger pour le secourir. D'une voix haletante, le vieil homme lui bredouilla :

« Prends le sabre... Prends le sabre... Il... Il... »

Lucas le regarda avec des yeux incrédules. Que pouvait-il faire avec le sabre de bois ?

De sa main ensanglantée, le vieil homme lui faisait signe de s'approcher. Lucas colla son oreille à la bouche de Roger Rayson.

« Fais briller la Vérité, murmura Roger. Et tu vaincras... »

Lucas ne saisit pas immédiatement le sens des paroles de Roger. Puis il aperçut le petit diamant qui brillait à l'oreille du vieux capitaine. Bon Dieu ! C'était donc ça ! La Vérité...

Aussitôt, Lucas se releva et s'empara du fourreau contenant le sabre de bois.

« Et que comptes-tu faire avec ça, Lucas ? Me couronner avant mon départ ? lança Worral d'un air méprisant, le pistolet à un mètre de la tête de Lucas.

— Je compte t'empêcher de nuire, Worral, dit Lucas. Tu ne devrais pas te fier aux apparences, Wendy t'a montré ce soir qu'elles étaient trompeuses ! »

Lucas tira d'un seul coup le sabre de son fourreau et frappa le canon du pistolet de Worral qui gicla de ses mains et glissa au sol.

Stupeur, ce n'était pas le sabre de bois !

L'arme que tenait Lucas était transparente comme du cristal. Elle brillait de l'éclat du diamant. Car c'était le sabre de la justice, c'était Excalidiam. Une arme dont la lame avait été sculptée dans le plus long et le plus pur cristal de diamant découvert sur Terra incognita. Une arme que Roger avait glissée dans le fourreau doré du sabre en bois au cas où. Une arme que les pirates appelaient aussi le sabre de la Vérité.

En voyant le sabre de diamant qui étincelait entre les mains de Lucas, Worral recula.

« Pollux ! Occupe-toi de lui ! ordonna-t-il tout à coup en montrant Lucas du doigt. Tue ! Tue, mon bébé, tue ! »

Le gigantesque primate fit volte-face. Les yeux de la bête semblaient envahis d'une rage sans limite. Qu'avait fait Worral à son animal pour le mettre dans un état pareil ?

Le gorille poussa un rugissement affreux, plaqua ses deux grosses mains au sol, puis se frappa le poitrail de ses poings et se rua sur Lucas.

Lucas ne lâcha pas le singe du regard. Il tenait fermement le sabre de diamant, prêt à combattre le primate s'il tentait de le tuer. Mais, avant que Lucas ne transperce le gorille de part en part avec sa lame, William partit comme une flèche !

« Non ! Pollux ! Non ! supplia-t-il en se précipitant sur le gorille. Ne fais pas ça ! »

William sauta aussi haut qu'il put et atterrit devant le gorille. Il lui attrapa le cou, d'une main et glissa son avant-bras libre dans la gueule, comme s'il fourrait un mors dans la bouche d'un cheval sauvage.

Le gorille ne stoppa pas sa course. Il secoua vigoureusement la tête pour se débarrasser de William. Le garçon tenait bon.

Les cinq grandes portes du stade s'ouvrirent alors et des pirates en armes dévalèrent les escaliers.

Pollux sauta dans les airs, chassant William d'un terrible coup de patte. Le garçon roula sur le parquet et alla se cogner violemment contre la jambe plâtrée de Victor. Sous le choc, il perdit connaissance. Victor lui tapota la joue. William ne respirait plus, il semblait mort.

Sans prêter attention aux enfants, le singe bondit, attrapa Lucas à la jambe et le tira à lui pour le broyer entre ses mains colossales...

Mais Lucas était un escrimeur hors pair. D'un geste vif, il planta la lame de diamant à travers le bras de l'animal. Celui-ci rugit de douleur en lâchant Lucas. Un flot de sang jaillit de son bras.

« Désolé, mon gros », dit Lucas en se relevant.

Pollux recula, fou de rage, leva les bras pour les abattre sur Lucas. Mais, du haut des escaliers, un pirate tira avec un fusil à long canon. Une fléchette métallique brillante se ficha dans le cou de la bête, qui se cabra, rugit et tenta de retirer la fléchette à sommeil fulgurant qui lui piquait le cou. Mais la forte dose de calmant fit rapidement son effet. Les bras de l'animal retombèrent. Pollux courba l'échine, ses yeux se tournèrent vers Worral, puis vers William. L'animal rugit une dernière fois, ferma les yeux et s'affala sur le parquet dans un grand fracas.

Le tireur, Karl von Lavache, rabaissa son arme. Il venait de sauver Lucas.

« À toi de jouer, maintenant, Lucas ! » hurla Karl.

Lucas faisait face à Worral. Les deux hommes échangèrent un regard de défi.

William reprenait ses esprits. Sans attendre, il prit la main de Victor et celle de Jean et rejoignit Lou, Jackie et Fabiana. Salomon, aidé de Wendy et de trois hommes, souleva Roger et l'emporta.

La place était libre.

Un combat s'engagea entre les deux hommes sur le sol jonché de pièces d'or.

Worral pointa son sabre droit sur Lucas et fonça. Sans bouger un pied, Lucas para cette attaque en giflant la lame de son adversaire. Worral passa sur le côté, roula à terre, se releva, puis renouvela son attaque. Lucas feinta en déviant sa lame et contre-attaqua d'un coup en direction des yeux. Worral recula, se plia sur les jambes et tenta un coup au ventre. Lucas bondit en arrière, enchaîna deux pas sur le côté et piqua sa lame dans l'épaule de son adversaire. Worral cria, se frotta le bras et effectua un cercle autour de Lucas.

« Impressionnant, très impressionnant ! » dit Worral.

Les lames s'entrechoquèrent à nouveau, puis encore et encore, pendant plusieurs minutes. L'un attaquait, l'autre parait, l'un avançait, l'autre bondissait sur le côté ou reculait, l'un pointait, l'autre esquivait, l'un sautait, l'autre roulait au sol, l'un était blessé, l'autre souriait... Les visages des hommes se rapprochaient, on se défiait du regard, puis les visages, ruisselants, tendus, féroces, s'éloignaient et les lames parlaient à nouveau.

Lucas avait une estafilade au poignet droit, une sur la joue gauche et une autre sur le ventre. Worral saignait au front, à l'épaule droite et à la main gauche.

Trois touches partout. Trois plaies partout.

Les deux hommes étaient du même niveau, mais pas les lames.

Enfin, à un moment donné, Lucas fouetta le sabre de Worral si fort sur la tranche que le métal céda. Le diamant avait eu raison de l'acier. Le morceau de lame brisée vola, tourna dans les airs et alla se planter droit sur la table à cartes, en plein sur le roi de pique.

« Ho ! Ho ! dit Worral en jetant un œil à la carte transpercée. Joli coup !

— Rends-toi, Worral ! ordonna Lucas. Tu n'as plus d'issue. Regarde ! ajouta-t-il en montrant d'un geste circulaire tous les pirates de la brigade de la Paix qui les cernaient.

— Jamais ! répondit Worral. Jamais ! Lumière ! »

À peine Worral avait-il prononcé ce mot que le noir complet s'abattit dans le stade. Un complice de Worral venait d'éteindre toutes les lumières. Un bruit de vérin hydraulique et de ferraille se fit alors entendre.

Le toit du stade s'ouvrit. Un mouchocoptère fendait l'air au-dessus du stade.

Un croissant de Lune apparut dans le ciel. Une corde gigantesque fut jetée du toit et tomba au pied de Worral, qui l'empoigna.

Mais, avant de disparaître, Worral Warrec s'adressa à William.

« Je t'ai épargné pour des raisons que j'ignore encore, hurla l'homme dont la fuite était protégée par l'obscurité. Tu m'entends, William ? Mais sache qu'à notre prochaine rencontre, s'il y en a une, je n'aurai aucune pitié pour toi ! Tu mourras pour m'avoir trahi ! Comme tous ceux qui m'ont trahi ce soir ! Joyeux Noël à tous ! Ha ! Ha ! Ha !

— Je n'ai pas peur de vous ! hurla William.

— C'est ce que nous verrons bientôt ! menaça Worral. Très bientôt ! »

Les mots de Worral glacèrent le peuple de Piratopolis. William, lui, était plutôt troublé. Il ne comprenait pas tout. Pourquoi lui avait-il dit : « pour des raisons que j'ignore encore ? »

Puis le mouchocoptère s'éleva et emporta Worral. Des coups de pistolet et de fusil retentirent dans le stade. Une balle se logea dans la cuisse gauche de l'homme qui s'échappait, une autre dans sa hanche, mais il ne lâcha pas prise.

Et la nuit le revêtit de sa noirceur infinie.

Chapitre 47
La finale du championnat de footby

Le lendemain, William et Victor guidèrent Lucas et les membres de la Brigade de répression des trafics illicites jusqu'à la cabane de chasse. Mira Kongo était déserte. Plus personne, plus d'animaux. Le champ de *Cacaverus mortiferus*, à demi récolté avant l'arrivée des inspecteurs de la Brigade, fut brûlé jusqu'à la dernière fleur.

Par la suite, vingt-quatre personnes ayant fréquenté Mira Kongo furent retrouvées et jugées. Parmi elles, Constance Grolac. Ces aveux lors de la soirée du Grand Don et son attitude envers William et Victor lui valurent la clémence de la justice. Elle écopa de la peine la plus légère infligée aux chasseurs : un mois de prison avec sursis et une amende de dix mille pièces d'or. En revanche, les frères Cassard durent passer deux mois en prison et payer chacun un million de pièces d'or. Les dix hommes de Worral Warrec capturés le soir de Noël furent condamnés à purger dix ans de prison dans la forteresse d'Ocracoke pour braconnage, culture de fleurs interdites et trafic de substances illicites.

Et la cité respira à nouveau le calme.

Le 9 janvier, William et Victor reprirent le chemin de l'école.

Pour ce retour, les élèves de Joshua-Slocum leur réservèrent une fête extraordinaire. Le professeur Apollonius Mollo leur remit à cette occasion la médaille du mérite pirate en présence de leurs parents et de Roger Rayson, encore convalescent dans son fauteuil roulant. Expert en cartographie, Roger calcula que le duo d'aventuriers avait accompli, dans la Zone mystérieuse, une odyssée d'environ 3 233 kilomètres : 1 789 par les airs, 165 sur la terre et 1 279 sur les eaux !

Le soir même, Gilda Dagyda les invita à dîner. Désormais, la belle sorcière travaillait sans masque, sous le nom de Wendy Dagyda. Pollux, remis sur pattes, fut également de la partie. Les vétérinaires qui l'avaient examiné le lendemain de Noël avaient trouvé des résidus de drogue dans ses urines et son sang. Voilà qui expliquait la folie du double-gorille lors de la soirée du Grand Don. Worral Warrec avait drogué son singe pour en faire une machine de guerre !

Autre conséquence heureuse des événements de Noël : l'autre ressuscité de l'affaire, Jean Orafus, abandonna le fort Dayrob et s'installa à la cité, dans une magnifique maison pourvue d'une haute tour et d'une large fenêtre donnant sur le port. De cette manière, l'océan était toujours à la portée de sa méga longue-vue et les deux garçons pouvaient lui rendre visite pour parler du bon vieux temps. Alfred, le pélican postal, fut remplacé par un facteur plus classique, juste pendant quelques semaines, le temps d'apprendre son nouvel itinéraire.

William et Victor, comme promis, retrouvèrent le chemin des stages d'essai de métier et leur poste de garçons de ménage à *Piratos extremos*. Gladys Garcia fut néanmoins d'une clémence incroyable. Pour remboursement du prix des deux manteaux-caméléons perdus, elle se contenta de reprendre le manteau laissé dans le coffre enterré au pied de l'arbre dans lequel le pilote et le copilote s'étaient crashés. L'or qui s'y trouvait également fut donné pour un quart à William, pour un quart à Victor, pour un quart au Trésor commun et pour un quart à l'entreprise qui retira le mouchocoptère encastré dans l'arbre.

Six mois s'écoulèrent. Le souvenir de la fuite de Worral Warrec s'estompait. Son passage à la télévision permettait à n'importe quel habitant de l'identifier. Une question demeurait cependant sur toutes les lèvres : que voulait-il donc faire avec la carte des passages secrets que son poste de capitaine lui aurait permis de lire ? Nul ne savait encore quel infâme projet dormait au fond de cet homme. William y pensait tous les jours.

Le premier juin, l'élection des capitaines ne se déroula pas exactement comme prévu. Le jeune Marco Mollo fut élu capitaine de la Carte des passages secrets et succéda ainsi à Roger Rayson. Mais, sous la pression populaire, Roger Rayson se représenta au poste de capitaine du Trésor commun et fut réélu. Pas question de se priver d'un animateur télé capable de multiplier les surprises comme les petits pains ! Salomon Diouf, Éléonore Bilkis et Apollonius Mollo retrouvèrent leurs postes de capitaine. Pour la première fois dans l'histoire de la République de Libertalia, deux capitaines portaient ainsi le même nom de famille : Mollo. Impressionné par le tir qui avait anesthésié Pollux, le peuple pirate conserva sa confiance à Karl von Lavache au poste de capitaine de la Nature.

Lucas n'en éprouva aucune amertume. Karl était un homme capable et Lucas pensait qu'une année de repos après neuf ans au poste de capitaine de la Nature n'était pas une mauvaise affaire. Quant à Lou, un nouveau poste semblait l'attendre, elle aussi : son ventre gonflait de jour en jour et elle avait une envie frénétique de pommes.

Mais le premier juin n'était pas seulement un jour de compétition politique. C'était aussi le premier jour d'une compétition sportive qui durait une semaine : le championnat du monde pirate de footby des moins de treize ans.

William et Victor participèrent à cette épreuve. Il se trouvait que Gladys Garcia était une mordue de footby comme on en voit peu. Tous les dimanches, elle autorisa et même encouragea ses deux stagiaires à ne pas travailler afin qu'ils s'entraînent et jouent leurs matchs de footby. Les garçons arrivèrent ainsi au top de leur forme pour la compétition.

La finale se joua le 7 juin. Le toit du stade Landor-Ragros était ouvert. Une lumière chaude se posait sur le sable blond du terrain de footby. L'équipe de l'école Joshua-Slocum était en finale.

Les tribunes étaient pleines à craquer. La célébrité de William et de Victor, due à leurs prestations dans la Zone mystérieuse autant que sur le terrain, avait déplacé les foules.

Il ne restait plus que deux minutes de jeu. L'école Joshua-Slocum était menée cinquante à cinquante-six. Pour gagner, il fallait marquer à tout prix, au minimum une perle (six points) et une transformation (deux points) ou un saphir (huit points). Dans le cas d'un saphir, rater la transformation ne pouvait pas coûter la victoire. En revanche, en marquant simplement une perle et en ratant la transformation (un point de moins), Slocum perdait le match d'un point !

En face, l'adversaire du jour n'était autre que l'école de la Haute-Falaise ! Et le ballon était entre les mains des joueurs de Trévor Morgan, qui bombait le torse dans son maillot or et vert. Pour gagner, il leur suffisait de laisser courir le chronomètre.

Joshua-Slocum devait leur chiper le ballon coûte que coûte.

Trois arbitres et dix-huit joueurs étaient dans l'arène de sable.

Neuf joueurs étaient en défense, aux couleurs sang et noir, ceux de l'équipe de Joshua-Slocum : Anna, Laure, Hono, Célia,

William, Victor, Daphné, Ria et Fatima. Les trois autres joueurs, Fédor, Igor et Nestor Misson, se mordaient les doigts sur le banc des remplaçants. À côté d'eux, Apollonius Mollo était à deux doigts de la crise cardiaque.

Neuf joueurs se préparaient à l'attaque pour la Haute-Falaise : Butor Caraccioli (autrefois boxé par Victor), Casimir Gloubiboule dit Gros Mollet, Josiane Le Clerc et six autres que Victor avait déjà affrontés. Les « or et vert » de la Haute-Falaise formaient une pointe prête à pénétrer le mur de l'adversaire.

« Je n'ai plus de jus, William, souffla Victor, tout rouge, suant, les mains sur les genoux. Je suis cuit. Mes muscles ne répondent plus...

— Pense à ce que ces canailles nous ont dit au début du match, lui conseilla William, les yeux pleins de foudre. Et tu vas retrouver des forces.

— "Deux intrus dans un équipage, c'est deux boulets aux pieds pour jouer" se souvint Victor en serrant les poings.

— Oui, et "Un bon intrus est un intrus chez lui !" ajouta William, rempli d'électricité. Occupe-toi de Gros Mollets, moi je m'occupe de cette brute de Butor. D'accord ?

— Compte sur moi.

— Célia ? demanda William en tournant la tête sur la droite.

— Quoi ? demanda la fille, très concentrée.

— J'espère que tu n'as pas oublié notre premier match ensemble ?

— Bien sûr que non ! répondit Célia. Pourquoi ça ?

— Je te laisse deviner », dit William.

Célia comprit que William allait la faire marquer. Le brassard de Capitaine allait décidément bien à son intrus favori. Il savait galvaniser ses troupes, les conseiller et les prévenir de sa tactique avec une rare détermination.

« On ne lâche rien, vous autres ! Pas un centimètre ! lança

William à ses huit coéquipiers. On leur prend le ballon le plus tôt possible et on se met en place pour un système de jeu en billard. »

Tous ses joueurs approuvèrent d'un signe de la tête. Du banc de touche, Apollonius Mollo avait inscrit la lettre B, B comme billard, sur une petite ardoise. Ce code indiquait une nouvelle combinaison de jeu, mise au point la veille, qui consistait à embrouiller la défense à coups de passes très courtes, très rapides, d'avant en arrière, de droite à gauche, avant de frapper sans prévenir à la dernière seconde du match.

L'arbitre de la rencontre observa les deux équipages et tira en l'air avec un minuscule pistolet.

Butor était la girouette de l'équipe de la Haute-Falaise. Il avait le ballon en main.

Surexcité dans son siège, le commentateur de *Radio Sport Pirate* reprit l'antenne et décrivit ce qui demeura l'une des plus belles actions de jeu de toute l'histoire du footby :

« Le ballon est à Butor Caraccioli. Passe à... Non, c'est une feinte. Butor garde le ballon et reste à l'abri de ses défenseurs. Les "or et vert" semblent préférer jouer la montre et attendre leurs adversaires. Les "sang et noir" vont-ils attaquer ? Oui ! Victor Monmouth fonce droit sur un joueur adverse, le gorille surnommé Gros Mollets. Monmouth d'un geste puissant envoie Gros Mollets au sol. Butor est seul. Butor voyant Monmouth foncer sur lui s'écarte sur la droite. Butor feinte, fait un crochet, un demi-tour... Il semble jouer avec les nerfs de ses adversaires et du commentateur qui vous parle ! Que fait-il ? Il crochète à nouveau, passe entre deux joueurs de son équipe, fonce en direction de la ligne de défense des "sang et noir". Mais Anna Mapoo veille. D'une poussette terrible, elle l'abat. Butor, trop perso, lâche le ballon... Josiane Le Clerc se baisse pour prendre le ballon, mais Anna, encore elle, l'envoie goûter le sable quatre mètres plus loin d'une poussette sans méchanceté. Le ballon roule entre les pieds de Laure, des "sang et noir". »

Le journaliste reprit sa respiration et enchaîna.

« Laure passe à Ria del Rio Grande, la belle aux pieds légers de Joshua-Slocum. Ria s'envole en direction d'une de ses partenaires démarquées, Anna. Encore elle ! Anna, absolument exceptionnelle, passe à Hono Zakimiya, Hono grimace, feinte et tire au pied un boulet de canon à Fatima Daoud à l'autre bout du terrain. Fatima jaillit sur la gauche, pousse un adversaire au niveau de l'épaule, un crochet et passe à Ria qui, sans saisir la balle, la gifle de la main gauche. Quelle audace ! Le ballon après un bond dans les airs atterrit dans les bras de Daphné. Daphné tourne sur elle-même et repasse la balle à Anna qui lance à Laure qui feinte, part en avant sur la gauche et passe le ballon à Victor. Victor lève les yeux, voit William démarqué. Son bras se plie, se détend et boum ! Dans le mille ! Dans les mains de William Santrac ! »

En panne de salive, le commentateur avala un verre d'eau en une seconde et repartit de plus belle :

« Quel bonheur de voir de si belles... Oh ! William esquive un coup de poing de Butor en baissant la tête ! Un crochet, une accélération, un nouveau crochet ! Mes aïeux ce garçon est extraordinaire ! Quelle vitesse ! Quelles jambes ! Quel panache ! Il est seul. Plus qu'un mètre et il marque son troisième saphir de la journée et offre la coupe du monde tant attendue à son équipage ! Bravo ! Quoi ? Il est fou ! Que fait-il ? Ma parole ! Mille canons ! William passe en arrière à Célia Bilkis ! La foule est en délire ! Quelle trajectoire ! Bilkis, surprise, bondit, saisit la balle, atterrit, crochète, roule au sol, et marque ! Une perle magnifique ! Égalité ! Cinquante-six partout à trois secondes de la fin du match ! »

Apollonius Mollo s'écroula sur son siège. Une chose lui

échappait. Pourquoi William n'avait-il pas marqué ce saphir qui lui tendait les bras et leur offrait la victoire en finale du championnat du monde pirate de footby pour la première fois de l'histoire de l'école Joshua-Slocum ? Célia, certes heureuse d'avoir marqué, ne comprenait pas non plus, tout comme ses coéquipiers, l'équipage adverse et tout le public...

« Je crois que nous avons besoin d'une explication, souffla Célia. Merci, mais c'est fou ! »

Tous les "sang et noir" étaient autour de William.

« Aucun problème, dit-il. J'ai fait cette passe à Célia pour deux raisons. La première, c'est que Célia n'avait pas encore marqué de toute la compétition. Bien sûr, ce n'est pas le rôle d'une girouette, mais j'estime que chacun de nous, lorsqu'il est correctement placé, doit pouvoir savourer le plaisir de marquer une perle ou un saphir. La seconde, c'est que je trouvais plus beau que la balle de notre dernière perle, en finale, soit touchée par tous les membres de l'équipage Joshua-Slocum sur le terrain. Désolé, mais lors de cette phase de jeu, Célia n'avait pas touché le ballon. »

Chaque joueur se repassa mentalement la séquence. C'était vrai. Célia était la seule joueuse sur le terrain à ne pas avoir participé à la balle finale et elle n'avait pas encore marqué.

« Et puis il nous reste la transformation », dit William.

Les "sang et noir" se jetèrent des regards effarés. Oui, il restait la transformation. Mais, jusque-là, les slocumiens les avaient loupées. Qui allait la tenter ? Qui allait tenter ce tir de vingt mètres sans trembler ? Qui allait prendre le risque de la rater et de faire perdre son équipage ?

« Qui veut tenter le diable ? demanda Laure, toute rouge et en nage.

— Moi, se proposa William. Un capitaine doit prendre ses responsabilités. »

Personne n'osa le contredire. Il en avait pourtant raté deux auparavant. Et chaque transformation manquée coûtait un point. Ici, elle coûterait la victoire.

William caressa le ballon et alla se placer sur la ligne médiane. Il était seul au milieu du terrain face au poteau de transformation. Les 30 000 spectateurs retenaient leur souffle.

Pour se concentrer, William pensa à l'oiseau tête-de-mort qui avait failli boulotter Victor. William lui avait lancé une pierre et il l'avait manqué. Mais, cette fois, la tête de l'oiseau ne bougerait pas. Il se l'imagina au centre du cercle situé au sommet du poteau. Il visualisa son profil hideux, avec son œil rond et cruel, son gros bec crochu, sa crête de plumes violacées.

Au premier rang, Lou et Lucas osaient à peine regarder.

Les "or et vert" grimaçaient d'angoisse.

William planta ses deux pieds dans le sable, pensa à l'oiseau, plia le bras, pensa à ce fichu oiseau, visa, pensa à ce maudit oiseau, et lança son bras en avant de toutes les forces qui lui restaient.

Le ballon partit.

Le silence était impressionnant.

Le ballon continua sa course.

L'oiseau pencha la tête ! Non !

Un petit vent rentra et tourbillonna dans le stade.

William regardait le ballon. Il était beau. Le ballon obliqua légèrement sur la droite, remonta un peu, redescendit, poussa encore un peu sur la droite et frôla la barre d'acier qui formait le cercle de transformation. Puis le ballon toucha le sable.

William eut un moment d'hésitation. Dedans ? Dehors ?

Les hurlements de joie de ses amis, de son professeur et de sa famille lui donnèrent la réponse.

Le ballon était dedans. Cinquante-huit à cinquante-six !

Victoire ! Ils étaient champions du monde de footby ! L'école

Joshua-Slocum venait de remporter le titre de champion de footby pour la première fois de son histoire. Un intrus venu d'une drôle de planète bleue leur avait donné la victoire.

« T'es un as de cœur ! hurla Victor en soulevant William le plus haut possible.

— On est tous des as de cœur ! lui répondit son ami porté en triomphe par ses camarades. Tous, tu entends !

— C'était beau, William ! hurla Célia, en larmes.

— Oh oui ! gémit Laure, au comble de la joie.

— Dix "A" sur ton bulletin de notes pour cette transformation ! » s'écria Apollonius aux anges.

Lou et Lucas n'arrêtaient pas de s'embrasser, tellement heureux pour leur fils !

William se laissa porter. Les mains de ses amis le faisaient flotter comme sur un tapis volant. Il pleurait et riait de bonheur. En regardant le ciel bleu au-dessus de lui, il pensa un instant au premier juillet et à la Terre. Il savait que ce jour-là, comme tout intrus, il pouvait quitter Terra incognita. Mais il ne le désirait pas. La Turbine du démon ne le reverrait pas. Ici, dans ce monde de pirates, il avait trouvé une vraie famille, des amis et une vie d'aventurier. Et, en cet instant merveilleux, les larmes et les cris de joie de ses amis et de sa famille étaient le plus beau trésor que William pouvait trouver sur cette autre terre.

- *Tom Bursteen*, Emmanuelle Advenier :
  Le gardien d'Oniriaa (tome 1)

- *La trilogie d'Arkandias*, Éric Boisset :
  Le grimoire d'Arkandias (tome 1)
  Arkandias contre-attaque (tome 2)
  Le sarcophage d'outretemps (tome 3)

- *La trilogie des Charmettes*, Éric Boisset :
  Le secret de tante Eudoxie (tome 1)
  L'œil du mainate (tome 2)
  L'antichambre de Mana (tome 3)

- *Nicostratos*, Éric Boisset

- *La rue qui descend vers la mer*, Nicole Ciravegna

- *Carton noir*, Stéphane Daniel

- *Naotak*, Florian Ferrier :
  L'ombre du corbeau (tome 1)
  Complot à Lexington (tome 2)

- *Un nouveau monde,* Gilles Fontaine :
  La survivante (tome 1)
  Le dôme (tome 2)
  La dernière tempête (tome 3)

- *L'oreille absolue,* Michel Honaker

- *La fiancée du Nil,* Christian Jacq

- *La légende des Drakel,* Yvan Lallemand
  L'enfant du Hors-Monde (tome 1)
  Les Cigognes noires (tome 2)

- *Milo Forest,* François Larzem
  La Citadelle des Vitreux (tome 1)

- *William Santrac,* David Pouilloux
  La cité des pirates (tome 1)

- *Les oiseaux de Kisangani,* Alain Surget

- *Imbroglius,* Kim Tran Nhut

Collection animée par Jack Chaboud

© Éditions Magnard, 2006
20, rue Berbier-du-Mets - 75013 Paris
www.magnard.fr

Tous droits de reproduction, de traduction et d'adaptation réservés pour tous pays.
Loi n° 49-956 du 16-07-1949 sur les publications destinées à la jeunesse.

Illustration de couverture : Frédéric Pillot
Photogravure : MCP/Jouve
N° d'éditeur : 2006/135 - Dépôt légal : avril 2006

N°ISSN : 1778-2686/N°ISBN : 2210968122
Achevé d'imprimer en mars 2006 par la Société Nouvelle Firmin-Didot,
Mesnil-sur-l'Estrée (France).
N° d'impression : 78682